LE RISQUE

UN ROMAN DE LA SERIE POINT DE NON-RETOUR

Brenna Aubrey

Traduit par Suzanne Voogd

SILVER GRIFFON ASSOCIATES
ORANGE, CA, USA

Copyright © 2019 by Brenna Aubrey.

Tous droits réservés. Tout ou partie de ce livre ne peut pas être reproduit ou utilisé de quelconque manière sans la permission écrite de l'éditeur, sauf pour quelques courtes citations dans le cadre d'une critique de livre.

Des noms de marques apparaissent dans ce livre. Plutôt que d'utiliser le symbole de marque déposée à chaque occurrence d'un nom de marque, les noms sont utilisés de façon éditoriale, sans intention de violer les droits de la marque.

Ceci est une œuvre de fiction. Les noms, personnages, entreprises, lieux, événements et incidents sont soit le produit de l'imagination de l'auteur, soit utilisés dans le cadre de la fiction. Toute ressemblance avec des personnes réelles, vivantes ou mortes, ou des événements réels, ne serait que pure coïncidence.

Design de la couverture :(c) Sarah Hansen, Okay Creations
Photographie de la couverture : ©Eric David Battershell

Traduction française : S. Voogd
Révision française : Valérie Dubar

ISBN 978-1-940951-71-3
Silver Griffon Associates
P.O. Box 7383
Orange, CA 92863
www.BrennaAubrey.fr

Pour Papa. Tu me manques. Dooset Daram.

Remerciements

D'énormes méga remerciements à mes premières lectrices, Kate McKinley et Sabrina Darby. Également à mon experte en romances, Tessa Dare. Beaucoup de gratitude aux lectrices de la version bêta Leigh Lavalle, Natasha Boyd, Tessa Layne, et la rédactrice Gretchen Stull. Merci beaucoup à Zoe York et Viv Arend pour leurs conseils d'expertes.

Merci à ma 'tribu' d'incroyables écrivaines qui déchirent – vous savez qui vous êtes et vous êtes les plus fortes. Et une ÉNORME DÉDICACE à mes super lectrices du Brenna Aubrey Book Group et à la merveilleuse Kelly Allenby.

À mon équipe de design, Sarah Hansen (design de la couverture), Joshua Brown (mannequin) et Eric Battershell (photographe), sans qui je n'aurais pas cette magnifique couverture ! D'énormes remerciements aussi à Julianne Burke pour les superbes graphismes publicitaires.

Et par-dessus tout, merci à ma famille… pour vos encouragements, votre amour inconditionnel, votre compréhension et tout ce que vous faites pour que je reste en sécurité, nourrie, aimée et saine d'esprit pendant que je sors mon livre… particulièrement pendant la dernière étape de folie. Je vous aime plus que l'univers.

Chapitre Un
Commandant Ryan Tyler

Houston n'aurait pas coupé les communications entre Xander et moi s'il n'y avait pas eu une très bonne raison. Pendant que je m'agrippe au bras robotique Canadarm de la Station Spatiale Internationale qui me ramène jusqu'au sas, je n'obtiens aucune réponse.

Sans avoir besoin que l'on me le dise, je vérifie encore une fois les indications de ma combinaison : moins de 2,5 psi maintenant. Je perds toujours de la pression et je vais commencer à souffrir d'hypoxie très bientôt.

Rien de tout cela n'est important, car je ne suis pas celui qui court le plus grand danger.

— CAPCOM, aboyé-je dans le micro.

J'ai besoin que l'on m'informe sur Xander et je n'ai rien d'autre qu'un long moment de silence.

— Houston. Ne me laissez pas dans l'ignorance. Où est-il ? Pourquoi avez-vous coupé les communications ?

— Ty.

La voix de Noah emplit mes oreilles. Est-ce que j'imagine sa nervosité tremblante ? Il est généralement si détendu que je suis troublé d'entendre son émotion.

— Nous travaillons sur les deux problèmes. Tu dois te concentrer sur ton retour en sécurité. Laisse-nous gérer la situation de Xander.

Je grince des dents, frustré d'être ainsi snobé. Inclinant la tête pour regarder au-dessus de la station, je le cherche dans l'obscurité parsemée d'étoiles. Il a été projeté dans cette direction lorsque sa combinaison a heurté le courant des panneaux solaires.

Houston peut suivre mon champ de vision à cause de la caméra attachée à mon casque. Ils savent ce que je pense. Je ne vois absolument rien.

— Ty, obéis aux ordres, dit Noah en décelant mon hésitation.

— Je peux le faire. Mon SAFER fonctionne parfaitement. Laissez-moi aller le chercher.

— Négatif, Ty. Va au Quest, *maintenant*.

Il indique le sas par son nom.

— Nous te tiendrons au courant dès que tu seras sorti de danger.

Putain de fantastique...

Je laisse échapper un flot de jurons en sachant que le canal est ouvert et qu'il peut m'entendre. Je m'en fous complètement.

Même si ce n'est pas logique, je visualise Xander perdant le contrôle de sa combinaison, activant son SAFER, revenant vers la station, et utilisant un câble pour s'attacher. Je serre les dents en le souhaitant. Comme si d'une façon ou d'une autre, cela pourrait alors se réaliser.

Le silence des communications s'étire interminablement jusqu'à ce que je parvienne à ma destination.

Au sas *Quest*, j'entre sans incident. Personne ne parle pendant le processus de pressurisation de soixante-dix minutes. De toute façon, j'entends à peine à cause de l'alarme de pression trop basse qui sonne dans mes oreilles. Je commence à avoir le tournis et des tâches qui flottent devant mes yeux.

La trappe intérieure s'ouvre et mes derniers espoirs pour Xander sont anéantis lorsque notre commandante et les deux cosmonautes de la station entrent dans le sas.

Un seul coup d'œil à leurs visages me suffit à savoir que nous l'avons perdu.

Sergei attrape la poignée à l'avant de ma combinaison pendant que l'autre cosmonaute décroche le casque. Mes oreilles se débouchent immédiatement, le changement de pression s'élançant douloureusement à travers mes tympans. Je suis presque certain que l'un des deux est percé : les sons me parviennent comme de très, très loin. L'odeur de brûlé métallique de l'espace sur ma combinaison et l'odeur perpétuelle de plastique neuf de la station assaillent mes sens.

— Que quelqu'un me dise ce qu'il se passe, putain ! crié-je.

Sergei se raidit et il me serre plus fort. Ce n'est qu'alors que je comprends que mes collègues s'attendent à ce que je ressorte pour aller chercher Xander. Sergei a déjà poussé mon casque dans la direction de la trappe intérieure afin qu'il flotte hors de ma portée.

Il a raison. Ce serait suicidaire, mais il me connaît trop bien. J'avale une boule dans ma gorge sèche. Penny, notre commandante, me regarde avec des larmes dans les yeux. Tout en moi s'affaisse, tiré vers le bas par la gravité de mon chagrin soudain.

Dans les micros, la voix de Noah est pleine d'émotion.

— Ty, je suis désolé. Il est trop loin et nous n'avons aucun moyen de le ramener vers la station.

— Respire profondément, Ty, me dit Sergei en russe.

Et je n'ai aucune prise pour m'éloigner de lui. Nous sommes tous en apesanteur ici, mais il est attaché au mur par une bande sur son pied.

Je réfléchis à toute vitesse et je sais qu'ils n'ont pas d'autres options. La capsule Soyouz n'a pas été préparée et même si c'était le cas, elle ne peut pas être utilisée pour une telle opération. Mais dans mon esprit, je me raccroche à n'importe quel espoir alors que clairement, il n'y en a pas, sinon ils l'auraient trouvé.

— Non, *bordel de merde* !

Je crie en frappant le mur en tissu du sas d'un geste frustré. Les deux Russes détournent le regard de mon visage, me laissant un peu d'intimité dans mon chagrin.

Je ne peux pas enfiler une autre combinaison. Même si je le pouvais, ce serait inutile pour les mêmes raisons que les Russes n'ont pas pu sortir avec les leurs. Une EVA nécessite au moins quatre heures de préparation respiratoire pour éviter un accident à cause du changement de pression.

Noah se racle bruyamment la gorge dans le micro.

— Nous, euh, nous sommes en communication avec lui, Ty. Il demande à te parler.

Je me frotte violemment les yeux et je mords l'intérieur de ma joue pour contrôler mes émotions. Penny hoche la tête en direction des Russes qui quittent lentement le sas *Quest* en jetant des coups d'œil inquiets dans ma direction.

— Combien de temps lui reste-t-il avec ses systèmes de survie ? m'enquis-je auprès d'elle.

— À peine plus d'une heure… peut-être deux. Il en a utilisé beaucoup en essayant de gérer la situation. La bouteille d'oxygène secondaire ne fonctionne pas non plus.

Encore une fois, ce coup de poing dans le ventre. Je déglutis, j'inspire profondément et j'essaie de me calmer. Je suis assailli de souvenirs : de notre première journée à l'académie navale, du sourire merdeux de Xander qui le trahissait toujours quand il allait me faire une blague, de la fois où nous avions été enfermés hors de notre dortoir pendant une nuit particulièrement froide de l'hiver du Maryland, de la fête que j'avais faite pour lui en tant que témoin à son mariage. Les heures et les heures passées dans la salle d'attente de l'hôpital avec un ours en peluche géant à côté de moi pendant la naissance de son fils.

Putain de merde. Il a toutes les raisons de continuer à vivre.

Penny me tapote le bras.

— Fais-le, Ty. Cela fait vingt minutes qu'il demande à te parler. Nous voulions que tu sois à l'intérieur et en sécurité avant…

Sa voix s'estompe.

Avant de me dire qu'il n'y avait plus d'espoir.

Elle est ma commandante. Il était normal qu'elle prenne la décision. Pourtant, je suis tellement énervé que je n'arrive pas à la regarder. Je suis consumé par une rage impuissante, mais je n'ai pas le temps d'être en colère.

Elle parle encore.

— Ils essaient d'avoir Karen et AJ pour lui parler, mais je vais te donner du temps tout seul avec lui jusque-là.

Je ferme les yeux. Oh, mon Dieu, Karen et AJ, sa femme et son petit garçon. Cela ne fait que me rappeler qu'il a toutes les raisons de vivre. Et moi, je n'en ai aucune.

Pourquoi suis-je celui qui est en sécurité dans le sas alors qu'il s'éloigne dans le vide noir ?

— Passe-le-moi, alors, dis-je doucement à Noah.

Penny recule vers la porte par laquelle les Russes ont disparu.

D'autres bruits de friture assaillent mon oreille blessée lorsque la fréquence est redirigée.

Au fond de moi se soulève un sentiment de nausée, me donnant l'impression d'être sale, impuissant. Une part de moi regrette qu'il ait voulu me parler. Mais je connais Xander.

Je connais Xander.

Après un clic bruyant, j'entends sa voix me parvenir.

— Salut, mon pote. Je me suis mis dans une situation difficile, ici. Je suis enfermé à l'extérieur du dortoir et nous avons trop bu. Il se pourrait bien qu'il commence à neiger.

J'inspire brusquement lorsque ses mots me poignardent le cœur. Des larmes picotent à l'arrière de mes yeux. Je ne sais pas combien de personnes entendent cette conversation. Mais tout ce qui compte maintenant, c'est que je ne reverrai plus jamais Xander. Ceci est ma dernière chance pour lui parler avant que je le perde à jamais.

Et je me fous complètement de ceux qui pourraient m'entendre craquer.

— Je suis tellement désolé, mon vieux. Ça devrait être moi et pas toi.

Je secoue la tête, alors qu'il ne peut pas me voir. J'ai la gorge nouée par l'émotion.

— Pas du tout, mon frère. Pas du tout. Il n'y a pas d'histoire de culpabilité, d'accord ? Nous n'avons pas le temps, de toute façon. Karen sera là d'un moment à l'autre. Mais je ne veux plus rien entendre de ce genre, Ty. En plus... c'est absolument magnifique ici. Je ne peux pas imaginer de plus belle vue. Je n'ai pas peur.

Mais moi, oui. J'ai tellement peur que je peux à peine respirer, et même cette pensée m'étrangle de culpabilité renouvelée.

— Xander.

— J'ai des choses, des choses privées à dire. Est-ce possible ? CAPCOM, pouvez-vous faire ça, s'il vous plaît ?

J'ouvre la bouche en hésitant, mais la voix de Noah intervient.

— Nous pouvons le faire, Xander. Nous vous interromprons dès que ta femme sera en ligne. Cela ne devrait pas être très long.

J'ai mal au cœur en pensant à Karen recevant cette nouvelle, à AJ qui apprend que son papa ne reviendra jamais. Qu'il doit dire au revoir pour toujours.

Comment pourrais-je à nouveau les regarder dans les yeux ?

J'entends un autre clic et la qualité du son change dans les haut-parleurs collés contre ma tête par le Snoopy cap. Je me mords la lèvre et je dis :

— Je suis là, Xander. Je crois que nous sommes seuls.

— Je suis sincère, Ty. Pas de récriminations, d'accord ? C'est de ma faute. C'est moi qui ai…

Il s'interrompt et je prends la relève.

— Xander, s'il te plaît. Je ne te ferai jamais porter cette faute. Je suis désolé. Je suis tellement désolé.

— Je te connais et je sais que tu vas t'en vouloir. Tu n'as pas intérêt à dire que cette merde est de ta faute. Si tu le fais, je reviendrai te hanter, bien compris ?

— Oui, chef, parviens-je à dire d'une voix étranglée.

Des larmes s'accumulent autour de mes yeux, se collant dessus comme cela arrive en apesanteur. *Putain.*

Je suis recroquevillé sur moi-même à pleurer comme un bébé, presque incapable de respirer. Et il y a cette agonie qui me transperce le torse à chaque inspiration, et cela n'a aucun rapport avec les changements de pression que je viens de subir.

Bon sang, ça fait tellement mal.

— Fais-moi une autre promesse, Ryan.

Plusieurs minutes s'écoulent pendant qu'il m'explique tout calmement. Sa voix est pleine de force et de clarté. Elle n'a rien d'un mourant et je dois traverser ma propre panique et mon chagrin pour l'entendre.

Il y a des choses que je promets… toutes sortes de choses. Je lui promettrais le soleil, si je le pouvais.

Je lui promets que je veillerai sur sa femme et son enfant… de toute façon, ils sont comme ma famille.

Je lui promets mon avenir. Sans hésiter. Facilement. Sans même penser à ce que je fais.

— Promets-le-moi, mon frère.

Sa voix est rauque, tout juste imprégnée d'émotion.

— Je le promets.

CHAPITRE DEUX
RYAN

ENVIRON UN AN PLUS TARD…

JE POSAI LA BOUTEILLE DE BIERE GLACEE CONTRE MES LEVRES et je bus, ignorant les yeux qui me fixaient. J'étais le seul à boire de la bière à cette heure de la journée.

Peut-être étais-je le seul parmi nous à avoir pleinement conscience de la place vide à côté de moi. Celle que Xander aurait dû remplir avec son rire, avec son sourire espiègle. Pour la millième fois de l'année, j'aurais aimé qu'il soit là.

Pour la millième fois, il me manquait.

Mon ami, Kirill Stonov – un cosmonaute du programme spatial russe – me dévisagea, subtil comme seuls peuvent l'être les Russes. Il s'est sûrement dit que je ne remarquerais pas l'inquiétude dans ses yeux bleu clair.

Pourquoi cette inquiétude ? C'était l'heure du déjeuner et je buvais une bière, bon sang. Dans son pays natal, la bière était classée comme une boisson sans alcool jusqu'à très récemment.

Malgré tout, nous étions au travail et nous pouvions être appelés à la réunion des investisseurs se déroulant de l'autre côté de la rue. Ils y vantaient le nouveau XVenture Private Astronaut Corps, ou XPAC. Arriver en réunion en puant la bière ne serait pas une très bonne idée.

— Je me brosse les dents après le déjeuner. *Ne vyprygivay iz shtanov.*

Je l'avertis de ne pas s'exciter dans sa langue natale. Tout le monde à cette table parvenait à se débrouiller au moins un peu dans cette langue. Il rit et il détourna le regard avec sa nonchalance typique. Kirill n'était pas facilement décontenancé.

— Comment croyez-vous que cela se passe là-bas ? demanda Mika Katoa, surnommé 'Hammer' comme son indicatif.

Il s'agitait sur sa chaise, visiblement nerveux, comme il l'était depuis des jours. C'était un vétéran de la NASA, avec quelques années d'avance sur moi, et il avait été l'un des fils prodigues de l'institution. Et, contrairement à moi, il l'était toujours. Si XPAC n'obtenait pas les fonds nécessaires, il lui faudrait attendre des années pour repartir dans l'espace avec la NASA, car il était sorti du roulement des affectations de vol.

XPAC semblait être mon seul espoir de repartir, alors il valait mieux que ce financement ait lieu. Chaque tressaillement nerveux du visage de Hammer était reflété par mes propres angoisses, profondément enfouies et invisibles aux yeux des autres. C'était une pointe violente dans la région de mon cœur.

J'avais une promesse à tenir et j'allais la tenir. J'allais voler une nouvelle fois, d'une façon ou d'une autre.

— Tout ce qui implique l'enfant prodige va forcément réussir.

Kirill me regarda en ricanant. Son riche accent russe embellissait cette phrase simple.

— Tout ce qu'ils doivent faire, c'est montrer ses jolies photos. N'est-ce pas, mon frère ?

Toute la table ricana et je leur jetai à tous des regards noirs.

— Alors c'est ma fête aujourd'hui ? J'ai oublié de le marquer sur mon calendrier.

L'évitement typique de ma part. Je détestais quand ils commençaient à me narguer avec ces conneries de Grand Héros Américain. Cela ne faisait que remuer le vide en moi et je n'avais aucun désir – particulièrement maintenant – de m'en souvenir. Encore un peu plus de ces conneries de héros et j'allais me jeter sur une autre bière.

— C'est tous les jours la fête de Tyler, marmonna Noah Sutton du côté opposé de la table, et nos regards se croisèrent.

Si je n'avais pas décelé la tension et l'élément de vérité dans ses paroles, j'aurais ri avec lui. Mais il ne riait pas. Et cette tension ne venait pas de mon imagination. C'était depuis l'accident. Après une longue année déchirante pour nous deux, elle n'avait pas disparu.

Il détourna les yeux en continuant à parler.

— C'est de cette façon que nous te gardons humble. Kirya et moi avons prévu un roulement définissant qui te tourmente quel jour.

— C'est bon à savoir. Il me faudra donc tous vous larguer par le sas, dis-je en concluant ma phrase par une gorgée de bière.

Comme toujours, quand j'étais avec mes anciens – et avec un peu de chance, mes futurs – collègues, il était facile d'oublier que notre sort professionnel était en train d'être décidé de l'autre côté de la rue, dans la salle de conférence de XVenture. L'entreprise aérospatiale à succès était sur le point de lancer son premier corps d'astronautes privé, en attente de financement de certains hommes très riches qui étaient tout aussi enthousiasmés par l'exploration spatiale.

Je n'étais pas quelqu'un de superstitieux, mais j'aurais croisé les doigts, les orteils et même les yeux si cela pouvait nous aider.

— Nous avons quelques fanboys de l'espace dans le groupe d'aujourd'hui, disait Hammer. Adam Drake est là-bas, à cette réunion. Il est à fond.

— Un parmi de nombreux riches, dit Noah en hochant la tête. Sauf qu'il a conçu mon jeu vidéo préféré, alors il m'a déjà brossé dans le sens du poil.

Kirill avala un morceau de son sandwich.

— Ça ne m'étonne pas, venant de toi, *Dragon*, dit-il en ricanant.

En général, les cosmonautes ne se donnaient pas des surnoms d'appel radio comme le faisaient les astronautes de la NASA, mais Kirill aimait taquiner Noah à ce sujet. Autrefois, j'en avais eu un aussi. Maintenant, j'étais ce fantoche controversé et pourtant louable qui faisait régulièrement la une des journaux. Une caricature au lieu d'un être humain qui essayait de survivre d'un jour à l'autre sans craquer.

— J'étais à la station avec Adam il y a quelques années, au cours de ma première mission quand il a voyagé en tant que citoyen privé, dis-je. C'est un bon gars. Intelligent, travailleur. Humble, pour un riche. Évidemment un grand fan du programme spatial. Et surtout, il est extrêmement riche, alors il sera partant sauf si Tolan fait *vraiment* de la merde.

Tolan Reeves, le PDG de XVenture, gérait lui-même la présentation des investisseurs et même si c'était un visionnaire unique avec une personnalité chaleureuse, il était nul pour les discours. Il avait demandé des conseils à nous autres, les astronautes, puisque nous avions souvent dû parler en public pour notre travail à la NASA. Tolan avait été si nerveux au sujet de ces réunions d'investisseurs qu'il avait travaillé sur sa présentation avec un coach pendant des semaines.

— Tolan ne fera pas de la merde, dit Kirill en secouant la tête d'un air appuyé. J'ai trinqué à la vodka avec lui juste avant pour l'aider à se détendre.

Je jetai un regard noir à Kirill. Il avait déjà bu de la vodka avec Tolan et il me jugeait pour ma bière ?

Noah jeta un regard en coin à Kirill.

— Car tout va mieux avec de l'alcool, quand il s'agit des protocoles russes, n'est-ce pas ? J'ai entendu une rumeur affirmant que Conrad Barrett est là-bas.

Je levai les sourcils tandis que Hammer hochait vigoureusement la tête.

— J'ai aussi entendu ça et j'ai envoyé un texto à Victoria pour confirmation. Pas encore de réponse.

Je bus pensivement ma bière, triste que la bouteille soit presque vide. J'allais pourtant devoir débattre avec moi-même sur l'intérêt de supporter les remarques des collègues si j'en commandais une autre. Conrad Barrett était l'un des cinq plus riches hommes du pays. S'il était d'accord avec notre projet et qu'il aidait à le financer, ce serait *énorme*. Énorme. Si énorme que cela pouvait faire toute la différence.

XVenture, une entreprise privée d'exploration spatiale déjà prospère, avait des contrats avec d'autres entreprises et des gouvernements dans le monde entier pour des missions non habitées de mise en orbite de satellites et même de réapprovisionnement de la Station Spatiale Internationale. Mais maintenant, pour la toute première fois, ils y ajoutaient un programme habité. Les débuts de l'exploration humaine privatisée : le Corps d'astronautes XVenture. Et pour un tel ajout monumental, ils avaient besoin de nouveaux fonds. Et *beaucoup*.

Si nous les obtenions, je pourrais participer au vol de test cet automne, comme prévu. Mon Dieu, je souhaitais vraiment que la rumeur au sujet de Conrad Barrett soit avérée. Et tant que j'y étais, je souhaitais aussi avoir une autre bouteille de bière pleine devant moi.

Presque comme si j'avais appuyé sur un bouton pour l'appeler, notre jolie serveuse, Cheryl, une nouvelle, revint à mes côtés, se penchant de sorte que je puisse bien voir son beau décolleté. Mes yeux se fixèrent sur sa poitrine comme de la colle avant que je parvienne à détourner le regard. Son sourire s'élargit et elle humidifia ses lèvres, en m'ayant remarqué.

Il ne faut pas mélanger le travail et le plaisir, paraît-il, et je mangeais assez souvent ici pour ne pas réagir à son intérêt évident. En outre, j'avais déjà une très jolie et très enthousiaste partenaire prête à partager mon lit ce soir-là.

— Une autre bière, commandant Ty ?

Je clignai des paupières, analysant les retombées possibles d'une autre commande. La lutte fut réelle.

— Non, merci, Cheryl. Peut-être un peu d'eau glacée.

Sans même regarder les autres types assis à la table, elle partit vite chercher ma commande. Il il y eut des regards noirs et des yeux levés au ciel, mais elle fut de retour au bout de quelques minutes avec le verre d'eau.

Encore une fois, elle ignora les autres pour se pencher vers moi.

— Puis-je s'il vous plaît demander une faveur ? Mon neveu est un très grand fan. Pourriez-vous signer un autographe sur une serviette pour lui ?

Je tapotai la poche de mon jean en cherchant un stylo, mais je n'en trouvai pas. Noah en avait déjà sorti un en levant les yeux au ciel et il me le présenta d'un geste exagéré. Mes joues se mirent à brûler un peu. Bon sang, je détestais faire ces conneries devant les autres. Ils s'arrangeaient toujours pour me le faire payer après. Pendant bien trop longtemps.

Bande d'enfoirés jaloux.

— Si ton neveu est un fan d'astronautes, tous ces types sont allés dans l'espace, eux aussi, tu sais. Certains pendant plus longtemps que moi. Et ils signent aussi des autographes.

Elle regarda les autres, rit et haussa les épaules, mais elle ne leur demanda pas de signer quoi que ce soit. Apparemment, seuls les 'héros de l'espace' avaient droit à cet honneur. Je serrai les dents à cause du ressentiment toujours présent contre la NASA qui avait créé mon image de marque de cette façon.

Elle posa une serviette en papier neuve devant moi et je tins mon stylo au-dessus.

— Comment s'appelle ton neveu ?

— Euh...

Elle rougit encore.

— Eh bien, en fait, c'est pour moi. Mes amies ne veulent pas croire que vous êtes un de mes clients.

Je signai la serviette avec mon slogan ringard habituel.

Pour Cheryl,
Cherche à décrocher la Lune !
Commandant Ryan Tyler

— N'oublie pas ton numéro de téléphone. Si c'est ce qu'elle veut *vraiment*, dit Kirill en russe, et les autres ricanèrent.

— *Zatknis,* aboyai-je immédiatement.

Avec sa langue bien pendue, ce n'était pas rare que quelqu'un lui ordonne de la fermer... dans n'importe quelle langue.

— Qu'a-t-il dit ? demanda Cheryl lorsque je lui tendis la serviette.

— Il veut ton numéro, répondis-je, et Kirill éclata de rire en s'appuyant contre le dossier de sa chaise.

Elle fit un grand sourire et elle nous regarda rapidement l'un et l'autre, nous évaluant sans doute tous les deux pour décider lequel elle préférait. La seule chose que j'avais de plus que Kirill, c'était des cheveux plus sombres, plusieurs apparitions télé et une notoriété douteuse qui servait souvent de matière aux journaux à sensation.

Deux secondes plus tard, Cheryl se pencha près de moi, plaçant son téléphone devant nos visages.

— C'est l'heure des selfies ! chantonna-t-elle en positionnant l'appareil avant de prendre trois photos à la suite.

— S'il te plaît, n'ajoute pas la localisation si tu la mets en ligne, suppliai-je.

Je n'avais pas besoin de ça. Encore *plus* de groupies d'astronautes.

— Sûrement pas ! Je veux vous garder entièrement pour moi.

Elle tendit la main et tapota ma joue, mais je m'écartai. Lorsqu'elle fronça les sourcils, je souris pour couvrir ce moment gênant. Elle demanda alors rapidement aux autres s'ils avaient besoin de quelque chose, prit leur commande et s'éloigna.

— Regarde son cul, Ty, dit Hammer. Tu as fait une connerie en rejetant *ça*.

Je haussai les épaules.

— Je la garde pour plus tard. Suzanne vient ce soir. Nous nous entraînons ensemble.

— Ah… vous vous entraînez *ensemble*, se moqua Kirill en faisant des guillemets avec les doigts, comme d'habitude, sur le mauvais mot.

C'était hilarant de voir qu'il se trompait systématiquement.

— Non, Kirya, c'est *s'entraîner* ensemble, rectifia Hammer avec ses propres guillemets.

— Bah ! Peu importe. Il la baise. C'est ça que ça veut dire.

Il valait carrément mieux que ce soit le cas, sinon j'allais être déçu, et j'avais déjà eu suffisamment de déceptions dernièrement.

Cette lettre du directeur de la NASA était arrivée une semaine avant seulement, mais j'avais l'impression que cela faisait déjà un an ou plus. *Nous pensons que c'est dans l'intérêt de tous et nous vous souhaitons bon courage pour vos projets.*

Je l'emmerde. J'emmerde la NASA. Je serrai la mâchoire et les types échangèrent tous des regards comme s'ils avaient facilement décelé mon changement d'humeur. Nous avions passé des heures, des mois et des années à nous entraîner ensemble… parfois dans les circonstances les plus désespérées. Nous avions parcouru les sommets des montagnes de l'Alaska pendant l'entraînement en haute altitude. Nous nous étions enfermés dans un habitat de six mètres carrés pendant des semaines pour l'entraînement au voyage spatial. Nous avions passé d'innombrables heures submergées ensemble dans une des plus grandes piscines intérieures au monde, le laboratoire de flottabilité neutre à Houston. Et nous avions fait simulation après simulation. Nous connaissions le langage corporel des uns et des autres et le plus léger changement de ton dans la voix – dans plus d'une langue. Nous savions nous déchiffrer.

S'il existait un groupe d'hommes plus à l'unisson que le nôtre, je n'aurais pas su dire qui. Je n'ai connu ce genre de proximité et de camaraderie qu'une seule fois lorsque j'ai servi dans les équipes des SEAL de la Navy à l'époque où je n'étais pas astronaute.

Noah sembla le percevoir le premier, inclinant la tête dans ma direction comme s'il recevait directement ma mélancolie. Je lui jetai un coup d'œil coupable avant de détourner les yeux. Noah était celui dont la présence était la plus difficile. Il avait été là le jour de l'accident : pas dans la station avec nous, mais à Houston, guidant les astronautes lors de la sortie extravéhiculaire en tant que voix de la mission, c'était notre CAPCOM.

Il s'éclaircit la gorge.

— Qu'est-ce qu'il y a, Ty ? Est-ce que cet enfoiré de platiste te harcèle encore ? J'ai entendu dire qu'il te traînait en justice parce que tu lui avais donné un coup de poing. Je ne sais jamais quand je dois croire les unes des journaux à scandale.

Il secoua la tête avant d'ajouter :

— Cet idiot a eu ce qu'il méritait.

Kirill rit et frappa la table avec sa grande main.

— Il gardera ses distances, maintenant. Son nez n'avait pas l'air joli après avoir croisé le poing de Ty.

Je pinçai la peau sur l'arête de mon nez.

Et cette image fit remonter le fait qu'il y avait maintenant un procès en attente et que l'histoire était devenue virale. Être connu en tant que Ryan Tyler, Héros américain, était en tout cas mieux que d'être connu en tant qu'astronaute ivre ayant donné un coup de poing à un platiste et viré par la NASA. Curieusement, les journaux n'avaient pas mentionné que ce crétin avait agité une bible devant mon visage et m'avait traité de putain de menteur parce que je n'avais pas voulu jurer la vérité dessus pour lui. Il m'avait dit que mon meilleur ami était en vie quelque part dans le programme de protection des témoins et qu'il n'avait pas suffoqué dans sa propre combinaison pendant une sortie dans l'espace à des centaines de kilomètres au-dessus de la surface de la Terre.

Le pire ? C'était à quel point je souhaitais que sa 'vérité' soit correcte. À quel point je voulais savoir Xander en vie... même s'il était caché sous un faux nom et une nouvelle identité. Au moins, il marcherait encore sur terre au lieu d'avoir le corps brûlé dans l'atmosphère plusieurs mois après sa mort.

Tout ce qu'il me restait de cette confrontation débile, c'était une main couverte de bleus, un procès probable et les unes des journaux à sensation. Et la lettre pour aller me faire foutre de la NASA, bien sûr.

— Voilà Victoria, dit Kirill en passant la main dans ses cheveux blonds pour les aplatir.

— Comme c'est mignon. On dirait qu'il en pince pour quelqu'un, dit Noah en gloussant.

— Les Russes n'en pincent jamais pour personne, grogna-t-il en réponse.

Hammer parla avec un accent russe très exagéré et hilarant :

— En Russie soviétique, nous n'en pinçons pas pour les femmes. Les femmes *nous* pincent !

— Très drôle. Je fais des gestes grossiers à vous tous, répondit-il.

Mais malgré ces mots, il n'en fit rien, car Victoria Breckenridge, une Afro-Américaine très attirante, s'approcha de nous. Avec son costume rouge sombre, sa coiffure parfaite et ses talons aiguille de marque, elle ressemblait à la version bien mise d'une femme fatale prête pour les affaires. Quelqu'un que je ne connaissais pas traînait à un pas derrière elle. Une femme mince portant un jean et un sweat avec l'image d'une planète et le slogan : *Pluton : N'oubliez jamais. 1930 – 2006.* Ses cheveux châtain étaient remontés sous une casquette de la NASA. Je ne pus m'empêcher de sourire à cause du sweat-shirt et de me poser des questions sur la jeune femme qui le portait.

Mes yeux retournèrent à Victoria, directrice des relations publiques de XVenture chargée de la publicité pour le XPAC. Je grimaçai presque en me disant qu'elle pourrait me demander de reprendre les talk-shows et la radio. Au cours de la dernière année depuis l'accident, la NASA n'avait pas hésité à me faire parader comme leur ours domestiqué. Et comme l'ours dressé, j'avais joué le jeu en espérant que cela m'aiderait à tenir ma promesse. J'aurais dû savoir qu'ils allaient me décevoir... qu'ils retireraient cet espoir et qu'ils me laisseraient sans avenir avec eux.

En réalité, j'aurais tué pour éviter encore une fois ce cirque publicitaire, mais si c'était ma seule façon de retourner dans l'espace, je m'étais déjà résigné à la possibilité de devoir l'endurer pour le nouveau XPAC. Si cela m'aidait à repartir, j'aurais sauté à travers les anneaux enflammés comme un lion dressé.

Avec un peu de chance, je n'irais pas jusque là.

Quoi qu'il en soit, j'avais une promesse très importante à tenir.

Les deux femmes s'approchèrent de notre table et avec sa politesse d'Europe de l'Est typique, Kirill bondit immédiatement de sa chaise. Il ne restait jamais assis quand une femme près de lui se trouvait debout.

Victoria s'arrêta et fit un grand sourire, son rouge à lèvres sombre scintillant sur ses lèvres parfaites.

— Salut, les garçons, nous sommes ici pour vérifier une dernière fois la commande à déjeuner pour nos investisseurs. Ils arrivent vers la fin du grand tour et ils sont presque prêts à manger. Tolan a sorti le grand jeu avec des décollages simulés et tout.

— Ils vont croire qu'ils sont morts et partis au paradis Disneyland, dis-je en souriant et elle leva le menton en riant.

— Comment va Tolan ? Il n'a pas encore vomi de nervosité, n'est-ce pas ? demanda Kirill.

Son sourire s'élargit.

— Pas encore. Mais il n'a pas eu grand-chose à faire. Il suit le tour et il fait la conversation en marchant. Je croise les doigts pour l'instant.

Elle leva une main parfaitement manucurée aux ongles écarlates en montrant ses doigts croisés.

— Ils se rendent à la salle de conférence pour parler affaires en déjeunant. C'est dans une heure environ, alors je veux m'assurer que tout se passe sans encombre.

Ses yeux se posèrent sur la bouteille de bière maintenant vide posée sur la table et je commençai à me sentir un peu penaud, bien que son expression ne changea pas. Toujours aussi douée.

— Vous connaissez tous Gray, n'est-ce pas ?

— Qui est-ce ? lâchai-je avant de remarquer que Victoria indiquait la personne insignifiante en sweat et casquette à côté d'elle.

— Elle a récemment rejoint l'équipe de santé comportementale, ajouta Victoria en ne tenant pas compte de mon interruption.

La fille – elle semblait vraiment jeune – nous regarda de derrière ses lunettes sous la visière de sa casquette. Maintenant qu'elle était plus proche, je pus l'examiner plus facilement. Elle était de taille moyenne, avec une silhouette mince... presque à la garçonne. Lorsqu'elle tourna la tête pour regarder Victoria, j'aperçus une queue de cheval châtain sortant sous sa casquette.

— Salut les gars.

Elle sourit nerveusement.

— C'est bon de tous vous revoir.

Nous eûmes le mérite de ne pas grogner, alors que j'étais certain que nous le voulions tous. Les psychologues de vol étaient le fléau de l'existence de tous les astronautes à la NASA. Nous devions répondre à leurs questions, supporter leurs évaluations et finalement, vivre ou voler selon leurs désirs.

Je pensais que ce serait la même chose ici. Kirill, qui était toujours debout et qui resterait debout tant que les femmes le seraient aussi, lui tendit la main. Elle la serra en hochant la tête avec enthousiasme, un joli sourire sur les lèvres. Je me levai de ma chaise à côté de Kirill, tendant la main, moi aussi.

— Je ne crois pas que nous nous soyons rencontrés. Je suis Ryan Tyler.

Son sourire disparut immédiatement de son visage et elle enfouit les deux mains dans ses poches. Un silence gêné emplit l'atmosphère. Apparemment, la main de Kirill valait la peine d'être serrée, mais pas la mienne. *C'était quoi, ce bordel ?*

— Nous nous sommes déjà rencontrés. Tu ne t'en souviens pas, répondit-elle sèchement en regardant le sol.

Hammer ricana en face de moi alors que j'étais debout, la main tendue comme un idiot. Comme si j'avais une sorte de maladie – peut-être même le genre de maladie qui ne se transmettait pas en serrant la main. Je faisais régulièrement des tests, il n'y avait aucun danger de ce côté-là.

Noah et Kirill se mirent aussi à rire, empirant encore la situation. Et elle refusa de me regarder dans les yeux, les mains enfoncées si loin dans les poches qu'elle pouvait presque se toucher les genoux. Elle voulait réagir de cette façon ? Très bien. Je n'avais pas besoin d'une putain de psy sur le dos, de toute façon.

Je levai les mains, retirant ma main tendue.

— Pas de souci, ma mignonne. Tu ne sais pas gérer quelqu'un comme moi ? Il y a des filles qui n'en sont pas capables.

Je ponctuai ma remarque par un grand sourire merdeux. D'accord, c'était vraiment nul de dire ça, et je m'en rendis compte juste après. Je me serais peut-être même excusé si sa réaction ne m'avait pas complètement déstabilisé.

Elle rougit immédiatement, fronçant les sourcils au-dessus de ses lunettes. C'était exaspérant, mais cela lui donnait un air adorable et encore plus innocent. Je détournai le regard de ses yeux verts troublants et je me laissai tomber sur ma chaise, lui tournant le dos.

Gray. Gris en américain. Quel genre de parents appelaient-ils leur enfant de cette façon ? Tout particulièrement une fille. C'était la couleur la plus fade. Pourquoi ne pas choisir Mauve ou Chartreuse à la place ? Je ne savais même pas à quelle couleur cela correspondait, mais cela me paraissait beaucoup plus intéressant. Le gris était la couleur du mauvais temps, des mammifères tout en bas de la chaîne alimentaire et des chaussettes sales qui avaient été portées bien trop longtemps sans être lavées.

Hammer arrêta *enfin* de rire – le crétin – et il se pencha en avant.

— Hé, Victoria, tu n'as jamais répondu à mon texto.

— Je n'ai même pas eu le temps de regarder mon téléphone. De quoi avais-tu besoin, Hammer ?

— J'ai entendu une rumeur selon laquelle Conrad Barrett est là-bas. Est-ce vrai ? S'il te plaît, dis-moi que c'est le cas et que c'est un grand fan de l'espace.

Victoria et Cinquante Nuances de Gris Fade échangèrent un long regard avant que Victoria réponde.

— C'est à moitié vrai. Il est bien là-bas. Je ne sais pas à quel point il est fan de l'espace, mais j'espère que ça l'intéresse beaucoup plus que lorsqu'il est arrivé aujourd'hui.

— Et on espère qu'il dépensera un peu de ses gros sous, siffla Noah en levant les doigts croisés. Prions pour ça.

Kirill frappa trois fois sur la table et fit un coup de tête vers son épaule gauche. C'était un geste russe pour invoquer la chance.

Je bus un peu d'eau glacée avant de lancer :

— Hé, Conrad Barrett est bien connu pour être un radin moralisateur. Vous voulez parier qu'il mise sur les platistes à la place ?

Malgré mon attitude désinvolte, j'espérais que ce soit faux. Cet enfoiré pouvait bien faire la différence entre le démarrage de cette mission ou pas. Je détestais tellement être à la merci des investisseurs. Mais dans l'Amérique des grandes entreprises, que pouvait-on faire d'autre ?

Victoria secoua la tête et jeta un coup d'œil à son élégante montre connectée.

— Nous devons aller vérifier cette commande. Vous autres, vous êtes de service pendant encore quelques heures au cas où le groupe d'investisseurs veuille vous rencontrer. Nous vous appellerons. En attendant, plus de cocktails ni de bières. Vous êtes en état de vol imminent.

Elle leva les sourcils comme une mère qui nous grondait en faisant de son mieux pour parler 'astronaute' à ses garçons indisciplinés.

— Nous nous sommes officiellement fait gronder, les gars, marmonna Hammer pendant que nous regardions les deux femmes s'éloigner.

Je ne pus m'empêcher de remarquer que la nouvelle avait un joli petit cul dans son jean, malgré sa silhouette garçonne de face. Ses poings étaient encore profondément enfoncés dans ses poches, et ses épaules étaient raides. Était-elle contrariée par quelque chose ? Ou peut-être avait-elle un bâton dans le cul de façon permanente ? Comment le savoir ? Cinquante Nuances de Coincée.

Je regardai ma montre et je me rassis en soupirant. Nous allions devoir supporter une longue attente et nous avions tous besoin de penser à autre chose. Soit cette réunion se passait bien et nous obtenions notre argent, soit il allait falloir attendre des mois, encore d'autres mois d'incertitude.

Je serrai les dents, puis je me forçai à détendre les mâchoires. Lorsque Cheryl revint à notre table, nous lui demandâmes de diffuser la chaîne du match à la télé en espérant ainsi diminuer la tension de l'anticipation. Nous nous installâmes, mal à l'aise, et nous attendîmes notre moment de monter sur scène.

Chapitre Trois
Gray Barrett

C'ÉTAIT CERTAINEMENT UNE DES PLAISANTERIES LES PLUS cruelles de l'univers que plus la nourriture était toxique et de mauvaise qualité, plus elle nous réconfortait. Des bacs d'un litre de crème glacée et une cuillère pour les ruptures amoureuses. Des litres de café et/ou de sodas caféinés pour travailler frénétiquement toute la nuit. J'ajoutai maintenant les chips bien grasses à cette liste pour l'attente angoissée.

Je faisais nerveusement les cent pas à l'extérieur de la salle de conférence, dans une zone d'accueil quelconque avec des tables, des bureaux et des chaises de bureau en chrome à l'air futuriste. Les couleurs vert citron et cyan du thème éclaboussaient le sol de marbre blanc.

Je m'arrêtai subitement et je me focalisai sur le sachet extra large de chips au vinaigre que mon amie et collègue Parvati 'Pari' Sharma agitait maintenant devant mon visage. Il contenait la promesse de calmer l'esprit troublé de la boule de nervosité que j'étais devenue au cours de la dernière semaine.

Je savais devoir résister, devoir utiliser toute ma volonté disponible. Mon jean était déjà un peu trop serré au niveau du cul : *trop de poids à l'arrière, Gray.* N'était-ce pas exactement ce que je m'étais dit ce matin quand je l'avais difficilement enfilé ?

Mais bon sang, j'avais été stressée toute la journée et il était midi sans que j'aie eu le temps de m'arrêter pour manger un déjeuner sain.

Mon estomac gargouilla. Les glucides étaient utiles au fonctionnement du cerveau, permettant une réflexion plus rapide. Après tout, plus de quatre-vingts milliards de neurones envoient et reçoivent des signaux électriques au cours de n'importe quelle durée de vingt-quatre heures. Et le cerveau consommait presque la moitié du glucose du corps. Et les glucides se transformaient directement en glucose pendant la digestion, et les chips étaient pleines de glucides alors…

Ces chips étaient bonnes pour mon cerveau. Oui. J'arrachai l'énorme sac de chips de la main de Pari plus vite qu'elle n'aurait pu dire *psychologie cognitive métabolique*. Je l'ouvris.

— Waouh, tu es vraiment une boule de nerfs.

Les sourcils bruns de Pari montèrent sur son front et elle écarquilla ses yeux sombres.

— Je l'ai su à la seconde où tu as commencé à m'envoyer des textos pleins de charabia de correction automatique.

Je haussai les épaules et je plongeai la main dans le paquet de chips avant de les fourrer dans ma bouche.

— Il se peut que mes mains aient un peu trop tremblé pour écrire des messages cohérents.

— Un *peu*? Tu m'as écrit : *Vingt à la salle de confession innocemment*. J'ai essayé de deviner du mieux que j'ai pu.

Elle se mordit la lèvre. Son épaisse chevelure noire encadrait son visage.

— Je préfère te prévenir, cependant. Je ne fais *rien* innocemment.

Je ne répondis pas. J'étais trop occupée à enfourner des chips.

— Pour l'amour d'Asgard, Gray. Ralentis. Respire. Avale. Tu vas t'étouffer avec ta propre gloutonnerie.

Je marchai encore un peu plus.

— Je ne peux pas. Mmm. C'est si bon.

Elle secoua la tête.

— Non, ne fais pas ça. Ne fais pas des bruits de sexe en mangeant des chips. C'est pathétique.

L'année précédente, Pari et moi nous étions rencontrées par l'intermédiaire de notre amitié mutuelle avec Tolan Reeves, PDG de XVenture Space Co et nous étions vite devenus amies et plus récemment, collègues.

De bien des façons, nous étions des opposés. Elle était ingénieure aérospatiale, et j'ambitionnais de devenir psychothérapeute. J'avais les cheveux clairs et elle, à cause de son héritage indien, était brune. Elle nouait immédiatement des amitiés, alors que je paniquais quand j'étais confrontée à de beaux astronautes célèbres qui voulaient serrer ma main en sueur.

Oui, Pari et moi étions différentes, mais nous adorions toutes deux l'espace, nous regardions toutes sortes de séries de science-fiction et de fantasy, et nous étions toutes les deux débutantes et pleines d'ambition dans nos carrières respectives.

Pari marcha jusqu'à une table proche, attrapa un rouleau d'essuie-tout, arracha un morceau et me le tendit.

— Essuie-toi la bouche et les mains. Ce n'est pas beau à voir.

— C'est toi qui as apporté les chips, dis-je en obéissant et en m'essuyant la bouche.

Elle fronça les sourcils.

— Ça se passe si mal que ça ? Tolan a-t-il foiré la visite des investisseurs ?

Je secouai la tête, puis je posai un doigt sur mes lèvres pour la faire taire et je montrai la porte de la salle de conférence. À l'intérieur, Tolan, Victoria et les investisseurs qui, avec un peu de chance, deviendraient de futurs investisseurs dans le Corps privé d'astronautes de Xventure, le XPAC, déjeunaient ensemble. Ce serait parfait s'ils discutaient de leurs plans pour le financer… et donc aussi mon job rêvé en tant que psychologue expérimentale de vol… en mangeant.

— Qu'a pensé ton père ? demanda-t-elle d'une voix légèrement plus basse.

Je lui jetai un regard mauvais. Me rappeler que mon père était dans cette pièce parmi les investisseurs susnommés me donnait envie de manger deux fois plus de chips.

— Allez, Gray. Tout le monde veut savoir dans quel nouveau projet Conrad Barrett va jeter son argent. Mon père suit ses conseils boursiers comme si c'était une religion. Comme s'il était Ganesh lui-même descendu parmi les mortels. Mais c'est *ton* père, et je ne peux pas imaginer qu'il ne dépense pas quelques centaines de millions pour aider ta future carrière.

Je poussai un soupir. Oui, ce serait logique pour tout le monde, sauf pour les gens qui connaissaient mon père.

— Papa n'est pas convaincu que ce projet est bénéfique pour mon avenir.

Pari leva les yeux au ciel en riant.

— Ce sont des problèmes de blancs. Au moins, tu avais le choix quand tu as préféré la psychologie à la finance.

Je léchai mes lèvres salées avec l'envie d'une boisson sucrée. Le sel et le vinaigre m'avaient asséchée, comme toujours. Mais c'était tellement bon.

Pari attrapa le paquet de chips posé sur le bureau de l'accueil. Étalant soigneusement une serviette, elle se versa un tas et elle prit une chips qu'elle appuya délicatement contre sa petite bouche. Pari était menue, avec des yeux d'ébène et de longs cheveux bruns lisses et brillants attachés en queue de cheval.

Le silence tomba entre nous pendant que nous écoutions, nos têtes orientées vers la porte. Nous n'arrivions pas à distinguer clairement les voix qui grondaient à l'intérieur, ponctuées par des quintes de toux ou des rires occasionnels. Oui, Pari aidait à fabriquer les fusées et l'entreprise XVenture avait définitivement prouvé être douée pour concevoir des fusées et pour gagner beaucoup d'argent avec. Mais envoyer ses propres astronautes dans l'espace ? Cela n'avait encore jamais été fait par une entreprise privée. Il s'agissait d'un territoire vierge... un territoire très excitant pour ceux qui comme moi souhaitaient être impliqués dans l'avenir des humains travaillant dans l'espace.

Mais tout, comme souvent, ne tenait qu'à un fil, le fil délicat des cordons de la bourse. Sans argent, nous ne décollerions jamais... au sens propre comme au figuré.

— J'ai un peu espionné pour voir qui est là. C'est un groupe assez impressionnant.

Elle croqua quelques chips, ses mains couvertes de bagues scintillant sous les lumières industrielles. Des tatouages temporaires au henné restaient visibles sur le dos de ses mains et ses poignets, depuis les festivités du mariage de sa sœur. Je les scrutai pour la vingtième fois, fascinée par le délicat talent artistique.

— Je ne savais pas du tout qu'Adam Drake était aussi canon en vrai, dit-elle d'un seul coup en secouant la tête à ce souvenir. C'est un onze sur une échelle de Thor à Loki.

Je levai les sourcils.

— Tu l'as reluqué ? Sa femme était avec lui.

Je me raclai la gorge, essayant de chasser des miettes de chips.

— En plus, les hommes ce n'est pas ton truc, tu te souviens ?

Elle attrapa une autre chips et la pinça entre ses lèvres.

— Les deux m'intéressent. Les hommes ne m'intéressent pas *dernièrement*, rectifia-t-elle. Et puis, une fille peut toujours apprécier un bel homme et son compte en banque. Il fait crier de joie mon côté geek et gameuse.

— Ce n'est pas juste un 'côté'.

Elle passait des heures à jouer à Dragon Epoch. Je me penchai en avant, attrapant d'autres chips de la pile alors que je m'étais promis de ne plus en manger.

— Ton père semble très intéressé par les détails de la visite. Il a posé beaucoup de questions, en tout cas.

Je secouai la tête. Les questions : une des tactiques préférées de papa pour gagner du temps. Il l'utilisait régulièrement dans les négociations afin d'aborder ses propres objections.

— Alors… ton avis sur ton père ? demanda-t-elle en posant ses doigts gras sur la serviette.

— Je ne sais pas, il est difficile à cerner. Même pour moi. Aïe, je crois que j'ai une migraine, ça me stresse trop.

Impuissante, je me frottai les tempes. Normalement, j'avais une sorte de don pour lire les signes non verbaux et le langage corporel. Mais papa cachait toujours bien son jeu. Il était célèbre pour cela. Si on ne savait pas rester discret, on ne devenait pas une des personnes les plus riches du pays et célèbre pour sa frugalité et sa dureté en affaires.

Je frottai mes doigts ensemble, bien déterminée à ne pas toucher d'autres chips qui les rendraient encore gras.

— Tolan est capable de t'inspirer quand tu l'écoutes. L'autre jour, il parlait de notre objectif d'aller sur la Lune, puis Mars, puis au-delà. De nos objectifs en tant qu'institution… et même *moi*, ça m'a donné des frissons.

— Mais tu es déjà convaincue parce que tu es une véritable fan de l'espace. Est-ce que ton père se soucierait de tout cela ?

Je haussai les épaules.

— J'ai su qu'il serait difficile à convaincre quand ils ont choisi le commandant Tyler pour représenter le programme.

L'idée de Ryan Tyler me donne encore une fois envie de remplir ma bouche de chips. J'avais été à deux doigts de convaincre mon père toute seule avant qu'ils fassent cette annonce.

— Mais Ty amènera d'autres investisseurs, rétorqua Pari. Rien que le côté relations publiques…

— Les relations publiques, ricanai-je en levant les mains. Si tu comptes la presse à scandale comme des relations publiques.

Elle inclina la tête, comme si elle n'arrivait pas à croire ce que je disais.

— C'est le héros américain idéal avec une histoire qui attire immédiatement la sympathie. Le commandant Ryan Tyler, un astronaute qui a survécu à une tragédie dans laquelle il a sauvé toute la Station Spatiale Internationale et montré un courage hors du commun. *Et* son meilleur ami est mort dans ce même accident.

J'évitai son regard, me perdant dans le vague en réfléchissant à ces mots. Elle avait raison, bien sûr, et je comprenais tout cela, mais cela ne changeait rien au fait que cet homme me mettait mal à l'aise chaque fois qu'il était à proximité.

— Et puis, ce n'est pas seulement la presse à scandale, Gray. Il est passé dans *Time magazine, Newsweek,* et d'autres. Il a un gros livre qui sort et un film en cours de production. Des documentaires, des conférences et des apparitions télé. Il est sous le feu des projecteurs pour son héroïsme.

Elle fit craquer quelques chips supplémentaires pendant que je pinçais les lèvres de protestation.

Elle poussa un long soupir.

— Et en plus de tout ça, il est putain de canon.

Elle s'éventa le visage.

— Personnellement, je crois qu'ils devraient faire des posters avec Ty prenant la pose torse nu devant la fusée Rubicon III. Ça, ça attirerait l'attention des gens !

Je levai les yeux au ciel et je détournai la tête pour cacher mes joues rouges en me souvenant d'avoir rejeté sa poignée de main moins d'une heure plus tôt, et puis sa réaction stupide à mon affront supposé. Comme si toutes les femmes au monde le désiraient, comme si parce que je n'avais pas serré sa main, j'affirmais une sorte de préférence sexuelle. Effectivement, j'avais serré la main à Kirill Stonov. Mais il s'était aussi souvenu de qui j'étais en tant que personne.

Quand le puissant Ryan Tyler s'était levé et avait tendu la main, j'avais immédiatement commencé à transpirer. Et cela, avec la gêne causée par le fait qu'il ne se souvenait manifestement pas de moi, m'avait fait paniquer et enfoncer mes mains dans les poches. Il était probable qu'il ait déjà oublié mon rejet apparent, puisque je ne lui avais pas fait impression la première fois que nous nous étions rencontrés. Chaque semaine, il y avait une femme sexy différente à son bras. Pas moyen qu'il se souvienne de moi et tout ce scénario se répéterait sûrement la prochaine fois que je serais coincée dans une pièce avec lui.

Pari n'avait pas exagéré. Cet homme était une légende vivante. J'avais souvent été près de gens célèbres, étant la fille de mon père. Mais un astronaute célèbre ? Un héros qui avait sauvé l'ISS ? Oui, je n'étais pas aidée par le fait qu'il était plus beau que la moyenne. Beaucoup plus beau que la moyenne.

Je poussai un long soupir en ayant l'impression d'avoir pris un coup dans le ventre.

— Mon père est plus concentré sur les aspects négatifs de l'implication de Ty dans notre programme. Tu dois admettre que sa vie est tombée en miettes pendant l'année qui a suivi l'accident. Toutes les fêtes, la drague. Le saccage d'une chambre d'hôtel. Le coup de poing à un type qui a été filmé. La destruction d'une moto dans un accident où il était peut-être en état d'ébriété. Le renvoi de la NASA…

Pari sourit en croisant les bras.

— Oh, Gray, tu es psychologue. Tu dois comprendre pourquoi XVenture a fait de Ty le porte-parole du XPAC.

— Pour être précise, je suis une psychothérapeute en devenir, et je n'aurai ce titre qu'après avoir défendu ma thèse et fait mes heures de pratique de la psychologie.

Pari remua la tête.

— Eh bien, je pense que son héroïsme sera contagieux pour le XPAC… *L'étoffe des héros* et tout ça.

— Personne ne l'espère plus que moi.

Je posai avec emphase une main sur le cœur.

— Mais si papa n'investit pas, il n'y aura pas de mission du tout cette année. *Personne* ne volera. Pas même Ty.

L'argent de mon père pouvait faire la différence entre être capable de faire le test de vol en septembre – ce qui serait énorme pour la publicité – ou devoir le repousser d'un an, peut-être plus.

Et puis qu'en serait-il de mes recherches ? J'avais des protocoles d'entraînement à écrire et des simulations à développer. L'idée suffisait à me donner le tournis, mais si le programme n'était pas entièrement financé, il n'y aurait pas de mission habitée, et les astronautes allaient devoir trouver un autre métier ou retourner à leurs anciens employeurs.

Alors que j'essayais de changer de sujet, les quatre astronautes assis au restaurant de l'autre côté de la rue entrèrent dans la pièce, Tyler à l'avant.

Comme je l'avais remarqué les fois précédentes, Ty était un spécimen épatant de masculinité dans la fleur de l'âge. Il faisait un peu moins d'un mètre quatre-vingt-trois, les cheveux bruns, les yeux bleus remarquables, le milieu de la trentaine. Il se déplaçait avec assurance et en roulant des mécaniques. Il avait la confiance en lui d'un homme à l'aise dans son corps et habitué à commander.

D'ailleurs, le fait qu'il avait le visage et le corps d'un dieu grec ne facilitait pas les choses. Il avait une mâchoire prononcée, surmontée de lèvres généreuses, un nez droit et des yeux entourés de cils épais. *Bon sang.*

Un humain magnifique qui semblait attirer mes yeux à lui comme la force de gravité de Jupiter. Et comme avec tout ce qui était coincé en orbite autour de la plus grande planète du système solaire, il y avait un véritable danger à se faire écraser ou transformer de façon que je ne pouvais même pas comprendre.

Ainsi, même s'il me faisait frémir, je savais qu'il était quelqu'un dont je devais rester très, très éloignée. *Esquive, esquive, esquive.*

Maintenant, si seulement je pouvais transmettre ce même message à mes yeux et mon cœur battant. Ils semblaient vouloir agir de leur propre volonté. Je déglutis afin d'humidifier ma gorge et j'arrachai mon regard à lui, en espérant qu'il ne restait pas de traces de gras ou de miettes de chips autour de ma bouche.

— Parvati ! dit le grand cosmonaute russe.

— Kirill Andreivich ! répondit Pari avec un grand sourire.

— Pourquoi ne travailles-tu pas sur les fusées ? Nous avons besoin que tu travailles sur les fusées.

— Il faut bien que je fasse une pause de temps en temps.

Elle se redressa et elle essuya ses mains grasses sur son jean.

— Mais maintenant que tu en parles, il est temps que je retourne au travail avant que Vic sorte de là.

Et ce n'est qu'alors que je me rendis compte que Pari avait soigneusement évité Victoria au cours des dernières semaines. Je notai mentalement de lui poser la question plus tard. Mais certainement pas tout de suite.

En ce moment précis, quatre paires d'yeux me regardaient, dans l'expectative. Je haussai les épaules.

— Quoi ?

— Victoria nous a fait venir ici, dit celui que les autres surnommaient Hammer. Sais-tu si nous devons entrer ou pas ?

J'ouvris la bouche pour leur dire que je ne savais absolument pas ce que Victoria avait prévu lorsque la double porte de la salle de conférence s'ouvrit et que Victoria passa la tête dans le couloir.

— Les gars ! Merveilleux. Euh, j'ai seulement besoin de Ty pour l'instant.

Elle parcourut la pièce des yeux et atterrit sur moi.

— Et Gray, viens là, toi aussi, dit-elle avec un regard appuyé qui signifiait probablement que mon père était pénible. J'avais vu ce regard exaspéré sur de nombreux visages de personnes ayant travaillé avec lui.

J'ignorai le regard curieux de Ty. Il se demandait sans doute pourquoi une moins que rien – dont il n'avait même pas pris la peine de se souvenir – était incluse dans cette discussion importante. Et clairement, je n'étais pas vêtue pour. Tant pis. La flexibilité était une de mes forces.

Au moins, Ty eut la bonne idée de ne pas faire d'autre remarque stupide et sexiste.

Je le suivis dans la pièce. Malgré sa personnalité irritante, il avait un postérieur magnifique. Je luttai pour ne pas remarquer les bras musclés parcourus de veines qui étaient exposés par le polo noir à manches courtes qu'il portait. Un instant, une image impossible me vint : c'était moi – en jean, sweat, cheveux ébouriffés et tout – accrochée à ses biceps parfaitement ronds, me penchant pour le sentir. Quelle était son odeur, d'ailleurs ? Je veux dire, ses phéromones, l'odeur de sa sueur sous le savon et l'after-shave qu'il portait peut-être ?

Bon sang, Gray. Contrôle-toi. C'est un crétin de mâle alpha. Je secouai la tête pour sortir de ma psychose temporaire. *C'est ça. Secoue-toi.* Ce n'était pas comme si je n'avais jamais fréquenté un bel homme avant. *Bon sang.*

La principale salle de conférence de XVenture était un grand espace. La table blanche avait été poussée sur le côté et les fenêtres de l'extérieur avaient été obscurcies pour permettre la projection de la présentation sur l'écran derrière nous. C'était maintenant la dernière diapo. Heureusement – ou malheureusement, dans mon cas –, les lumières furent remontées suffisamment afin que nous soyons capables de voir environ deux douzaines de personnes dans la pièce, toutes possédant des dossiers joliment assemblés devant elles sur les tables en verre et chrome. Des posters aux couleurs vives représentant des fusées à différentes étapes de vol étaient accrochés aux murs, et une réplique miniature de quatre mètres cinquante de la fusée Rubicon III était suspendue horizontalement au plafond sur la longueur de la pièce.

Tous les yeux se posèrent sur Ty qui se tenait à côté de moi, raide, confiant. Manifestement, il avait l'habitude d'être au centre de l'attention. Mon regard se posa sur le visage de mon père. Il dévisageait Ty, lui aussi.

Le lien avec la Navy était un des éléments pouvant fonctionner à notre avantage. Papa avait servi en tant qu'officier de la Navy à bord d'un porte-avions après ses années d'université, et Ty était un ancien Navy SEAL, avant sa sélection par la NASA pour être astronaute. Les officiers de la marine avaient tendance à vénérer ces guerriers d'élite. Peut-être que cela permettrait à mon père de voir le bénéfice potentiel de Ty dans la mission. Je croisai encore une fois les doigts dans mon dos, consciente que mes mains étaient froides et qu'elles tremblaient.

Si ce programme n'était pas financé, cela signifiait la fin d'un de mes plus grands rêves. J'allais devoir recourir à la thérapie d'entreprise... ou pire, travailler pour mon père. Et j'avais en partie conscience qu'il comptait là-dessus.

Après avoir présenté les gens dans la pièce, Victoria expliqua que nous étions là afin de clarifier quelques éléments pour les investisseurs.

— Commandant Tyler, nous voulions entendre votre version des événements récents, commença Victoria, mais elle se tut lorsque mon père redressa le dos et que Tyler croisa les bras sur la poitrine d'un air défensif.

Oh oh.

— Certainement. J'ai fait une déclaration à la presse à ce sujet, mais je suis ravi de la répéter. J'ai été approché par un fanatique de la Terre plate qui a agité sa bible devant mon visage et m'a demandé de jurer dessus qu'il existait bien une Station Spatiale Internationale et que j'avais passé des mois à y travailler en orbite.

Mon père inclina la tête sur le côté, l'incrédulité inscrite dans tous ses traits ainsi que dans son langage corporel.

— Vous avez donné un coup de poing à un homme parce qu'il avait agité une bible devant vous ?

— Il a été insistant et incroyablement insultant.

— Vous avez frappé un homme parce qu'il vous a *insulté*? rétorqua mon père, de plus en plus sceptique.

Oh… oh merde. Mon pouls accéléra et les murs semblèrent se refermer sur moi. J'avalai une boule de peur. Cette conversation n'annonçait rien de bon pour le restant de la réunion.

Un homme brun assis à côté de mon père se pencha en avant pour intervenir. Je remontai les lunettes sur mon visage afin de le voir de plus près. C'était Adam Drake, le concepteur de jeux vidéo que Pari admirait. Il était le premier dans la pièce à avoir visité la station en tant que citoyen privé quelques années auparavant. Mon esprit paniqué se tendit vers lui comme s'il était un minuscule rayon d'espoir qui pouvait peut-être renverser la situation. Cela faisait des mois qu'il était un avocat passionné de cette mission et il était le type d'entrepreneur que mon père respectait : un homme qui s'était fait tout seul.

— J'ai lu que certains de ces tarés platistes peuvent être affreusement méchants et dans certains cas, violents. En outre, Ty est en bonne compagnie. Buzz Aldrin a lui aussi eu une altercation avec un platiste après avoir été traité de menteur. Ils ont également harcelé Neil Armstrong au sujet de l'alunissage pendant des années avant sa mort. Ils peuvent être affreux quand ils ont une idée derrière la tête. Je ne peux pas imaginer de meilleure compagnie pour le commandant Tyler.

Papa inclina la tête en reconnaissant la contribution de M. Drake avant de se tourner pour dévisager Ty.

— Mais les astronautes n'apprennent-ils pas à ne pas perdre leur sang-froid dans les entraînements ? Et qu'en est-il de votre entraînement à la Navy avant cela ? Un officier. Un diplômé de l'académie navale ?

Pendant cette diatribe, Ty s'était redressé, laissant tomber les bras sur les côtés comme s'il était au garde-à-vous en écoutant les réprimandes de son supérieur.

— M. Barrett...

— Nous savons tous les deux où cela nous mène, *commandant*, dit mon père. Je vais vous interroger. Vous allez bafouiller à cause de véritables faits rapportés dans des médias respectés...

— À ne pas confondre avec tous les mensonges répandus ou exagérés dans la presse à scandale.

Tyler serra le poing pour ponctuer sa réponse.

Papa hocha la tête et il pinça la bouche en réfléchissant.

— En plus de cette vidéo dans laquelle vous frappez ce type, il est fait rapport de beaucoup de fêtes et de chambres d'hôtel saccagées. Des femmes différentes chaque semaine... à chaque apparition en public. Un véritable play-boy qui profite de son image de héros pour conclure. S'agit-il vraiment de mensonges, ou bien la vérité est-elle plus intéressante ?

Oh merde de merde. Ce n'était pas bon. Pas bon du tout. J'observai la pièce. Quelques personnes hochaient la tête, pendues aux lèvres de papa. Il avait cet effet-là sur les gens.

Encore un peu plus et même les pires geeks de l'espace risquaient de se retirer du projet. Je vis le regard de Victoria et je jetai un regard appuyé vers le dos de Ty. Elle serra la mâchoire et elle secoua légèrement la tête.

Je m'avançai, chancelant un peu comme si j'allais entrer dans une zone de guerre. Il s'agissait du no man's land entre papa dans une tranchée et Ty dans une autre, chacun entouré de fil de fer barbelé et observant l'ennemi en face de lui.

— Je vais intervenir et suggérer que nous orientions cette discussion dans une direction plus… productive, dis-je presque au moment où Ty ouvrit la bouche pour affronter mon père, sans doute avec virulence. Il tourna brusquement la tête vers moi, l'animosité sortant comme des balles de ses yeux.

Je me tournai vers papa.

— Évidemment, tu as des objections. Je suis certaine que les problèmes de relations publiques seront réglés. Victoria est *très* douée pour son travail.

Victoria intervint.

— Oui, nous avons préparé toute une campagne…

Mais papa ne s'était même pas tourné vers elle. Il restait focalisé sur moi.

— Que penses-tu, alors ? Ton opinion sincère. Si cela ne tenait qu'à toi, est-ce que tu choisirais le commandant Tyler pour représenter le XPAC ?

Je me figeai. Oh, merde… et d'autres jurons pour lesquels j'étais trop paniquée. Tous les yeux dans la pièce semblaient tournés vers moi : papa, Tolan, Victoria, Adam Drake et les autres. Et Ty lui-même. Je lui jetai un regard de côté.

— Euh, je suis tout à fait prête à répondre à cette question… en privé.

La mâchoire de Tyler tomba. Apparemment, même la plus légère trace de doute quant à ses capacités n'était pas acceptable. Il se raidit en croisant les bras.

— Tout ce que vous souhaitez dire à mon sujet, vous pouvez le dire ici et maintenant. Je peux le supporter. Mais votre opinion *professionnelle* ne vaut pas grand-chose puisque nous venons de nous rencontrer.

J'écarquillai les yeux, irritée qu'il me rappelle que j'étais une moins que rien dont il était inutile de se souvenir.

— Nous ne venons pas de nous rencontrer, commandant Tyler, mais d'accord. C'est noté.

Je m'éclaircis la gorge en constatant du coin de l'œil que Tolan se mordait la lèvre inférieure en me regardant d'un visage impassible. Je me retournai vers les gens face à nous. Papa se penchant en avant, posant le menton sur sa main et se concentrant sur moi. La meilleure façon de s'occuper de lui était l'honnêteté franche. Papa ne supportait pas bien les imbéciles et les conneries. En fait, c'était un peu sa devise.

Après une pause prolongée, je continuai :

— Je ne crois pas que le choix du commandant Tyler pour représenter notre programme était très avisé. J'aurais préféré Noah Sutton. Il est beaucoup moins controversé. Mais ce n'était pas à moi de faire le choix. C'est celui de Tolan et des chefs d'équipe. Je suis certaine qu'ils ont de très bonnes raisons.

Le reste de la pièce demeura totalement silencieux et je sentis l'hostilité suinter de Tyler à un mètre de moi. Tout le monde semblait retenir sa respiration, attendant ce que papa allait dire ensuite.

— Noah serait excellent, dit Tolan avant que mon père puisse répondre.

Il sembla choisir ses mots avec soin.

— Mais il ne suscite pas autant l'intérêt du public que le commandant Tyler.

Je hochai la tête.

— C'est vrai. Comme je l'ai dit, vous aviez de bonnes raisons, et je donnais seulement mon opinion sincère. Cela ne veut pas dire que nous ne devons pas continuer avec le commandant Tyler. Il serait un risque bien moins important sous certaines conditions.

— Quelles sortes de conditions, petite ? interrompit papa et je fis de mon mieux pour ne pas montrer mon irritation en serrant les dents.

Je n'avais pas besoin de supporter la pression additionnelle s'il révélait notre relation à la pièce.

— D'après moi, c'est un homme qui est hors de contrôle.

Je jetai un petit coup d'œil à Tyler, qui semblait maintenant encore plus énervé contre moi qu'il ne l'avait été contre mon père. Bon. Aucun danger qu'il oublie qui j'étais maintenant.

— Il n'est pas hors de contrôle. Il a effectivement des problèmes. Mais il a traversé beaucoup d'épreuves l'année dernière. Ce n'est pas un surhomme. Tout le monde serait affecté par les choses qu'il a traversées.

— Attends une minute... commença Tyler, mais il s'interrompit lorsque Victoria tendit la main et toucha son bras.

— Est-ce que tu diagnostiques une psychose temporaire ? demanda papa avec un petit sourire espiègle.

— Tu sais que je ne peux pas encore faire de diagnostic. Si Tolan pense que le commandant Tyler est un bon visage pour représenter la mission, alors je lui fais confiance. Même si le commandant n'est pas idéal – à cause de tout ce qui est dit à son sujet dans la presse – il y a des choses dont nous pouvons bénéficier. Je pense cependant qu'il doit être surveillé de près. Pour son propre bien et pour celui de ce programme.

— Le discours sur lui dans la presse peut être changé également. Cela fait partie de mes plans, dit Victoria d'une voix légèrement plus basse pendant que les gens étaient focalisés sur nous, fascinés, comme s'ils regardaient un drame grec se déroulant sur scène devant eux.

Papa s'adossa contre sa chaise, les sourcils levés. Il se tourna vers Tyler qui était devenu furieux et qui me poignardait des yeux. J'évitai son regard autant que possible, essayant d'ignorer mon propre cœur battant et l'arrivée certaine de cette migraine que j'avais déjà sentie plus tôt.

— Alors, comment contrôle-t-on ce qui a déjà été dit ? demanda mon père en dévisageant vicieusement Ty. Même s'il se reprend en main, n'est-ce pas déjà trop tard ?

Tolan se pencha en avant et il posa les mains sur ses genoux pour s'adresser à mon père avec la voix sincère qu'il utilisait dans presque toutes les interactions humaines.

— M. Barrett, nous faisons tout ce que nous pouvons pour rectifier l'image du commandant Tyler au cours de l'été, avant le test de vol. Je vais laisser Victoria vous expliquer.

Victoria prit la relève après la transition de Tolan.

— Nous changeons le discours. Nous donnons à la vie du commandant Tyler une apparence de stabilité en créant une relation parfaite pour les caméras. Ils le font tout le temps à Hollywood. Comme Kara Jean et Jimmy Kane, par exemple.

— *Quoi ?* Je croyais que c'était un vrai couple, dit l'un des investisseurs potentiels, un magnat de l'immobilier important et ami de Tolan.

Il était assis derrière mon père. Après une quinte de toux et quelques sourires et ricanements, il poussa un long soupir.

— Karimmy, pour toujours.

Victoria sourit comme si elle se retenait de rire.

— Cette brève relation les a tous deux envoyés au sommet. Ils se sont sortis de leur 'rupture' avec un nouveau contrat d'enregistrement pour elle et un contrat de trois films pour lui. Les gens adorent les histoires d'amour. Le public est tombé amoureux et les soutenait. Nous pourrions faire la même chose pour Ty. Rien ne change le discours de façon plus efficace qu'une histoire d'amour irrésistible et glamour. Particulièrement si elle implique un ancien bad boy.

Tyler écarquilla les yeux, fixant Victoria comme s'il se demandait s'il avait bien entendu. Je faillis rire en voyant son visage choqué. Est-ce que l'idée d'être retenu par une seule femme pendant quelques mois était incompréhensible ? Était-ce pire que toutes les choses désagréables qu'il avait dû faire pendant son entraînement pour devenir un Navy SEAL et puis un astronaute ?

Il semblait certainement réagir comme si la capture et la torture derrière les lignes ennemies étaient un sort préférable.

Allez savoir, peut-être était-ce bien préférable pour Tyler.

— La question est donc... à supposer que le commandant Tyler soit partant...

Victoria se tourna pour s'adresser à la pièce.

— À qui pourrions-nous attribuer le rôle de la petite-amie du commandant Tyler et de l'amour de sa vie ?

1-2-3-Pas moi, fut ma première pensée avant de grimacer en me mordant la langue. L'instant d'après, je dus retenir un rire surpris en voyant l'expression du visage de Tyler en réaction à Victoria.

Il semblait à la fois ne pas arriver à croire ce qui venait de sortir de sa bouche et vouloir l'étrangler sur place.

La salle résonnait presque à cause de la question en suspens : Tyler était-il assez motivé pour accepter cela ?

CHAPITRE QUATRE
RYAN

BIEN, BIEN. APPAREMMENT, JE VENAIS DE ME FAIRE JETER aux fauves.

Je luttais contre mon instinct d'interrompre Victoria qui continuait son monologue. Tout ce que je pouvais entendre, c'était un marmonnement distant et incohérent… comme tous les adultes dans les dessins animés de Charlie Brown. 'Wah wah, wah waaah wah waaaaaah.'

J'observai donc Conrad Barrett qui écoutait attentivement le plan fou de Victoria.

— Des possibilités de séances photo lors de galas de charité. Des concerts. L'accompagner sur le tapis rouge. En mars, je me suis organisée afin que le commandant Tyler conduise Keely Dawson aux Academy Awards juste après l'annonce de l'ouverture du XPAC, afin de nous donner de la visibilité. Elle est en train de devenir très populaire dans les médias, et je pense qu'elle serait parfaite. Comme ils sont apparus ensemble il y a deux mois, cela ne semblerait pas très soudain. Et son attachée de presse est une amie.

Les autres hochèrent la tête. Il y eut des sourires. Même Adam Drake sembla l'écouter attentivement et marmonner que c'était une 'solution viable' au 'dilemme des relations publiques'.

Je serrai si fort la mâchoire qu'elle aurait pu se briser, sentant mon cœur battre dans mes tempes. Comment avais-je pu si rapidement perdre le contrôle de cette réunion ?

J'avais l'impression qu'ils parlaient de la vie de quelqu'un d'autre.

Comme s'ils avaient prévu de mettre en valeur quelqu'un d'autre : de le servir comme appât aux requins des médias d'aujourd'hui, qu'il s'agisse des médias professionnels ou des amateurs. J'aurais peut-être même pu me moquer du pauvre crétin dont ils parlaient.

Mais c'était *moi* le crétin. Et cela ne m'amusait pas.

Miss Gray la Coincée posait des questions à Victoria.

— Est-ce qu'une romance d'été suffirait ? Nous sommes déjà en mai.

Je me raidis, interrompant la réponse de Victoria.

— J'ai l'entraînement, des obligations…

— Nous pouvons travailler autour de votre emploi du temps, commandant, répondit Victoria.

Je devins écarlate.

— Et comment…

— Commandant, voulez-vous repartir en mission ou pas ?

L'accent nasal du Middle West de Conrad Barrett interrompit la conversation merdique.

— Parce que j'investirais… s'il y a un plan solide. Et on dirait qu'un plan est en train de se former, si vous voulez bien le suivre. Ceci vous aidera peut-être à reprendre votre vie en main.

Qu'est-ce que… Il était sérieux ?

Ma vie n'était pas si mal en point… d'accord, il y avait des problèmes. Mais bon sang, je n'allais pas abandonner le contrôle de ma vie à un fichu comité juste pour de l'argent et un coup de pub.

Sauf que sa question continuait à résonner dans mes oreilles. *Voulez-vous repartir en mission ou pas ?* C'était la question à un million de dollars… dans ce cas précis, plusieurs millions de dollars.

Et la réponse était oui. Oui, bordel, je le voulais. Et apparemment, une vie entière d'études, de compétences perfectionnées et d'entraînement d'expert ne serait pas un prix à payer assez élevé.

— Écoutez, Barrett…

Je m'avançai en pointant un index raide dans sa direction.

— Merci pour votre franchise, M. Barrett.

Adam Drake m'avait interrompu en se penchant en avant afin d'attirer le regard de Barrett et ils hochèrent la tête.

— Je crois moi aussi que c'est un bon plan. Je sais que lorsque j'ai lancé mon entreprise, tout dépendait des financements. C'est une étape énorme pour XVenture de passer de la fabrication des fusées au fait de devenir une force compétitive dans l'exploration habitée de l'espace.

Adam tourna la tête pour me regarder dans les yeux en continuant à parler, semblant communiquer quelque chose de non-dit… qui m'était personnellement adressé, apparemment. Je n'avais pas besoin que l'on me le rappelle, mais il semblait penser que si.

Et tu, Drakus ? Bon sang. Ils s'alignaient tous derrière Conrad Barrett comme des soldats… ou des drones. Pas étonnant. Mon oncle avait pour habitude de suivre ses conseils boursiers et financiers comme s'il s'agissait des écritures bibliques gravées dans la pierre du mont Sinaï. Personne mieux que Conrad Barrett ne représentait le rêve américain capitaliste le plus pur.

— Une étape historique, ajouta Adam.

J'inspirai avant de souffler, retenant mon emportement. De toute façon, je ne faisais que renforcer les objections de Barrett en refusant de contenir mes émotions.

Je suis une feuille dans le vent. Cette citation de *Firefly* allait devoir devenir mon nouveau mantra. Non pas que j'en avais un vieux.

Un mantra, qu'était-ce d'ailleurs ? *Ce sont des conneries… ça,* c'était un mantra.

Je m'éclaircis la gorge et je forçai ma voix à sortir d'un ton neutre.

— J'ai beaucoup sacrifié en servant le gouvernement et mes compatriotes américains. J'ai beaucoup sacrifié pour voler dans l'espace, mais…

Cinquante Nuances – Irritantes – de Gray prit la parole.

— On dirait que tu vas devoir sacrifier un peu de ton temps cet été pour avoir une très belle actrice à ton bras. Il faudra aussi prendre la pose pour l'embrasser sur les photos, commandant. La vie est dure.

Les personnes présentes se mirent à rire doucement. Je me retournai pour l'observer. Elle avait le dos raide, les bras croisés sur la poitrine. Sans sa casquette, ses cheveux étaient tous décoiffés.

Ce n'était pas déplaisant, pourtant elle était à l'opposé de l'impeccable Victoria, qui se tenait à côté d'elle en hochant la tête. Si je n'étais pas si irrité par les mots qu'elle disait, je serais impressionné qu'elle ait le cran de parler et surtout de m'interrompre pour commencer. *Qui* était cette fille, de toute façon ?

Elle était sortie de nulle part et maintenant elle donnait des opinions en apparence professionnelles sur mes capacités à diriger ou pas le nouveau corps privé d'astronautes. Et pour empirer les choses, elle fournissait des idées qui allaient changer ma vie de la façon la plus inconfortable.

Mon ressentiment continua à brûler, mais je le ravalai. Il était crucial que je garde mon calme.

Je suis une feuille dans le vent. Regardez comme je vole.

— Alors à supposer que vous puissiez l'avoir, vous vous chargerez de chorégraphier cette mignonne petite romance avec Keely Dawson.

Barrett se tourna sur sa chaise et se concentra sur la jeune femme à laquelle il semblait donner bien trop de crédit.

— Mais Gray, tu as dit que certaines conditions devaient être établies. Je suppose que tu parlais de restrictions ? Cette actrice, serait-elle capable de le remettre dans le droit chemin ?

Les yeux de Barrett passèrent de ma tête à mes pieds, comme s'il inspectait une voiture d'occasion défectueuse que quelqu'un essayait de lui revendre. Je n'avais encore jamais eu autant envie de donner un coup de poing à quelqu'un, sauf peut-être à ce connard de platiste du mois dernier.

Barrett arrivait en deuxième position.

Malgré tout, il avait une tonne épique d'argent dont nous avions désespérément besoin. Et j'avais désespérément besoin de repartir dans l'espace. Comme la NASA m'avait donné un coup de poignard dans le dos, il s'agissait de mon seul espoir. Ma promesse à Xander n'était jamais loin de mes pensées. *Jamais.*

Je serais bien bête de ne pas faire des pieds et des mains pour surmonter les obstacles de Barrett. Mais en plus des obstacles, il me fallait maintenant un officier de police ?

— Non, je ne crois pas qu'une actrice employée par nous serait d'accord pour mettre en place de quelconques restrictions.

Victoria secoua la tête en posant un ongle écarlate sur sa lèvre assortie. Bravo, Victoria. C'était la réponse dont j'avais besoin.

— En général, dans une relation mise en scène comme celle-ci, le couple est rassemblé pour des événements très médiatisés et des séances photo. Ou alors, nous arrangeons de petits voyages discrets et nous informons la presse pour une expérience plus authentique.

Barrett ne sembla pas très impressionné.

— Mais que se passe-t-il si nous mettons tout en place, que je vous donne l'argent et qu'il fait tout foirer en allant se saouler et en créant encore plus de problèmes ?

— Alors vous proposez quoi, une foutue baby-sitter ?

Je ris, puis je m'arrêtai en me rendant compte que personne d'autre ne trouvait ça drôle.

— C'est exactement ce que je propose, dit Barrett en pointant un doigt vers moi. Je crois que Gray serait douée pour cela, en vérité.

Il se tourna vers Miss Parfaitement Coincée, qui semblait aussi choquée que je l'avais été au début de cette conversation.

— Ce n'est pas… dit-elle d'une voix étranglée.

— Ce n'est pas une mauvaise idée, intervint Victoria et je retirai mentalement le 'bravo' que je lui avais donné. Si je chorégraphie tout, que je me sers de mon réseau pour mettre le plan en marche, tu pourrais être mon soldat sur le terrain, m'aider à gérer les détails. Puisque je dois aussi lancer la campagne publicitaire, tu pourrais voyager avec lui, l'assister dans ses obligations et les coups de publicité avec l'actrice. Des choses de ce genre.

Gray écarquilla les yeux et secoua la tête en fourrant les mains dans sa poche, les épaules affaissées. Je faillis rire et si je n'avais pas été si irritée, je lui aurais dit quelque chose. Ha ! Elle avait lancé un boomerang et elle avait été surprise quand il était revenu vers elle pour se planter dans son dos. Cinquante Nuances de Piégée... par elle-même.

Elle rougit.

— J'ai du travail à faire ici.

— Ceci est plus important. Si tu peux le faire fonctionner, c'est dans notre intérêt à tous, intervint Tolan Reeves.

Putain. S'il était d'accord avec ça, alors j'étais bel et bien dans la merde.

Soit je me pavanais en souriant avec cette actrice, à jouer le rôle de l'homme amoureux, soit je ne repartais jamais dans l'espace. Car la NASA avait été claire... même avant de me virer... je ne partirais plus jamais dans l'espace avec eux.

Et il fallait que j'y retourne. Je l'avais promis à Xander. Il s'agissait des dernières paroles que je lui avais adressées, en fait, lorsqu'il m'avait supplié de le lui promettre. Je n'allais pas laisser cet accident briser nos rêves. J'allais voler à nouveau, en son honneur. Je ne revenais jamais sur mes promesses... et particulièrement pas sur celle-là. La promesse à un homme que je ne verrais plus jamais dans cette vie.

Et la NASA m'avait viré. Eh bien, je n'en avais rien à foutre. Ils n'étaient pas le seul moyen d'aller dans l'espace. Et si ceci était la façon dont je pouvais montrer à Xventure – et au monde – que le commandant Ryan Tyler, le Héros Américain de l'Espace et les autres titres à la con qu'ils m'avaient attribués, allait *très bien merci*, j'allais le faire.

Bordel.

— Je n'ai pas besoin qu'elle fasse du baby-sitting. Je vais le faire, dis-je enfin.

Conrad Barrett sourit.

— Bien. Parce que si vous êtes partant, alors je le suis aussi. Et j'insiste afin que Gray gère la situation. Je me sentirais bien mieux en sachant où partent mes précieux dollars.

Gray secoua la tête avec véhémence.

— Allez, Gracie, ronronna-t-il d'un ton étrange qui semblait très louche. Presque parental.

Elle se raidit et j'ouvris la bouche pour la défendre lorsqu'il ajouta :

— S'il y a bien quelqu'un qui peut faire fonctionner ça, c'est ma petite fille.

La pièce resta silencieuse.

On aurait pu entendre une mouche voler. Bon, j'ai surtout entendu un stylo atterrir. Celui que j'avais serré dans mon poing et qui était tombé.

Sa petite fille.

Gray leva les yeux au ciel et se détourna, mais pas avant que je l'entende marmonner '*Papa*' de façon presque inaudible.

Tiens, cela expliquait beaucoup de choses.

Le temps s'écoula et la discussion continua pendant quelques minutes. Le groupe me posa des questions au sujet du test de vol. Il s'agissait d'un lancer rapide en orbite basse de la Terre et d'un arc parabolique bref pour revenir, imitant l'historique premier voyage dans l'espace d'Alan Shepherd en 1961. Ce serait le premier voyage au-delà de l'atmosphère de la Terre pour un astronaute privé.

La réunion se termina peu de temps après, et j'étais encore sous le choc, essayant de comprendre ce qu'impliquait le fait d'avoir pour nouvelle baby-sitter la fille du plus gros investisseur. Cela expliquait beaucoup de choses et pourtant, je n'en étais que plus confus.

Quelle était exactement sa relation avec Tolan ?

J'eus en partie réponse à ma question lorsque, pendant que je répondais au groupe de personnes qui m'avait entouré, je vis Tolan contourner la foule et s'approcher d'elle. Avec un œil sur ce que je faisais et l'autre sur eux deux, j'inclinai la tête pour voir si je pouvais entendre ce dont ils parlaient.

Tolan lui prit le bras et pencha la tête vers elle comme pour lui parler en secret. Mais sa voix portait suffisamment afin que je l'entende.

— Comment ça va ? Te sens-tu de le faire ? Je prendrai soin de vider ton emploi du temps pour que ce soit une priorité.

La jeune fille jeta un coup d'œil dans ma direction et j'essayai de me concentrer sur la conversation que j'avais. Quelques investisseurs posaient des questions sur la nature du test prévu à l'automne.

Je ratai la réponse de Gray, mais je remarquai encore une fois comment la main de Tolan glissa vers son épaule avant qu'il la retire en hochant la tête. Il souriait.

— Il a raison, tu sais. Tu es à la hauteur et je serai…

— Vous devez être enthousiaste de repartir dans l'espace.

La personne qui m'interrogeait attira mon attention.

Je hochai la tête en inspirant profondément.

— C'est un honneur et un privilège.

Oui, cela vaudrait sans doute tous les obstacles ridicules que je devais maintenant franchir.

La baby-sitter, cependant, dépassait de loin ce à quoi je m'étais engagé au départ. Mon regard retourna vers l'endroit où la petite Miss Prude s'était trouvée, mais je constatai qu'elle s'était effacée et qu'elle se dirigeait vers la porte.

— Excusez-moi un instant. Je dois aller aux toilettes.

Je fonçai par cette porte, la suivant de près.

Elle marchait vite et elle me devançait de quelques pas. On zigzagua à travers les couloirs vides du siège social de Xventure, entièrement fait de plafonds hauts, de murs blancs, de verre et d'accents chromés. D'immenses baies vitrées et fenêtres de toit fournissaient autant de lumière naturelle que possible durant la journée. Il y avait des posters et des cadres aux couleurs vives derrière chaque porte.

Et cette fille eut le culot d'accélérer en entendant les pas s'approcher d'elle.

Ah non, Mademoiselle Fille-de-Barrett, vous n'allez pas vous en sortir si facilement.

Elle voulut tourner dans un autre couloir qui se terminait par une porte menant au parking. Je tendis la main et j'attrapai son bras au-dessus du coude.

— Miss Barrett… je voudrais vous parler, s'il vous plaît.

Elle sursauta en se tournant vers moi, la mâchoire tombante. Lorsqu'elle se raidit et que ses cheveux tournèrent brusquement, je sentis l'arôme distant de fraises fraîches. Des fraises et… du vinaigre? Et autre chose que je n'arrivais pas à identifier. Une odeur agréable. Une sensation chaleureuse me parcourut de la tête aux pieds.

Surpris, je serrai légèrement son bras. D'où venait cette sensation ? Je clignai des paupières et je me forçai à l'ignorer en me concentrant sur le toucher. Gray Barrett avait une quantité surprenante de masse musculaire sous la manche de son sweat fin. Mon pouce glissa le long de l'intérieur de son bras pour mieux l'évaluer.

Elle rougit furieusement.

— Pas touche, dit-elle fermement en retirant son bras de mon emprise et en faisant un pas en arrière.

Elle se tourna vers moi, ses petits poings serrés à côté de ses cuisses.

Je haussai les sourcils et je levai les mains pour montrer que je me rendais.

— Pardon, trop brutal. Je ne voulais pas que tu partes en courant comme tu avais l'air décidée à le faire.

Sa bouche rose se pinça et je pus à peine voir ses yeux à cause de la lumière sur les verres de ses lunettes.

— Que voulez-vous, commandant Tyler ? dit-elle d'un ton sec et irrité.

Non, mais, de quel droit était-elle irritée ? Franchement.

— Je veux savoir à quoi tu pensais en faisant ta petite manœuvre.

Elle se raidit.

— Je n'ai rien manœuvré du tout. Je suis tout aussi surprise par la demande de mon père que toi. Que pourrais-je bien avoir à y gagner ? Je vais passer mon temps précieux à surveiller une personne réticente…

— … qui a des problèmes. N'oublie pas mes *problèmes*, ironisai-je.

Elle inclina la tête et elle croisa les bras.

— Ah, je vois. J'ai blessé ton ego et tu veux des excuses.

Elle haussa les épaules.

— Mon père s'attend à la franchise la plus totale et lorsqu'il m'a demandé mon opinion, je n'avais pas le choix de mentir. Il le sait quand je lui mens.

— Et tu penses que je ne suis pas apte à voler.

Elle fronça les sourcils.

— Cela n'a aucun rapport avec le fait de voler. Je crois que tu n'es pas apte à représenter ce programme. Je crois que ton penchant pour les drames nous causera du tort. Et de plus, oui, tu as des problèmes.

Je fis un pas en avant et elle recula contre le mur du couloir. Elle écarquilla les yeux en me regardant. Elle semblait intimidée. Non, je n'allais pas la tenir ou la toucher encore, mais j'étais content de l'intimider. Je posai la main au mur au-dessus de sa tête et je me penchai tout près d'elle. *Mmm.* Encore cette délicieuse odeur de fraises. C'était presque subjuguant.

— Et tu es parfaite et tu veux bien régler mes problèmes, n'est-ce pas ? Avoue-le. Tu as une espèce de fantasme de psy dans ta petite tête, l'envie de me réparer.

Elle secoua la tête, ses cheveux châtain clair se posant joliment autour de ses épaules. Mon regard remonta de son cou jusqu'à sa bouche, son nez retroussé, ses sourcils sombres au-dessus de ses lunettes. Elle n'était pas banale. En fait, elle était plutôt mignonne... quand elle n'était pas carrément irritante, ou *franche*, comme elle aimait présenter la chose.

Elle semblait avoir des difficultés à respirer. Elle toussa une fois en inspirant profondément, s'éclaircit la gorge, détourna le visage en rougissant.

— Pardon de faire éclater ta bulle, mais tout ne tourne pas autour de toi. Tu peux avoir tous les problèmes que tu veux. Ce n'est pas mon travail de les régler.

— De qui est-ce le travail, alors ? dis-je en ricanant.

— Le tien, commandant.

Elle humidifia ses lèvres et elle leva ses épais sourcils sombres en me regardant. Mon sourire satisfait tomba de mon visage. Oh, quand cette fille vous défiait, elle savait où et comment le faire, n'est-ce pas ?

Je déglutis, une fine pointe d'émotion me transperçant jusqu'aux tréfonds de mon âme. Était-ce de la peur ? De la colère ? *Qui* était cette femme ?

Je reculai et je la regardai... je la regardai vraiment, en ayant un bon aperçu de ses yeux vert sombre sous toutes ses protections.

Elle monta le poignet d'un geste brusque afin de regarder sa montre d'un air appuyé.

— Je dois partir. Je suis certaine que nous nous reverrons bientôt. Et beaucoup plus que ce que nous aimerions.

Des pas approchèrent derrière nous. Miss Pas-Si-Banale jeta un coup d'œil à la personne qui arrivait et elle écarquilla les yeux.

— M. Drake, dit-elle d'une voix plus douce en hochant la tête.

Je me redressai et je m'écartai du mur, en me tournant vers lui.

— C'est donc ici que Ty se cache, dit Adam Drake. Je voulais te présenter quelques personnes de la réunion. Ça vous ennuie si je vous le vole quelques instants, Gray ?

Sa fine bouche esquissa un grand sourire.

— Avec plaisir. Je suis certaine de survivre à son absence.

Le sarcasme acerbe de son ton ne m'échappa pas, mais il fut assez subtil pour que Drake réponde par son propre sourire.

— Merci. Allez viens, mon vieux. Tu ne veux pas rater ça.

Je jetai un dernier coup d'œil dans sa direction et je vis qu'elle couvrait sa bouche avec la main, les épaules se secouant doucement parce qu'elle riait. Elle *riait*.

Alors, elle croyait que ces conneries étaient drôles ? *Je vais te montrer ce qui est drôle. Je vais te donner de quoi rire.* Je recommençais à fantasmer sur la myriade de façons dont je pouvais la torturer.

En suivant Drake vers la salle de conférence, je plaquai un sourire sur mon visage, je serrai la main des relations d'affaires et je mendiai indirectement.

En réalité, c'était seulement pendant les moments comme celui-ci que je détestais vraiment mon travail.

CHAPITRE CINQ
GRAY

QUINZE MINUTES APRES MA CONFRONTATION DANS LE couloir avec le Commandant Égoïste, j'attendais toujours dans le parking, appuyée contre la Cadillac Seville de couleur bronze qui avait quinze ans. Je fourrai mon téléphone dans ma poche après avoir envoyé un autre texto à son propriétaire, avant de le voir sortir par les portes vitrées, suivi par trois autres hommes de la réunion des investisseurs.

Ils semblaient tous le bombarder de questions. Je secouai la tête et je le regardai. À certains endroits, son costume ne lui allait pas très bien. Il avait récemment perdu un peu de poids et il n'avait pas voulu commander de nouveaux costumes. Il n'en voyait pas l'intérêt alors que ceux qu'il avait étaient parfaits et lui allaient encore 'assez bien'.

Et il ne commanderait jamais un costume sur mesure si du prêt-à-porter modifié par un tailleur doué suffisait. Papa. L'un des hommes les plus riches du pays – du monde, en fait – était également aussi économe qu'un radin. Et pourtant, il était extrêmement doué pour les affaires d'argent et d'investissement. Les gens se raccrochaient à la moindre de ses paroles, cherchant les clés magiques du royaume qui avait dû lui être offert.

Le problème était que même à soixante ans, je ne connaissais presque personne qui travaillait aussi dur que mon père. Il était le fils d'un vendeur et d'une institutrice. Né dans l'Illinois, c'était un produit de la classe moyenne, de l'Amérique du milieu. Il avait lutté et il s'était frayé un chemin vers un immense succès en utilisant son ingéniosité et son intelligence.

Et tout le monde l'admirait. Il était connu pour son sens de la justice et son honnêteté… un peu trop honnête, parfois. Il était poussé par un grand besoin de s'occuper de ses proches.

Personne n'aurait jamais pu se dire que ce n'était pas si facile d'être sa fille. Sa fille unique.

— Gray ! dit-il quand il fut à portée de voix.

D'un geste de la main, il congédia ses admirateurs.

— Désolé, les gars. J'ai un rendez-vous avec la plus belle fille au monde.

Je levai les yeux au ciel et les hommes se mirent à rire. Il s'approcha.

— Tu as pris ton temps, dis-je en souriant. Ça fait une demi-heure que je t'envoie des textos.

— Oh, ma chérie. Tu sais que je ne vérifie pas mon téléphone aussi souvent. Et puis, je crois qu'il n'a plus de batterie.

Il passa la main dans la poche de son veston et il en sortit un vieux téléphone à clapet. Typique de papa.

— Tu dois le brancher quand tu montes dans la voiture. Et si quelqu'un essayait de te joindre ?

Il pinça les lèvres comme s'il venait de manger un citron.

— Ils peuvent bien attendre que j'arrive au bureau, comme ils le faisaient il y a vingt ans. Au bon vieux temps, les gens ne portaient pas tout le temps ces nuisances sur eux. Maintenant, ils vampirisent notre temps et volent l'attention de tout le monde. Les *Smart*phones. Pff !

Il agita son téléphone avant de le ranger dans sa poche.

— Avec ce type de téléphone, les gens ne sont pas distraits en conduisant. C'est un téléphone très *smart*.

Je minimisai mon sourire en le voyant faire le clown. Après tout, j'étais toujours fâchée contre lui.

Il se pencha et posa un baiser sur ma joue.

— Alors, puis je dîner avec ma meilleure fille ce soir ?

Je me mordis la lèvre.

— Non, papa. Apparemment, je dois me préparer pour un nouvel emploi. Que tu m'as donné. Faire la baby-sitter d'un astronaute adulte pendant les trois prochains mois.

Il rit.

— Oh, ça.

Il *rit*. Cela confirmait mes soupçons. Même si papa était adorable et gentil et qu'il s'occupait toujours des siens, il pouvait aussi être carrément pénible.

— Je le savais.

Il déverrouilla sa Cadillac et il ouvrit la porte en posant son attaché-case sur le siège passager.

— Que savais-tu ?

— Que tu l'avais fait exprès ! Qu'il s'agit d'un autre de tes tests !

J'aurais dû le deviner. Un vieux singe comme mon père apprenait rarement de nouveaux tours quand les anciens fonctionnaient très bien.

Il haussa les épaules.

— Tu sembles très clairement savoir ce que tu veux. Si c'est ceci que tu veux, alors tu ne devrais pas avoir de scrupules à faire le travail nécessaire.

— Je pensais que tu avais enfin compris que je travaillais dur.

Malgré mes efforts, j'entendis le ton légèrement blessé de ma voix. Comme d'habitude, ce ne fut pas le cas de mon père.

Il fit un sourire en coin.

— Tu me connais mieux que ça. Je ne jette pas mon argent n'importe où. Et le fait que ma fille soit impliquée ne fait aucune différence.

— Je croyais que tu faisais cela pour Tolan autant que pour moi. Après tout, tu as été son mentor.

D'une certaine façon, cette relation signifiait autant pour mon père – ou plus – que les liens de sang. Et Tolan l'idolâtrait à des niveaux presque ridicules.

Je déglutis en me rappelant de ne pas me mettre sur la défensive.

— XVenture est déjà une entreprise profitable qui a fait ses preuves...

Il leva la main.

— Je ne te donne pas de conseils au sujet de la psychologie et de la science de l'esprit, n'est-ce pas ? Je n'ai même pas fait d'objection quand tu as choisi de te concentrer sur les sciences molles. Alors s'il te plaît, ne me donne pas de conseils sur les affaires.

Je soupirai. Cela sortit de façon plus explosive que voulu, peut-être pour faire sortir ma frustration interne. Je ressemblais sans doute davantage à une ado rebelle qu'à une femme qui essayait de faire valoir un argument recevable.

Il posa une main sur ma joue.

— Tu me sembles un peu pâle aujourd'hui, Gracie. As-tu bien pris tes médicaments tous les jours comme il le faut ?

Je fulminai, me raidissant à la fois à cause du surnom d'enfance et du rappel malvenu que je serais dépendante des médicaments pour le restant de ma vie, malgré mon envie d'indépendance.

— N'essaie pas de changer le sujet. J'ai vingt-cinq ans et je peux m'occuper de moi.

J'écartai doucement mon visage de sa main et il la laissa retomber en m'observant toujours de près.

— Je suis frustrée, papa. Tu n'as pas confiance en mon jugement. Et pour une raison inconnue, tu penses qu'il est nécessaire de jeter des obstacles sur mon chemin.

— Ce sont les affaires. Peu importe les liens familiaux. Et j'ai confiance en toi. Je sais que tu y arriveras. En fait, j'ai tant confiance en toi que je veux bien doubler mon investissement initial si tu parviens à rendre le commandant Tyler présentable lorsque le test de vol aura lieu. Si tout va bien, alors le vol se réalisera et mon investissement sera doublé.

Ma mâchoire tomba et je l'observai d'un air suspicieux. Je me balançai d'un pied sur l'autre en enfonçant les mains dans les poches de mon jean. Il devait y avoir un piège. Je le connaissais trop bien. Il rendait l'offre attirante avant d'y ajouter un facteur décisif.

Il y avait un 'mais...' quelque part.

— Et si je n'arrive pas à le faire ?

Son regard se perdit sur le côté, comme s'il réfléchissait à la réponse à cette question. Je savais très bien qu'il avait déjà la réponse en tête avant de faire son offre. *Quitte ou double.* C'était un de ses coups typiques.

— Eh bien, je suppose que si tu n'arrives pas à le faire fonctionner, il n'y aura pas grand-chose pour toi ici chez XVenture. Sans mission habitée, pas besoin de psychologue de vol... ou de programme de santé comportementale. Et il reste ce travail pour toi dans cette entreprise de management des ressources humaines que ma société vient d'acquérir. Je pourrais très certainement avoir besoin de toi là-bas.

Je clignai des paupières, le visage figé. Apprendre à cacher mes émotions à mes parents – particulièrement l'angoisse, la peur, la douleur – m'était venu très tôt. Mais même moi, je n'étais pas parfaite dans ce domaine. À l'origine, mon père m'avait fait cette offre quand j'avais terminé mon programme de doctorat plusieurs mois plus tôt.

Papa s'occupait des siens et il voulait plus que tout continuer à prendre soin de moi. Peu importe qu'il brise mes propres rêves en le faisant. Il ne le voyait pas sous cet angle, car son besoin de mettre en sécurité ses proches était plus fort que cela. Et cette générosité avait un prix. Comme toujours.

Je ne remuais même pas une narine.

— Tu me pièges pour avoir ce que tu veux, dis-je.

— Je ne fais pas en sorte que tu échoues, mais que tu réussisses.

Je le regardai dans les yeux pendant une autre minute avant qu'il se mette à sourire et secoue doucement la tête.

— Je suis surpris que tu aies si peu de foi en ta capacité à guérir. Tu es une soigneuse par nature, Gracie.

Je croisai les bras.

— Je ne peux pas guérir quelqu'un qui ne veut pas être guéri. Je ne vais même pas essayer.

Il haussa les épaules.

— Tu as du pain sur la planche, mais je sais très bien que tu peux le faire. Tu *vas* le faire. Tu peux accomplir tout ce que tu veux. Je t'ai vue le faire. Tu as passé la moitié de ton adolescence sur un lit d'hôpital. Mais regarde-toi maintenant. En bonne santé et adulte et magnifique.

J'eus un sourire sarcastique.

— Joli petit discours. Apparemment, je suis pâle et on dirait que je n'ai pas pris mes médicaments.

Il rit.

— Bien sûr, je vais m'inquiéter pour toi. Toujours. Maintenant, viens dîner avec moi et tu pourras réfléchir à ce que tu dois faire avec ce crétin belligérant plus tard.

En poussant un autre profond soupir, je détendis les épaules et je suivis son geste, passant du côté passager de sa voiture.

— Bon sang, dit comme ça, je ne comprends pas pourquoi je ne saute pas sur place en criant *youpi !*

Il gloussa, mais il eut la sagesse de ne pas répondre. À la place, il s'installa au volant de la voiture et il démarra quand je fus attachée. Quelques heures plus tard, il me redéposa à ma voiture et je rentrai assez tôt à la maison pour commencer mes recherches et prendre des notes pour ma nouvelle tâche.

***

J'ajustai le bloc-notes sur mes genoux et je fixai l'image figée à l'écran : l'interview dans l'*Édition Spéciale* avec Ryan Tyler peu de temps après l'accident. Je m'étais changée depuis longtemps en pantalon de yoga et en grosses chaussettes, posant les pieds sur la table basse. Pari allait arriver plus tard pour notre soirée-film hebdomadaire, mais il me restait un peu de devoirs à faire avant sa venue.

Je posai les photocopies surlignées de la biographie Wikipédia du commandant Ryan Tyler et j'attrapai la télécommande, lançant la vidéo de l'entretien qui avait été diffusée l'hiver dernier. Diana Hunter, journaliste respectée et présentatrice en prime time, apparut sur mon écran avec sa coiffure parfaite et son tailleur chic, se tenant debout devant une image de taille réelle de Ryan Tyler et Xander Freed dans leurs combinaisons de vol bleu marine de la NASA, se tenant l'un et l'autre par les épaules en prenant la pose devant un avion de chasse T38 Talon à Cap Canaveral. Tyler était grand, brun aux yeux bleus alors que son ami avait des yeux fauves et les cheveux de la couleur des blés.

Ces grands sourires. Leur beauté rugueuse derrière leurs lunettes d'aviateur super cool. Ils semblaient fous de joie avec leurs patchs de mission pour l'Expédition ISS 53, leur mission tragique. Bon sang. Je connaissais l'histoire en gros, malgré tout, cela allait être difficile à regarder. Je relançai la vidéo et Diana commença leur histoire, ses traits magnifiques restant impassibles.

— Ceci est l'histoire de deux garçons américains typiques venant de deux milieux dramatiquement différents qui ont trouvé une amitié des plus profondes au travers des services rendus à leur pays. Ils ont forgé une amitié qui allait littéralement les envoyer dans les étoiles, avant d'être déchirée par la tragédie et le sacrifice ultime de la mort. Un accident qui allait les détruire tous les deux de façons très différentes.

L'image de Diana fut remplacée par un panoramique du campus de l'Académie Navale des États-Unis à Annapolis, dans le Maryland. Une formation de marins dans leurs uniformes blancs défilait devant de nombreux bâtiments historiques.

— Cette amitié improbable a commencé ici lorsque, en tant qu'élèves de première année, Ryan Tyler et Alexander Freed ont été affectés dans la même chambre. Une relation qui a rapidement grandi en lien indestructible.

— De bien des façons, nous étions totalement opposés.

La voix du commandant Tyler se fit entendre sur un montage de différentes photos et vidéos du temps qu'ils avaient passé à l'Académie : leur première coupe militaire chez le barbier, une image où ils couraient au cours d'un entraînement physique, des photos d'eux en train d'étudier.

— Xander était l'extraverti. Il savait se faire des amis avec tout le monde… et c'était ce qu'il faisait. Il était si populaire. J'étais le plus réservé des deux.

Le montage continua, cette fois en montrant des photos d'enfance de Xander d'abord, pendant que la journaliste décrivait le milieu où il avait grandi.

— Xander Freed était un athlète américain typique, le plus âgé de quatre enfants issus d'une famille de classe moyenne aisée de l'Ohio. La star des équipes de base-ball et d'athlétisme. Ryan Tyler était un major de promo ambitieux et champion de son équipe de natation. Le seul enfant du Navy SEAL mort au combat Joshua Tyler et de sa femme, Anya, qui avait émigré très jeune depuis l'Ukraine, Ryan a grandi à Las Vegas, dans le Nevada. Quand il était encore enfant, ses parents ont divorcé, et au jeune âge de quinze ans, Ryan a appris que son père ne rentrerait pas de son déploiement au Moyen-Orient.

Le montage de photos d'enfance s'estompa sur la dernière image du jeune Ryan avec son père qui portait l'insigne doré de l'Aigle et du Trident de façon visible sur son revers. L'image revint sur Diana assise face à Tyler devant un fond sombre, une image de la Station Spatiale Internationale en orbite autour de la Terre projetée sous eux.

Il était vêtu d'un pantalon sombre et d'un blazer assorti. Une chemise blanche déboutonnée au niveau du cou révélait la colonne solide de sa gorge. Le badge d'astronaute de la NASA – une étoile avec trois rayons entourée par un anneau – était attaché à son revers. Elle était dorée au lieu d'être argentée, ce qui indiquait qu'il avait volé dans l'espace. Sa cheville était posée sur son genou opposé et malgré la pose décontractée, il était assis d'un air tendu. Et il était aussi terriblement beau que toujours, avec aucune trace de l'arrogance qu'il avait manifestée aujourd'hui.

Il parla encore.

— Même nos objectifs étaient très différents. Nous étions tous les deux dans la Navy, mais depuis le premier jour, Xander avait prévu d'entrer dans une école de pilote. De mon côté, je voulais être Navy SEAL, comme mon père.

— Mais ces objectifs différents n'ont pas semblé affecter votre amitié, même quand vous êtes tous les deux sortis diplômés de l'Académie, l'encouragea Diana.

Il secoua la tête.

— Non, nous sommes restés en contact. J'étais témoin à son mariage.

Une image de Xander apparut à l'écran. Il était debout, souriant, à côté d'une très belle mariée brune et menue. Lorsque l'image s'estompa, Tyler continua à parler.

— Il est resté dans le Maryland pour l'école de pilotage. Je suis parti en Californie pour l'entraînement BUD/S des Navy SEALs. On se parlait tout le temps. On traînait ensemble dès que possible.

— Comme des frères, dit Diana.

Il hocha la tête.

— Oui. Comme des frères.

Il eut un sourire tristement ironique qui me transperça le cœur, malgré ma volonté de regarder cette interview d'un œil objectif.

— Le frère que je n'ai jamais eu.

La journaliste s'adossa à sa chaise et laissa passer un moment de silence théâtral avant de dire au public qu'ils allaient revenir juste après la pause publicitaire.

Je passai l'épisode en streaming, donc il n'y eut pas de pause publicitaire, malgré tout, je fis avancer la vidéo, consciente de ma limite de temps.

— Xander et vous avez envoyé votre candidature à la NASA la même année, continua Diana.

— Oui. C'était le but de Xander depuis le départ, répondit Tyler.

— Et pas le vôtre ?

Il haussa les épaules et sourit en coin.

— Il a fallu me convaincre.

Diana leva les sourcils.

— Mais c'est vous qui avez été accepté directement. Xander n'a pas été pris la première fois.

— Xander a été blessé dans un accident à cette époque-là. Sa candidature a donc été mise en suspens.

— Ainsi vous avez pu commencer votre entraînement. Vous avez volé le premier... Vous en a-t-il voulu ?

L'expression de Tyler ne changea pas.

— Non. Jamais. Xander n'était pas ce genre de personne.

Je griffonnai quelques observations en fronçant les sourcils, remarquant comment il parlait de son ami et comment il le glorifiait. Que ce soit pour la télévision ou bien ce qu'il ressentait vraiment, c'était une autre histoire, mais cela me poussa à me demander quelle quantité de culpabilité il avait pu ressentir depuis l'accident.

Tyler se sentait-il responsable parce qu'il était l'astronaute en chef de l'EVA et Xander le bleu ? J'ajoutai cela à ma liste de questions et je jetai un bref coup d'œil à la variété de unes qui lui avaient été consacrées dans les médias depuis l'accident.

Ivresse et trouble à l'ordre public. Agression. Presque chaque semaine des rumeurs de la presse à scandale lui attribuant différentes femmes – célibataires, mariées, peu importe. L'accident de moto. Les médias ne le laissaient pas tranquille, mais il ne faisait rien pour améliorer les choses. Je griffonnai une autre question sur ma liste.

- *Consommation d'alcool ?*

Lorsque Diana commença à poser des questions au sujet de l'accident, Pari était arrivée avec de quoi grignoter et elle s'assit à côté de moi, ayant heureusement laissé les chips chez elle. Je relançai la vidéo après avoir terminé ma dernière prise de notes.

— Le protocole veut que les astronautes soient constamment attachés à la Station Spatiale par un ou deux câbles. Comment se fait-il que Xander ait été détaché de la station ? demanda Diana Hunter.

Tyler hésita, serrant sa mâchoire forte, ce qui le rendait encore plus beau qu'il ne l'était déjà. Il y avait une intensité dans ses yeux bleus, et il serra le poing droit qui était posé sur son genou.

— Ce n'est pas clair. Nous étions au milieu d'une situation problématique. Un jet d'ammoniac sous pression m'a renvoyé contre la poutre. Ma combinaison a été percée et a commencé à perdre de la pression, mais il nous fallait fermer la valve pour arrêter la fuite. Nous perdions du produit de refroidissement à une vitesse alarmante et en outre, l'épanchement de gaz faisait sortir la station de son trajet. Même une fuite mineure peut causer des problèmes majeurs de stabilisation orbitale.

Diana hocha la tête.

— Et pendant que vous luttiez pour fermer la valve, Xander a heurté le courant des panneaux solaires.

— Oui. Son EMU – son unité mobile extravéhiculaire, qui est le nom que nous donnons à la combinaison de sortie dans l'espace – clarifia-t-il pour le public, a court-circuité. Il a perdu le contrôle de sa mobilité, de nombreuses articulations de sa combinaison se sont gelées et sont restées figées. Il ne pouvait même pas utiliser son SAFER.

— Pouvez-vous expliquer ce qu'est le SAFER ?

Cette question moins menaçante sembla lui permettre de se détendre. Ses épaules tombèrent un peu, il détendit le poing sur son genou. Son pied, posé sur son autre genou, s'agita un peu.

— Bien sûr. La NASA adore ses acronymes. SAFER veut dire Simplified Aid For EVA Rescue, c'est-à-dire 'aide simplifiée pour sauvetage EVA'. En gros, il s'agit d'un petit jetpack situé à l'arrière de la combinaison qui permet, au cas où l'astronaute serait détaché et éloigné du véhicule spatial, de se propulser vers le sas.

— L'accident avait gelé la moitié de la combinaison de Xander, et il n'a pas pu utiliser le propulseur du SAFER pour retourner à la station ? Il avait été projeté et continuait à s'éloigner très rapidement. N'auriez-vous pas pu activer votre SAFER pour aller le chercher ?

Sa mâchoire se serra encore et même s'il lutta pour le cacher, je vis la douleur dans ses yeux avant que son expression change et qu'il regarde la journaliste.

— Je devais suivre les ordres et fermer la valve. De plus, ma propre combinaison perdait rapidement de la pression à cause du souffle initial...

— La fuite d'ammoniac sous pression ?

— Oui.

Diana se pencha en avant comme pour souligner le côté terrible de cette histoire. Mais c'était déjà bien assez captivant.

— Ainsi, votre combinaison perd de la pression et si vous ne fermez pas la valve, quelles sont les conséquences pour la station ?

Les traits de Tyler restèrent entièrement impassibles, comme s'il parlait de séquences de lancement au lieu d'un événement de vie ou de mort qu'il avait traversé quelques mois auparavant.

— Les panneaux solaires surchauffent et tombent en panne. Toute la station est dépourvue d'électricité. Les systèmes de maintien en vie. Les capacités de correction d'orbite. Peut-être même le lancement des capsules Soyouz pour les astronautes et les cosmonautes qui souhaitent retourner sur Terre.

Diana inclina la tête avec compassion.

— Vous avez donc dû faire le choix immédiat de sacrifier le sauvetage de votre ami pour protéger la station et tous ceux qui se trouvaient à bord.

Pari attrapa la télécommande et appuya sur le bouton pause pendant que j'ajoutais d'autres notes. Je fis une liste de certains indices d'expressions faciales et de son langage corporel que j'avais remarqué dans cet entretien et dans d'autres plus anciens. Ce serait utile quand je le verrai en face... *avec un peu de chance.*

Pari secoua la tête.

— Quelle situation horrible, souffla-t-elle. J'ai lu des articles au sujet de ce qui est arrivé, mais l'entendre le raconter de cette façon...

Elle fit semblant de se donner un coup de poing dans le ventre.

— Ça me met un coup au moral.

Je levai les yeux pour regarder l'image en pause, son visage figé dans une grimace. Tyler racontant ses derniers moments avec son ami. Xander n'avait pas été récupéré et Tyler n'a pu lui parler que par l'Intercom. Et puis Xander Freed avait dit au revoir à sa famille pendant qu'il attendait que son système de maintien en vie arrive à sa fin. Cela avait pris des heures. Des heures durant lesquelles Xander s'était de plus en plus éloigné de la station et avait fini par mourir.

La scène de l'interview disparut dans un fondu au noir et le générique s'afficha.

— Je me demande s'il s'en veut, dit Pari en grattant sa lèvre inférieure avec un ongle. Je veux dire, ces militaires – particulièrement les SEALs – on leur répète constamment 'on n'abandonne personne'. Il a été obligé de le faire. Exactement la chose qu'il s'est entraîné à ne jamais faire pendant des années. Il a reçu l'ordre de laisser Xander pendant qu'il réparait ce qu'il devait réparer et qu'il retournait au sas avec sa combinaison qui fuyait. Et puis il a dû entendre son meilleur ami mourir – suffoquer – dans les micros. C'est horrible !

Je haussai les épaules en pensant à ce qu'il m'avait dit aujourd'hui. *Tu as une espèce de fantasme de psy dans ta petite tête, l'envie de me réparer.*

Il s'était comporté comme un vrai connard, mais même maintenant, je ne pouvais m'empêcher d'avoir pitié de lui. L'émotion monta dans ma propre gorge lorsque j'imaginai la situation. Il s'était senti insulté et fâché quand j'avais sous-entendu que personne ne pouvait traverser ce qu'il avait vécu et en sortir indemne. Un dragon ne devrait jamais montrer son ventre, la faille de son armure.

Et Ryan Tyler s'était couvert d'une épaisse armure. Mais je ravalai cette émotion, la brûlure de larmes compatissantes qui menaçaient ma propre impartialité. Je ne pouvais pas me laisser ressentir des choses pour lui. Ce serait ma chute.

Ryan Tyler était un moyen d'arriver à mes fins. Rien de plus.

— Ses problèmes sont le principal souci. Il me l'a montré aujourd'hui. Je vais me concentrer sur le fait de le gérer.

Pari tourna ses yeux brillants vers moi avec un sourire entendu.

— Allez, tu n'es même pas un peu enthousiaste à l'idée du défi de guérir ce héros merveilleusement blessé ?

Une douleur pulsait tout au fond de moi. Je n'aurais rien aimé de plus, mais il ne le voulait pas. Et je ne pouvais pas aider une personne qui ne voulait pas de mon aide.

— Beaucoup de gens dépendent de lui pour réhabiliter son image de héros américain typique que tout le monde veut aimer et soutenir. S'il y arrive, nous aurons les fonds pour le XPAC.

Je me retournai vers elle.

— XVenture réussit déjà très bien la fabrication et le lancement des fusées… et tu as donc le travail de tes rêves. Le travail de mes rêves, c'est être psychologue de vol. Si XPAC n'est pas financé, je n'aurais pas d'astronaute avec qui travailler et donc pas de travail.

Son sourire s'élargit.

— Tu es donc sa baby-sitter.

Je levai les sourcils.

— Je serai sa geôlière si cela signifie que nous ne verrons plus ce genre de conneries.

J'indiquai les photocopies des premières pages sur la table basse.

— Il a l'opportunité d'améliorer son image. Malgré tout, je ne vais pas compter sur lui et sur le hasard pour le conduire en un seul morceau jusqu'à la rampe de lancement en Floride, le 14 septembre.

— Mais s'il est aussi belligérant avec toi, comment vas-tu faire en sorte qu'il coopère ?

J'ajustai les lunettes sur mon nez et je m'empêchai de lever les yeux au ciel.

— C'est la question qui tue. Les astronautes sont connus pour être très méfiants envers la psychothérapie et les psychologues de vol.

Pari sourit.

— Alors, ne sois pas sa psy. Sois son amie.

— Euh. Une amie ?

Je fronçai le nez et elle rit.

— Oui, tu te souviens comment faire, n'est-ce pas ? Ne pose pas trop de questions et ne fais pas ça… ce regard que tu as.

Je fronçai les sourcils.

— Quel regard ?

— Celui qui me donne l'impression que tu sondes les profondeurs de mon âme. C'est perturbant.

Je secouai la tête en riant.

— Je n'ai pas ce regard.

— Si, si. Ne lui fais pas, sinon il se renfermera. Mieux encore, trouve quelque chose que vous pourriez avoir en commun. Tu es une geek de l'espace, il est astronaute. Tu sais… sois son *amie*.

Je ricanai.

— Tout en maintenant une distance professionnelle ?

Pari haussa les épaules.

— Tu vas devoir trouver comment faire.

Elle tapota l'image de Tyler dans sa combinaison de vol bleu marine qui avait été imprimée en même temps que sa page Wikipédia.

— Regarde cet homme. C'est la formule parfaite. Navy SEAL. Ingénieur. Physiquement au top et magnifique. Dommage qu'il soit aussi perturbé.

Je pinçai les lèvres, mais je ne dis pas ce que je voulais dire. *Et dommage qu'il agisse comme un connard quand il le veut.*

— Alors, quel est ton plan ?

Mes yeux parcoururent mon bloc-notes… des éléments entourés, d'autres avec des étoiles ou soulignés. J'avais été très méticuleuse dans mes observations.

— Je vais aller chez lui demain pour me familiariser avec le terrain.

Pari fit de gros clins d'œil en rétorquant :

— Hmm… ce serait bien plus intéressant si tu te familiarisais avec l'*homme*.

Je levai les yeux au ciel.

— Tu es un cas désespéré.

— C'est ce que me dit ma mère tout le temps, s'exclama-t-elle en riant.

— N'empêche, le commandant Tyler ne sait pas du tout que je vais aller là-bas, je vais demander à Tolan d'organiser ça. As-tu des suggestions pour lui faire faire des compromis ?

Elle leva ses sourcils épais.

— Porte une armure ?

Je ris.

— Je vais le faire. Je suis déterminée.

La détermination m'avait fait traverser beaucoup de choses. J'avais fini l'école plus tôt que je ne l'aurais due. J'étais candidate au doctorat à vingt-cinq ans en ayant déjà soutenu ma thèse. Il ne me manquait que les heures de pratique clinique nécessaires pour obtenir mon doctorat.

Pari me comprenait. Nous nous étions liées d'amitié en étant parmi les plus jeunes – et les plus éduquées – à XVenture. Notre amitié avait commencé ainsi et nous nous soutenions. Cela faisait presque un an que j'essayais de me créer ce travail. Et j'étais proche, si proche d'y arriver.

Mon patron m'avait déjà plus ou moins dit que si XPAC décollait, un poste permanent dans l'équipe de santé comportementale m'était réservé. Alors maintenant, tout ce que j'avais besoin de faire, grâce à mon cher père, c'était de livrer un astronaute tout brillant et tout propre à la rampe de lancement au début de l'automne.

Facile, non ? Je poussai un soupir, mon ventre se nouant de stress à cette idée.

***

Mon ordinateur portable sonna bien trop tôt et l'esprit groggy, je me souvins que ma mère avait dit qu'elle m'appellerait aujourd'hui. En le posant sur mes genoux, je luttai pour m'asseoir dans le lit. Comme d'habitude, ma chère mère avait oublié le décalage horaire exact entre la Californie et le pays de Galles.

Je me frottai les yeux et je chassai le sommeil en regardant l'heure en haut à gauche de l'écran. À peine plus de six heures du matin. *Grr, maman.*

— Bonjour, *cariad,* dit ma mère d'une voix trop forte et bien trop joyeuse à cette heure du matin. Manifestement, il n'était pas aussi tôt à Cardiff. Le soleil de l'après-midi rayonnait sur le jardin derrière elle.

Je me frottai encore les yeux.

— As-tu encore oublié le décalage horaire ?

— Oh…

Elle jeta un coup d'œil hors de l'écran comme pour regarder l'horloge.

— J'ai oublié de vérifier l'heure. Enfin, tu dois bientôt te lever pour aller travailler, n'est-ce pas ?

Je luttai pour m'asseoir.

— On est samedi, nunuche.

Elle partit de son rire musical. Ses cheveux blonds étaient ébouriffés autour de sa tête et partiellement attachés en un chignon désordonné. Ils n'étaient pas tout à fait assez longs pour rester dans le chignon. Quand elle riait, on voyait les rides au coin de ses yeux : il s'agissait des seules fois où des rides apparaissaient sur son visage, alors qu'elle avait plus de cinquante ans.

— Eh bien, tu étais vraiment du matin autrefois. L'université t'a vraiment changée.

Beaucoup de choses m'avaient changée, mais ma mère n'avait pas été là pendant une grande partie des sept dernières années, alors elle ne pouvait pas le savoir.

— Comment s'est passée la réunion des gros investisseurs ? Je pensais à toi hier… ou était-ce ce matin ? Je n'arrive pas à calculer ce décalage de huit heures. Quoi qu'il en soit, si je ne dormais pas, je pensais à toi.

Je me grattai le nez.

— Merci. C'était hier en fin d'après-midi, alors tu dormais sans doute, mais j'apprécie le geste.

Elle esquissa un sourire.

— Ton père est-il venu comme il l'avait dit ?

Je hochai la tête en pinçant les lèvres. Je n'avais pas tout à fait décidé ce que j'allais lui dire. Ma mère et mon père étaient amicaux entre eux quand ils étaient dans la même pièce ou qu'ils devaient se contacter au sujet de choses qui se rapportaient à moi. Mais autrement, ils ne cherchaient pas à rester en contact.

Ils n'étaient pas du tout ennemis, mais ils n'étaient certainement pas bons amis non plus. Et je le regrettais souvent. Parfois, j'étais fatiguée d'être leur intermédiaire.

— C'est quoi cette tête ? Ça ne s'est pas bien passé ? Tu sais à quel point il est sélectif dans ses investissements.

— Oh, il va investir.

Ma mère était parfois idiote, mais elle percevait aussi bien les choses que moi. Elle discerna immédiatement mes mensonges.

— Sous quelles conditions ?

Avec un grand soupir, je lui parlai de mon travail de baby-sitter pour les trois mois à venir. À chaque phrase, elle levait un peu plus les sourcils, jusqu'à finir par se plier en deux de rire.

— Ce n'est pas si drôle.

Elle se redressa en essuyant ses yeux avec l'index.

— C'est hilarant, Gray. Et typique de ton père. J'aurais pu te dire qu'il allait faire ça.

Je grinçai des dents, souhaitant désespérément changer de sujet. Ma mère redevint sérieuse et avant que je puisse lui demander comment était la météo chez elle, elle continua :

— Il t'a encore proposé ce travail aux ressources humaines de HRQ, n'est-ce pas ?

Je me mordis la lèvre. Personne – *personne* – sur cette planète ne connaissait mieux mon père que ma mère. C'était logique. Ils étaient restés mariés pendant presque vingt ans avant de divorcer. Maman, originaire du Royaume-Uni, avait grandi aux États-Unis et rencontré papa en travaillant sur un projet ensemble… et peu de temps avant qu'il achète l'entreprise pour laquelle elle travaillait. Leur romance avait été un tourbillon… ce qui n'était pas du tout le genre de mon père.

Mais ils avaient été trop différents, et ils avaient essayé de faire fonctionner leur relation pour mon bien pendant trop longtemps. Leur monde finit par tourner autour de moi encore plus que ce qui arrivait normalement quand un couple avait des enfants. Quand votre enfant passe d'une crise de santé à une autre, cela a tendance à changer tout votre monde. Je clignai des paupières, revenant me concentrer sur ce que disait ma mère.

— Laisse-moi te le dire. Et je te le dis tout le temps, mais je vais continuer à le répéter au cas où tu n'écouterais pas. Tu dois sortir de l'influence de ton père. Je sais que tu te sens à l'aise et en sécurité, mais…

— …'cela a un coût'. Oui, je sais, maman.

— Ne cède pas parce que c'est ce qu'il veut. Tu as le droit de tenter ta chance et de trouver ce que tu aimes faire.

Je souris. Parfois, ces conversations avec ma mère étaient tout ce dont j'avais besoin pour renforcer ma détermination.

— Papa aime s'occuper des gens.

Elle hocha la tête.

— Ton père est un homme excellent. *Mais...*

J'écarquillai les yeux en comprenant que c'était peut-être la raison pour laquelle ma mère était retournée au pays de Galles après le divorce. Elle me suppliait régulièrement d'aller lui rendre visite, mais parce que j'avais étudié en continu depuis que j'avais à peine dix-sept ans, y compris pendant l'été, je l'avais rarement fait.

— Souviens-toi simplement de ton cousin, John, dit ma mère.

Elle parlait souvent de lui.

— Il vit selon l'approbation de ton père... sa maison, tout son style de vie, même son épouse. Il semble heureux, mais il habite dans une cage dorée.

— Ne t'inquiète pas, maman. Je t'ai dit que je voulais prouver que je peux réussir toute seule, même en étant la fille de Conrad Barrett.

Son sourire s'estompa un peu.

— Est-ce que l'entreprise avait tellement besoin d'argent qu'il fallait que tu ailles le supplier? Il aurait mieux valu ne pas l'impliquer.

Je soupirai.

— C'est Tolan qui le lui a demandé.

Ma mère fronça légèrement les sourcils.

— Tolan est un bon garçon. Comment va-t-il?

Je faillis rire. Ce 'bon garçon' approchait la quarantaine. Mais ma mère s'en souvenait manifestement comme l'un des jeunes protégés les plus loyaux de mon père, tout juste sorti de l'université.

— Bien. Il aurait été encore mieux si papa avait accepté de lui donner l'argent.

— Conrad Barrett ne ferait jamais cela, vous le savez bien, Tolan et toi.

Je me laissai retomber contre mon oreiller et je regardai l'écran avec un sourire mélancolique.

— Tu n'as pas tort.

Le sourire de ma mère s'élargit et elle agita la main comme pour éclaircir l'air devant elle.

— Assez parlé de ça… comment vas-tu ? Es-tu allée dans notre endroit dernièrement ?

Je retins un bâillement et je répondis :

— Chaque fois que je vais chez papa, j'essaie de faire une promenade à Griffith Park.

— Je parie que tout le jasmin blanc est en fleurs en ce moment. Ça sent *si bon*. L'odeur de la Californie du Sud en mai me manque.

Je ris et nous bavardâmes encore une demi-heure, jusqu'à ce que ma mère déclare avoir besoin de thé. Bien sûr, je ne me rendormis pas, alors j'envoyai un texto à Tolan avec mon plan pour la journée et je lui demandai son aide.

Je devais me battre avec un astronaute adulte. Il était temps que je commence la bataille.

CHAPITRE SIX
GRAY

TOLAN M'ENVOYA UN TEXTO QUELQUES HEURES PLUS tard pour me dire que le commandant Tyler avait été prévenu de ma visite. Et je me préparai donc autant que possible pour le 'mode amical'. Je me vêtis d'un tee-shirt et d'un jean non menaçants. Bon, peut-être s'agissait-il de mes vêtements préférés, mais ils signalaient 'fille ordinaire' et 'personne amicale non menaçante'.

Tyler était intelligent, cependant, et je devais avoir une approche subtile.

Et s'il me surprenait à essayer de le manipuler, il se braquerait et cela empirerait la situation déjà gênante.

Lorsque je me garai en haut de la colline, dans son allée du quartier chic et vallonné de Cowan Heights au nord de Tustin, il était un peu plus de seize heures. Tolan avait tout organisé et je croisai l'assistant et biographe de Tyler, Lee, qui partait. Il sourit et me tendit la main.

— Bonjour, Gray. Ravi de te rencontrer. Ty est en train de faire du sport, mais je lui ai fait savoir au déjeuner à quelle heure tu arriverais. Tu peux l'attendre dans le salon. Il devrait descendre bientôt.

La maison elle-même était immense, accrochée à une falaise de Peter's Canyon, surplombant les broussailles sèches de chaparral et les falaises de sable rouge. C'était un endroit merveilleux et une maison remarquablement grande qui était sans doute plus impressionnante que les autres endroits où il avait pu vivre.

Grâce à sa notoriété, Ryan Tyler faisait des publicités et des apparitions en public importantes comme des discours de motivation lui rapportant des sommes à six chiffres. De plus, il venait récemment d'obtenir un contrat d'éditeur à huit chiffres... les droits cinématographiques de la biographie pas encore publiée avaient déjà été rachetés pour une somme gardée secrète. Il pouvait donc facilement se payer un tel endroit maintenant. Je ne pus m'empêcher de songer au coût de sa fortune et de sa célébrité. Et je me demandai à quel point cela pouvait le mettre à l'aise, au fond de lui.

Je jetai un coup d'œil à ma montre connectée pour m'assurer que je n'étais pas en retard... non, pile à l'heure. Le salon était vide, mais je supposai qu'il viendrait comme Lee l'avait dit. Ty allait bientôt descendre après sa séance de sport. Peut-être prendrait-il une douche rapide.

Je passai quelques minutes à marcher dans la pièce et à observer le mobilier et le décor. Rien n'était assez personnel pour révéler quoi que ce soit sur lui. L'endroit avait été décoré de façon professionnelle avec des couleurs noires, crème et turquoise pâle. C'était très beau, mais certainement pas typique pour lui. Je ne savais pas très bien ce à quoi je m'étais attendue... des décorations de célibataire. Peut-être des canapés en cuir, des fauteuils relax rembourrés, une énorme télé et une console de jeu avec un système audio très cher. Rien de cela n'était présent ici.

Peut-être gardait-il cela pour sa chambre.

Je rougis immédiatement en pensant à sa chambre, puis je me rappelai à quel point j'étais idiote. Bon sang. J'étais une femme adulte qui pensait à un homme canon regardant la télé ou jouant à des jeux de console dans sa chambre, et même cela me faisait rougir.

J'avais passé toute la journée de la veille à l'étudier, à lire des articles sur sa vie avant l'accident ainsi que sur l'événement lui-même, prenant des notes et croisant les informations. Maintenant, je me promenais dans sa maison en regardant ma montre bien plus souvent que nécessaire, cherchant des indices sur lui.

Au bout de trente minutes, je décidai que ce qu'il n'était pas, c'était *ponctuel*. Bizarre, pour un astronaute. Peut-être faisait-il exprès de me poser un lapin ? Cela ne m'aurait pas étonné. Il avait été plutôt fâché la veille, m'accusant d'avoir manigancé toute la situation.

Je longeai le couloir jusqu'à la cuisine, ayant aperçu une rangée de grandes photographies encadrées de façon experte.

Elles étaient magnifiques – de qualité professionnelle, c'était certain – et chacune montrait un lieu sur la surface de la planète pris depuis l'orbite basse de la Terre. Je m'arrêtai près de l'une d'entre elles, une série d'îles, de détroits et de presqu'îles entourés d'environ une vingtaine de teintes différentes de bleu et de vert. *Magnifique.* Je m'approchai pour l'examiner de plus près lorsqu'un bruit sourd frappa le mur.

Comme si quelqu'un ou quelque chose était tombé dans une pièce près de là. Oh, mince. Ty avait-il fait tomber les poids qu'il soulevait ? Avait-il des ennuis ? Avait-il trébuché ?

Je fis un pas vers le bruit lorsqu'un autre 'boum' suivit le premier... puis un autre. Et encore un autre frappa le mur.

Les coups avaient un certain… rythme, à vrai dire. Et lorsque je m'approchai du bruit, quelqu'un poussa un gémissement bruyant.

Sans déconner ?

Je repartis dans la direction d'où j'étais venue.

Soit des gens baisaient à quelques pièces de là, soit il s'agissait d'un système audio hyper réaliste accompagnant une vidéo porno. Je fis un autre pas en arrière et je me cognai *bruyamment* au mur.

Merde. Je m'immobilisai en retenant ma respiration. Je n'aurais jamais cru pouvoir souhaiter cela, mais j'espérais qu'ils étaient trop occupés à batifoler pour être gênés par mon intrusion.

Heureusement, ce fut le cas. C'était ça ou bien elle était très concentrée en s'adressant à une puissance supérieure au cours d'une prière apparemment très intense.

La photo derrière moi s'inclina sur son crochet et je me tournai pour la rattraper avant qu'elle tombe du mur. Zut. J'avais failli la faire tomber sur le sol.

Boum. Boum. Boum.

Le rythme s'accélérait maintenant, et je déguerpis à l'autre bout du couloir, laissant la photo affreusement inclinée sur son crochet.

Désormais, je pouvais entendre les cris d'extase de la femme même dans le salon.

Je regardai ma montre. Presque une heure après notre rendez-vous.

Mon sang se mit à bouillir. C'était intentionnel. Il faisait exprès de ne pas se rendre à une réunion importante pour pouvoir baiser quelqu'un. D'accord, c'était sûrement ce que feraient la plupart des hommes, mais j'avais l'impression que c'était une contre-attaque délibérée, une vengeance pour la veille.

Crétin.

Héros américain, mon cul. Queutard américain, plutôt.

C'était si odieux ! Je regrettai presque de ne pas avoir frappé ce mur plus fort pour qu'ils sachent que j'étais là. Afin qu'ils sachent qu'ils étaient si bruyants que ce qu'ils faisaient était évident.

Je devais peut-être jeter ce vase à l'air coûteux de la table basse pour faire un bruit extra fort. La fureur et la gêne me brûlaient le visage et raidissaient les muscles de ma mâchoire, de mes épaules, même de mes bras tandis que je tournais en rond autour du canapé et de la table basse, les bras croisés contre ma poitrine.

J'étais si absorbée par ma rêverie de vengeance que je ne remarquai même pas que le bruit s'était arrêté… ou terminé ou peu importe. Je ne voulais pas le savoir. Trop d'informations.

Beaucoup trop.

J'éventai mon visage brûlant et je me donnai l'ordre de me calmer. Ils parlaient à présent, mais je ne pouvais distinguer les mots. En attrapant mon téléphone, je débattis de la question suivante. Devais je lui envoyer un texto ? L'appeler ? Je n'avais même pas son numéro. Devais-je tourner les talons et partir d'ici en lui faisant mentalement un doigt ?

Non. Je ne pouvais pas faire cela. Que ce soit un crétin ou pas, j'avais besoin de lui. XVenture avait besoin de lui. Le commandant Ryan Tyler, le héros américain typique, était un élément crucial du lancement du XPAC.

Et mon père m'avait donné cette mission comme un test. Je n'allais pas prouver que j'avais besoin de courir vers lui pour lui demander un travail. Il espérait peut-être secrètement que XPAC coule. Eh bien…

Défi accepté, papa.

Je passai la main dans mon sac en bandoulière et je sortis des affaires. Un bloc-notes, quelques crayons taillés. Ma tablette, qui avait été entièrement chargée. Un assortiment de stylos à encre gel qui glissaient quand on les utilisait et qui ne tachaient pas la main quand j'écrivais, parce que j'étais gauchère.

Il voulait se débarrasser de moi ? Tant pis. J'allais m'installer, que cela lui plaise ou pas. Je n'allais pas partir avant d'être prête.

J'alignai tout sur la table basse en verre, prenant soin de ne pas montrer mon bloc-notes rempli de commentaires afin qu'il ne puisse pas les voir accidentellement. Puis je me laissai tomber sur son immense canapé et je tapotai du pied en attendant.

Allait-il sortir ? Ou bien allait-il s'endormir ? Après tout, c'était le milieu de l'après-midi. Peut-être aimait-il faire la sieste ?

Mon Dieu, j'espérais ne pas avoir à rester assise là pendant encore un autre round de sexe. Non, vraiment *non*. Si cela reprenait, alors j'allais fracasser la porte de la chambre pour les interrompre – avec les mains sur mes yeux, bien sûr.

Avant que cette pensée aboutisse ou mène à une autre série de pensées qui allaient tourner en rond dans mon cerveau, je me rendis compte que les voix étaient plus fortes qu'avant… et accompagnées de bruits de pas. Qui s'approchaient.

Je me raidis. Je croisai puis je décroisai les jambes sur le canapé avant de me résoudre à entrelacer mes doigts que je gardais avec raideur sur mes genoux.

Malgré tout, je bondis de ma place dès l'instant où deux personnes passèrent le coin du couloir. Lorsqu'ils m'aperçurent, ils se figèrent sur place. La femme, une jolie blonde platine, menue, mais très en forme, portant un jogging en velours de grande marque avec un sac de sport très cher sur les épaules leva les sourcils et jeta un coup d'œil à Ty.

Le héros américain lui-même portait un pantalon de jogging assez bas sur ses hanches et pas le moindre vêtement au-dessus de la taille. Bon, au moins ils maintenaient la ruse de l'entraînement sportif de façon partiellement convaincante.

J'aurais même pu les croire. Mais le sexe ne faisait pas du tout le même bruit que l'entraînement sportif.

Je ne pus m'empêcher de remarquer son corps parfait. Il était sculpté exactement comme il fallait. On voyait les veines sur ses bras, des biceps bien définis, des épaules puissantes. Son torse mince, mais solide. Chaque muscle dur comme le roc souligné sous sa peau. Des abdos, des ados, encore des abdos. *Tellement d'abdos.*

C'était plus qu'une tablette de chocolat. Je me surpris à les compter. Je m'arrêtai à dix lorsqu'il s'éclaircit la gorge et qu'il parla.

— Oh, tu es là.

J'écarquillai les yeux en arrachant mon regard au creux de sa hanche qui plongeait dans son pantalon de jogging. Grr. C'était un porc grossier, alors le joli packaging n'aurait pas dû importer.

Bon sang, Gray ! Je serrai la mâchoire et je fronçai les sourcils en me rappelant qu'il était juste un homme. Un homme crétin et nul et con. Qui était aussi terriblement canon, mais je pouvais et j'allais ignorer cette composante.

— Je suis arrivée à l'heure. À l'heure exacte que Tolan t'a donnée, dis-je en insistant sur le nom.

Il leva les yeux au ciel.

Oui, oui. *Il leva les yeux au ciel.* Devant moi. Il ne prit même pas la peine de tourner le dos ou de regarder ailleurs.

Sans un autre mot – et sans présenter sa chère et tendre –, il se tourna et il l'escorta jusqu'à la porte. Lorsqu'il l'ouvrit, elle me jeta un autre long regard avant de sourire et de se laisser tomber contre lui, jetant théâtralement les bras autour de son cou et l'embrassant comme s'ils étaient des amants qui ne s'étaient pas vus pendant des années et qui se disaient adieu pour toujours. Comme s'il y avait une douzaine de caméras de cinéma tournées vers eux. Et la musique était parvenue à un crescendo massif et dramatique lorsque le couple tourmenté se rendait compte que leur sort était de ne plus jamais se revoir. Elle bougea même la tête contre lui, se penchant en arrière afin que ses longs cheveux tombent vers le sol.

De son côté, il se raidit et il posa les mains sur ses épaules avant de vite s'écarter d'elle.

— Je te vois la semaine prochaine, Suz, dit-il doucement.

— Appelle-moi avant ça, d'accord ? On peut traîner ensemble même quand tu ne t'entraînes pas.

— Bien sûr... oui.

Il avait déjà la main sur la porte, prêt à la refermer derrière elle alors qu'elle se tenait sur le seuil. C'était comme s'il n'arrivait pas à se débarrasser assez vite d'elle et je me demandai si c'était ainsi qu'il traitait toutes ses amantes, ou si c'était un spectacle pour moi.

L'estomac dans les talons, je vis presque le sourire de victoire de mon père. Comment allais-je m'en sortir sans une surveillance constante ?

Dès que la porte se referma, il se tourna vers moi tout en regardant sa montre d'un air appuyé.

— Alors, à quelle heure était notre rendez-vous exactement ?

— Il y a plus d'une heure. À seize heures.

Je croisai les bras et je tapotai d'un doigt.

— Mais tu étais occupé… heureusement que cela n'ait pas pris longtemps.

J'imitai son geste en jetant mon propre coup d'œil insolent à ma montre.

Il ne prit même pas la peine de cacher son irritation en marchant vers moi. Puis il s'arrêta, attrapa un tee-shirt que je n'avais pas remarqué sur le sol – sans doute vite jeté pendant des préliminaires passionnés et frénétiques. Il le ramassa et il l'enfila d'un geste fluide. Le logo de la NASA était imprimé sur son large torse. Toute cette beauté masculine épatante était maintenant couverte. Bien sûr, le tee-shirt lui allait comme un gant, s'accrochant à ses pectoraux proéminents et à son torse solide. Si seulement ce tee-shirt pouvait couvrir ce sourire stupide et arrogant.

— Je n'ai encore jamais eu de plaintes. N'hésite pas à me le faire savoir si tu aimerais tester.

Mon visage se mit à brûler, incandescent. J'eus si chaud que j'étais certaine qu'il pouvait voir la couleur. Ma peau était assez pâle et quand je rougissais, cela se voyait beaucoup. Je cherchai à cacher mon trouble en toussant derrière ma main et en lui disant :

— Nous devons discuter du plan pour changer ton image, pas la vitesse avec laquelle tu peux parcourir les pages du Kamasutra. Et si tu veux convaincre les gens que tu vas parfaitement bien, zapper un rendez-vous important pour du sexe compulsif n'est pas un bon début.

— *Convaincre les gens.* Quelles gens dois-je convaincre ?

Je levai les sourcils comme pour dire 'Devine'.

Il posa la main sur le cœur.

— Eh bien, Mademoiselle Barrett, si…

— C'est Gray. Ne sois plus en retard, l'interrompis-je, des fois qu'il essaie encore de me lancer une invitation sexuelle.

Il leva les sourcils et son sourire s'élargit.

— C'est ça, ton truc ? Tu oublies ton nom de famille afin que les gens ne comprennent pas immédiatement qui est ton père ?

C'était donc ainsi que les choses allaient se passer ? Bon. Son retard – en baisant bruyamment sa coach sportive – servait à faire l'intéressant, ce n'était pas parce qu'il était tête en l'air. Je n'aurais pas cru qu'un militaire proactif, un *astronaute*, soit passif agressif.

— Ceci n'est pas pour moi. Mais afin que tu le saches, je ne suis pas du genre à profiter de mon nom célèbre.

Contrairement à d'autres personnes dans cette pièce, ajoutai-je mentalement. C'était une pique un peu faible, de toute façon. Après l'avoir bien regardé, j'étais certaine qu'il n'avait pas besoin de dépendre de son nom célèbre – ou de son visage – pour que les femmes viennent dans son lit. Même s'il n'avait été personne, il était sérieusement canon… comme Pari l'avait prouvé la veille.

Son visage se figea.

— Quoi qu'il en soit. Cela aurait été sympa de me tenir au courant quand nous nous sommes rencontrés, hier.

Je luttai pour ne pas lever les yeux au ciel… il fallait bien que quelqu'un agisse en adulte.

— Nous ne nous sommes pas rencontrés hier, et tu as eu mon nom complet le jour où nous nous sommes rencontrés. Ce n'est pas de ma faute si tu as estimé que je n'étais pas assez importante pour te souvenir de moi.

Il écarquilla les yeux, clairement à nouveau irrité, serrant le poing à côté de sa cuisse solide.

— On laisse tomber les conneries et tu peux me dire pourquoi tu es ici.

Il ne fit pas mine de s'asseoir. En fait, on aurait dit qu'il était prêt à fuir la pièce d'un instant à l'autre.

En redressant le dos, j'eus conscience de ressembler à une moins que rien. Je m'habillais vraiment de cette façon. Je maudis silencieusement la décision de me vêtir de façon décontractée pour paraître plus amicale. À la place, j'aurais dû porter un costume de femme d'affaires et des chaussures de couturier. Les hommes militaires et machos réagissaient mieux aux tailleurs sévères qu'à mon jean usé et mon tee-shirt.

Je levai le menton et je le regardai dans les yeux et... arg. Ses yeux étaient si bleus qu'il était impossible de ne pas les remarquer.

Comment devait-on appeler cette couleur, d'ailleurs ? Indigo ? Saphir ? Bleuet ? Non, le bleuet était trop clair pour cette teinte de bleu profond. Comme le bleu le plus profond sous le noir de l'espace. La couleur de la stratosphère supérieure, peut-être, ou même la thermosphère – non pas que j'aie un jour été aussi haut.

Bon sang, même la couleur de ses yeux me fascinait. WTF. Il s'agissait juste de stupides yeux bleus. *Grr.* Je détournai le regard et je me forçai à me souvenir de la nullité qui accompagnait ces merveilleux yeux bleus. Cela m'aidait.

— Je suis ici pour discuter du plan.

Et pour découvrir à quel point tu es perturbé.

Il leva les sourcils.

— Ah bon. J'ai le droit d'avoir un avis ? Je croyais que ton cher papa était aux commandes.

Mon Dieu. *C'était reparti.* Il parlait de mon père à chaque phrase. Soit il utilisait son hostilité envers Conrad Barrett comme un bouclier pour me faire dévier, soit les choses franches, mais pas très gentilles que mon père lui avait dites la veille lui étaient restées en travers de la gorge.

Quoi qu'il en soit, il était temps qu'il comprenne que je n'étais pas mon père.

— Je suis ici pour t'aider à faire ton travail, commandant Tyler. C'est tout.

Je levai les mains vers lui.

— Crois-tu que je serais d'accord pour faire ce petit spectacle de dresseuse et d'animal domestique si je pouvais facilement faire changer mon père d'avis ?

J'espérais ne pas avoir besoin d'aller plus loin que des comptes-rendus quotidiens. Peut-être un couvre-feu imposé si nécessaire. Je ne voulais pas me battre avec lui à chaque étape du chemin.

Mais je le pouvais. Je le pouvais si nécessaire.

La balle est dans ton camp, Monsieur le Héros Américain et Astronaute Typique. Je me préparai pour la réplique cinglante qu'il allait me renvoyer.

Il me surprit.

Chapitre Sept
Ryan

Sans un autre mot, je tournai les talons et je laissai Mademoiselle Barrett dans le salon. Elle avait les bras croisés et les joues rouges. Le bar avec évier se trouvait dans la pièce d'à côté. Elle pouvait me suivre là-bas si elle voulait continuer cette conversation, et tant mieux, si ce n'était pas le cas. Je traversai le salon jusqu'au bar, je me baissai derrière et je sortis une bouteille à moitié vide de Stolichnaya Elite. Je me versai un verre.

Mademoiselle Gray Barrett trotta derrière moi. Son visage était serein, ses yeux très observateurs, mais elle ne trahit aucune émotion en me fixant sous les bords épais de ses lunettes. Cependant, elle regarda encore une fois sa montre d'un air appuyé. C'était assez proche de l'heure acceptable.

Je lui souris en avalant la vodka. Cet instant en valait la peine. Je préparai la bouteille pour me faire un autre verre, mais elle sauta en avant, posant la main sur le verre afin de m'empêcher de verser.

Tiens, tiens, tiens. Audacieuse… et stressée, ce qui était irritant.

Je redressai la tête en levant les sourcils.

— Il ne faut jamais se mettre entre un buveur et sa vodka, dis-je en russe.

Elle pinça les lèvres, mais ce fut le seul indice de ses émotions.

— D'accord, j'ai bien compris. Ça ne te plaît pas, dit-elle d'une voix calme et assurée.

J'éclatai de rire avant même de comprendre ce qu'il se passait.

— Tu as un vrai talent pour l'euphémisme, Mademoiselle Barrett.

— Gray, s'il te plaît. Je…

— Très bien. *Gray*, aboyai-je. Tes parents n'auraient pas pu trouver une couleur plus intéressante ?

Ses dents blanches bougèrent contre sa lèvre inférieure.

— C'est un surnom.

— Alors comme ça, tu veux être mon amie ? C'est ça ?

Elle fronça ses sourcils sombres. J'écartai sa main avec le bas de la bouteille de vodka. Elle ne bougea pas.

En poussant un long soupir, je refermai la bouteille et je la posai sur le côté.

— J'ai fait toute une année de cirque médiatique pour la NASA après l'accident. On m'a fait parader comme un pur-sang pour les interviews, discours, apparitions, dîners et conférences de presse. J'y étais, je l'ai fait, j'ai le putain de tee-shirt.

J'indiquai le logo de la NASA sur mon torse pour souligner mon argument.

Son regard descendit vers mon torse et elle se mordit la lèvre. Ce n'est qu'à ce moment-là que je me rendis compte de la fascination qu'exerçait sa bouche. Elle était petite, sous des pommettes exquises. Ses lèvres n'étaient pas particulièrement épaisses ou rebondies, mais elle avait cette délicieuse vallée à l'endroit où sa lèvre supérieure remontait, depuis le bas de son nez retroussé jusqu'au sommet de sa lèvre couleur corail. C'était proéminent et… attirant.

Embrassable. J'étais certain que ses lèvres avaient un goût très sucré.

Je clignai des paupières et je secouai la tête. Bon sang. Cela faisait plus d'une semaine que je n'avais pas touché à la vodka. Cet unique verre me montait plus vite à la tête que je ne l'avais cru. *Note pour moi-même : vas-y doucement sur la rosée russe.*

Je me relevai et je fis un pas en arrière tout en me fortifiant par une profonde inspiration. Elle me regarda avec ses yeux verts comme les feuilles.

— C'est un surnom pour quoi? lâchai-je avant même de comprendre que cela m'intéressait.

Elle cligna des paupières et recula.

— Euh, quoi?

— Gray. C'est un surnom qui correspond à quoi? Pourquoi est-ce qu'ils t'ont nommée ainsi?

Ses sourcils épais se levèrent au-dessus de ses lunettes et elle s'éclaircit la gorge.

— C'est un raccourci de mon véritable nom. Angharad Grace.

— Oh. Oui, c'est… c'est un nom à coucher dehors.

— Dit le type qui parle spontanément en russe?

Je ris, mais je ne répondis pas.

— J'ai été nommée d'après mes deux grands-mères. Et 'ils' ne m'appellent pas Gray. C'est *moi* qui m'appelle Gray.

Je fronçai les sourcils.

— Tu sembles surprise que je sois ennuyé par la situation.

Elle haussa les épaules.

— Je suis surprise que tu ne prennes pas la peine de cacher ton irritation. Je suis surprise par ta grossièreté absolue. Je m'étais dit que la part logique de ton cerveau et des années d'entraînement t'auraient aidé à comprendre qu'il faut ce qu'il faut.

Je haussai les épaules, irrité de me faire critiquer.

— Je ne vois pas de problème avec le fait de faire ce qu'il faut. XVenture a des fusées. Ils ont des astronautes. Maintenant, faisons-les voler. Allons-y.

Elle secoua la tête.

— Nous savons tous les deux que ce n'est pas si simple.

Mes yeux parcoururent son visage pendant qu'elle parlait. Elle avait une peau magnifique. Elle brillait, même dans la pièce assombrie à cause des rideaux fermés contre le soleil de fin d'après-midi. À chaque moment qui passait, plus elle me bousculait et me défiait, plus je me rendais compte que j'avais été un idiot d'avoir oublié que je l'avais rencontrée cette première fois. Elle n'était pas du tout quelqu'un que l'on pouvait oublier.

Une étincelle d'attirance – minuscule, surprenante – éclata dans ma poitrine et se consuma. Lentement.

— Pour conclure, l'important c'est : es-tu prêt à faire ton travail ? demanda-t-elle.

— Pourquoi es-tu ici ? rétorquai-je.

Elle réajusta ses lunettes et inclina la tête sur le côté comme pour m'étudier.

— Je suis ici pour mon avenir. Pour le travail de mes rêves. Et pour Tolan. Et pour tous les autres qui rêvent de faire partie du premier programme commercial d'astronautes. Des gens qui veulent faire l'histoire, qui n'ont plus l'impression que le gouvernement fait ce qu'il faut pour avancer les objectifs de l'humanité dans l'exploration spatiale. Et toi, pourquoi es-tu ici ?

Je levai les sourcils. Bon. Apparemment, elle ne se laissait pas marcher sur les pieds.

Je restai silencieux, ne sachant pas trop comment réagir à sa candeur. Dernièrement, les gens ne m'en avaient pas beaucoup montré. Ils étaient trop occupés à vénérer le héros. Personne ne me disait plus ce qu'il pensait. Et même si son opinion me prenait à rebrousse-poil, c'était rafraîchissant d'entendre cette honnêteté de temps en temps.

Sous cet angle, ses cheveux châtain attrapaient la lumière et brillaient d'une couleur dorée. Cela ne faisait qu'ajouter à cette étrange aura d'innocence et de donneuse de leçons qu'elle semblait communiquer. Elle était comme… une Hermione adulte qui allait gronder Ron Weasley pour la centième fois. *Waouh.*

— Je ne peux m'empêcher de me demander ce que tu veux vraiment, commandant Tyler.

Elle indiqua la pièce autour de nous.

— Peut-être souhaites-tu rester assis toute la journée dans une villa payée par les contrats d'éditeurs et les discours à ton public d'adorateurs. Oh, et profiter des joies de coucher avec les femmes qui pensent que te vénérer fait partie de leur devoir patriotique.

Bon sang. C'était vraiment Hermione.

— Les femmes qui couchent avec moi, je prends soin de les faire penser à autre chose qu'à leur *devoir*.

Une teinte colorée passa sur sa peau brillante et je dus admettre être content de mon petit effet.

Je décidai à ce moment-là vouloir la faire rougir encore plus.

— Évidemment, notre plan pour réhabiliter ton image t'ennuie. Souhaites-tu en parler ?

Je pinçai les lèvres comme si je venais de sucer un citron, accablé par l'impression de devoir m'allonger sur un divan.

— Ne joue pas le rôle de la psy avec moi.

Un léger sourire apparut sur sa jolie petite bouche.

— Je ne joue pas un rôle.

Je la dévisageai des pieds à la tête : une fille toute mince. Elle ne semblait pas avoir plus de vingt ou vingt et un ans, mais je savais qu'elle devait être plus âgée pour avoir fait les études nécessaires avant de faire une thèse.

— Eh bien, je n'ai pas besoin de psy... ni de baby-sitter. J'ai trente-cinq ans.

Elle haussa les épaules.

— En ce cas, ne me considère pas comme une baby-sitter. Considère-moi comme ton assistante personnelle.

Je lui jetai un regard noir.

— J'ai déjà un assistant.

— Une chaperonne ? Responsable ? Gouvernante ? Tu choisis.

Elle leva les mains, les paumes ouvertes.

— Escorte ?

Elle laissa tomber les mains en pinçant les lèvres.

— Pas ça.

— Je n'ai pas besoin de...

— Peu importe ce dont tu penses avoir besoin.

Elle se désigna elle-même.

— Ou même ce dont je pense que tu as besoin. Le fait est que les investisseurs ne donneront pas leur argent tant qu'ils ne seront pas convaincus que ta vie n'est pas un fiasco. Nous sommes là pour changer le discours, tu te souviens ?

Je me raidis.

— *Un fiasco ?* C'est ce que tu penses de ma vie ?

Elle pinça ses petites lèvres roses.

— Non, non. Nous n'allons pas faire ça. Peu importe...

— Cela m'importe à moi. Que penses-tu ?

Tu as des problèmes, avait-elle dit. Ce que je voulais savoir, c'était quels problèmes. Et puisqu'elle ne s'était pas retenue de dire ce qu'elle pensait avant…

Elle cligna des paupières, s'éclaircit la gorge, puis ajusta ses lunettes sur son nez. Je restai debout à attendre et elle finit par croiser les bras sur sa poitrine. La plupart des femmes que je connaissais faisaient quelque chose de ce genre pour attirer l'attention sur leurs atouts, mais pas celle-ci. Elle m'étudiait ouvertement. De plus… elle n'avait pas d'atouts. Pas au niveau de sa poitrine, en tout cas.

Malgré tout, je la trouvais fascinante. La façon dont ses clavicules sortaient du col de son tee-shirt comme une paire d'ailes stylisées. Parallèles, légèrement incurvées, gracieuses, prêtes à prendre leur envol. Je traçai leur longueur avec les yeux. Puis je levai le regard et je croisai le sien.

Cette étincelle éclata encore et brûla plus fort qu'avant. J'eus l'envie soudaine de goûter ce cou mince, ces clavicules gracieuses… de faire courir ma langue dessus et de la sentir frissonner en réaction…

Je fronçai les sourcils et je luttai pour cacher ses pensées, mais j'eus la satisfaction de remarquer qu'une lutte similaire se produisait sur ses traits délicats. Elle fronça les sourcils. Ce regard intense qu'elle avait. Sa bouche légèrement entrouverte.

Elle parut carrément choquée.

Pour faire quelque chose, pour dissiper le pouvoir de cet instant, je répétai ma question. Je n'allais pas laisser passer ça.

— Alors ? Que penses-tu ?

Elle parla d'une voix tremblante :

— Je… réserve mon jugement.

Elle redressa les épaules d'un geste presque adorable.

— Mais il va sans dire, particulièrement dans mon domaine d'études, que le syndrome de stress post-traumatique est réel et…

— Je ne souffre pas de syndrome post-traumatique, aboyai-je en fermant le poing sur le bar entre nous.

Son regard vint se poser sur mon geste et je retirai la main en me raidissant. Bon sang. Comment l'avais-je laissée m'agacer autant ?

Vraiment, c'était choquant. Elle n'était pas mon genre. Et dernièrement, je n'avais pas été intéressé par beaucoup de femmes de mon genre.

Il s'agissait peut-être de ce vieil instinct de conquérant. Cela coulait dans mes veines comme les nutriments du lait maternel. Je voyais un obstacle insurmontable, je me focalisais dessus. C'était aussi automatique pour moi que la respiration. Et à ce moment précis, Mademoiselle Gray Barrett semblait être un obstacle formidable et exigeant.

Délicieux petit obstacle. Mes yeux parcoururent à nouveau son corps mince, observant son tee-shirt fin brodé de fusées et d'étoiles, son jean moulant.

Une groupie de l'espace, comme nous aimions les appeler. C'était drôle, elle ne semblait pas aussi impressionnée par un véritable astronaute que la plupart des autres Cape Cookies. Peut-être préférait-elle les femmes. Je pensai alors que ce serait vraiment dommage.

Je reculai, surpris, et je me forçai à penser à autre chose. Les trajectoires de vol. La séquence de lancement… non, non, surtout pas la séquence de lancement. *Que m'arrivait-il ?*

Je contournai le bar et je sortis à grands pas de la pièce.

Elle me suivit pendant que je longeais le couloir jusqu'au placard à manteaux de l'entrée, puis que je l'ouvris afin d'attraper mes chaussures de course.

— Allez, commandant. Tu étais un Navy SEAL. Si tu peux faire trois services au Moyen-Orient, tu peux…

— Quelle joyeuse pensée !

Elle avait donc lu ma biographie ? Apparemment, elle l'avait même mémorisée. Sans doute complétée par des notes psychologiques.

— Je veux juste… où vas-tu ?

— Je vais courir, dis-je en ayant enfilé mes chaussures.

Je jetai un regard appuyé à ses pieds.

— Je te dirais bien de te joindre à moi, mais ces tennis ne feront pas l'affaire dans le canyon.

— Mais nous…

— Je te vois en revenant, si tu veux attendre aussi longtemps. Je suis certain que l'on peut me faire confiance pour ne pas me jeter d'une falaise.

Elle me suivit d'un air sombre jusqu'à la porte sur le côté qui menait à la cour à l'arrière de la maison. De là, je pouvais pénétrer dans le canyon par un sentier et faire mon tour habituel.

Elle jeta son corps menu contre la porte avant que je puisse l'ouvrir.

— Tu ne vas pas partir alors que tu m'as fait attendre une heure pendant que tu baisais ta coach.

Je reculai en la regardant.

— Je veux aller courir. J'ai besoin de faire de l'exercice.

— Tu viens de faire beaucoup d'exercice horizontal ! rétorqua-t-elle.

J'écarquillai les yeux, confus. Elle avait attendu un moment avant de montrer son côté plus sec. Qui était cette fille ? Elle m'empêchait de me servir un autre verre, elle se jetait devant ma porte pour me garder dans la pièce, elle m'avait coincé avec ce plan merdique pour commencer.

Mon sang se mit à bouillir. Oui, j'aurais facilement pu la pousser de la porte. Je pouvais la jeter par-dessus mon épaule et la retirer physiquement de ma maison. Mais bon sang, c'était la fille de Conrad Barrett. Oui, ce type était un enfoiré, mais son porte-monnaie allait me noyer dans l'espace. *Avec un peu de chance.*

Étais-je donc vraiment coincée avec cette petite femme frêle et pénible ?

Je serrai la mâchoire et je me penchai vers elle.

— Enlève-toi de cette porte, grognai-je.

Elle ne tressaillit pas, ne cligna même pas des paupières. À la place, elle inspira profondément et elle ne bougea pas.

— Je n'ai jamais dit que tu souffrais de syndrome post-traumatique. J'ai dit que je réservais mon jugement.

Je me redressai. Elle avait raison.

— Mais tu as entendu…

— Écoute, tout le monde sait que tu as traversé beaucoup d'épreuves au cours de l'année dernière.

Merde. J'aimais mieux qu'elle m'en mette plein la tête.

— Ne me prends pas de haut.

— Ce n'est pas le cas. Mais il est virtuellement impossible de ne pas être traumatisé après ce que tu as traversé. Cela ne te rend pas faible. Cela te rend humain.

Je me penchai encore et je la rejoignis, nez à nez, comme la veille dans le couloir de XVenture.

— Je ne souffre pas de syndrome post-traumatique, compris ?

Ses yeux verts me fixèrent sans ciller.

— Je m'en moque.

J'inclinai la tête, certain d'avoir mal entendu.

— Quoi ?

Elle se redressa en levant le menton.

— J'ai dit que je m'en moquais.

Je poussai un soupir en constatant que j'avais retenu ma respiration. Cette fille me surprenait chaque fois qu'une nouvelle chose sortait de sa bouche.

— Vraiment ? Alors, pourquoi avoir abordé le sujet ?

— Tu m'as demandé ce que je pensais. Je t'ai répondu franchement.

— Eh bien, tu as tort.

Ma peau se mit à brûler.

— C'est ce que tu as dit. Je n'ai pas peur d'avoir tort. Mais tu n'as rien fait ou dit pour me convaincre du contraire.

Son regard perçant me traversa comme une flèche.

— Si tu ne me poses plus la question, je n'aurai pas besoin de te dire mon opinion.

Je secouai la tête. *Mince.* Pourquoi le fait qu'elle refuse de céder en admettant son tort m'ennuyait-il autant ? Peut-être s'en fichait-elle, mais pourquoi cela m'importait-il autant ?

Elle hocha gravement la tête.

— Vas-y, va courir. Je serai toujours là quand tu reviendras. En fait, pendant que tu seras là-bas, je choisirai une de tes chambres d'amis pour y loger... certainement pas celle dans laquelle tu as baisé *Suz.* Je suppose que tu ne l'as pas baisée dans ta propre chambre.

Je clignai des paupières. Comment savait-elle cela ? Et... hein ? Quoi ?

Elle s'écarta de la porte et elle la montra comme pour me défier de sortir maintenant. Puis elle se tourna en haussant les épaules de façon évidente. Elle jeta un dernier coup d'œil vers moi avant de retourner dans le salon.

Je la regardai d'un œil mauvais et puis, bien sûr, je la suivis. J'étais conscient qu'il s'agissait sûrement d'un tour de psychologie inversée.

— Tu ne vas pas rester là.

Dans le salon, je vis ma table basse, je remarquai ces stylos alignés, quelques chemises et un bloc-notes soigneusement posé dessus. Mais il n'y avait pas de sac pour passer la nuit, seulement un sac d'ordinateur.

— Tu n'as même pas tes affaires avec toi.

Elle se tourna vers moi.

— Je survivrai jusqu'à demain. Et puis après notre réunion avec Victoria et Keely Dawson demain matin, je filerai chercher des vêtements et je reviendrai. À partir de là, j'ai l'intention de te coller comme du velcro.

— Tu ne vas pas rester là, répétai-je.

— J'ai toujours un sac de toilette et des affaires d'urgence dans ma voiture. Ce soir, ça tombe bien.

Elle ponctua ses paroles par un sourire joyeux. Un sourire presque trop satisfait. Elle me défiait de la jeter dehors.

Je la fixai en écarquillant les yeux d'incrédulité lorsqu'elle ramassa un rouleau de tissu que je n'avais pas remarqué.

— Et regarde, j'ai encore ma serviette avec moi depuis hier, la Journée Officielle des Serviettes ! Une serviette de bain est une des choses les plus utiles de l'univers.

Je clignai des paupières. Cette interaction devenait de plus en plus bizarre… et étrangement, plus intrigante aussi. Les mains sur les hanches, je la regardai dérouler la serviette et la poser sur ses épaules.

— Tu vois ? Je peux me draper dedans pour avoir chaud ou me coucher dessus ou l'agiter pour servir de signal de détresse ou… ou…

Elle sembla essayer de se souvenir du reste.

Je poussai un soupir et je continuai sèchement :

— Ou l'utiliser pour éviter le regard du hanneton glouton de Tron qui est persuadé que si vous ne le voyez pas, il ne vous voit pas non plus.

Son regard s'illumina.

— Tu l'as lu… *Le Guide du Voyageur Galactique* ! Le vingt-cinq mai est la Journée Officielle de la Serviette.

Je lui jetai un regard comme pour dire : *bien sûr que je l'ai lu, merde.*

— Je suis astronaute. Et d'ailleurs, tu ne restes pas ici.

Elle écarta les mains.

— Tu as plein de place dans cette maison.

— Ça n'arrivera pas, répondis-je.

Elle sortit son téléphone de sa poche arrière et le leva.

— D'accord, je vais tenir Tolan au courant du changement de plan. Tu me jettes dehors.

Je tendis une main.

— Attends…

Elle leva les sourcils alors que ses pouces étaient prêts à appuyer sur l'écran tactile.

— J'attends.

— Je n'ai pas besoin de toi ici.

Elle leva la main et commença à compter des éléments sur ses doigts pendant qu'elle les énumérait.

— En dehors de tous les titres intéressants de journaux te concernant, examinons ton comportement au cours de l'heure qui vient de passer. Tu as zappé une réunion importante pour du sexe compulsif – et impulsif. Bu un alcool fort à une heure à peine acceptable.

— Il était presque dix-sept heures...

— Une attitude merdique.

Bon, d'accord. Là, elle marquait un point.

Oui, baiser pendant qu'elle m'attendait avait été impoli. Je savais qu'elle venait, mais j'avais voulu éviter le rendez-vous. Quand Suz avait commencé à retirer mon tee-shirt trois minutes après avoir passé la porte, je n'avais pas refusé. Quel homme allait remettre à plus tard le sexe avec sa coach canon parce qu'une jeune psy pénible avait un rendez-vous avec lui à cette heure-là ?

— Pour conclure, puisque nous sommes vraiment francs maintenant ?

Elle leva les sourcils vers moi et je hochai la tête pour lui faire signe de continuer, me préparant à une autre attaque de sa franchise spéciale.

— Dernièrement, tu as fait preuve d'un comportement qui montre que tu ne maîtrises pas grand-chose, et je suis là pour t'aider à gérer et à te contrôler jusqu'au test de vol. Cela implique de ne pas faire la fête, de ne pas prendre de cuite et de ne pas courir les femmes.

Je ricanai.

— Pourquoi ne m'inscris-tu pas simplement dans un centre de réhabilitation ou un monastère local ?

Elle sourit.

— Tout cela est pour l'opinion publique et ce que pensent les gens. Et les investisseurs. Et Tolan, d'ailleurs. Si tu veux repartir dans l'espace, alors tu le feras. Nous avons le même objectif, commandant. Je veux que tu sois capable de voler. Je veux autant que toi que ce test de vol puisse avoir lieu. Nous sommes du même côté. En outre… cette maison est si grande que tu me remarqueras à peine. Je ne resterai pas dans tes pattes.

Je la fusillai du regard. Avoir une psy sous le nez allait me gêner. Peu importe la taille de cette maison. Il était impossible que je la laisse s'immiscer dans ma vie.

Je regardai encore une fois le téléphone dans ses mains. Mais pouvais-je me permettre qu'elle me dénonce à Tolan et à tous les autres astronautes du XPAC ?

Ils allaient tous avoir des questions aussi et sans doute me faire payer de ne pas avoir effectué une tâche aussi simple que la coopération. Tolan pouvait me retirer du vol aussi facilement qu'il m'y avait mis. Bien sûr, il n'aurait alors pas les avantages publicitaires…

Encore une fois, je n'étais pas assez fou pour oublier que cette fille avait un réseau important. Son père. Tolan. J'étais coincé.

Merde. *Putain.* Comment m'étais-je encore débrouillé pour me mettre dans ce genre de situation ?

Elle tendit une main comme si je venais d'entrer dans son bureau de psy et qu'elle m'indiquait le divan.

— Assieds-toi, je t'en prie.

— Je préfère rester debout. Sauf si tu as sorti ta petite coupelle et ton tabouret ? *Aide psychiatrique, 5 cents* ?

Elle ricana.

— Ça, c'est la promotion réservée à Snoopy. Ça va te coûter un peu plus cher que ça.

Dommage que cela ne me coûte pas juste quelques baisers, peut-être une ou deux mains sur ses jolies fesses. Je posai les mains sur mes hanches et je refusai de m'asseoir.

Elle poussa un soupir.

— Très bien, nous resterons debout.

J'inclinai la tête pour l'observer. Au moins, ma geôlière des trois mois à venir était mignonne... à sa façon.

Elle attendit patiemment en se grattant le côté du nez et pendant un instant fugace, j'aperçus l'éclat de l'or sur sa main gauche... sur son annulaire. Je retins ma respiration. Était-elle mariée ?

J'aperçus alors une pierre rouge étincelante au milieu. Je tournai la tête pour mieux l'examiner. Une année était inscrite sur le côté. En y regardant mieux, la bague se trouvait sur son majeur et pas sur son annulaire. C'était clairement une chevalière universitaire. J'essayai de ne pas penser à la façon dont mon cœur avait cessé de battre en pensant qu'elle n'était pas disponible.

Qu'est-ce que ça pouvait me faire ?

Elle pouvait bien vivre avec son petit-ami, ou sortir régulièrement avec quelqu'un. Elle n'était pas obligée d'être mariée pour ne pas être disponible, et encore une fois, pourquoi est-ce que cela m'importait autant ? Sa main droite ne portait rien hormis une chaîne argentée autour de son poignet duquel pendaient des médaillons.

— Eh bien, tu ne me laisses pas vraiment le choix, n'est-ce pas ?

Elle fronça les sourcils.

— Je ne veux pas que tu voies les choses de cette façon. Je ne veux pas que tu te sentes coincé. Nous sommes dans la même...

— Équipe, oui. J'ai écouté ton petit discours de motivation. Mais tu as des règles pour moi, tu es ma geôlière et je suis coincé chez moi. Dois-je porter un bracelet électronique à la cheville ? Systématiquement dire où je me trouve ?

Elle secoua la tête.

— Je suis ici pour te garder sur le droit chemin.

Je serrai la mâchoire avant de la détendre. Je détournai le regard.

— Ça me semble ennuyeux.

— L'ennui est une bonne chose. L'ennui est stable. L'ennui est...

— *Prudent.* Tout comme demander l'argent de l'investissement à papa. Tu aimes agir prudemment, n'est-ce pas ?

— J'aime suivre les règles du jeu.

Un véritable sourire apparut sur ses lèvres délicieuses.

— Les règles sont essentielles et je suis très douée pour les suivre.

Mes yeux se fixèrent sur cette bouche, cette courbe délicieuse de sa lèvre supérieure, le creux sous son nez. Je voulais le goûter. Et bon sang, j'eus tellement envie de lui faire transgresser les règles dès l'instant où elle dit les aimer.

Tellement.

Attends un peu, Mademoiselle Gray Barrett.

Attends un peu, l'avertit cette voix diabolique dans ma tête. Non seulement j'allais lui faire transgresser ces règles, mais j'allais aussi lui faire aimer chaque instant.

CHAPITRE HUIT
GRAY

NOUS NOUS OBSERVAMES PENDANT UN LONG MOMENT. Je ne pouvais rien lire dans ses yeux bleus et profonds. La tension qui régnait entre nous était réelle, presque palpable. Comme un caramel mou, du beurre de cacahouètes, peut-être de la soupe crémeuse. Avec du pain. Bon sang, je savais que je n'aurais pas dû sauter le déjeuner. Il était plus de dix-sept heures et j'étais morte de faim.

Mon estomac gargouilla. *Bruyamment.* Je veux dire… Il ne gargouilla pas simplement. Il rugit comme Smaug s'éveillant et émergeant de la Montagne Solitaire après avoir dormi pendant deux siècles, la fumée s'échappant de ses narines et du feu dans les yeux. Prêt à couvrir la ville de Bourg-du-Lac de flammes et de destruction.

Oui, mon estomac ressemblait à un dragon furieux avide de trésors… de préférence sous forme comestible.

Le regard sur le visage de Ty posait la question qu'il ne prononça jamais… *c'était quoi, ça ?* Au lieu de répondre, j'éclatai de rire. C'était ça ou bien mourir de honte, et j'avais eu beaucoup trop de moments gênants dans ma vie pour avoir honte de travailler si dur que j'avais sauté le déjeuner.

Le dragon rugit encore, et plus fort. Je me mis à rire plus fort moi aussi.

Tout comme lui. C'était un bruit sexy, une sorte de grognement grave qui montait de son torse, de son grand torse large. Et grâce à la situation précédente, où il avait été torse nu, je savais qu'il était également solide et musclé.

— Apparemment, tu as faim, dit-il en essuyant le coin de ses yeux. C'est ça ou bien quelqu'un devrait relâcher le Krakken.

— C'est un dragon, en fait. Smaug.

— Ah. Où est Bilbon Sacquet quand on a besoin de lui ?

Je levai les sourcils, impressionnée par ses connaissances en fiction. D'abord le *Guide du Voyageur Galactique* et maintenant le *Seigneur des Anneaux*. Je ne savais pas que les astronautes avaient le temps de lire pour le plaisir. Malgré tout, il s'était trompé dans les détails de l'histoire.

— C'est Bard, rectifiai-je. C'est Bard qui a tué Smaug.

— Mais Bilbon lui a dit comment.

Je hochai la tête.

— C'est vrai.

Le dragon rugit encore une fois et il leva les sourcils, le visage encore assez grognon.

— As-tu le numéro d'une pizzeria qui livre près d'ici ? demandai-je avec un sourire plein d'espoir.

Il poussa un soupir et me jeta un regard du genre *Je vais regretter ce que je vais faire.*

— Je peux te faire un sandwich. Moi aussi, je me suis mis en appétit.

Les coins de ma bouche remontèrent et je fis bêtement l'erreur de ne pas tourner la langue dans ma bouche avant de parler.

— C'est vrai que tu as fait du sport.

Il me jeta un regard et il tourna les talons, me laissant plantée là. Bon sang. Parfois, je n'arrivais pas à garder la bouche fermée, et nous n'étions pas encore arrivés à un moment où je pouvais le taquiner pour ses offenses… peu importe à quel point j'en avais envie.

Je trottais derrière lui vers la grande cuisine brillante remplie d'appareils luisants en cuivre brossé et de plans de travail en granite de couleur crème et noir.

Il se tourna et il indiqua un des tabourets de bar en face du frigo, et je m'y assis docilement.

Pendant ce temps, il sortit des choses de son frigo géant : du pain complet, de la mayo, de la verdure, des tomates, des viandes fraîchement découpées et emballées dans du papier marron.

— Es-tu végane ou sans gluten ? Parce que je ne peux pas t'aider dans ce cas. Enfin, si tu es végane, je suppose que je peux te jeter une feuille d'épinards.

Je fronçai les sourcils, surprise par ce passage soudain au mode de résolution des problèmes. Je l'observai un moment, remarquant ses gestes rapides et saccadés qui semblaient exprimer une irritation toujours présente. Il allait sans doute essayer d'arrondir les angles… de négocier pour sortir de cette situation… et me faire sortir de sa maison. Je fronçai les sourcils et je me préparai à son prochain angle d'approche.

Ces types de guerriers alpha utilisaient tous les mêmes techniques. Donner des ordres. Faire l'intéressant. Se donner en spectacle. Et, en fonction de leur personnalité, ils y ajoutaient un peu de baratin et de charme. J'allais m'endurcir et ne pas du tout penser à la façon dont il était incroyablement beau même en faisant un sandwich… ces bras de rêve, ces mains fortes et capables. J'arrachai mon regard à lui et j'essayai de me concentrer sur ce qu'il m'avait demandé.

— Je ne peux pas manger d'épinards ou de chou kale, mais sinon, je ne suis pas difficile.

Mon estomac gargouilla encore comme s'il participait directement à la conversation et qu'il déposait sa propre plainte très bruyante.

— Je travaille aussi vite que possible, dit-il en me tournant le dos, mais le rire fut facilement décelable dans sa voix et dans la façon dont ses épaules s'agitèrent pendant qu'il assemblait les sandwiches.

— C'est très gentil de ta part de me faire à manger. Mais je veux que tu saches que tu n'auras pas besoin de me nourrir à chaque repas. Je passerai au supermarché à mon retour demain. Je ne suis pas très bonne cuisinière, mais je fais des petits-déjeuners qui tuent.

Il me jeta un regard rusé, mais il sembla vouloir tenir sa langue. Probablement encore un sous-entendu sexuel... retenu cette fois, heureusement. Il poussa un grognement évasif en coupant une tomate avant de placer les tranches sur deux morceaux de pain.

— Et si nous faisions un compromis, commença-t-il du même ton de voix calme. Je crois que comme moi, tu n'as pas envie de rester ici. Nous pourrions nous voir tous les jours. Je te ferai un rapport...

Je me redressai et j'affichai un énorme sourire sur mon visage, comme un chiot excité.

— Tu veux dire que je pourrais te faire des séances de thérapie ?

Son visage s'assombrit. Il était tellement prévisible.

Il sortit les viandes de leur papier et il énuméra tous les choix : deux fines tranches de bœuf rôti, du jambon au miel, du poulet épicé. Je choisis le poulet, qu'il posa sur le pain pour moi, choisissant le bœuf rôti pour lui.

— Qu'est-ce qui te fait croire que j'ai besoin de thérapie ?

Je levai un sourcil quand il se pencha au-dessus de ses créations. Il s'essuya les mains et attrapa deux assiettes blanches du placard. *Le pauvre croit que personne d'autre ne peut voir qu'il est blessé.*

Je déglutis, mais j'eus la sagesse de tenir ma langue, cette fois.

Il me regarda comme s'il attendait une réponse et je clignai des paupières.

— Tu refuses donc d'appeler cela de la thérapie, mais tu me promets de venir à des séances quotidiennes régulières avec moi au cours desquels nous... quoi ?... Nous pourrions jouer aux échecs ?

Sa joue s'arrondit lorsqu'il serra la mâchoire. Nous nous regardâmes longuement dans les yeux jusqu'à en être mal à l'aise. Cela ressemblait à une accusation... non, à un défi. Mais je ne savais pas très bien qui était celui qui défiait l'autre.

Je concédai enfin, laissant tomber mon regard. Une fraction de seconde plus tard, il retourna au sandwich, assemblant les tranches de pain de mie et terminant les sandwiches en les coupant au milieu.

Il plaça mon sandwich au poulet épicé devant moi.

— Que veux-tu boire ?

— De l'eau glacée, c'est très bien.

Il sortit une bouteille d'eau froide pour moi. Et une espèce de liquide vert pour lui... sûrement fait maison par sa coach et plus si affinités.

— Du jus de kale, expliqua-t-il avec un sourire contrit avant de le verser dans son verre orange écarlate à l'effigie des Anaheim Ducks.

Cela avait l'air affreux. Je réprimai un frisson et je détournai le regard. Amusé, il porta le sandwich et la boisson jusqu'au comptoir et il s'assit sur le tabouret en face de moi. Il sembla attendre que je lève la tête avant d'attraper son verre et de boire la moitié de son smoothie. Cette fois, je frissonnai.

Il rit et il utilisa une serviette en papier pour s'essuyer la bouche.

— Ça a un goût de merde, au cas où tu te posais la question. Suz l'a fait pour moi.

Je ricanai.

— Alors je suis certaine que c'est rempli de vitamines puissantes et de minéraux pour assurer une virilité extra-longue.

Cette fois, il lutta pour ne pas lever les yeux au ciel.

— Vas-tu un jour oublier ça ?

Je pinçai les lèvres.

— Sans doute pas. C'était vraiment particulièrement impoli de ta part.

— Cela n'arrivera plus…

— Bien !

— … si tu ne restes pas ici.

Je fronçai les sourcils et je mordis mon sandwich. Il me fixa longuement – s'attendant sans doute à ce que je capitule – ce qui n'était pas mon intention. Puis il mordit dans son propre sandwich. Nous les dévorâmes bientôt sans un mot.

— Si tu essaies de me rassurer en disant que ce genre de choses n'arrivera plus, tu ne le fais pas très bien, l'avertis-je après avoir avalé ma dernière bouchée.

J'allais pouvoir être terriblement franche maintenant qu'il ne pouvait plus cracher sur mon sandwich.

— Alors quoi ? Je dois te convaincre que je suis sur le droit chemin avant que tu me lâches ?

— Si te lâcher est un euphémisme pour le fait de ne plus vivre chez toi, alors, non. Je vais rester jusqu'au test de vol.

Il écarquilla les yeux.

— Trois mois ? Tu es folle ?

Je souris encore, tendant la main vers son verre et son assiette vide.

— Certaines personnes ont effectivement cette théorie sur les étudiants de psycho.

Il fronça les sourcils et il me tendit l'assiette et le verre. Je les portai jusqu'à l'évier où je reniflai bêtement le résidu marron-vert dans son gobelet en secouant la tête, puis je remplis à moitié l'évier d'eau chaude savonneuse.

— Bon sang, cette chose a une odeur terrible. J'espère qu'elle est plus douée pour l'entraînement sportif que pour la préparation des smoothies.

Il rit.

— Oh, elle est *très* douée.

Il m'avait volontairement renvoyé ça à la figure. Je fronçai les sourcils et il me fixa comme pour me défier d'oser dire quoi que ce soit. À la place, je me mordis très visiblement la langue comme pour me retenir de parler, avant de dire :

— Ce coup-là va laisser des traces de dents.

Lorsque je posai les couverts dans l'eau savonneuse, il dit :

— J'ai un lave-vaisselle, tu sais.

Je secouai la tête.

— C'est deux assiettes et un verre. Facile.

Sauf que ce ne fut pas le cas. J'avais gardé son verre de boue verte pour la fin, et j'y enfonçai la main afin que l'éponge frotte le fond du verre. Inexplicablement, la chose se fracassa dans ma main alors que je n'avais pas appuyé très fort.

Je sentis une douleur dans la partie bombée de ma paume, à la base de mon pouce. Je laissai tomber le verre et il se brisa encore davantage dans l'évier en céramique.

— Merde ! s'exclama Ty en venant vite vers moi.

Je descendis la main pour sortir les morceaux cassés.

— Je suis désolée…

— Non ! Ne fais pas ça.

Il attrapa mon poignet et le sortit de l'eau en levant ma main. Le sang coula le long de mon avant-bras depuis l'endroit où j'étais entaillée.

— Je salis tout, dis-je alors que les gouttes de sang tachèrent le tapis où nous nous tenions.

Des traits rouges se formèrent rapidement, dégoulinant le long de mon bras et tombant de mon coude. Ty poussa un juron.

Oh, merde. Ce n'est pas le bon moment… pas le bon moment pour tout ça. Une pointe de douleur glaciale me traversa, mais je me forçai à rester calme.

— Ne t'inquiète pas pour ça. Garde le poignet au-dessus du niveau de ton cœur et ne le place surtout pas dans cette eau de vaisselle sale.

Il attrapa des morceaux d'essuie-tout et les plia avant de les appuyer fermement contre la coupure.

— Saleté de verre souvenir. J'en ai fait tomber un autre comme celui-là la semaine dernière, et il s'est fracassé partout. Je savais que j'aurais dû jeter celui-ci. C'est dangereux.

— C'est…

Il se tenait près de moi et je pus sentir ses cheveux lorsqu'il se pencha, retirant l'essuie-tout pour inspecter la blessure. Pour une raison étrange, je trouvais que sa proximité et sa chaleur étaient réconfortantes. Comme si je n'étais pas seule. Si seulement j'arrivais aussi à reprendre suffisamment mes esprits pour lui dire ce qu'il devait faire pour m'aider...

— Bon sang, c'est profond et tu continues à saigner. Tu as dû te couper une artère. Il te faudra des points de suture.

Il retira l'essuie-tout trempé et il en posa un autre sur l'entaille. J'avais des fourmis dans le bras à force de le tenir au-dessus de ma tête.

Il fronça les sourcils en me regardant dans les yeux.

— Ça va ? Tu es pâle, comme si tu allais t'évanouir.

J'inspirai brusquement.

— Ça va, mais j'ai besoin que tu ailles chercher mon sac de toilette dans la voiture. Il se trouve dans la boîte à gants.

Il me regarda comme si j'étais idiote.

— Tu as une coupure et tu saignes abondamment, et tu veux que j'aille te chercher quelque chose ?

— C'est important, crois-moi. Dans le sac, j'ai une poudre coagulante. Dans une boîte ronde...

Il attrapa ma main intacte et l'appuya sur la blessure avant de s'écarter. Il poussa alors son tabouret vers moi.

— Assieds-toi. Je ne veux pas que tu t'évanouisses. Les clés de ta voiture ?

— Dans la poche avant de mon sac. Sur le canapé.

Il disparut et il fut de retour au bout de quelques minutes avec la boîte ronde, les instructions vers le haut, et il marchait tout en lisant. Il posa mes clés – avec un porte-clés en forme de réplique de navette spatiale – sur le bar tout en continuant à lire les instructions sur l'utilisation de la poudre coagulante. Lorsque je tendis le bras vers la poudre, l'ayant déjà utilisée avant, il recula hors de ma portée et il continua à lire. Ensuite, il prit ma main et il suivit les instructions à la lettre. Il avait évidemment été habitué à ce genre de choses. À lire rapidement les check-lists et les protocoles à bord de l'ISS, en filant en orbite à plus de vingt-sept mille kilomètres-heure.

— Pas d'épinards ou de chou kale. Ils contiennent tous les deux de la vitamine K qui aide à la coagulation du sang. Et tu portes de la poudre coagulante sur toi, ce qui signifie que tu prends des fluidifiants sanguins.

Il parla d'une voix sèche en travaillant sur moi.

— Oui.

— Tu devrais porter un bracelet d'alerte médicale.

Son ton était glacial.

Je levai ma main blessée pour lui montrer le médaillon d'alerte médicale accroché à mon poignet droit. Il y jeta un coup d'œil avant de continuer l'inspection de ma blessure. Sa grande main enveloppait la mienne qui ne m'avait encore jamais au grand jamais semblé si petite. Sa paume était calleuse… une main qui travaillait. La rugosité était agréable contre le dos de ma main. En fait, je parvenais à peine à remarquer la douleur à cause de sa proximité. De son odeur.

Il avait une odeur de coquillages – de vent, de sable, d'océan – salé et terreux avec une touche de citron vert. Il pencha à nouveau la tête pour inspecter les progrès de la coagulation. Mon avant-bras était collant, couvert d'une fine couche de mon propre sang.

— Les coupures suffisamment profondes peuvent être fatales quand on prend des anticoagulants. Même les hématomes sont dangereux.

Il avait pris un ton magistral pour m'énumérer les faits que je connaissais déjà… plutôt bien.

Pour une fois, je me mordis la langue au lieu de râler à cause de la *mecsplication*.

Je déglutis, essayant d'ignorer la façon dont mon cœur frappait de façon irrégulière contre mes côtes, juste parce qu'il était si proche. Le bruit de battement venant de l'intérieur de ma poitrine était assez bruyant pour qu'il l'entende sûrement lui aussi.

J'essayai de ne pas penser à quel point, il était terriblement beau et sentait bon. Les battements de mon cœur se réverbéraient à travers tout mon corps. Pourquoi était-ce toujours le *cœur* qui était associé à ces sentiments ? Pourquoi pas le foie ou les reins ou…

Oh. Maintenant, il soufflait sur la blessure et même si cela piquait légèrement, je frissonnai… et *pas* à cause de la douleur. Cet homme me faisait trembler et rougir par ses attentions et son contact. Ses doigts qui tenaient nonchalamment ma main ? Je les sentis jusque dans mon bras, jusqu'au centre de ma poitrine. Des papillons, des picotements chauds et scintillants.

— Nous devons nettoyer ça et te conduire à la clinique.

— La clinique ? Pourquoi ?

— Pour faire des points de suture. C'est profond, Gray.

— Ne peux-tu pas le faire ? demandai-je.

Il hésita.

— Oui, mais je ne suis pas médecin.

Plus de médecins. Plus d'hôpitaux. Pas maintenant. J'en avais eu tellement au cours de ma vie et il y en aurait sûrement d'autres encore. Je ne voulais pas attendre dans une clinique pour ceci. Pas s'il pouvait m'aider.

— Mais tu as été entraîné à pratiquer des procédures médicales mineures. As-tu ce qu'il faut ?

Il inspira, puis il souffla en se redressant.

— Je peux facilement le faire. Je pensais que tu préférais un médecin.

Je secouai vigoureusement la tête.

— Je n'ai aucun désir de me rendre aux urgences ou dans une clinique pour quelque chose de si mineur.

Des images apparurent spontanément dans ma tête : une douleur insensée au milieu de ma poitrine pendant des semaines. L'odeur des liquides astringents et antiseptiques. Les draps râpeux de l'hôpital. *Arg.* Non.

Il soupira, retournant ma main afin de l'inspecter à nouveau, s'assurant que le saignement avait complètement cessé. Puis il se redressa.

— Attends ici. Je vais chercher mon kit médical, marmonna-t-il.

Il revint avec une mallette en plastique de taille impressionnante. En la posant sur le bar, il redemanda :

— Tu te sens bien ? Pas de mal de tête, pas de tournis à cause de la perte de sang ? Tu sembles toujours pâle.

Je luttai pour ne pas être irritée par cette accusation que j'entendais bien trop souvent de la part de mon père. Je levai les yeux vers lui. Au lieu de voir un sarcasme mordant ou une légère moquerie, il y avait une inquiétude sincère dans ses yeux d'un bleu profond. Je déglutis et je hochai la tête.

— Je me sens bien. Merci.

— Alors, laisse-moi nettoyer ça et le refermer. Je veux vérifier qu'il n'y a pas de tout petits morceaux de verre dans la blessure, alors je vais t'engourdir un peu et fouiller là-dedans.

Il sortit une paire de lunettes qu'il posa sur son nez, puis il enfila des gants en latex avant de sortir une seringue de lidocaïne afin d'engourdir la zone de la blessure. Je me mordis la lèvre quand il me piqua. Il me tint tendrement la main en attendant qu'elle s'endorme. Je fus ravie qu'il ne passe pas ce temps-là à me bombarder de questions.

Je ne pus pas regarder lorsqu'il utilisa un coton-tige pour fouiller dans la coupure. Je ne sentais rien, mais voir cela me dégoûtait. Satisfait, il sortit un antiseptique pour nettoyer la blessure.

— Je ne peux pas utiliser la colle chirurgicale à cause de la façon dont la coupure est placée sur ta main. Mais j'utiliserai beaucoup de points de suture pour minimiser la cicatrice.

— Ça ne m'inquiète pas d'avoir une cicatrice dans la main.

J'avais beaucoup d'autres cicatrices bien plus proéminentes dont je pouvais m'inquiéter.

Il leva les yeux vers moi, par-dessus ses lunettes loupes, d'un air très sérieux.

— Je travaille toujours du mieux que je peux. *Toujours.*

Je me mordis la lèvre et je hochai la tête.

— D'accord.

Tiens, tiens, tiens. J'avais trouvé au moins une situation dans laquelle le crétin américain était appréciable. Quand il s'occupait de quelqu'un d'autre. C'était presque une merveille de voir comment il endossait ce rôle avec naturel. Avec talent.

L'instinct protecteur était profondément ancré en lui. C'était évident. C'était presque attachant à voir. *Presque.*

— Je nettoierai ton bras quand ce sera refermé. Je ne veux pas risquer que tu te remettes à saigner.

— En général, le coagulant fonctionne extrêmement bien.

Il leva un sourcil.

— Tu l'utilises souvent ? Tu devrais peut-être faire plus attention, particulièrement tant que tu prends un fluidifiant sanguin.

— Le fluidifiant sanguin est permanent. Je dois donc m'adapter.

— Dans ce cas, tu dois faire plus attention aux activités que tu choisis de faire, grogna-t-il d'une voix qui faisait croire qu'il s'était autoproclamé mon gardien.

Je levai les sourcils.

— Tu veux dire que je dois faire le choix *prudent* ?

Je me moquai de ce qu'il m'avait dit plutôt.

Il souffla et ne répondit pas. Puis il pencha la tête pour commencer à travailler. Au lieu de regarder ce qu'il faisait, je baissai la tête moi aussi. Car sous cet angle, je sentais l'odeur incroyable de ses cheveux. Ils étaient doux en frôlant ma joue, et mon cœur se mit à battre bruyamment dans ma poitrine. Et...

Le voilà, le *clic-clic-clic* révélateur dans le silence. Je me redressai et il marmonna :

— Ne bouge pas. Il n'en reste que quelques-uns.

Mais je voulais m'écarter avant qu'il l'entende. Qu'est-ce que je croyais ? Il l'avait déjà entendu. Tout le monde l'entendait tôt ou tard, sauf les personnes malentendantes.

Il se redressa et il me regarda, nos visages à quelques centimètres l'un de l'autre.

— As-tu senti quelque chose ?

Je clignai des paupières.

— Oh, euh, non.

Pas physiquement, en tout cas.

Il leva la main et retira ses lunettes.

— Bon. Alors quand je dis de ne pas bouger, je suis sincère. Ne va pas gigoter.

Il baissa le regard vers ma poitrine. Cette même peur froide me traversa subitement. M'avait-il entendue faire tic-tac comme une montre antique ? Que pensait-il ?

Il fronça les sourcils.

— Tu as du sang partout sur ton tee-shirt et ton bras. Laisse-moi t'en prêter un propre.

Je fus prise d'un soulagement inexplicable. Je regardai son torse large… droit devant moi. *Trop* près. Si près que j'avais du mal à respirer.

En examinant ce torse large de plus près – pour des raisons purement professionnelles, bien sûr –, je dis :

— Ton tee-shirt m'irait comme une robe.

Il haussa les épaules.

— C'est mieux que de ressembler à la victime d'une tentative de meurtre.

Je baissai les yeux vers mon tee-shirt ruiné, couvert d'étoiles et de fusées, le bleu pâle taché de sang.

— Tu n'as pas tort.

— Et puis un peu d'eau oxygénée pour les taches devrait le remettre à neuf.

Je levai les sourcils.

— Tu sembles bien trop au courant en matière de nettoyage des vêtements. Ou peut-être s'agit-il spécifiquement du sang ? Tu as déjà caché quelques corps, c'est ça ?

Les mots s'échappèrent de ma bouche sans que je les vérifie et son léger sourire se figea. Ce moment gênant traîna entre nous et je me sentis complètement merdique, clignant des paupières comme une idiote. Le malaise me donna un peu le tournis.

— Oh, je suis désolée. Je suis tellement…

Il secoua la tête.

— Ça va. De plus, j'ai seulement caché les corps des professionnels de santé comportementale avec lesquels j'ai dû travailler.

Il ponctua cela d'un clin d'œil et d'un rire joyeux. L'instant se dissipa et je ris avec lui.

Il redevint sérieux au bout d'une minute.

— Quand je faisais partie des équipes de SEAL, il nous a fallu souvent gérer le sang.

Après avoir révélé cette nouvelle déconcertante comme s'il décrivait une journée normale au travail, il tourna les talons et sortit de la pièce avant de revenir quelques minutes plus tard. Dans sa main, il tenait un tee-shirt noir plié qui ressemblait à celui qu'il portait, avec le logo géant de la NASA au milieu du torse. Il indiqua une petite salle de bains près de la cuisine et il me tendit un gant de toilette pour nettoyer mon bras.

Je soupirai en me rendant compte que le tee-shirt avait un col en V, mais je l'enfilai néanmoins. Comme je m'y étais attendue, je vis en m'inspectant dans le miroir que le tee-shirt était immense sur moi, atteignant presque mes genoux. Le col tombait très bas, presque au niveau de mon soutien-gorge. La cicatrice rouge qui s'étirait depuis mon nombril jusqu'en haut du sternum, presque au niveau où mon torse rejoignait ma gorge, était pleinement visible.

Je remontai le col en le reculant sur mes épaules afin que le V repose en bas de mon cou. Cela faisait bizarre, mais il penserait peut-être que j'étais extrêmement prude. Pour le maintenir en place, je serrai le bas du tee-shirt autour de ma taille et je fis un nœud. Je ne savais pas si cela tiendrait. En tout cas, cela valait la peine d'essayer. C'était soit ça, soit je le portais à l'envers.

C'était stupide de me sentir aussi gênée par rapport à ma cicatrice. Je ne l'étais pas, en général. Mais pour une raison étrange… Enfin, s'il n'avait pas compris avec le fluidifiant sanguin et le battement de cœur bruyant et cliquetant, je n'avais pas envie de discuter de mes faiblesses très évidentes avec un homme qui projetait une telle perfection physique extérieure et qui choisissait de n'admettre aucune faiblesse du tout.

Je sortis et il jeta un bref coup d'œil à ma tenue, avant que ses yeux remontent vers mon visage, examinant mes traits en fronçant les sourcils.

— Tu me sembles encore très pâle.

— Je n'ai pas perdu tellement de sang. Ce n'est pas comme si j'avais besoin d'une transfusion.

Ça aussi, j'en avais déjà eu plusieurs dans le passé.

Il inspira profondément et souffla en réfléchissant.

— Bon, je me sentirais mieux si tu ne conduisais pas dans cet état.

Bien, parce que je n'avais pas l'intention de partir. Je me mordis l'intérieur de la lèvre pour m'empêcher de faire une réponse sarcastique. Après tout, il essayait à sa façon d'être gentil. J'étais presque certaine qu'il allait me suggérer d'appeler un taxi.

— Et puisque Victoria vient pour une réunion demain matin, tu n'as qu'à rester. *Ce soir.* De cette façon, je peux garder un œil sur toi puisque tu t'es blessée par ma faute.

Je levai un sourcil. *Très bien.* Nous pouvions commencer par là. Une fois que Victoria serait présente, nous pourrions toutes les deux lui mettre la pression pour qu'il accepte mon séjour chez lui.

— Tu t'attribues la responsabilité d'un verre souvenir pourri qui se casse par hasard dans ma main.

Quelles autres responsabilités as-tu endossées, commandant ?

Il fit un geste vers ma main.

— Je me sens mal que tu aies été blessée. Particulièrement si l'on tient compte de tes problèmes de santé.

Je redressai le dos.

— Je vais bien. Mes problèmes de santé ne sont pas désespérés.

Je n'allais toutefois pas affirmer mon indépendance au point de partir. Il avait enfin cédé. En partie, du moins.

Il s'appuya contre l'encadrement de la porte et il continua à me fixer.

— Bon, puisque tu as été très rapide à m'imposer des règles : *Ne pas faire la fête. Ne pas prendre de cuite. Ne pas courir les femmes...*

— Oui ? dis-je en arquant les sourcils.

— Eh bien, j'ai des règles moi aussi.

Son visage était sérieux... sombre, même.

Je pinçai les lèvres, m'attendant presque à ce qu'il m'interdise de me rendre dans l'aile ouest de la maison où il conservait sa rose enchantée sous une cloche en verre.

— Bon. Comme je l'ai dit...

— Tu es douée pour suivre les règles. Oui, je m'en souviens, termina-t-il. Cela signifie donc que tu obéiras à celles-ci... tout d'abord, pas de discours de psy. Pas de psychanalyse. On ne parle pas de syndrome post-traumatique, de traumatisme ou quelle que soit l'étiquette que tu choisisses.

J'écarquillai les yeux.

— Tout ça... tout ça, c'est dans une seule règle ?

Il fronça les sourcils en me regardant d'un air irrité et je levai ma main intacte comme pour céder sur ce point. Pas besoin de l'énerver.

Était-il vraiment sérieux avec moi ? Comment pouvait-il convaincre qui que ce soit que sa descente en spirale infernale n'était pas causée par le traumatisme de l'accident ? Cet accident horrible que je l'avais vu décrire à la télévision comme s'il discutait du dernier score NFL.

Un bel exemple de déni.

Au lieu d'argumenter, je me raclai la gorge.

— Autre chose ?

— Ma vie privée. Respecte-la. C'est ma maison. Tu laisses les choses comme elles sont. Par exemple, si une lampe est allumée, elle reste allumée.

Les lampes ? Quel exemple étrange.

— Je serai ravie de t'accorder autant de vie privée que nécessaire. Mais s'il te plaît, pas de sexe pendant que je suis sous le même toit.

Il me jeta un regard assassin.

— Tu m'as déjà donné tes règles.

— Considère que c'est un axiome de la règle interdisant de courir les femmes. Et j'ai le droit de l'ajouter à cause de ton comportement de cet après-midi.

— Alors… quoi, il faut que j'accroche une cravate sur la poignée de la porte d'entrée ?

— Et si tu essayais de contrôler tes pulsions ?

Il ne répondit pas, mais il croisa les bras sur son torse et il me regarda comme si j'étais folle.

Avant d'oublier, j'ajoutai :

— Et aussi… la loi de Wheaton.

— Pardon. Quoi ?

— *Don't be a dick.*

Il rit.

— Désolé, je ne vais pas m'excuser de briser cette règle.

— Tu en as l'intention ?

— Je croyais l'avoir déjà fait ?

Je me redressai.

— Effectivement. Mais je veux bien t'accorder l'amnistie pour le passé récent si tu es capable de remettre ta vie en ordre.

— Cela signifie que ton séjour ici m'accorde une liberté conditionnelle ?

— Et si j'envisageais de réduire ta peine pour bon comportement… une fois que tu m'auras prouvé que tu t'en sors mieux ?

Il se repoussa de la porte, semblant toujours insatisfait de ma proposition.

J'insistai.

— Je promets d'être une colocataire aussi discrète que possible. Et tu n'auras pas non plus besoin de ranger après moi. Je…

Je jetai un coup d'œil à l'évier et il était immaculé. Il avait tout nettoyé pendant les quelques minutes que j'avais passées à la salle de bains.

— Les astronautes sont aussi doués pour le ménage.

— C'est une habitude. Il n'y a pas de service de nettoyage à la station. Un jour par semaine, nous sommes de corvée de nettoyage. Et comme tout le bazar flotte là-bas, c'est une motivation supplémentaire pour tout garder bien propre.

— Est-ce que tu as une préférence quant à la chambre d'amis que je peux occuper ?

Il leva un sourcil.

— Apparemment, pas celle que j'ai utilisée tout à l'heure.

— Certainement pas celle-là. Mais je suis certaine que tu en as d'autres. Je vais rassembler mon bazar, dis-je en attrapant ma trousse de toilette sur le bar et en me dirigeant vers le salon pour prendre mon sac d'ordinateur et d'autres affaires.

Il me suivit jusqu'à ce que nous passions un coin du couloir. On passa devant sa rangée de photographies magnifiques encadrées par un professionnel.

Il s'arrêta devant celle contre laquelle je m'étais cognée plus tôt et il la redressa en fronçant les sourcils avant de me jeter un regard en coin. Je me sentis rougir de honte en me souvenant les circonstances dans lesquelles j'avais reculé contre la photo, la faisant presque tomber du mur. Il avait été en train de jouer des percussions contre sa tête de lit avec sa coach qui gémissait.

J'indiquai les photos.

— Les as-tu prises depuis l'orbite LEO ?

Il leva un sourcil en m'entendant utiliser ce jargon.

— Oui, depuis les vitres en coupole de la station.

Je les regardai à nouveau. L'une d'entre elles figurait un réseau de lumières sur un paysage sombre… une grande ville capturée pendant la nuit. Une autre représentait le delta complexe d'une rivière azurée brillant sur un paysage marron.

— L'embouchure du Nil, dit-il en la montrant. Et celle-ci, celle que tu connais déjà plutôt bien, ce sont les Bahamas.

Il indiqua la photo que j'avais admirée plutôt, avec les îles et l'eau qui coulait entre elles en différentes teintes de bleu et de vert.

— C'est le point de repère préféré de tout le monde à partir de l'orbite basse.

— Pas le tien ?

Il haussa les épaules.

— Je n'avais pas de préféré. Tout était incroyable et magnifique depuis la station, même les choses qui ne sont pas très belles sur la surface de la Terre.

Ses yeux passèrent de la photo à moi.

— Je suppose qu'il faut prendre un autre angle de vue pour voir la beauté de ce qui existe.

Je fixai ces photos pendant encore une longue minute, admirant ses capacités avec l'appareil, et le silence s'étira entre nous. Je fis de mon mieux pour ne pas le regarder, même quand je savais qu'il m'observait. La situation devint vite gênante et j'eus l'impression que mon visage allait fondre de ma tête, alors je reculai et je continuai vers le salon pour attraper mes affaires.

Je rangeai tout dans mon sac avec prudence, afin de ne pas aggraver ma blessure. Il sourit, apparemment amusé que je sois venue si bien préparée. On pouvait dire sans avoir peur de se tromper qu'une personne douée d'un tant soit peu d'intelligence aurait remarqué que j'étais une vraie geek. Je ne pensais pas tromper qui que ce soit à ce sujet.

Il indiqua la porte d'entrée.

— Tu dois fermer ta voiture... sauf si tu as besoin d'autre chose ? Comme une autre serviette par exemple ? dit-il en riant.

— Est-ce une tactique pour me faire sortir afin de fermer la porte à clé ?

Lorsqu'il secoua la tête d'un air amusé, je continuai :

— Je dois effectivement remonter les vitres de ma voiture.

Il me suivit dans l'allée. Le soleil venait juste de se coucher et l'éclairage extérieur s'alluma. Tout était éclairé d'une lumière vive : les pots de fleurs, les marches, tout le long de l'allée. Il y avait deux grands spots sur la maison. C'était étrange. On aurait imaginé qu'un astronaute soit plus sensible à la pollution lumineuse… et à l'économie d'énergie, d'ailleurs.

Bon sang, il y voyait sûrement assez pour faire une opération chirurgicale.

Ty indiqua l'éventail à piles sur mon siège avant.

— Ces nouvelles BMW ont des systèmes de clim très intéressants.

Je ris.

— L'air conditionné est cassé, et j'ai reporté mon rendez-vous au garage aujourd'hui pour venir ici à la place.

Une fois que nous fûmes rentrés, il me fit faire un tour rapide des différentes parties de la maison que je n'avais pas vues.

Il y avait une terrasse à l'arrière qui surplombait l'argile rouge du Peter's Canyon, où le ciel s'empourprait maintenant, accompagné par une lune argentée au-dessus de l'horizon. Au rez-de-chaussée de la maison se trouvait la salle de gym et des portes vitrées coulissantes menaient à une magnifique piscine à l'eau salée. Elle était entourée par un jardin à l'épreuve de la sécheresse qui était très à la mode en Californie du Sud dernièrement.

Lorsque l'on remonta, je remarquai que l'intérieur de la maison était également très éclairé par des lampes automatiques.

Je repensai à un étrange commentaire qu'il avait fait. *Par exemple, si une lampe est allumée, elle reste allumée.*

Je jetai un coup d'œil à son dos pendant que je le suivais dans le couloir jusqu'à sa chambre d'amis. C'était la chambre la plus éloignée de sa chambre à coucher, de l'autre côté de la maison.

Avait-il quelque chose avec les lumières ? Ou plutôt, l'obscurité ? Et si c'était le cas, pouvais-je travailler dessus sans violer sa règle interdisant les 'discours de psy' ? J'allais devoir y songer. J'avais fait une percée ce soir-là. Il valait mieux ne pas insister. Pour l'instant.

Il entra le premier dans la chambre et il marcha jusqu'au lit pour vérifier si sa femme de ménage avait mis des draps propres. Il rabattit l'édredon et la couverture pour vérifier, puis il regarda autour de lui. La chambre était décorée de façon spartiate : un couvre-lit bleu sombre et quelques autres de ses photos incroyables sur les murs près du placard.

— La salle de bains est au bout du couloir, dit-il en pointant du doigt. Tu as besoin d'une brosse à dents ?

Je secouai la tête en montrant ma fidèle trousse de toilette. Il hocha la tête et marcha vers la porte avant de se retourner.

— Tu as ce qu'il faut pour la nuit ?

Je hochai la tête.

— J'ai beaucoup de travail. J'ai apporté ce qu'il faut.

Il ne réagit pas à cela. Après tout, il ne savait pas du tout que j'allais retranscrire mes notes sur l'ordinateur. Oui, il n'était pas mon patient, mais je pouvais quand même faire des observations sur lui.

Lorsqu'il se tourna pour partir, je l'arrêtai en lui demandant son numéro de téléphone pour que nous puissions rester en contact. Sans rien dire, il entra son numéro dans mon téléphone et il l'appela afin qu'il puisse avoir le mien également.

Lorsque je levai la tête après avoir complété son contact dans mon téléphone, il scrutait ma poitrine en fronçant les sourcils. Soit il était fasciné par mon décolleté inexistant, soit, malgré mes efforts, le col en V du tee-shirt avait glissé et il voyait la cicatrice.

Je ne voulais pas avoir cette conversation maintenant. Je n'avais pas besoin de ça dans ma vie : encore une dose de protection masculine excessive. Il avait accepté que je reste chez lui en prétendant vouloir garder un œil sur moi, et je n'avais pas protesté parce que cela correspondait à mes propres objectifs de le surveiller. Je n'allais toutefois pas laisser son côté protecteur dépasser les bornes.

— Bonne nuit, dis-je gaiement en attrapant la poignée de la porte.

— Dors bien, Gray, dit-il doucement.

Je fermai la porte et je me laissai tomber sur le lit. Je réfléchis en regardant le plafond blanc.

Même si la journée avait commencé de façon désastreuse, les choses s'étaient terminées par une note à moitié positive.

Je pouvais seulement espérer que tout s'améliore à partir de là.

Mais comment le prévoir ? La coach allait sûrement revenir la semaine prochaine, ou peut-être même demain.

Et j'avais dû faire couler mon propre sang dans sa cuisine pour qu'il accepte de me laisser passer la nuit ici.

D'une certaine façon, cela n'annonçait rien de bon pour l'avenir proche. Pourtant, je préférais me voir comme le type de fille qui voyait le verre à moitié plein.

Chapitre Neuf
Ryan

Tôt le lendemain matin, je choisis de rattraper ma course manquée de la veille dans le canyon, profitant de la brise fraîche du matin. C'était la fin du mois de mai et la météo allait bientôt se réchauffer, mais après un hiver de pluies abondantes, le paysage était encore vert et frais le long de ma boucle de course habituelle. C'était une excellente façon de se vider la tête. De réfléchir.

En revenant, je me rendis compte que j'avais apparemment mis plus longtemps que prévu. La réunion avec Victoria et ma nouvelle – et très temporaire – colocataire avait déjà commencé. Pour la deuxième fois en deux jours, j'étais en retard à une réunion impliquant l'intrigante et mystérieuse jeune fille de Conrad Barrett.

Je supposai qu'elles ne voulaient pas que j'arrive en sueur après avoir couru. Je m'excusai donc pour aller prendre une douche rapide, redescendant en pantalon de jogging et tee-shirt quelques minutes plus tard. Gray et Victoria étaient assises sur le canapé en parlant doucement. Elles semblaient être en train de synchroniser leurs calendriers pour les quelques mois à venir.

Je regardai d'abord Gray, qui était bien sûr vêtue des mêmes habits que la veille : un jean avec des trous au genou et un tee-shirt. Elle avait mis l'énorme tee-shirt que je lui avais prêté devant derrière et elle l'avait noué autour de sa taille. Je n'avais rien dit quand j'avais vu la cicatrice sur sa poitrine, mais avec quelques autres éléments – tels que le fluidifiant sanguin et le clic des battements de son cœur – j'avais compris son problème médical. Gray avait une prothèse de valve cardiaque.

Cela me fit reconsidérer toutes les choses que je lui avais dites au sujet de sa prudence. Pas étonnant.

Au lieu de les attacher en queue de cheval, elle avait laissé ses cheveux châtain tomber autour de ses épaules. Ils étaient toujours aussi désordonnés que d'habitude : pas tout à fait bouclés, ni tout à fait lisses – cotonneux et désorganisés autour de son visage. Comme si elle s'était réveillée, qu'elle avait passé un coup de brosse et qu'elle n'avait pas pris la peine de faire autre chose. Son visage portait très peu de maquillage ou pas du tout… sans doute parce qu'elle n'en avait pas pris dans ses affaires de toilette d'urgence. Ou peut-être que ce look décontracté et garçon manqué était son style habituel.

Ce n'était pas déplaisant. C'était plutôt frais. Différent. Très différent des femmes avec lesquelles je passais du temps d'habitude, et c'était étrangement séduisant.

J'interrompis mon inspection lorsque je regardai encore une fois sa poitrine, remarquant la façon dont le tee-shirt noué moulait sa silhouette mince. La voir porter mon tee-shirt avait quelque chose d'étrangement… excitant. J'aimais malgré moi la voir dans un vêtement que j'avais porté la veille… qu'elle avait ramassé et enfilé sur son corps nu après être sortie de mon lit ce matin.

Et avant que je puisse m'en empêcher, je me demandai immédiatement si elle portait un soutien-gorge. Je me forçai à détourner le regard avant que mon esprit parte trop loin dans cette direction. *Trop dangereux...* particulièrement si l'on considérait qui elle était et le fait qu'elle n'était mon invitée malvenue que pour quelques courtes heures de plus.

Victoria, qui portait son costume bien taillé habituel se leva, atteignant presque ma taille avec ses chaussures à talons coûteuses.

— Ty, c'est bon de te voir, dit Victoria en tendant la main.

— Salut, Victoria. Pardon de vous avoir fait attendre.

Je hochai la tête en direction de Gray en me glissant sur le canapé en face d'elles.

— Ce n'est pas un de tes loisirs ? dit Gray d'un ton affable, adoucissant le sarcasme par un léger sourire.

Je lui fis un faux sourire comme pour dire '*trop mignonne*'. Car c'était exactement ce qu'elle était. Au moins, c'était mieux que des sous-entendus sexuels. Elle aurait pu mentionner une attente haletante ou un désir palpitant de me voir, ou je ne sais quoi.

Victoria jeta un regard interrogateur à Gray avant de se retourner vers moi.

— J'ai pu finir mes notes et créer un plan provisoire pour la campagne de cet été. Nous faisons les choses avec très peu d'avance et un peu à la volée, mais je suis certaine qu'avec quelques efforts, cela prendra la direction que nous voulons.

Je grattai les poils naissants sur ma mâchoire, jetant encore une fois un coup d'œil à Gray, qui contemplait maintenant l'écran de son téléphone. Je me retournai vers Victoria.

— Je déteste m'acharner en vain, mais j'ai de véritables inquiétudes au sujet de tout ce plan.

Victoria sourit.

— En ce cas, laisse-moi dissiper tes inquiétudes. Je fais ça tout le temps.

— Pour les acteurs, protestai-je.

Son sourire s'élargit sur ses lèvres rubis parfaitement peintes. Gray composait maintenant un message sur son téléphone, ne semblant pas du tout faire attention à la conversation. Et bizarrement, une étincelle d'irritation se mit à brûler dans ma poitrine.

Je fronçai les sourcils, me demandant d'où cela venait. Rien ne me donnait droit à son attention dévouée vingt-quatre heures sur vingt-quatre. Pourtant, cela ne signifiait pas que je n'en voulais pas.

Quelque chose au sujet de cette réunion mettait clairement Gray mal à l'aise. Peut-être était-ce Victoria elle-même.

— Mademoiselle Dawson est une actrice très accomplie, dit Victoria lentement comme si elle s'adressait à un écolier. Elle a été nommée pour un Golden Globe l'année dernière. Et c'est une véritable professionnelle. Elle traitera tout ceci avec le même soin qu'elle apporte au rôle qu'elle a joué. Elle retire aussi un bénéfice de cette occasion publicitaire.

Je ris.

— Eh bien, Keely Dawson est peut-être la meilleure actrice au monde, mais cela ne veut pas dire que je suis bon acteur. Ce n'était pas inclus dans l'entraînement des astronautes.

Victoria passa un ongle écarlate dans ses cheveux de jais brillants comme pour les écarter de son visage. Ce geste était complètement inutile, car ses cheveux étaient attachés en un chignon haut très soigné. Il n'y avait pas un seul cheveu qui dépassait.

— Mais les apparitions en public font partie de ton travail. Tu y es habitué. Et nous te guiderons pour le reste, à chaque étape.

— Nous ?

Encore une fois, mon regard se posa sur Gray, qui leva brièvement les yeux avant de les détourner tout aussi vite. Elle prêtait donc attention à ceci. Peut-être était-elle ennuyée par mes protestations. Elle avait sûrement pensé m'avoir coincé hier.

Je secouai la tête, me penchant en avant afin de poser mes coudes sur mes genoux.

— Mais, sérieusement…

Victoria sourit.

— Tu mens bien à tous ces platistes au sujet du programme spatial, n'est-ce pas ?

Elle rit lorsque je lui jetai un regard noir. Sa plaisanterie aurait pu être drôle dans d'autres circonstances. Mais les médias avaient largement rapporté que ma bagarre avec ce crétin avait été la raison pour laquelle j'avais été viré de la NASA.

— C'est trop tôt pour en rire, fut ma seule réponse.

Elle redevint sérieuse, décelant mon changement d'humeur.

— Ne t'inquiète pas, Ty. Keely est une pro. Il te suffit de suivre son exemple. Elle peut même t'aider à faire du travail d'improvisation pour te décoincer. Te donner des cours de théâtre. Elle est très enthousiasmée par ce projet.

— Je suis content qu'il y en ait au moins une, murmurai-je du coin de la bouche.

Elle rit. C'était un rire qui était aussi mesuré et soigneusement manucuré que le reste chez elle. Mon regard tomba sur le trou usé et le morceau de genou qui sortait du jean de Gray. Même là, sa peau semblait douce… aussi douce que cette main et ce poignet que j'avais tenus hier quand j'avais soigné son entaille.

Je clignai des paupières en chassant ces pensées qui détournaient mon attention.

— Je ne suis pas du genre romantique, et je n'ai jamais eu de relation en public.

Victoria se redressa.

— Tout sera bien chorégraphié. Comme une danse parfaite.

Je haussai les épaules en riant.

— Je ne danse pas non plus.

Gray leva la tête de son écran.

— Alors, penses-y par rapport à ton travail, commandant. Des check-lists pour des protocoles. C'est ce que tu comprends le mieux. Victoria peut même te donner des devoirs à étudier.

Je lui fis une grimace.

— Je ne peux pas créer l'illusion d'une chose qui n'existe pas.

Victoria se leva.

— Tu n'en auras pas besoin. Nos encouragements à la presse et aux caméras en prendront soin. Laisse-moi te montrer.

Elle me fit signe de me lever et j'obéis.

— Maintenant, va te placer là-bas, au bout de la pièce, devant la cheminée.

Je fis ce qu'elle demandait et elle attrapa son téléphone en trafiquant une application. Sans lever la tête de ce qu'elle faisait, elle dit :

— Gray, va te placer à côté de lui.

Gray leva encore brusquement la tête de son téléphone.

— Quoi ?

— Je veux lui prouver quelque chose et tu vas m'aider. Fais ce que je te dis et va te placer à côté de lui.

Gray cligna des paupières et posa lentement son téléphone pendant que Victoria me prenait en photo.

— Tu as fait des tonnes de conférences de presse, d'interviews et d'apparitions publiques. Tu es allé à la Maison-Blanche et tu as rencontré le président. Et tu es déjà allé sur le tapis rouge avec Keely. Une des raisons pour laquelle je l'ai sélectionnée, c'est l'esthétisme. Vous deux, vous étiez magnifiques en mars. Tout ce qu'il nous faut, ce sont des poses parfaites et l'impression d'une intimité entre vous. Par exemple, passe le bras autour de la taille de Gray.

Gray se raidit, clairement choquée, mais je bougeai vite et je glissai le bras autour de sa taille fine avant qu'elle puisse protester. Hmm, cela me sembla plus facile que je ne l'aurais cru. Je posai la main sur sa hanche.

— Détends-toi un peu, marmonnai-je afin que Victoria ne puisse pas l'entendre.

De toute façon, elle était occupée à prendre des photos et à donner des ordres.

— D'accord, Gray, tourne-toi vers Ty et pose la main sur son torse.

Gray écarquilla les yeux.

— Euh…

— Fais ce que la dame demande.

Je luttai pour cacher un sourire qui voulait vraiment s'échapper. Plus Gray se sentait mal à l'aise, plus j'avais envie de crier que j'avais raison. Qu'est-ce qui les faisait croire que je pouvais m'en sortir mieux que Gray?

— Tu vois? lui murmurai-je. Même toi, tu as un problème avec ça, et personne ne te demande de le faire en public.

Gray serra les dents, mais elle leva les sourcils d'un air hautain.

— Je peux très bien le faire. J'ai été surprise, c'est tout.

— D'accord, alors je vais te regarder convaincre Victoria.

Elle se tourna vers moi, les yeux verts pleins de givre et d'acier.

— Très bien. Je peux le faire. Et toi aussi.

— Gray, incline la tête vers l'arrière et regarde-le dans les yeux. Ty, approche-toi un peu plus d'elle, tu veux bien ? Penche-toi.

Oh, le malaise de Gray m'amusait énormément. En réprimant le *je te l'avais bien dit* que j'avais au bout de la langue, je me penchai aussi près que possible, envahissant son espace. Plus je me penchais, plus Gray inclinait la tête vers l'arrière comme pour continuer à me regarder dans les yeux. Ses joues furent encore une fois teintées de cette belle couleur rose et puis son odeur...

Cette délicieuse odeur de fraise et de menthe. J'inspirai profondément par le nez, me sentant soudain extrêmement conscient d'elle. Mon pouls accéléra. Bon sang, ceci m'excitait un peu, mais je n'étais pas vraiment sûr de la cause.

— Arrête de cligner des paupières et de respirer si vite, Gray. On dirait que tu es sur le point de t'évanouir, ordonna Victoria. Détourne légèrement la tête de moi et de la caméra, mais place ta bouche près de celle de Ty. Si tu te penches assez près sous cet angle, on dirait que vous êtes tous les deux au milieu d'un baiser passionné... oui ! Comme ça.

Son application photo continuait à cliquer, et je décidai d'en rajouter en passant mon autre bras autour de Gray et d'approcher encore son corps mince de moi. Elle posa une main à plat sur mon torse, et elle résistait suffisamment pour que je sente qu'elle était là. J'aimais la sensation de sa main, comme si j'en voulais encore.

Puis elle humecta ses lèvres et mon élan de conscience d'elle grimpa en flèche. Je posai la main sur ses cheveux et je chuchotai à son oreille :

— Laisse-moi t'emmener sur la Lune, bébé.

Au lieu du résultat voulu, qui était le rire pour détendre l'atmosphère, elle écarquilla les yeux de surprise. Je sentis soudain son poids dans mes bras, comme si elle avait perdu l'équilibre.

À ce moment exact, le téléphone de Victoria se mit à sonner. Elle regarda l'écran et elle poussa un soupir.

— Oh, mince ! Je dois répondre. C'est au sujet du reporter du *LA Times* qui couvre le lancement de cette semaine à Vandenberg. Je reviens, ne bougez pas.

Au bout de quelques secondes, Victoria avait passé la porte d'entrée pour répondre au téléphone.

Je la suivis du regard… un peu perdu quant à ce qu'il se passait, mais également bien trop conscient que la fille dans mes bras essayait de s'écarter. Et je n'allais pas la laisser faire.

— Tu peux me lâcher maintenant, dit Gray doucement.

Je secouai la tête en serrant le bras autour de sa taille afin de la tenir fermement contre moi. Je lui fis un sourire diabolique et je dis :

— Victoria nous a explicitement dit de ne pas bouger.

La main posée sur mon torse trembla un peu et elle détourna son visage du mien, comme pour chercher l'aide de Victoria.

— Victoria va sûrement me dire de t'embrasser quand elle reviendra, la taquinai-je. Afin que je puisse m'entraîner comme si j'embrassais Keely.

Sa posture changea encore et elle se raidit dans mes bras.

— Tout l'intérêt de cet exercice est de montrer que tu n'es pas obligé d'embrasser. De toute façon, on ne peut pas vraiment faire semblant de s'embrasser. Tu devras sans doute t'en passer quand tu seras avec Keely.

Elle jeta un coup d'œil à mes yeux, comme pour évaluer ma réaction. Son regard fuit tout aussi vite.

Hmm. Quel était ce bref éclat que j'avais vu dans ses yeux verts comme la mousse ? Un monstre de jalousie aux yeux verts, peut-être ? Ou alors c'était le produit de mon imagination. Je devais *projeter* mes émotions sur elle, dirait-elle dans son jargon psychologique. Peut-être était-ce ma propre attirance pour elle.

Quand elle déglutit très visiblement, il me fallut réévaluer les choses.

— Mais j'aime embrasser, la narguai-je. Je l'embrasserais si je veux l'embrasser.

Elle fronça les sourcils, puis elle s'éclaircit la gorge.

— Oui, mais si tu ne peux pas le rendre convaincant, alors…

Et ce fut tout ce que je la laissai dire avant de me lancer et de profiter de la situation. Avec ma main sur l'arrière de sa tête, je tirai son visage vers le mien et je lui volai ce baiser. Mes lèvres descendirent en piqué comme un oiseau de proie pour capturer les siennes.

Je ramenai son corps contre le mien et la petite bulle d'énergie entre nous de la veille n'était rien par rapport à la chaleur et les étincelles qu'il y avait maintenant entre nous. Comme une éruption solaire.

Une telle explosion pouvait tuer un homme non protégé en quelques minutes. Même sur la station, on nous conseillait de chercher refuge en cas de tempête solaire.

Et cette chaleur brûlante entre Gray et moi, générée en quelques secondes, ressemblait beaucoup à l'explosion d'énergie puissante venant d'une étoile. Je sentis un sursaut dans ma poitrine, remuant mes organes internes comme la poussée de l'accélération parvenant à la vitesse de libération.

Lorsque sa bouche s'ouvrit à la mienne et qu'elle inspira, je serrai les bras autour d'elle. Nos langues dansèrent l'une avec l'autre, et elle trembla contre moi.

Je me demandai vaguement à quel point il me serait difficile de m'écarter d'elle.

Sa bouche se déplaça sur la mienne et sa langue me titilla. Je réagis avec un élan d'excitation, traçant le contour de ses lèvres délicates avec ma langue, voulant plonger et sonder en elle, explorer ce qu'elle cachait sous cette surface silencieuse et douce. Je soupçonnais un océan profond à l'intérieur, et cette prise de conscience m'intrigua beaucoup.

Sa main s'arrondit sur mes pectoraux, serrant mon tee-shirt, le tirant vers elle. Le tissu de notre réalité frémit… juste un peu. Ma main entourait sa nuque où la peau était douce et parfumée par cette odeur fruitée, fraîche et mentholée qu'elle avait.

Sa main se détendit et elle se repoussa avec son avant-bras. Pas suffisamment pour la dégager, mais assez pour faire comprendre qu'elle voulait arrêter.

Moi ? J'avais complètement perdu conscience de ce qui m'entourait. Peut-être, qu'au départ j'avais plongé pour prouver quelque chose, mais la vitesse avec laquelle je m'étais oubliée était assez choquante. Je ne m'en rendais compte que maintenant, comme si je sortais d'un rêve.

Je ne m'écartai d'elle que lorsque j'entendis la poignée de la porte quand Victoria revint dans la pièce. Je laissai retomber mes bras et Gray respirait fort en me regardant, les yeux écarquillés. Mais elle ne s'éloigna pas.

L'instant s'étira entre nous et lorsque Victoria leva enfin le nez de son téléphone, elle fronça les sourcils.

— Ça va ? Un souci ?

Je reculai légèrement, conscient d'une sorte d'électricité statique venant d'une autre énergie présente dans la pièce... des rayons gamma et des radiations dangereuses de mon éruption solaire imaginaire, sans doute. À travers la brume de mon cerveau, je clignai des paupières, stupéfait que personne ne puisse voir ou sentir cette énergie en dehors de moi.

Gray cligna lourdement des paupières, comme si elle essayait de revenir à elle. Elle se détourna partiellement de moi, courbant légèrement ses minces épaules à cause d'une timidité soudaine.

Je m'éclaircis la gorge, constatant que mon propre pouls galopait et que mon corps avait commencé à réagir à ce baiser qui n'avait rien d'ordinaire.

— Oh, nous... euh... réglions un différend, c'est tout.

Les sourcils élégants de Victoria montèrent pour poser la question qu'elle ne prit pas la peine de prononcer. Je jetai un regard à Gray qui fixait le sol, le visage écarlate.

— Elle disait qu'il n'y avait aucune chance que je puisse embrasser devant les caméras...

— J'ai dit que ce n'était pas nécessaire, protesta Gray.

— Tu as dit que ça ne serait pas convaincant, rétorquai-je. Alors j'ai voulu prouver le contraire. Je pense que j'ai réussi.

Victoria fronça les sourcils et secoua la tête en choisissant de ne pas poursuivre sur le sujet. Elle avait déjà recommencé à tripoter son téléphone.

En dehors de ses joues légèrement rose, Gray parut ne pas être affectée, les traits impassibles. Lorsqu'elle fit un pas en arrière, j'attrapai instinctivement sa main avant de me rendre compte de ce que je faisais.

Elle se figea pendant que je réfléchissais à toute vitesse. Presque comme une arrière-pensée, je levai sa paume et je l'examinai.

Elle avait recouvert sa blessure par le grand pansement que je lui avais donné la veille.

— J'aimerais y jeter un coup d'œil, dis-je. Pour voir comment ça guérit.

Elle ouvrit le pansement et je me penchai au-dessus de sa main afin d'observer la blessure rose-rouge qui n'avait heureusement pas l'air d'être infectée.

Avant de replacer le pansement, je pris soin de me pencher tout près en faisant passer mon pouce sur sa paume. Je dus toucher un endroit sensible, car elle grimaça et elle retira brusquement sa main.

— Ça fait mal ? Pardon, murmurai-je.

Elle détourna le regard avec ses joues toujours colorées. Si innocente et si terriblement sexy à sa façon. Elle regarda le sol, mais elle ne répondit pas.

Avant que je puisse continuer, Victoria agita son téléphone sous mon visage dans le but de me montrer à quel point nos photos de faux baisers étaient convaincantes. Mais je n'arrivais à penser à rien d'autre qu'au bonheur de s'embrasser en réalité. Il y avait quelque chose dans les joues roses de Gray. La façon dont elle avait posé les mains sur mon torse dans les photos.

Et je me souvins comment elle avait agrippé mon tee-shirt quand nous nous embrassions, le tissu serré dans son poing.

Comme si sa vie en dépendait jusqu'à la seconde avant qu'elle me repousse.

Cela créa une boule inconnue au fond de ma gorge et une douleur bien trop familière dans ma verge. Malgré tout, c'était différent de la poussée de désir superficiel typique.

Il y avait autre chose que je ne voulais pas remettre en question. Un territoire inconnu et très dangereux.

— Tu vois ? rayonna Victoria. Si tu peux rendre un faux baiser aussi convaincant avec Gray, pense à ce que tu peux faire devant la presse avec une véritable actrice professionnelle.

Victoria souriait jusqu'aux oreilles de jubilation, convaincue que son plan allait fonctionner et faire un tabac dans les médias.

Mais je savais qu'aucun baiser que je partagerais avec une belle starlette d'Hollywood ne pourrait être comparé à celui que j'avais partagé avec Gray dans mon salon. J'avais embrassé bien assez de femmes pour savoir à quoi ressemblait un vrai baiser.

Qu'est-ce que… que se passait-il ?

Et *elle*…

Gray avait traversé la pièce, le dos tourné vers moi en feuilletant nonchalamment des pages de son bloc-notes. Elle ne dit rien, mais sa nuque avait toujours cette jolie teinte rose. Mes yeux redescendirent le long de son corps en me demandant pourquoi, mais pourquoi, cette femme capturait mes pensées et mon attention. Elle était complètement à l'opposé de mes habitudes. J'avais envie de retirer ce tee-shirt trop grand et de la toucher partout au-dessous, oui. Et je voulais vraiment savoir si sa peau était aussi douce qu'elle en avait l'air.

Mais il y avait autre chose. Je voulais en apprendre plus sur elle. Je voulais savoir pourquoi elle était si intéressée par l'espace alors qu'elle avait choisi d'étudier la psychologie. Je voulais connaître ses luttes, ses problèmes de santé, entre autres, mais aussi ses triomphes.

Cela faisait deux jours que je récoltais des faits sur elle et ils n'avaient servi qu'à m'intriguer assez pour vouloir en savoir plus. Elle aimait les livres de science-fiction et de fantasy. Elle savait beaucoup de choses sur les vols spatiaux et sur l'histoire du programme spatial. Et ces choses attachantes : porter une serviette pour la Journée de la Serviette, aligner ses stylos et ses blocs-notes comme des soldats dans une armée, ou nommer les grognements de son ventre d'après un dragon célèbre.

Frustré, je repoussai pour l'instant ces pensées confuses. Je me tournai pour regarder par la fenêtre et j'attendis que Victoria envoie certaines des photos à son assistante pour servir de 'référence'... je ne savais pas ce que cela voulait dire.

Gray sembla méditer. Cette gêne allait peut-être l'encourager à fuir après la réunion et à ne pas revenir. Je n'avais toujours pas découvert comment j'allais me débarrasser d'elle.

Et bizarrement, j'avais partiellement envie de la garder chez moi.

Cela ne faisait pas longtemps que je regardais par la fenêtre lorsqu'une mini Cooper sport décapotable se gara dans l'allée. Elle était rose vif et deux femmes portant d'immenses lunettes de soleil étaient assises à l'avant.

Je reconnus la conductrice lorsqu'elle sortit avec ses kilomètres de jambes nues depuis ses chaussures à talons jusqu'à son mini short. C'était Keely, une jolie rousse attirante. Exactement mon genre.

Victoria poussa un petit cri et posa son téléphone pour aller les rejoindre à l'extérieur. Je me tournai vers Gray, qui continuait à lire ses notes.

— Alors, dis-je en m'éclaircissant la gorge pour attirer son attention. Tout va bien ?

Elle se retourna en sursautant presque.

— Quoi ? dit-elle d'une voix rauque.

J'indiquai l'endroit où nous nous étions embrassés.

— Tu as repris tes esprits ?

Elle haussa les épaules – d'un geste très exagéré – et manifestement pas du tout naturel. Comme si elle voulait vraiment s'assurer que je sache qu'elle se moquait de tout cela. Ce n'était pas du tout aussi convaincant que son baiser.

Elle semblait si fraîche, jeune, innocente. Je me demandai vraiment comment elle avait appris à embrasser comme une sirène.

Elle me jeta un regard du coin de l'œil… sans doute pour voir si je ne me moquais pas d'elle. Son dos se raidit.

— Pourquoi les aurais-je perdus ?

Nos regards se croisèrent et je fus pris par cette sensation chaleureuse de la veille. De toute façon, j'allais déjà en enfer, alors, pourquoi ne pas donner quelques coups à la pure petite Sainte Angharad Grace des Barretts Sacrés ?

— Il me faudra peut-être revenir sur quelques détails plus tard.

Elle fronça ses sourcils sombres.

— Les détails de quoi ?

— De ce baiser. J'aurais sans doute besoin de quelques…

Je fis un geste circulaire de la main.

— Répétitions. Pour m'entraîner à la nuance. Purement pour la recherche, bien sûr.

Un instant plus tard, les trois femmes passèrent la porte d'entrée et Gray n'eut pas le temps de répondre.

Ce fut dur, vraiment dur de ne pas rire en voyant son regard perplexe, sa bouche légèrement ouverte. Mais même si c'était amusant de la taquiner, j'avais encore plus envie de l'embrasser.

Sans conteste.

Victoria se chargea des présentations. Keely poussa un cri aigu en se tournant dans ma direction. Elle trotta vers moi, puis elle jeta ses bras autour de mon cou en levant la jambe derrière elle et en m'embrassant sur la joue.

— Commandant Tyler ! Mon astronaute préféré.

En connaissait-elle d'autres ?

— Bonjour, mademoiselle Dawson.

Elle poussa un soupir et leva les yeux au ciel.

— Appelle-moi Keely, s'il te plaît. Nous allons nous embrasser devant les caméras, après tout.

Je souris, mais comme d'habitude, je cachai ce que je pensais. Si seulement il y avait une façon de faire jouer ce rôle à la jolie psychologue. Ce petit projet bizarre pourrait alors devenir bien plus intéressant.

— Dans ce cas, tu devras m'appeler Ty comme tout le monde.

— Marché conclu, dit Keely en souriant.

— Si nous commencions ? dit Victoria en affichant son plus grand sourire. Commandant Tyler, as-tu rencontré Sharon, la meilleure amie et assistante de Keely ?

Je me tournai vers l'amie quelconque et plutôt austère de Keely qui s'occupait de son emploi du temps comme un sergent instructeur.

— Nous nous sommes rencontrés. Ravi de te revoir.

Je ne fus pas étonnée de voir qu'elle ne répondit pas.

Victoria termina en présentant les deux femmes à Gray qui leur serra gracieusement la main, mais en silence. Puis, à la demande de Victoria, tout le monde s'assit pour discuter de son plan idiot.

Je fis de mon mieux pour tourner ma langue dans ma bouche avant de parler comme un bon petit astronaute. J'avais fait suffisamment de réunions du lundi matin au bureau des astronautes de la NASA pour être devenu un expert.

— Quel est cet événement ? demanda l'assistante de Keely en montrant le calendrier du doigt. La semaine prochaine... la fondation Make-A-Wish ? Keely est prise ce jour-là. Pouvons-nous le reporter ?

Victoria pinça ses sourcils maquillés.

— Il y aura des journalistes pour cet événement, mais nous pouvons voir...

— Non, l'interrompit Gray et tout le monde tourna la tête vers elle.

Elle redressa le dos et leva le menton.

— Cet événement-là est une priorité. Il ne peut pas être reporté, c'est impossible pour le petit garçon malade. Ce n'est pas un événement au hasard. Il est très important. Cela fait des mois qu'il attend de rencontrer le commandant Tyler.

— D'accord, dit Keely en se tournant vers Sharon. Contacte mon attaché de presse et modifie mon engagement.

Le rose permanent sur les joues de Gray se transforma en une teinte de rouge plus intense. Au début, je fus étonné par la passion qu'elle montrait pour cet événement. Puis je me souvins de ses propres soucis de santé qui venaient sans doute d'une maladie infantile. Si j'étais du genre à parier, j'aurais dit que cette cicatrice venait d'une opération à cœur ouvert... une opération venue à la fin d'une enfance malade.

C'était donc encore plus logique qu'elle s'identifie avec un enfant malade sur la liste de la fondation Make-A-Wish.

— Je suis d'accord, intervins-je. J'ai déjà participé à quelques événements de la fondation et la priorité est l'enfant. Celui-ci est prévu depuis des mois. Quand c'est possible, j'essaie d'inclure ça dans mon calendrier.

Même si – bordel de merde – celui-ci était à Houston, la dernière ville où j'avais envie de me rendre ces jours-ci.

Keely sourit.

— Je peux me rendre à ce machin de Make-A-Wish avec toi et rencontrer le petit garçon. C'est une bonne cause.

Victoria détourna son regard pénétrant de Gray pour me regarder.

— Eh bien, pour être honnête, le petit est là pour rencontrer le commandant Tyler, faire un tour du centre spatial Johnson avec lui et puis faire un tour dans l'Expérience Zero Grav.

Keely recula la tête.

— Qu'est-ce que c'est ? Un simulateur ?

Je hochai la tête.

— Oui, ils simulent l'apesanteur, comme dans l'espace.

— Super ! Je parie qu'il adorera ça.

Keely rit et me jeta un regard séducteur en battant des paupières.

Oh oh. Même si Keely était magnifique, je ne voulais pas que cette fille se fasse des idées en pensant qu'il y avait autre chose que ce pour quoi nous nous étions mis d'accord : jouer un rôle, faire des séances photo et amuser le public. Rien de plus. Certainement rien de réel.

Le réel, ce n'était pas pour moi. *Jamais*.

Mon regard fut inexplicablement attiré par Gray qui griffonnait encore des notes au crayon sur son bloc-notes.

J'allais devoir maîtriser la situation avec Keely. Étrangement, je ne remettais même pas en question le fait que coucher avec l'actrice canon et séductrice n'était pas une bonne chose. Mes fantasmes au sujet de la fille ordinaire, silencieuse, mais charmante ne me posaient en revanche aucun problème.

J'étudiai Gray pendant qu'elle observait Keely par-dessus son bloc-notes en se mordillant la lèvre. Les arêtes au-dessus de sa lèvre supérieure étaient proéminentes, et son introspection était à moitié cachée par les contours épais de ses lunettes.

Gray était joyeuse et un peu garçon manqué. Avec une bonne dose de geek universitaire. Mais bon sang, je trouvais cette combinaison terriblement sexy. Et assez étonnante pour que cela m'émerveille chaque fois.

Elle avait une attitude calme, discrète... pas éveillée. Une attitude qui me montrait très clairement que je voulais être celui qui la réveillerait. *Tout entière.*

L'éveiller dans des domaines pour lesquels elle ne savait même pas qu'elle dormait.

Cette pensée fit bouillir mon sang et je dus me forcer à arrêter d'y songer et à me concentrer sur cette fichue réunion ennuyeuse. Si je pouvais supporter des journées de travail de douze heures remplies de simulations pénibles ou survivre aux tests d'isolement, alors je pouvais surmonter ceci. Farce hollywoodienne et compagnie.

CHAPITRE DIX
GRAY

LA REUNION SE TERMINA ET VICTORIA, KEELY ET SON assistante finirent par rassembler leurs affaires. Nous préparâmes nos calendriers pour la première séance photo et un rendez-vous en public dans quelques jours lors duquel nous pourrions divulguer 'la nouvelle histoire d'amour excitante'.

— Gray, Tolan a dit que tu restais là pendant un petit moment ? demanda Victoria en jetant un long regard en direction de Ty.

J'essayai d'agir comme si je ne m'étais pas attendue à sa question. Victoria et moi avions déjà discuté de cela par texto la veille, alors cette conversation était pour lui.

Pour sa part, il ne réagit même pas. Pas de protestations, pas d'yeux levés au ciel. *Nada.* C'était bon signe. Je me retournai vers Victoria.

— Oui, je vais être l'assistante du commandant Tyler, tu sais, pour que les choses se passent bien. Je serai également ton interlocutrice.

Je ne voyais aucune raison de détailler le bazar que j'avais trouvé ici la veille : le sexe dans l'autre chambre, la vodka de l'après-midi et un astronaute belligérant et crétin. J'étais prête à tourner la page s'il était prêt à repartir du bon pied. Elle hocha la tête et sourit.

— Compris. Merci. J'ai tant de choses à faire avec ce lancement à Vandenberg et puis la soirée d'annonce du XPAC, que je peux à peine insérer cette réunion. Je serais peut-être la tête pensante, mais c'est toi qui feras tout sur le terrain.

Je souris et je fis de mon mieux pour ne pas regarder Ty, dont le regard m'irradiait la peau à mille degrés Celsius. J'étais de l'acier. J'étais de la glace.

Lorsque Victoria et Keely partirent, je me rendis immédiatement à la salle de bains en face de la chambre dans laquelle j'avais dormi.

Et non, pas parce que je devais aller aux toilettes.

Je fermai les yeux et j'éclaboussai mon visage d'eau froide avant de le tamponner avec ma fidèle serviette. Puis je m'observai dans le miroir, remarquant que mes joues étaient toujours rouges à cause de cette rencontre avec Ty dans le salon une heure avant.

Je n'avais pas *arrêté* d'y penser.

Ma tête tournait, mes pensées prises dans un tourbillon – non, un maelstrom – un courant tournoyant très puissant qui tournait autour d'un seul point.

Ce *baiser*. Ce foutu baiser.

Si la foudre avait un goût et une texture, ce serait ce baiser.

Il m'avait attiré contre lui et j'avais senti ce corps dur – si rigide et pourtant si réactif au mien. Ou peut-être avais-je imaginé ce tremblement... comme s'il se retenait de déchaîner toute sa puissance. Comme une fusée fixée à la rampe de lancement avant de faire sauter ses boulons et de se propulser vers le ciel à une vitesse supérieure à celle d'une balle quittant un pistolet.

Le corps de Ty avait donné cette impression quand il m'embrassait. Comme s'il se retenait. Et je n'arrivais à penser qu'à une seule chose : s'il ne s'était pas retenu, que se serait-il passé ? Cette pensée asséchait ma gorge.

Une fusée brûle à trois mille degrés Celsius et j'étais certaine que son baiser aurait pu atteindre cette température. *Facilement.*

Je fermai à moitié les yeux et le souvenir de chaque détail s'était inscrit dans ma chair. Chaque mouvement de ses lèvres et du bout de sa langue, qui s'était allongée juste assez, comme s'il essayait de me goûter, avant de retourner sous l'emprise de ce contrôle intense. Mais ce vacillement, ce goût, avait changé quelque chose en moi de façon permanente. Comme s'il avait causé une réaction chimique : comme le propergol quand il propulsait une fusée vers le ciel.

Et les réactions chimiques ne pouvaient pas être inversées. Le changement était permanent.

La façon dont mon estomac avait fondu dès l'instant où sa langue s'était glissée entre ses lèvres pour toucher la mienne qui faisait, elle aussi, une mission d'espionnage clandestine. Comme si je n'allais pas comprendre ce qu'il faisait. *Laisse-moi t'emmener sur la Lune, bébé,* avait-il chuchoté de sa voix profonde et sexy. La phrase avait été ringarde et il plaisantait clairement, mais avec ce baiser, il m'avait presque emmenée au ciel.

Et puis ce regard dans ses yeux quand il s'était écarté. J'avais vu un éclat avant qu'il disparaisse : *une faim ravageuse.*

Cela m'avait empêché de parler – et même de respirer – pendant quelques minutes. J'avais dû me détourner pour cacher la surprise de mon visage.

Plusieurs minutes plus tard, j'avais fulminé dans mon coin pendant que Keely flirtait avec lui. Arg. Lui et sa beauté stupide.

C'était un aimant pour les regards féminins. Et pas seulement le *mien*.

Mais je m'étais rappelé l'importance de cette situation. Il fallait que cela reste professionnel pour beaucoup de raisons. Pour les raisons les plus importantes. Lutte avec lui. Garde-le sur le droit chemin et oblige-le à donner une bonne image du XPAC : excitant, immaculé, et oui… peut-être un peu sexy.

Récemment, la NASA n'avait pas du tout mis l'accent là-dessus. Mais nous avions besoin d'un peu de ce genre d'attrait. Je n'avais pas voulu l'admettre la veille, lors de la réunion devant mon père, mais nous avions terriblement besoin de Tyler pour cela. Seulement, il fallait qu'il coopère.

Cela signifiait sans doute que j'allais devoir chasser les femmes qui tournaient autour de lui. Hélas, pas Keely. Si quelque chose s'éveillait entre eux, j'allais devoir m'écarter et laisser faire, en espérant que cela ne se termine pas mal.

Est-ce qu'elles voulaient toutes le sauter – même si elles ne l'aimaient pas particulièrement ? Je n'étais certainement pas son genre, mais il avait un effet très profond sur moi. J'avais la tête qui tournait et les oreilles qui sifflaient, j'étais renversée par cette révélation. *Je suis de l'acier. Je suis de la pierre.*

Après m'être calmée, je me décidai à faire un rapide aller-retour chez moi pour récupérer mes affaires. Je vivais à environ quarante-cinq minutes de là, à Long Beach, dans mon propre petit studio tout près de l'université. Il me fallait quelques heures pour y aller, faire mes bagages, charger ma voiture et revenir. Avec un peu de chance, je pouvais le laisser tout seul pendant ce temps.

La veille, j'avais pris quelques initiatives lorsqu'il s'était retiré dans sa chambre, et il me faudrait voir plus tard à quel point je pouvais lui faire confiance pendant mon absence. S'il me laissait revenir, en tout cas.

Lorsque j'ouvris la porte, je bondis à cause d'une grande ombre qui traînait près de là. Je me tournai et je poussai un petit cri de peur avant de comprendre que Ty m'attendait devant la porte de la salle de bains. Je posai la main sur le cœur et je toussai… en espérant couvrir le cliquetis bruyant de mon cœur qui battait trop vite.

Il grimaça et il s'excusa en marmonnant, avant de me tendre un tissu plié. C'était mon tee-shirt de la veille, propre et sans tâche.

— Je me suis dit que tu préférais sans doute porter quelque chose à ta taille.

Je le lui pris lentement.

— Merci. C'est vrai… même si j'aime porter un tee-shirt de la NASA. Mais…

Je montrai à quel point c'était trop grand. J'avais oublié de le serrer autour de moi pour qu'il ne glisse pas comme c'était arrivé la veille. Maintenant, le tee-shirt me faisait comme une seconde peau.

Ses yeux suivirent mon geste en s'arrêtant sur ma poitrine. Il y avait quelque chose dans ce regard, une tension évidente quand il me remarquait. Il me remarquait d'une façon dont les hommes ne me remarquaient pas d'habitude… d'après ce que je savais, en tout cas. Quant à moi, je ne pouvais arracher mon regard à sa bouche. Je me sentis brûler en me souvenant de ce baiser. Et – bon sang – mes tétons se mirent à pointer en revivant la scène. Le tee-shirt n'était pas fin, mais je ne portais pas de soutien-gorge. Je déglutis. L'avait-il remarqué ?

Ma main se serra autour de mon propre tee-shirt et nous restâmes un instant en silence avant qu'il finisse par lever les yeux.

— Je me suis dit que pour m'excuser de mon comportement d'hier, j'allais t'accompagner et t'aider à rassembler tes affaires.

J'écarquillai les yeux. *Quoi ?*

En réaction à ma confusion évidente, il sourit.

— Je ne suis pas tout le temps un enfoiré, Gray, seulement parfois. D'accord, sans doute *souvent*.

Je fronçai les sourcils.

— Commandant…

— Ty. Tout le monde m'appelle Ty.

Il rit avant d'ajouter :

— Ou encore mieux, appelle-moi Ryan.

Je n'avais entendu *personne* l'appeler Ryan. J'écarquillai encore les yeux.

— D'a-d'accord.

— Et puis, qui sait combien de temps je garderais ce grade ? Techniquement, je suis encore dans la Navy, mais je ne sais pas pour combien de temps.

Sa voix s'effaça, ses yeux bleus se perdant par la fenêtre. Les astronautes qui étaient entrés dans la NASA par le biais de l'armée étaient encore en service, gardaient leur grade et étaient promus pendant qu'ils servaient en tant qu'astronautes. Mais comme Tyler n'était plus en lien avec la NASA, son statut dans la Navy n'était pas encore déterminé. Il allait peut-être devoir démissionner avant son test de vol en septembre. Je le soupçonnais d'avoir du mal à laisser tomber son grade.

Je lui posai presque – *presque* – la question. Mais il aurait immédiatement rejeté cette question comme étant du 'discours de psy'. Je n'avais pas l'intention de menacer cette nouvelle détente entre nous en violant les règles qu'il avait établies la veille.

Il inclina la tête vers ma chambre d'amis.

— Pourquoi ne vas-tu pas te changer, et je te conduirai avec ma voiture ? Après tout, j'ai l'air conditionné.

Je pinçai les lèvres et je hochai la tête. Je changeai rapidement de tee-shirt dans ma chambre et j'attrapai mon téléphone et mes clés, puis je le rejoignis à la porte d'entrée.

Il avait enfilé un jean, pris ses propres clés et enfilé une paire de lunettes aviateur réfléchissante. Son cul était fantastique dans ce jean. Et ses lunettes. Oh mon Dieu. On aurait dit un aviateur d'élite. J'inspirai avant de souffler. *Je suis un roc. Je suis la glace.*

Nous montâmes dans son SUV hybride… très éloigné des voitures de sport flashy que conduisaient les astronautes à l'époque de la course à l'espace. Elle avait encore cette odeur de voiture neuve et elle semblait aussi propre que s'il l'avait sortie du garage la veille. J'étais soulagée qu'il ait choisi d'utiliser sa voiture au lieu de ma casserole brûlante remplie de gobelets de café vides qui roulaient sur le sol à l'arrière chaque fois que je prenais un virage.

Notre conversation devint intéressante lorsque nous nous engageâmes sur l'autoroute.

— Ceci est une façon de s'excuser qui prend beaucoup de temps, tu sais, commençai-je. 'Je suis désolé' ne prend que quelques nanosecondes à dire. Et puis il te reste des heures de ton jour de week-end pour faire ce que tu veux.

Il me fit une grimace.

— J'en doute. Une nanoseconde correspond à un milliardième de seconde.

Je levai les yeux au ciel.

— C'est une façon de parler. Je dis juste que trois mots sont plus faciles que… tout ça.

Il haussa une épaule.

— Je préfère les actes aux paroles.

Hmm. *Ce n'était pas surprenant.* Il était sûrement plus facile de le faire de cette façon que d'admettre qu'il avait eu tort en baisant bruyamment sa coach pendant que j'attendais de le rencontrer. Mais je laissai passer cela.

Je lui jetai un autre coup d'œil pendant qu'il regardait la route.

— Est-ce que tout ça ne te dérange pas trop ?

— Ces conneries de fausse romance ? clarifia-t-il pour moi. Peu importe ce que je ressens. Si c'est ma seule façon de repartir dans l'espace, alors je le ferai.

Je fronçai les sourcils.

— Bien sûr que si, c'est important. Il est important de comprendre tes sentiments, car…

Il leva brusquement la main pour m'arrêter tout en regardant par le pare-brise.

— Est-ce du discours de psy ? Je croyais que nous avions une règle là-dessus.

— Tu as une règle là-dessus.

Je croisai les bras et je regardai par la vitre en essayant de trouver une façon de contourner le mur qu'il avait si rapidement érigé. Mince. Pousser cet homme à s'ouvrir n'allait pas être facile.

— J'essaie de dire… repris-je, que je suis essentiellement ici pour te soutenir, d'accord ? J'assure tes arrières.

— Dans mon domaine de travail, la confiance doit se mériter.

Ses mots furent sévères, mais son ton était plus doux.

Je me tournai vers lui.

— Dans ce cas, j'espère au moins avoir l'occasion de la mériter.

— Nous verrons.

Il termina la conversation de façon énigmatique en montant le volume de la station de radio qui était allumée en arrière-plan.

Comme c'était dimanche, l'autoroute était vide et nous arrivâmes vite chez moi. Je l'invitai à entrer et il me suivit dans l'escalier jusqu'à mon studio au deuxième étage.

— Je peux te faire une visite, si tu veux. Il ne faudra qu'une fraction du temps qu'il t'a fallu pour me montrer ta maison.

Mon domicile était modeste, et il dit presque immédiatement ce que je savais qu'il pensait... ce que j'avais déjà entendu avant.

— Je ne m'attendais pas à ce que la fille de Conrad Barrett vive dans un tel endroit.

Je haussai les épaules.

— Il me plaît. Mon père est connu pour ses investissements intelligents, alors j'ai suivi ses conseils et j'ai acheté un endroit qui se revendrait facilement.

Son regard se posa immédiatement sur le fouillis de ma décoration. Un magnifique poster encadrait une prise de vue célèbre de la Terre se levant sur la Lune saisie au cours de la mission Apollo 8. Des objets de collection sur l'espace que j'avais rassemblés pendant l'adolescence. Les patchs de mission de l'époque de la navette spatiale. Quelques maquettes des fusées Redstone et Saturn V posées en haut d'une bibliothèque noire. Des peintures colorées et exotiques de paysages de planètes imaginaires sur les murs.

Je le laissai en étudier une pendant que je remplissais une valise dans ma chambre et que je courais dans mon appartement pour attraper mes affaires de toilette et mes objets personnels.

Lorsque je fus prête à partir, l'heure du déjeuner était déjà passée depuis longtemps et cette fois, son estomac gargouilla bruyamment. Je suggérai en riant un pub assez tranquille. Comme il était essentiellement fréquenté par des étudiants, l'endroit était souvent complètement mort pendant les vacances d'été et les longs week-ends. Ce jour-là tombait dans les deux catégories.

Malgré tout, avant que nous sortions de la voiture, il enfila une casquette rouge des Angels et il garda ses lunettes de soleil. Je savais qu'il craignait d'être reconnu.

— Il te suffit maintenant d'avoir un sweat à capuche pour compléter le kit de base.

Il fronça les sourcils.

— Pardon ?

— Ton kit de base du Civil de Marvel. Ils les portent tous dans les films : Tony Stark, Steve Rogers. Tu es comme eux. La casquette, la veste à capuche, les lunettes de soleil. C'est une façon infaillible de ne pas être reconnu lorsqu'ils ne le veulent pas.

— Dommage que nous ne soyons pas dans un film.

Il choisit une table à l'arrière, le long d'un mur derrière la scène vide qui accueillait en général des musiciens pendant le week-end. On commanda rapidement : son cheeseburger double-bacon crise cardiaque à l'avocat et mes fish and chips.

Pendant que nous attendions, il relança la conversation.

— Es-tu allée à l'école ici, à Cal State Long Beach ?

Je secouai la tête.

— Non, j'étais dans une minuscule école pour filles, Scripps, à Los Angeles. Et UCLA pour mon doctorat.

— 'Une minuscule école pour filles', répéta-t-il avec un sourire énigmatique. J'aurais dû le savoir.

Je levai les sourcils.

— Qu'est-ce que ça veut dire ?

Refusant de répondre, il se contenta de sourire et il haussa les épaules en tripotant la salière. À la place, il posa une autre question, car aujourd'hui il s'était apparemment autoproclamé Roi de la Curiosité.

— Alors, dis-moi comment une femme qui adore manifestement l'espace et les voyages dans l'espace en est venue à étudier la psychologie au lieu des sciences dures ?

— Tu n'aimes vraiment pas les psychologues, n'est-ce pas ? dis-je en riant tout en me sentant nerveuse.

Son visage resta indéchiffrable.

— J'ai été obligé de parler avec beaucoup d'entre eux après l'accident… et ce n'était pas mon choix.

Je pensais un moment à cela. *Ah, pas étonnant qu'il eût érigé ce mur en briques et qu'il était bien décidé à ne pas me laisser entrer.*

— Alors, vas-tu répondre à ma question ou bien gagner du temps en me posant une autre question ?

Je sourcillai. *Touché.* D'habitude, c'était moi qui posais les questions et qui contrôlais la conversation. C'était étrange de me retrouver de l'autre côté. Mais je me rappelai que c'était bon signe. S'il posait des questions, cela voulait dire qu'il cherchait un terrain commun et qu'avec un peu de chance, il trouverait une façon de travailler avec moi. Je sortis quelques paquets de sucre de la boîte en plastique et je les réarrangeai nonchalamment sur la table en bois sombre devant moi, réfléchissant à ma réponse avant de lever la tête.

— Quand j'étais petite, je voulais toujours porter des combinaisons spatiales brillantes au lieu des robes de princesse. Et j'ai décoré mon lit comme une fusée. Quand j'avais peur de m'endormir, je m'imaginais m'envoler avec mon vaisseau et me réveiller sur une nouvelle planète le lendemain matin. J'ai grandi à Los Angeles, au bord de Griffith Park, et ma mère aimait faire de longues promenades jusque dans les collines. Nous terminions souvent au planétarium de l'observatoire. J'y ai passé tellement de temps à regarder les expositions. Les rochers lunaires. Cela me fascinait.

Je haussai les épaules et je me balançai de gauche à droite sur le banc en bois.

— Déjà toute petite, je voulais être astronaute… et je suis certaine que tu as entendu un milliard d'enfants te raconter cela.

Il écouta intensément, considérant mes paroles en inclinant la tête sur le côté.

— C'est le cas, mais cela ne rend pas la chose moins valable. Quand j'étais petit, je n'avais aucun désir de devenir astronaute.

Intéressant. J'ouvris la bouche dans le but de creuser cette information en posant une autre question, lorsqu'il me fit partir dans une autre direction.

— Alors, pourquoi la psychologie ? Pourquoi pas la physique ou l'aérospatiale ou l'ingénierie ?

Je commençai à empiler les sachets de sucre l'un sur l'autre.

— Tu veux dire, pourquoi pas un domaine d'études valable au lieu d'une science 'molle' ?

Le mépris typique des scientifiques. Seuls les plus intelligents partaient dans les études scientifiques. J'avais déjà entendu dire cela.

— Eh bien… commença-t-il, mais je ne le laissais pas terminer.

— Parce que je voulais travailler avec les astronautes.

Je levai la tête pour le regarder et il écarquilla les yeux de surprise à cause de mon interruption.

— Je suis fascinée par l'élément humain dans les vols spatiaux. Nous ne pourrons pas partir explorer l'espace tant que nous n'aurons pas découvert comment maintenir la santé physique et mentale des gens au cours des vols de longue durée et des missions sur d'autres planètes. Et même si ce sera toujours possible de construire un vaisseau plus gros, plus rapide, meilleur, l'unique élément qui ne changera pas – tant que nous n'aurons pas évolué – est l'élément humain.

Il repoussa la salière et la poivrière dans leur support et il s'adossa contre le dossier de son banc.

— Ce sont des points valables, dit-il d'un ton évasif.

Je continuai à tripoter les sachets de sucre.

— De plus, j'ai compris très vite que je ne pourrais jamais devenir astronaute à cause de mes problèmes de santé. Cependant, je n'ai jamais abandonné mon rêve. J'ai juste décidé de le modifier légèrement afin que cela s'adapte à mes circonstances personnelles. J'ai fait ce qu'il y a de plus près. J'aurais tenté de travailler à la NASA si Tolan n'avait pas déjà été prêt à lancer le XPAC. Tu es d'accord avec moi pour dire que c'est beaucoup plus passionnant. Et j'ai eu de la chance. *Beaucoup* de chance.

Lorsque je levai la tête, nos regards se croisèrent et il y eut ce moment – comme la veille – où quelque chose changea entre nous. Un épaississement de l'atmosphère. Il ne cligna pas des yeux, sa pomme d'Adam remonta lorsqu'il déglutit et l'éclat dans ses yeux bleus… était-ce mon imagination, ou bien semblait-il admiratif malgré lui ?

Je reculai lorsque notre serveur – un étudiant plutôt beau qui devait avoir mon âge environ – apparut avec nos assiettes.

— Fish and chips pour la dame. Et... un burger interstellaire pour le commandant Ty.

Ty grimaça en étant reconnu, mais il se reprit vite en levant la tête vers le serveur.

— Je vous ai aussi apporté une bière, offerte par la maison. Le barman a insisté.

Il posa la bière devant Ty avec plusieurs dessous de verre et un stylo.

— Commandant, pouvons-nous avoir votre autographe ?

Ty fut très poli, mais pas bavard. Une fois qu'il eut signé les dessous de verre, le serveur les ramassa, les glissa dans son tablier et partit.

— Bon sang, dit Ty avant d'attraper son hamburger. J'aurais cru que les gens n'étaient pas si facilement impressionnés par les stars à Los Angeles.

Je ris.

— Tu n'es pas une star, commandant. Tu es un héros.

Il fronça les sourcils en tenant le hamburger devant sa bouche.

— Tu ne dois plus m'appeler comme ça, tu te souviens ?

— Oui... pardon, euh, Ryan.

Je pinçai les lèvres d'un air gêné.

— Il va me falloir un moment pour m'y habituer.

— Eh bien, habitue-toi. Et n'utilise pas non plus le mot commençant par H.

Je hochai faiblement la tête en y songeant. Il semblait plus énervé contre moi parce que j'avais utilisé le mot *héros* que parce que je m'étais trompée et que je l'avais appelé par son grade.

— Tu ne vas pas manger ? demanda-t-il après avoir avalé sa première bouchée.

J'attrapai la bouteille de vinaigre de malt et j'en versais sur mon poisson et mes frites.

— J'attends que mes frites refroidissent. J'attends toujours au moins cinq minutes. Je n'aime pas me brûler le palais.

Il leva les sourcils.

— Ah, tu es prudente. J'aurais dû le savoir.

Je luttai pour ne pas lever les yeux au ciel, mais juste pour l'embêter, j'attrapai une frite, je soufflai dessus et je l'enfournai dans ma bouche. Elle était plus chaude que je ne l'aurais voulu, alors je dus boire beaucoup de limonade glaciale pendant qu'il se moquait de moi.

Je fronçai le nez.

— Il faut plus de vinaigre, dis-je en faisant tomber encore d'autres gouttes sur les frites, jusqu'à ce qu'elles soient trempées... ce qui sembla l'étonner.

— Cela fait combien de temps depuis ta chirurgie valvulaire ? demanda-t-il quand il eut dévoré la plus grande partie de son hamburger.

Pour quelqu'un qui m'avait interdit de parler comme une psy, il posait vraiment beaucoup de questions aujourd'hui.

J'avalai quelques autres frites pour retarder ma réponse. Quand j'eus terminé, je rétorquai par une question.

— Comment sais-tu qu'il s'agissait d'une chirurgie valvulaire ? *Question stupide, Gray.*

Il haussa les épaules.

— Je ne suis pas Sherlock Holmes, juste observateur. Le battement de cœur qui fait un bruit de cliquetis était mon premier indice. Les fluidifiants sanguins en sont un autre.

Il avait aussi vu l'affreuse cicatrice. Mais heureusement, il ne la mentionna pas. Les survivants des opérations à cœur ouvert avaient tous une version de cette cicatrice en fermeture éclair… jusqu'à s'appeler les membres du club de la fermeture éclair ou même d'incorporer la cicatrice dans un joli petit tatouage qui suggérait la même chose. Certains portaient leurs cicatrices avec fierté, comme des blessures de guerre.

En général, je n'étais pas vraiment gênée par la mienne, mais je ne faisais pas exprès de la montrer non plus. Le fait que Ryan connaisse ma situation me mettait plus mal à l'aise que d'habitude.

— J'avais seize ans pour cette opération. Cela fait donc neuf ans.

Il rassembla ses mains pour entrelacer ses doigts et il posa son menton dessus. Son regard intense devint angoissant.

— Quel était ton diagnostic ?

— C'est un défaut du cœur congénital, dis-je en bougeant les restes de mon repas sur mon assiette pour m'empêcher de m'agiter. Je suis née avec un trou entre les ventricules, des parois trop épaisses et des valves déformées.

Lorsqu'il fut sur le point de poursuivre avec une autre question, nous fûmes à nouveau interrompus… par le barman, cette fois. Il apporta une autre bière à Ty, même si celui-ci n'avait bu que la moitié de la précédente.

— Commandant Ty, je suis Jay, votre barman.

Il tendit la main et Ty la serra.

— Il fallait que je vienne vous rencontrer après que vous ayez signé les dessous de verre pour mon pote et moi. Merci.

Ty hocha la tête et sourit. Il scruta immédiatement le bar en espérant sans doute que les gens ne remarquent pas l'agitation.

Le bar était encore assez vide, car l'heure du déjeuner était passée depuis longtemps et il restait encore quelques heures avant le dîner.

Jay sortit son téléphone et montra quelque chose à Ty.

— Pouvez-vous arbitrer un pari entre mon pote et moi ? D'après moi, ces photos de la NASA sont des preuves de structures sur Mars, mais il dit que c'est impossible.

Il laissa tomber son téléphone devant Ty avec une photo floue en noir et blanc provenant sans doute d'un satellite dans l'orbite de Mars. En pointant du doigt un rebord anguleux et flou parmi des montagnes plus sombres, il dit :

— Je veux dire, ça là. On dirait de l'architecture, vous ne croyez pas ? Des structures construites par l'homme. C'est une anomalie.

Ty cligna des paupières.

— Je ne sais pas, mon vieux, dit-il d'un ton neutre. Je n'ai pas encore été sur Mars.

Jay écarquilla les yeux.

— Mais vous êtes allés dans l'espace… vous y avez vécu. Vous travaillez pour la NASA. Vous êtes à fond là-dessus, non ?

Le visage de Ty s'assombrit immédiatement et je me dis qu'il devait associer ce type avec le crétin platiste qui l'avait harcelé le mois précédent. Tout ce qui sous-entendait que lui ou les autres astronautes ou bien la NASA dans son ensemble mentaient passait très mal.

Je me penchai en avant pour attirer l'attention de Jay.

— Nous sommes pressés. Pouvons-nous avoir la note ?

Jay me jeta à peine un coup d'œil avant de se retourner vers Ty qui avait sauté de sa place et sortit son portefeuille.

— Oui, je dois partir. Merci encore pour les bières, Jay. Je suppose que je n'avais pas tellement soif.

Notre serveur apparut à côté de Jay et nous réglâmes la note sur place. J'insistai pour partager et Ty était si pressé de partir qu'il n'émit aucune objection.

Sur le chemin du retour, cela nous fit rire.

— Tu devrais inventer des bêtises, dis-je. Quelque chose de vraiment hallucinant. Comme des yétis verts sur Mars. Ou bien le fait que tu aies vu un type dans un mauvais costume de gorille flotter dans l'espace en dehors de la station essayant de bricoler l'équipement. *Cauchemar à 400 kilomètres.*

On rit ensemble et je m'essuyai les yeux.

— Est-ce que ça t'arrive souvent ?

Il leva les yeux au ciel.

— Bien trop souvent.

Il secoua la tête avant de poursuivre.

— Et même si tu penses que cela peut être drôle de plaisanter. Ce n'est pas si fabuleux lorsque tu vois tes propres mots – que tu as dits pour rire ou alors qui ont été pris volontairement hors de leur contexte – publiés partout dans la presse à scandale. Et puis les gens te traitent d'une certaine façon à partir de cela. Quand tout le monde écrit tes paroles ou veut vendre une photo de toi à la presse, tu es responsable de tout ce qui sort de ta bouche.

Après cette réflexion sérieuse, nous passâmes tous les deux le reste du trajet de retour perdus dans nos propres pensées.

***

Au cours des jours suivants, nous nous installâmes dans un schéma qui consistait essentiellement à ne pas se déranger. Il se trouvait juste que nous travaillions au même endroit et que nous vivions dans la même maison. Mais pendant les soirées – particulièrement lorsque la nuit tombait –, il m'évitait soigneusement.

Les jours de semaine, il partait bien plus tôt que moi le matin et il rentrait à la maison après moi. Il faisait de longues journées de travail, ce qui ne devait pas être différent de ses journées à la NASA, particulièrement lorsqu'il se préparait pour un vol.

Nous mangions parfois ensemble, mais d'habitude nous ne le faisions pas, à cause de ses horaires tardifs.

Heureusement, il resta cordial… la plupart du temps.

Sauf le soir où il remarqua ce que j'avais fait à ses bouteilles d'alcool fort.

— Qu'est-ce que c'est que cette connerie ? aboya-t-il derrière moi.

Il entra dans la petite pièce à côté de son bureau. Je travaillais là-dedans en général, à sa demande, sans doute parce qu'il ne voulait pas que je m'étale sur le canapé de son salon.

Je me repoussai du bureau où j'avais installé mon ordinateur portable et je me tournai vers lui en remontant les lunettes sur mon nez.

Il leva sa bouteille de vodka et je faillis perdre mon sérieux en me rendant compte de la source de son irritation. Je me mordis la joue pour ne pas montrer ma réaction. Et je jouai à celle qui ne comprenait pas.

— Ça ressemble à une bouteille de vodka.

Il souffla.

— Oui, bien sûr que c'est une bouteille de vodka. J'ai voulu me prendre un verre et j'ai vu *ça* sur le côté.

Il approcha la bouteille de mon visage pour que je puisse voir les marques que j'avais faites au stylo. Avec une écriture minuscule, j'avais marqué le niveau de liquide dans la bouteille ainsi que la date.

La bonne nouvelle était que cela faisait plusieurs jours que j'avais marqué ses bouteilles et il ne le remarquait que maintenant, ce qui signifiait qu'il ne buvait pas d'alcool tous les soirs.

Lorsque je restai silencieuse, il raidit le bras.

— Est-ce toi qui as fait ça ?

Je me mordis la lèvre inférieure avant de lever la tête vers lui.

— Oui. Mais seulement comme outil d'analyse et... d'introspection.

Il fronça les sourcils.

— Quoi ?

— Juste afin que nous puissions savoir que tu n'abuses pas de l'alcool.

Il retira son bras et raidit le dos.

— Là, c'est exagéré. Je n'ai pas besoin de ce genre de surveillance.

Je me levai de ma chaise afin que nous puissions être à la même hauteur... c'était futile, car il faisait toujours dix centimètres de plus que moi.

— Bien. Dans ce cas, il n'y a rien à dire. C'est pour que tu saches que tu as une responsabilité.

Je vis le gonflement de ses joues lorsqu'il serra plusieurs fois la mâchoire avant de parler.

— Je n'ai *pas* un problème avec l'alcool.

Je clignai des paupières.

— Mais l'alcool t'a causé des ennuis, n'est-ce pas ? Le soir où tu as assommé le platiste, tu étais ivre. La fête au cours de laquelle tu as saccagé la chambre d'hôtel à Chicago...

— Ce n'était pas de ma faute. J'étais...

Il s'interrompit et il secoua la tête.

— Je ne vais pas prendre la peine de me justifier devant toi.

— Tu n'es certainement pas obligé de le faire. Et tu sais quoi ? Je ne vais même pas regarder ces bouteilles d'alcool sauf pour marquer les nouveaux niveaux une fois par semaine. Ces marques sont là pour toi. Pas pour moi ou qui que ce soit d'autre. Elles sont là pour t'aider.

Il souffla et son visage prit une teinte encore plus rouge. Je n'avais plus envie de rire maintenant que mon cœur accélérait et que les clics bruyants étaient audibles. Il baissa le regard vers ma poitrine avant de me regarder dans les yeux. Il pensait peut-être que j'avais peur de lui. Cela lui faisait peut-être du bien.

À la place, il tourna les talons et il sortit en marmonnant quelque chose au sujet de ne plus avoir soif. Je me laissai retomber sur ma chaise puis je rassemblai mes affaires et je décidai de me coucher tôt.

Mince alors. J'allais adorer retrouver le calme et la paix du travail chez moi.

Un peu plus tard, je me glissai sous les couvertures, épuisée. Mon téléphone tinta juste au moment où je fermais les yeux.

Pari : Comment se passe ton travail de chien de garde avec l'Astrosexy ?

Moi : Arg.

Pari : Si bien que ça, hein?LOL

Moi : Pas envie d'en parler maintenant.

Pari : Au fait, c'est toi qui as laissé le paquet d'Oreos sur mon bureau aujourd'hui ? Ce n'était pas la fée des gâteaux ?

Moi : C'était en remerciement pour le paquet de chips de la semaine dernière.

Pari : Moi et mes trois kilos de trop te remercions. :p

Moi : Faut que je dorme. Demain, il y aura la grosse séance photo avec 'Astro-Sexy' et la star de cinéma. Plein de choses à préparer.

Pari : C'est excitant ! Envoie -moi des photos.

***

Dans la minuscule chambre d'hôtel du Malibu Country Inn au bord de la plage de Zuma, Victoria s'occupa des préparatifs pour la première séance photo de Ryan et Keely. C'était leur 'coming out' en tant que couple sur la plage de sable de Malibu où tant de romances étaient nées – qu'elles soient réelles ou organisées – avant la leur.

Je jetai un coup d'œil par la fenêtre en plissant les yeux à cause de l'eau qui brillait en ce vendredi de fin d'après-midi. Il y avait du monde, mais pas une foule. C'était pour cela que nous avions choisi ce jour et cet horaire, plutôt qu'un dimanche ou un samedi ou des vacances bondées.

Victoria renseigna soigneusement le couple sur ce qui était attendu de leur part. Elle expliqua à quel endroit ils devraient marquer une pause et pendant combien de temps. Elle leur dit où ils allaient devoir s'embrasser et comment… jusqu'à la position de leurs mains. Ils avaient posé des questions et je m'attendais presque à ce que Ryan sorte un bloc-notes de la poche de sa chemise.

Pendant qu'ils bavardaient, je pris une photo rapide des trois et je l'envoyai à Tolan afin de le tenir au courant.

Il répondit une demie minute plus tard par une émoticône de pouce levé. Nous pouvions effectuer le lancement du nouveau couple à la mode.

Victoria avait vérifié deux fois que ses contacts dans les médias étaient en place, prêts à prendre les photos apparemment sur le vif. Puis elle renvoya Ryan et elle prit Keely à part pour une dernière vérification de ses cheveux et de son maquillage.

Je profitai de l'occasion pour aller aux toilettes.

En sortant, je fus arrêtée par Ryan qui traînait juste derrière la porte. Je fis un pas de côté pour le laisser passer en supposant qu'il voulait lui aussi aller aux toilettes. Il se serra avec moi dans l'encadrement de la porte et il ne bougea pas, posant son bras contre le cadre pour m'empêcher de partir.

— Oui ? dis-je doucement en jetant un coup d'œil à Victoria et Keely, qui étaient absorbées par les derniers détails.

— Avant que tu piques une crise, je veux que tu saches que j'ai bu deux verres au bar tout à l'heure.

Eh bien, pas besoin d'avoir fait polytechnique pour le détecter. Dès l'instant où il avait ouvert la bouche, j'avais senti l'alcool dans son haleine. Il parlait d'une voix tendue, sèche, et je levai la tête pour le regarder dans les yeux.

— Tu es encore énervé à cause des bouteilles marquées, n'est-ce pas ?

Il leva les sourcils.

— Ne devrais-je pas l'être ?

Ma respiration était compliquée et mon cœur battait la chamade, bien que je ne sache pas si c'était parce que je redoutais une confrontation éventuelle ou parce que sa proximité m'empêchait vraiment de me concentrer.

Son odeur... les coquillages, le citron vert et les embruns salés de l'océan. *Eau de Dieu de l'Océan.* Une vue de ses abdos parfaits apparut dans mon esprit : ils étaient couverts de gouttelettes d'eau de l'océan. J'avais vu son torse incroyable quelques fois de plus depuis le premier incident dans son salon : quand il était revenu d'une baignade tôt le matin ou qu'il allait chercher de l'eau glacée à la cuisine après avoir fait du sport. Il était si beau que j'avais dû me forcer à ne pas me pincer pour me rappeler que c'était un travail et qu'il était un gros nul... la plupart du temps, en tout cas.

— Est-ce que la situation t'angoisse ? lui demandai-je à voix basse.

Il sourit paresseusement.

— Je sais comment embrasser une femme. Je pense te l'avoir prouvé pendant le week-end.

Je déglutis, surprise qu'il aborde le sujet. J'avais été tellement certaine qu'il n'avait plus du tout repensé à ce baiser. Quant à moi, en revanche, j'y avais pensé souvent. Au cours de la semaine passée, ce baiser n'avait jamais été très loin de mes pensées.

Mais pendant cette même semaine, il était resté distant. Lointain. Presque comme s'il cherchait activement à m'éviter. C'était comme si, une fois que nous nous étions embrassés, il avait tout éteint et que j'étais redevenue personne.

Mais pendant cette demie minute, j'avais eu l'impression d'être tout pour lui.

Il était peut-être facilement passé à autre chose. Pas moi. Pas encore, du moins.

Maintenant, cependant, il fixait mes lèvres.

— Peut-être qu'il serait utile que je fasse un petit… échauffement. Tu vois, comme un dérameur à lèvres ?

Je fronçai les sourcils.

— Un dérameur à lèvres ?

Il sourit puis il inclina la tête plus près de moi et il parla à voix basse.

— Tu sais, comme dans les pornos ? Tu sais bien ce qu'est un dérameur.

Je reculai.

— Euh, combien de vodka as-tu bue ?

Il rit.

— Suffisamment pour apaiser le trac, mais pas assez pour me louper.

Je levai la main et je mis en place le col de sa chemise bleue. Nos visages étaient désormais très proches et le mien se réchauffait de plus en plus.

— Tu t'en sortiras très bien.

Il leva un pouce pour caresser ma lèvre inférieure.

— Que dirais-tu d'un baiser de bonne chance, alors ?

Je baissai la tête, stupéfaite par mon excitation et incroyablement timide en même temps. Il se moquait de moi, et ce n'était pas vraiment drôle. Mais je tremblais des pieds à la tête, parce que bon sang, je voulais encore l'embrasser.

— Tu ne devrais pas être aussi allumeur, fut la seule chose ringarde que je pus lui rétorquer.

Sans un mot, il laissa tomber sa main et il s'écarta lentement de moi. Je levai alors la tête et nous nous regardâmes dans les yeux.

— Bonne chance… Ryan. Tu vas très bien t'en sortir.

Je m'éclaircis la gorge et je redressai mon dos.

— Et tu as raison. Tu sais très bien embrasser les femmes.

Keely se tenait maintenant à côté de Ryan et elle nous regardait tour à tour.

— Que se passe-t-il ici ?

Ses grands yeux bleus de bébé passaient de son visage au mien et vice versa. Mon visage brûlait et je supposai qu'il était très rouge.

Ryan indiqua mon torse.

— Je lisais son tee-shirt.

C'était encore une autre pièce de ma garde-robe de geek. Keely y jeta un coup d'œil.

— Cette couleur fait ressortir tes yeux verts, Gray, mais je ne comprends pas le texte.

J'indiquai la formule complexe inscrite sur le tissu : la formule de la vitesse orbitale. Dessous, dans une écriture jaune pâle, il était écrit : *La première étape est d'admettre que vous avez un problème.*

— C'est juste un peu d'humour de psycho. Il s'agit d'un problème de physique.

Ryan semblait amusé, les yeux rivés sur ma poitrine, ce qui me fit encore plus rougir, et Keely sourit en hochant la tête, mais je n'étais pas vraiment certaine que mon explication l'ait renseignée.

Quelques minutes plus tard, Victoria nous conduisait hors de la chambre d'hôtel, indiquant le chemin qu'ils devaient prendre lors de leur promenade décontractée sur le sable avant de s'arrêter près de la jetée pour leur roulage de pelle public. Victoria et moi les regardâmes partir, et je ne pus détourner le regard lorsque je vis Ryan prendre la main de Keely.

Keely se tourna vers lui en riant, ses cheveux roux dansant dans la brise, et un éclair de foudre me traversa si rapidement qu'il me coupa le souffle. Je fus affreusement jalouse de Keely à ce moment précis.

En me mordant l'intérieur de la joue, je me tournai et je repartis dans la chambre en me promettant de ne plus regarder. Et en essayant de chasser la jalousie.

J'échouai dans les deux domaines.

CHAPITRE ONZE
RYAN

— EH BIEN, SI CE N'EST PAS UN JOUR merveilleux pour commencer une romance publique, je ne sais pas ce qu'il faut.

Keely se tourna et leva la tête vers moi tout en me serrant la main. Elle avait un sourire de mille mégawatts, avec la puissance et le charme d'une star. Elle était dans son élément, et je ne pus m'empêcher d'en être affecté.

— Cela fait longtemps que je n'ai pas marché sur la plage. C'est agréable.

Je me tournai pour regarder l'eau. À notre gauche, les vagues frappaient sans relâche. Une légère brise fraîche dansait sur ma peau, apportant l'odeur terreuse et salée de l'océan ainsi que le sable mouillé et les algues.

Keely fit une grimace.

— Je veux marcher du côté de l'eau ! J'adorais jouer à ce jeu, tu sais celui où on marche sur le sable mouillé et on essaie de voir jusqu'où on peut s'approcher de l'eau sans que celle-ci revienne nous mouiller les pieds. Mais Vic a dit que je devais marcher de ce côté à cause des photos.

Je souris et je l'attirai plus près de l'eau. Sa jupe légère fut prise dans le vent.

— Nous pouvons quand même le faire si tu veux.

— Bon sang, Ty, tu es tellement gentil. Et moi qui pensais que tu étais un vrai bad boy.

Je ricanai.

— Ne révèle pas mon secret.

Elle gloussa et elle rejeta ses cheveux parfumés derrière les épaules, augmentant le niveau de flirt. Elle était le fantasme de la 'Manic Pixie Dream Girl' de tout homme.

Sauf le *mien*, apparemment.

Non, je n'arrivais pas à penser à autre chose que cette adorable jeune femme que j'avais laissée dans la chambre d'hôtel. Celle qui portait des jeans usés qui moulaient son petit cul et des tee-shirts de geek avec des logos ésotériques qui me faisaient rire.

Celle qui faisait tant de bruit en avalant ses smoothies du petit-déjeuner à travers une paille que cela résonnait dans toute la maison. Qui avait toujours le nez dans un énorme livre ou collé à sa liseuse quand elle ne me regardait pas avec ses grands yeux qui ne rataient absolument rien.

Celle qui sentait les fraises et la menthe et avait une peau qui semblait si douce que je mourrais d'envie de la toucher. Chaque fois.

Je voulais aussi la faire gémir.

Et crier mon nom.

Et…

Keely me donna un coup de coude.

— Houston, nous avons un problème.

Je me tournai vers elle.

— Quoi ?

Elle écarquilla les yeux et elle attrapa mon bras en s'y accrochant et en me regardant dans les yeux avec un sourire rêveur.

— Réveille-toi, Ty, bébé. Le spectacle continue. Et je viens d'apercevoir notre premier paparazzi là-bas... comment appelles-tu cela en jargon de pilote ? À deux heures ?

Sans tourner la tête, je jetai un coup d'œil dans cette direction et je fus récompensé par l'éclat d'un objectif de caméra qui réfléchit la lumière du soleil lorsqu'il fut pointé vers nous. Nous n'étions pas encore tout à fait arrivés à l'endroit où nous devions nous arrêter et nous regarder rêveusement dans les yeux avant de nous embrasser, d'observer les vagues pendant quelques minutes et de continuer vers la jetée, alors nous continuâmes à marcher pendant que je penchais la tête vers la sienne comme si j'étais fasciné par tout ce qu'elle disait.

Mon Dieu, j'allais survivre d'une façon ou d'une autre. Keely était une pro qui acceptait tout sans sourciller, alors je suivis son exemple et je parcourus les trois kilomètres prédéterminés. Avec un peu de chance, nous allions parvenir à convaincre quelques personnes que nous étions de jeunes amants surexcités ayant terriblement envie de montrer publiquement notre affection au monde.

C'était assez pour faire vomir n'importe quel homme viril au sang chaud.

La NASA m'avait entraîné à faire ce qu'on me disait en bon petit astronaute. Je n'allais pas arrêter maintenant. Car XPAC allait m'envoyer là où je devais être.

Je n'avais pas le temps de me laisser distraire par une jeune psy trop perspicace qui semblait transpercer mes barrières du regard et se focaliser sur les parties problématiques de mon âme, comme une machine à rayons X, prête à diagnostiquer mes faiblesses.

Nous nous dirigeâmes bientôt vers la route d'accès à la plage, ayant laissé les photographes derrière nous. Nous sautâmes à bord de la Mercedes que l'assistante de Victoria conduisait. Nos obligations pour la journée étaient terminées. Il était prévu que nous ayons un dîner intime le dimanche soir. Un dîner sous les yeux – et les objectifs des caméras – du public qui nous attendait.

***

Ce soir-là, lorsque le soleil se coucha et que les lumières programmées se déclenchèrent, illuminant tout comme s'il était encore midi, je m'assis au comptoir de ma cuisine en regardant mon téléphone, ayant vaguement conscience qu'il me faudrait disparaître comme chaque jour afin d'éviter la délicieuse Mademoiselle Barrett.

Je m'étais bien débrouillé pour éviter à la fois la boisson et la psy curieuse, même si elle m'intriguait. Beaucoup trop, en fait.

J'avais donc conçu un plan pour la garder hors de mon chemin pendant aussi longtemps que possible. Cette maison était assez grande pour y perdre deux personnes. Je fus ravi d'avoir eu la bonne idée de ne pas acheter ce minuscule, mais luxueux appartement donnant sur la plage de Newport que j'avais convoité. Cela aurait rendu mes tactiques d'évitement presque impossibles.

En ce moment, Gray était ailleurs, sans doute sur la terrasse en train de regarder le coucher de soleil. J'avais remarqué que c'était une des choses qu'elle adorait faire. Puis je m'en étais voulu d'avoir fait assez attention pour remarquer les choses qu'elle aimait faire.

Le front sur ma main, je tripotai encore une fois le bouton de mon téléphone. J'avais eu des réticences à le déverrouiller... quatre textos et deux appels manqués. Tous venant de la même personne.

Je déglutis difficilement, ressentant la même pointe de culpabilité et de récriminations contre moi-même. Cela faisait des semaines que j'évitais de répondre... des mois, même. Parfois, j'envoyais des réponses courtes, mais en général je ne faisais rien. C'était plus facile. Puis je faisais livrer quelque chose : un chèque ou des fleurs, des bonbons ou quelques jouets pour le petit gars.

Mes yeux se figèrent sur le premier texto.

Je me demande toujours comment tu t'en sors là-bas, dans la Californie ensoleillée. Le fiston me parle tout le temps de toi.

Je clignai des paupières. Ce n'était pas juste d'impliquer AJ. Une pointe de douleur faillit me couper le souffle lorsque j'imaginai le petit gars, les joues rondes mouillées de larmes pendant qu'il saluait le monument érigé en l'honneur du père qu'il ne verrait plus jamais. Le jour où un enfant de cinq ans est devenu membre du même club dont je faisais partie depuis l'âge de quinze ans.

Je serrai la mâchoire et mon doigt traîna au-dessus du bouton 'répondre'.

Juste à ce moment-là, la porte coulissante en verre grinça. Je levai brusquement la tête. Gray ouvrit la porte juste assez pour permettre à son corps mince de passer, puis elle la referma presque aussi vite. Elle se tourna et elle me regarda, s'arrêtant de surprise.

— Salut.

— Salut.

J'éteignis mon téléphone et je le rangeai dans ma poche arrière.

Elle inclina la tête.

— Ça va ?

Bon sang. Elle n'était pas dans la pièce depuis cinq secondes qu'elle avait déjà perçu mon humeur. Cela m'irritait affreusement. Il était temps de brouiller les pistes.

— Si par 'ça va' tu veux dire 'légèrement ennuyé par le cirque que j'ai dû faire pour les paparazzi', alors je vais très bien.

Elle baissa ses sourcils sombres et elle fit un pas vers moi. Il était temps que je descende de mon tabouret pour partir.

— Je vais me coucher.

Il était vingt heures. En réalité, j'allais regarder un film ou trois dans ma chambre avant de tomber d'épuisement. Mais pour elle, je feignis un gros bâillement. Après mon spectacle avec Keely, j'étais prêt à tenter un oscar.

Elle hocha la tête avant d'attraper un verre dans le placard qu'elle remplit d'eau glacée du frigo.

— De mon côté, j'ai des lectures à faire.

Je serrai la mâchoire et je m'empêchai de répondre. Toute réponse aurait été une tentative de commencer une conversation et ce n'était pas compatible avec mon objectif de l'éviter. Je gardai donc la bouche fermée.

Elle se tourna et elle quitta la cuisine devant moi, mais je la suivis de près. Elle baissa la main pour éteindre la lumière. La pièce fut plongée dans l'obscurité.

Et sans réfléchir, ma respiration s'arrêta et gela dans mes poumons. Ma tête se mit à tourner. Sans pleinement comprendre ce que je faisais, je serrai la main autour de son poignet. Elle poussa un petit cri en se tournant vers moi et elle renversa de l'eau sur le sol.

— Qu'est-ce que tu fais, putain ? grognai-je en serrant les dents.

Puis je rejetai sa main et je rallumai avant que l'obscurité puisse s'installer.

Elle se figea sur place, me regardant en écarquillant les yeux et en déglutissant. Les battements de son cœur – clic, clic, clic – avaient accéléré.

Je lui avais fait peur.

Bon. *Très bien.*

Elle cligna des paupières en me regardant.

— J'ai, euh, éteint la lumière.

— Et quelle était la règle ?

Elle fronça les sourcils et la qualité de son regard changea. Elle me contourna afin d'attraper des serviettes en papier et elle se baissa pour essuyer l'eau sur le sol. Elle ne leva pas les yeux lorsqu'elle finit par parler.

— Tu m'as dit de tout laisser comme je le trouvais…

— Cela implique aussi les lumières.

— Oui, tu m'as donné cet exemple à l'époque. J'ai… oublié.

Elle se redressa en jetant les serviettes mouillées à la poubelle et en soulevant son verre maintenant à moitié vide. Elle le remplit encore et j'attendis à côté de l'interrupteur pendant qu'elle me contournait pour passer dans le couloir jusqu'à sa chambre. Avant que je puisse prendre le chemin opposé vers les escaliers, elle m'arrêta.

— Euh, ça te dérange si je demande quel est le problème avec les lumières ?

Je lui tournai le dos.

— Oui, ça me dérange. Laisse-les comme tu les trouves.

Elles allaient s'éteindre automatiquement grâce à la minuterie… longtemps après que je me sois terré dans ma chambre dont je ne ressortirais pas avant le matin. Mais si elle les éteignait, cela signifiait que les lumières ne se rallumaient pas le lendemain soir et je ne voulais surtout pas cela. Tout avait été parfaitement réglé sur ma routine. Et je n'allais pas accepter qu'elle la perturbe.

Elle mettait déjà suffisamment le bazar.

CHAPITRE DOUZE
GRAY

APRES UN WEEK-END DE HAUTS ET DE BAS AVEC DES séances photo, un faux dîner en amoureux et un caprice d'astronautes, nous étions prêts à décoller pour Houston et l'événement de la fondation Make-A-Wish.

En sortant de la voiture à l'aérodrome privé près de LAX, je grattai la croûte sur ma paume à l'endroit où j'avais eu des points de suture. Ryan les avait consciencieusement retirés le dimanche au cours d'un des rares moments où je l'avais vu de tout le week-end. Il avait peut-être dit une dizaine de mots pendant toute cette conversation.

Depuis son explosion à cause de l'interrupteur de la cuisine le vendredi soir, il m'avait évité toute la journée le samedi en travaillant pendant des heures à la salle de sport, en se baignant dans la piscine et en se promenant dans le canyon. Une journée très active. Le dimanche après-midi, il avait traîné avec ses copains astronautes jusqu'à ce que ce soit l'heure de se préparer pour son rendez-vous avec Keely, auquel il se rendit – heureusement – complètement sobre.

J'avais pris soin de ne toucher aucun interrupteur, jusqu'à laisser également toute la nuit la lumière de ma salle de bains. J'avais été étonnée par l'intensité de sa réaction et j'avais bien sûr noté cela. Il était évident que le fait que je touche à l'interrupteur avait été un déclencheur… mais de quoi, je ne le savais pas vraiment. Je ne savais pas non plus exactement quel était le déclencheur.

N'aimait-il pas l'obscurité ? Ou bien n'aimait-il pas perdre le contrôle de la luminosité de sa maison ? Était-ce un problème lié à un syndrome post-traumatique ?

Bon, c'était une question idiote. Il était évident que c'était le cas. Mais je n'en savais pas encore assez pour évaluer à quel point c'était sérieux et de quoi il s'agissait exactement. Je l'avais noté, j'avais suspendu mon jugement et j'avais essayé de ne rien faire d'autre qui puisse l'éloigner encore plus pendant le reste du week-end.

Je montai à bord du jet privé de Xventure derrière Ryan, Keely, son assistante Sharon et le cosmonaute russe, Kirill Stonov. Le temps de vol pour Houston était d'un peu moins de trois heures.

En regardant le dos de Ryan pendant que nous grimpions les marches jusqu'à l'avion, je me demandai comment ce voyage allait pouvoir l'affecter. Il y avait de grandes chances afin que son retour au centre le plus important de la NASA un mois après avoir été viré soit gênant pour lui. Il n'en montra rien. D'un autre côté, c'était un expert dans l'art de cacher ses pensées et ses émotions.

Ce n'était pas inhabituel chez les astronautes. À cause de la nature très compétitive de l'obtention des missions de vol, ils cachaient bien leur jeu. Une des histoires les plus célèbres impliquait le pilote de test Chuck Yeager. Le colonel avait passé le mur du son dans son avion expérimental quelques heures après s'être fracturé les côtes au cours d'une promenade à cheval. Il avait négligé de divulguer ce petit détail avant le vol très risqué.

Je connaissais bien cette mentalité, ayant eu l'opportunité d'étudier de nombreux apprentis astronautes au cours de ma formation. Les astronautes pleinement expérimentés avec tous leurs galons étaient d'autant plus coupables de ce même état d'esprit. Ne jamais montrer de faiblesse. *Jamais.*

Ty fut salué avec enthousiasme par l'équipage du jet privé qui lui serra vigoureusement la main avec un grand sourire admiratif. Ils demandèrent des autographes, des selfies et lui proposèrent de faire le tour du cockpit.

Aucun d'entre eux ne savait que leur héros cachait une souffrance sombre et très profonde.

Mais moi, oui. Et il avait tellement peur de moi maintenant, peur que je découvre tout, qu'il pouvait à peine me regarder.

Je le sentais irradier l'animosité.

***

Quelques heures plus tard, nos voitures s'arrêtèrent devant l'entrée VIP du centre spatial Johnson à Houston. La NASA nous avait permis d'entrer à l'écart des yeux curieux de centaines de touristes visitant régulièrement le site.

En descendant de la voiture, nous fûmes frappés par un mur d'humidité estivale très différent de la chaleur sèche de la Californie du Sud. Mes vêtements se collèrent à moi pendant le court trajet de la voiture jusqu'à la porte.

Malgré le renvoi récent de Ryan par la NASA, ils avaient permis que cet événement prenne place pour accorder le souhait d'un garçon malade. Notre groupe fut accueilli par un représentant et vice-directeur des relations publiques de la

NASA. Il était grand et mince. Il serra la main de Ryan avec un grand sourire.

— Ty, heureux de te revoir ! Tu nous manques à tous ici.

— Merci, Ron, répondit Ryan d'un ton monocorde avant de nous présenter puis de disparaître dans un vestiaire proche. Lorsqu'il sortit, il était magnifique dans la combinaison de vol bleu foncé d'un astronaute de la NASA, complété par son nom cousu sur la poche de poitrine gauche et les écussons de vol à l'avant et sur les manches.

Le visage impassible, il nous conduisit à un lieu de rendez-vous prédéterminé. Le photographe demanda à Ryan et Keely de prendre la pose devant quelques vitrines pour des photos à envoyer à la presse et aux blogs d'actualités.

Keely se colla contre lui et il passa un bras autour de ses hanches. Pour la centième fois, j'admirai le magnifique couple qu'ils formaient. Et je me sentais tellement bizarre de le remarquer. J'essayai de ne pas examiner ce sentiment de trop près, même lorsqu'elle se hissa contre lui, lui chuchota quelque chose à l'oreille, embrassa sa joue et rit parce qu'il avait dit quelque chose. Ryan semblait affecté, lui souriant lorsqu'il la fit rire, ajustant sa main dans son dos.

Quelque chose m'attrapa alors, avec des griffes acérées et des dents pointues comme des rasoirs qui s'enfonçaient dans ma poitrine. Un sentiment brûlant et laid qui me donnait l'impression de pouvoir me consumer sur place.

La jalousie. Mais pas seulement une pointe. Oh non. Il s'agissait d'un véritable monstre aux yeux incandescents qui voulait s'arracher de mon torse à la Alien et cracher de l'acide partout. J'inspirai profondément et je me forçai à regarder ailleurs jusqu'à ce que les photos soient terminées.

Ryan n'était pas à moi et je n'avais aucun droit d'être jalouse. Cette réaction étrange était purement irrationnelle et basée sur les émotions. Je soupirai. *Voilà*. Il n'y avait rien de mieux que le jargon de psy pour me calmer. *L'intelligence émotionnelle allait gagner.*

L'ambassadeur de la fondation Make-A-Wish apparut avec la jeune famille du garçon malade. Ryan demanda à Keely et à nous autres de rester à l'écart et de permettre à la famille d'être prise en photo avec lui.

Francisco Martinez, qui avait environ six ou sept ans, avait récemment fini sa chimiothérapie. Il était adorable... et loin d'être frêle. Sa chevelure brune était très fine, mais elle repoussait et il avait un sourire aux dents de lapin à vous faire fondre.

En le regardant, je ne pus m'empêcher de repenser à mes propres espoirs avec Make-A-Wish quand j'étais petite. J'avais absolument voulu être choisie, ayant décidé comme Francisco de rencontrer un astronaute... mais dans mon cas, c'était pour rencontrer Dr. Sally Ride.

Je n'avais jamais eu cette chance. Papa m'avait convaincu de refuser. Il m'avait donné deux raisons : tout d'abord, nous étions trop privilégiés pour retirer cette chance à un autre enfant qui n'avait pas les mêmes ressources que notre famille et deuxièmement, je n'étais pas assez malade pour penser à quelque chose comme les derniers vœux.

J'étais malade – très malade –, mais papa avait refusé de l'accepter. Il m'avait dit qu'accepter un souhait serait comme abandonner. Comme enfoncer un couteau dans son cœur. Et une fois qu'il avait dit ça, comment le pouvais-je ?

Je ne l'avais donc pas fait, même si j'avais pleuré quand il n'était pas là. Et il ne l'avait jamais su.

Je serrai la mâchoire et je me souvenais de vivre dans le présent et de ne pas me perdre dans le passé. De plus, voir Francisco et Ryan ensemble était magique et cela permettait d'oublier plus facilement d'anciennes blessures.

Le garçon regarda son héros avec de grands yeux. Puis il revint brusquement à lui et fit un salut. En réponse, Ty posa un genou à terre devant l'enfant et leva la main.

— Tope là, Francisco. J'ai entendu que tu avais traversé la dernière série de chimiothérapie haut la main.

Les parents de Francisco échangèrent un regard. La maman sourit et dit quelque chose d'encourageant à son fils en espagnol. Le garçon frappa avec enthousiasme la main de Ryan.

— Mon père a dit que si je pouvais faire ça, je pouvais tout faire, comme aller sur Mars un jour. Penses-tu que je peux faire ça, commandant Ty ? Puis-je devenir astronaute et partir sur Mars même si j'ai été malade ?

Ryan fit un grand sourire.

— Tu ne dois jamais abandonner ton rêve, Francisco.

Son regard se posa sur notre groupe, croisant le mien avant de revenir vers le garçon.

— J'ai une amie qui était malade quand elle était petite et elle m'a dit qu'elle n'a jamais abandonné son rêve. Et tu ne devrais pas abandonner le tien. En fait, traverser tout ce que tu as vécu prouve que tu es fort... que tu es un combattant.

Je clignai des paupières, écoutant ses paroles, me souvenant de notre conversation dans le petit pub à Long Beach quand je lui avais dit avoir refusé d'abandonner et que j'avais décidé de travailler avec les astronautes quand il était devenu manifeste que je ne pourrais jamais en devenir une.

Il avait eu ce regard dans les yeux à ce moment-là… une forme d'admiration.

J'avalai une boule dans ma gorge et je luttai contre des larmes brûlantes, alors que le sourire de Francisco s'élargit à ce nouvel espoir qui lui était donné. Il se leva sur la pointe des pieds et tapa encore une fois Ryan dans la main, et je fis de mon mieux pour ne pas sangloter comme une idiote.

Ryan se leva et prit la main de Francisco, puis ils marchèrent vers la maquette à l'échelle du module Harmony de l'ISS, où étaient situés les quartiers de l'équipage.

— Dans environ vingt ans, nous aurons besoin de beaucoup de nouveaux astronautes. En attendant, tu te seras concentré sur ta santé. Et tu auras passé beaucoup de temps à obtenir de bonnes notes. C'est très important si tu veux devenir astronaute. Il faut beaucoup étudier.

Il nous guida dans le module et tout le monde put l'explorer. J'étais déjà venue ici une fois, il y avait des années, malgré tout j'étais ravie d'être de retour. Certains étaient fascinés par les outils attachés à l'établi par du Velcro, d'autres essayaient de comprendre l'équipement d'entraînement physique.

Moi ? Je m'étais enfermée dans le minuscule dortoir de la taille d'une cabine téléphonique où les astronautes dormaient debout et attachés au mur à cause de l'apesanteur.

Francisco continuait sa conversation avec Ryan. Je pouvais l'entendre juste de l'autre côté de la porte. Il semblait déterminé à rejeter ce qu'avait dit Ryan au sujet d'étudier et d'avoir de bonnes notes à l'école.

Le ton du garçon était carrément sceptique.

— Toi, tu étudies tous les jours ?

— Je dois prendre soin de moi, à la fois de mon esprit et de mon corps. Si je ne le fais pas, alors je ne peux pas voler. Et voler est la chose la plus importante au monde pour moi.

— Hmm. Ça ne me semble pas aussi intéressant que de s'amuser. Est-ce que tu ne conduis pas des voitures super rapides et est-ce que tu ne voles pas dans ton avion de chasse ?

Je fis de mon mieux pour ne pas glousser en entendant les questions de Francisco. *N'oublie pas de mentionner boire des vodkas et donner des coups de poing à des platistes*, eus-je envie de préciser. Je posai la main sur ma bouche pour étouffer les gloussements.

La voix de Ryan me parvint juste de l'autre côté de la paroi en tissu.

— Je m'amuse aussi. Mais pas trop.

— Je pense que tu devrais t'amuser plus. Être astronaute, c'est beaucoup de travail.

Oh, crois-moi, gamin, il s'amuse beaucoup. Beaucoup trop. Je posai ma deuxième main sur la première quand je ne pus plus retenir mes rires.

La 'porte' en tissu de ma petite pièce fut brutalement tirée sur le côté. Ryan et Francisco passèrent la tête pour me regarder.

Ryan sourit légèrement.

— Je ne peux pas trop m'amuser, sinon je vais avoir des problèmes avec Mademoiselle

Barrett ici même.

Je levai les yeux au ciel et Ryan me récompensa d'un sourire espiègle.

— Tu es sa chef ? demanda Francisco en se faufilant pour observer les quartiers de l'équipage pendant que je sortais.

Je levai timidement les yeux vers Ryan avant de détourner le regard.

Au moment où j'allais me moquer de lui et dire que oui, Ryan répondit à ma place.

— Non, certainement pas ma chef. Plutôt ma… baby-sitter.

Je jetai un regard noir en direction de Ryan et son sourire grandit de façon exponentielle.

— Ta *baby-sitter*? dit Francisco en se retournant pour me regarder pendant que Ryan l'attachait dans un sac de couchage fixé contre le mur. Tu es trop vieux pour avoir besoin d'une baby-sitter. Ce n'est que pour les enfants comme moi.

Ryan se redressa et se tourna vers moi, toujours amusé.

— Tu vois ? Même Francisco pense que je suis trop vieux pour avoir une baby-sitter.

Avec les mains sur mes hanches, je marmonnai doucement afin que le petit garçon ne puisse pas m'entendre :

— Ça, c'est parce que Francisco ne joue pas à Frappe la Tête de Lit avec sa 'coach sportive'.

Oh, comme c'était satisfaisant de voir son sourire espiègle disparaître de son visage. Je me tournai et je sortis du module avec le reste du groupe.

Ensuite, je me dirigeai tout droit vers l'élément de l'exposition que je préférais : celui qui permettait aux visiteurs de toucher une pierre venant de la Lune. Je passai ma main à l'intérieur et je fis courir mes doigts sur la surface polie d'une coupe transversale, perdue dans mes pensées jusqu'à ce que j'aperçoive les bottes à côté de moi.

— Ta baby-sitter aime le rocher de Lune, dit Francisco.

Je me redressai en rougissant et je sortis ma main.

— À ton tour, Francisco, dis-je en souriant.

Je contournai l'astronaute, fière de ne pas avoir regardé son visage, ce qui lui avait fait gaspiller son sourire moqueur. Pour cette fois, au moins.

Notre groupe avait fini par attirer l'attention des autres visiteurs du centre spatial. Une foule se forma près de l'astronaute pendant que les gens levaient leur téléphone en prenant des photos de Ryan et en l'appelant. Le représentant de la NASA et l'ambassadeur de Make-A-Wish maintenaient tous les deux la foule à distance.

Ryan resta cependant presque une heure après la fin de la visite à signer des autographes, ne les refusant à personne, alors qu'il aurait très bien pu le faire.

Lors des adieux, Francisco se dégagea de ses parents qui marchaient vers la voiture et il revint en courant faire un gros câlin à Ryan. Je dus cligner des paupières pour soulager mes yeux brûlants.

— Je n'oublierai jamais cette journée. C'est la plus belle journée de ma vie, commandant Ty.

Ryan entoura les frêles épaules du petit garçon.

— Tu auras bien d'autres belles journées, Francisco. Et quand tu seras allé sur Mars, je te demanderai *ton* autographe, d'accord ?

— Tout ce que tu veux !

Il refit un salut avant de courir rejoindre ses parents en parlant à dix mille à l'heure pendant que Ryan les regardait partir, le visage indéchiffrable.

Il n'avait jamais montré aucun signe de malaise ou ne pas aimer tout ce traitement en héros. J'avais vu de mes propres yeux comment il y était sans cesse soumis.

Mais au fond de lui, quel en était l'effet ?

J'aurais peut-être un jour le courage de le lui demander. À condition que cela ne compte pas comme du 'discours de psy'.

Nous devions repartir tôt le lendemain. Ryan avait demandé à rester pendant la soirée pour assister à une petite fête avec quelques amis ici à Houston. Étonnamment, nous étions tous invités. Il mentionna les avantages d'être vu avec Keely profitant de la vie nocturne de Houston, mais je soupçonnais une raison plus profonde.

Peut-être devions-nous servir d'intermédiaires. Il ne pouvait pas y avoir d'autre raison pour que Ryan souhaite notre présence. Nous étions là pour le protéger contre tout ce qui était émotionnellement important. Je ne pensais pas que les autres l'avaient compris, mais moi oui. J'allais sans doute devoir poser des questions à Ryan à ce sujet... si j'avais un jour l'occasion de lui parler seul à seul.

Je fis une longue sieste à l'hôtel avant de me doucher et de me débarrasser de l'humidité estivale texane, puis je m'habillai pour la soirée.

En route vers l'ascenseur, je croisai Keely dans le couloir, avec des bigoudis dans les cheveux, tenant une boisson sans sucre d'un distributeur.

— Je ne sais pas trop pourquoi je prends la peine de faire tout ça.

Elle indiqua les bigoudis.

— L'humidité ici est insensée.

Je ris. Mes cheveux avaient aussi une façon spéciale de friser ici. S'ils avaient été plus longs, j'aurais eu une coupe des années quatre-vingt.

Elle me dévisagea. Je portais un jean noir un peu chic, un joli chemisier et mes doc Martens.

— Tu vas à cette soirée, n'est-ce pas ? Il faut que tu y ailles. J'ai besoin que tu y sois.

Je hochai la tête.

— Je serai là. J'allais descendre un peu en avance.

Elle fronça les sourcils.

— Tu n'as pas de robe ?

Je haussai les épaules.

— Pas avec moi, non.

Je ne précisai pas que je possédais environ deux robes, et encore, accrochées et presque jamais portées au fond de mon placard.

Elle leva les sourcils.

— Une jupe ?

Je secouai encore la tête.

— Oh la la ! Je sais que tout le monde possède son style personnel, mais viens là. Nous pouvons habiller ça.

Elle passa la main autour de mon bras et je la laissai m'entraîner dans la suite de deux chambres qu'elle partageait avec son assistante.

— Sharon, où est la robe maxi que tu veux toujours que j'apporte ? Gray, quelle taille fais-tu ?

— Un mètre soixante-douze. Écoute, je…

— C'est parfait ! Nous faisons la même taille.

Elle se tourna et me dévisagea encore.

— Une robe longue avec ces doc Martens, ça pourrait être mignon. Rétro grunge.

Sharon exprimait des doutes, mais elle fut interrompue par Keely.

— Dis-moi juste où est cette robe.

Lorsqu'elle la sortit du placard, je sus que c'était hors de question : des bretelles fines avec un décolleté plongeant. Je cherchai mentalement des excuses.

— Je n'ai pas de soutien-gorge qui ira avec ça.

Keely m'observa un instant, puis elle leva le cintre, laissant la robe tomber devant moi. Elle indiqua le miroir tout près.

— Regarde cette couleur sur toi. Rose poudré. C'est parfait sur ton teint. Peu importe à quel point tu es garçon manqué, une fille doit essayer une robe de temps en temps, tu vois ?

Je fronçai les sourcils en me regardant dans le miroir. Autrefois, j'avais adoré porter ce genre de robe décontractée. Mais dernièrement, elles me faisaient me sentir trop… exposée. Je n'aimais pas sortir du lot.

Voler sous les radars, c'était ça, mon style.

— Une possibilité : tu te passes de soutien-gorge. Tu le pourrais facilement.

Lorsque je lui jetai un regard vexé, elle haussa les épaules.

— Pardon.

Je hochai la tête. Après tout, elle avait raison. Il m'était déjà arrivé de ne pas porter de soutien-gorge lorsque l'occasion le demandait.

— Ou alors, tu pourrais garder ce joli chemisier que tu as déjà par-dessus la robe afin que cela fasse plus comme une jupe longue.

Je fronçai les sourcils.

— Allez, Gray.

Elle agita le cintre devant moi.

— Va te changer dans la salle de bains. Tu sais que tu en as envie.

Je me mordis la lèvre et j'essayai de m'empêcher de rire lorsqu'elle avança le visage vers moi avec un immense sourire.

— Tu seras magnifique.

Je soupirai et je fis ce qu'elle demandait. Je ne savais pas si j'étais plus frustrée par son instinct pour le relooking ou par le fait qu'elle était si adorable et charmante que je ne pouvais même pas la haïr pour la façon dont elle allait inévitablement attirer le regard de Ryan.

J'enfilai la robe. La longueur était parfaite, mais la robe était trop ample sur moi. Elle était quand même flatteuse, se serrant autour de mes hanches avant de s'évaser en jolis plis autour de mes jambes. Bien sûr, ma cicatrice était pleinement en vue.

Je fis ce qu'elle avait suggéré et j'enfilai le chemisier par-dessus. En le boutonnant en partie, je fus ravie de voir que la cicatrice restait cachée dessous.

Je m'examinai dans le miroir sous différents angles, appréciant l'effet. Je me sentais… jolie, féminine. Et j'avais mis un peu de maquillage, alors mon teint était parfait à côté de cette couleur. Incroyable.

Pari s'évanouirait certainement si j'arrivais à XVenture vêtue de cette façon. Je notai mentalement de lui envoyer un selfie pour la surprendre.

Sharon faisait les dernières retouches sur le brushing de Keely lorsque je sortis de la salle de bains. Elles me regardèrent toutes les deux lorsque Sharon éteignit le sèche-cheveux. Keely hocha la tête en souriant.

— Sharon, as-tu finalement mis mes tongs strass dans les bagages ? Elles iraient très bien avec cette robe.

— Je croyais que tu allais les porter ce soir.

Keely secoua la tête.

— Pas moyen, Ty est grand. Et puis elles seront beaucoup plus jolies sur Gray dans cette robe.

Elle sourit à Sharon qui leva les yeux au ciel.

Keely se glissa dans la salle de bains et sortit quelques minutes plus tard en me demandant de remonter sa fermeture éclair. Elle portait une magnifique mini robe moulante bleu pâle qui s'arrêtait environ à mi-cuisse. Bien sûr, elle était superbe et élégante. Sharon lui tendit une boîte à bijoux et elle accrocha ses boucles d'oreilles.

Même si le fait de porter sa robe longue m'avait donné l'impression d'être féminine et romantique, je me sentais maintenant mal habillée à côté d'elle. Elle faisait maintenant plusieurs centimètres de plus que moi avec ses talons. Je laissai tomber mes épaules et elle me fit immédiatement une réprimande. Elle posa ses mains dans mon dos.

— Lève les épaules et pousse-les en arrière. Tiens-toi droite. Oups, fermons un autre bouton !

Son regard croisa le mien, son sourire s'affaiblissant un peu. Je supposai qu'elle avait vu la cicatrice. Puis elle ralluma son sourire à pleine puissance.

— Il faut montrer cette jolie robe sous son meilleur angle. Faire en sorte que notre homme des étoiles te remarque.

— C'est toi qu'il doit remarquer.

Elle secoua la tête.

— Seulement pour les photos. C'est toi qu'il regarde quand il pense que personne ne le voit.

Mon visage devint écarlate. Waouh. Elle avait une imagination débordante, n'est-ce pas ? Je fronçai les sourcils en secouant la tête.

— Euh, pas moyen.

Elle plissa les yeux en riant.

— Gray, arrête de me faire rire. Tu vas gâcher mon mascara ! Bon… admets-le. Tu as un petit béguin.

Je jetai un coup d'œil à son assistante qui ne faisait pas attention à nous pendant qu'elle rangeait la coiffeuse.

Je me mordis la lèvre. Était-ce si évident ? Avais-je rêvassé de Ryan sans même m'en rendre compte ? Qu'en était-il de mon intelligence émotionnelle ? Pourquoi ne m'avait-elle pas permis de cacher ce que je pensais ?

Et merde, est-ce que *tout le monde* savait ? *Ryan* le savait-il ?

Keely fouillait maintenant la pièce à la recherche de sa pochette, que Sharon sortit du couvre-lit froissé. Puis, après avoir regardé l'heure, Keely me pressa de sortir de la suite et nous marchâmes jusqu'à l'ascenseur.

Elle me sourit lorsqu'elle se pencha pour appuyer sur le bouton, reprenant notre conversation à l'endroit où elle s'était arrêtée.

— Je t'aime bien, dit-elle avec un grand sourire aimable. Je pense que tu devrais être dans mon équipe.

Je ris.

— Pas sûre d'être du genre à faire partie d'une équipe.

Elle haussa les épaules.

— Nous pourrons en parler plus tard. Pour l'instant, revenons-en à nos moutons. Il est tout à fait compréhensible que tu craques pour l'astroboy. Ne sois donc pas gênée. Ty est super canon. Qui ne craquerait pas pour lui ? Je me le ferais immédiatement si je le pouvais.

J'écarquillai les yeux, prise de nausée à l'idée de devoir écouter Ryan et elle frapper la tête de lit contre le mur de sa maison.

— Je suppose que ce serait bon pour votre romance publique si tu le faisais, dis-je d'une toute petite voix.

Elle ricana.

— Il n'est pas intéressé. J'ai essayé plusieurs fois. Il est… préoccupé.

Je détournai le regard.

— Je suppose que ça n'a pas été facile pour lui de revenir à Houston.

Elle haussa les épaules en vérifiant le fermoir de son bracelet.

— Je ne sais rien de tout cela. Je faisais surtout référence au fait qu'il était préoccupé par toi. Et je pense que tu devrais te lancer.

Je la regardai avec de grands yeux.

— Arrête de rougir, Gray. On dirait une adolescente vierge.

Je bafouillai en réponse et elle rit en se penchant pour appuyer à nouveau sur le bouton de l'ascenseur.

— Je vais vraiment faire en sorte que cela se passe. Mais je te préviens, j'ai des vues sur son ami russe hyper canon et il se pourrait bien que j'accroche une chaussette sur la poignée de porte ce soir, si tu vois ce que je veux dire.

J'écarquillai encore les yeux.

— Mon dieu.

— J'ai l'impression qu'il va aussi me faire dire ça quelques douzaines de fois.

Elle me fit un clin d'œil en montant dans l'ascenseur.

En bas, dans le vestibule, nous rejoignîmes les autres. Naturellement, mon regard chercha Ryan, comme d'habitude, même si mon cerveau m'en voulait de cette réaction. Peu importe. C'était comme si mes yeux avaient leur propre volonté. Et bon sang, il était superbe dans son pantalon marron foncé et sa chemise bleue. Elle était accordée à la couleur azur de ses yeux et parvenait à souligner son physique puissant sous ses vêtements. Ses cheveux bruns et courts étaient peignés en arrière, comme s'il venait de sortir de la douche.

Il me coupait le souffle. Il me faisait réellement suffoquer. Il était coupable de me faire oublier de respirer. Comme s'il était lui-même le vide de l'espace.

Il fallait peut-être que j'enfile une combinaison spatiale pour me protéger de lui.

Son regard croisa le mien, puis glissa lentement le long de mon corps, acceptant sans sourciller le choix surprenant de tenue. Lorsque ses yeux revinrent à mon visage, ma peau se réchauffa en pensant à la révélation de Keely affirmant qu'il me regardait beaucoup, *quand il pense que personne ne le voit.*

L'atmosphère était pesante, pleine de tension. J'arrachai mon regard au sien et j'essayai de penser à autre chose, comme si j'enfilais mentalement une combinaison de protection.

Je me sentis vulnérable et tremblante ce soir-là, agitée par la révélation de Keely.

Un chauffeur ouvrit les portes pour nous quatre et nous montâmes à bord du SUV. Keely me poussa vers la portière arrière et sans m'en rendre compte, je finis en sandwich entre Ryan et Keely. Je supposai que c'était ce qu'elle voulait dire par 'faire en sorte que cela se passe'.

Elle ne fut pas subtile.

Même si la voiture était large et qu'il y avait beaucoup de place pour nous trois, Keely eut inexplicablement 'besoin de place'. Elle se décala aussi loin que possible, me poussant contre Ryan et son odeur incroyable.

Je me tournai et je lui jetai un regard noir, mais elle inclina brusquement la tête en tapotant quelque chose sur son téléphone d'un air concentré. Elle leva ensuite l'appareil devant son visage et elle l'orienta de façon à nous inclure.

— Souriez pour le selfie ! chantonna-t-elle.

— Pardon, murmurai-je à Ryan parce que j'envahissais son espace personnel.

— Ça va, répondit-il en semblant se détendre contre moi.

Je déglutis, le cœur battant, les clics omniprésents. Ma cuisse vêtue de coton était appuyée contre sa jambe musclée et dure comme le fer, et je sentais la chaleur de son corps à travers le tissu de son pantalon.

Il remua sa jambe et puis la pression augmenta d'un coup dans le petit espace. Il tourna la tête vers moi et inspira profondément.

Cela me rappela que je pouvais sentir ses phéromones d'homme alpha sexy. Odeur d'homme d'Action. Le trajet se fit dans un silence tendu, le paysage de Houston s'estompant des deux côtés de la voiture. Je regardai droit devant moi, enfonçant les ongles de mes doigts dans mes mains.

Je me forçai à ne pas penser à quel point c'était incroyable de me sentir appuyée contre un homme terriblement attirant qui embrassait comme un foutu Casanova. *Ne pense pas à ça, Gray. Ne pense surtout pas à ce baiser maintenant.*

Oh mon Dieu. J'avais l'impression que ce trajet de quinze minutes en voiture allait durer beaucoup plus longtemps. Ou peut-être l'espérai-je seulement.

Chapitre Treize
Ryan

JE DUS ADMETTRE AVOIR BEAUCOUP APPRECIE LE TRAJET jusqu'au restaurant avec le corps menu de Gray appuyé contre moi. Il aurait dû y avoir assez de place pour nous trois à l'arrière de cette voiture. Nous n'étions pas obligés de nous coller ainsi les uns aux autres, mais je m'en moquais. Kirill avait jeté un coup d'œil en arrière depuis son siège à l'avant... l'enfoiré. Il avait ricané et avait marmonné en russe quand il avait remarqué la même chose.

— Ça a l'air douillet là derrière.

Gray était plus ravissante que jamais ce soir-là, elle paraissait bien plus jeune que ses vingt-cinq ans. Elle portait un chemisier blanc sans manches et une longue jupe rose poudrée qui flottait autour de ses chevilles quand elle marchait, laissant apercevoir les sandales brillantes au-dessous.

Et à l'arrière de cette voiture, j'avais profité de la situation et avalé ma dose de son odeur de fraises. Le seul effet avait été de me donner envie de plus : plus de son corps contre le mien, plus d'odeur paradisiaque. Et encore plus du cliquetis précipité de son battement de cœur unique.

Quand je l'avais taquinée aujourd'hui au centre spatial avec le gamin ? Ce n'était rien par rapport à ce qui l'attendait ce soir. En sortant de la voiture, je tins la portière pour Keely et elle, essayant de réprimer un sourire diabolique d'anticipation.

Mais lorsque nous entrâmes dans le restaurant, il ne fallut pas longtemps pour voir que les choses n'allaient pas se passer comme je l'avais anticipé. Mon premier indice fut un panneau à l'entrée indiquant que le bar et la section voisine du restaurant étaient fermés pour une 'fête privée'.

Et j'avais bêtement espéré que mon groupe d'une demi-douzaine d'amis proches ne s'était pas transformé en une horde de gens de la NASA. Cela arrivait bien trop souvent, et j'aurais dû m'y attendre. Une fois que les choses se savaient, les petites fêtes de ce genre grossissaient comme les particules dans une réaction en chaîne chimique. Houston était une grande ville, mais la petite communauté NASA de Clear Lake et de ses environs était très soudée.

Je m'arrêtai et je fixai le panneau, submergé par l'envie de tourner les talons et de me casser. Kirill me donna un coup d'épaule et je levai la tête. Il eut un regard sombre en hochant la tête avant de s'avancer vers le restaurant.

— Laisse-moi aller voir ce qu'il se passe.

Les femmes restèrent de chaque côté de moi, les yeux de Keely parcourant la salle. Gray prit la place de Kirill à côté de moi, fixant mes épaules tendues avant de croiser mon regard.

— Comment puis-je t'aider ?

Pas 'comment ça va ?' Pas 'y a-t-il un problème ?' Non.

Elle avait perçu ces choses immédiatement au cours des trente secondes qu'il m'avait fallu pour réagir à ce nouveau développement. Elle fronça les sourcils et je me raidis quand elle posa la main sur mon bras. *Je couvre tes arrières*, m'avait-elle dit, et je l'avais rapidement rejetée.

J'avais été sceptique, bien sûr. Comme si elle ne comprenait pas vraiment ce que c'était que de me soutenir. Le plus étonnant dans son affirmation, c'était la façon dont j'avais réagi. En espérant qu'elle était sincère. Qu'elle serait présente assez longtemps pour le faire. Mais je ne le savais toujours pas.

Je serrai la mâchoire.

— Nous pourrions peut-être sortir ? demanda-t-elle.

Je secouai la tête en regardant l'endroit où Kirill avait disparu. J'allais rester ici jusqu'à ce qu'il revienne pour me renseigner.

Le rassemblement impromptu de la communauté NASA locale – les astronautes, les contrôleurs et le personnel de soutien au bureau des astronautes – n'était pas inattendu. Et je n'aurais pas dû le craindre. C'était juste…

Affronter mon passé. Affronter la réalité que j'avais fuie sans l'admettre.

En Californie, à une distance rassurante, il était facile de l'oublier. Il était facile d'imaginer que Xander était toujours en vie au Texas avec sa famille. Il était facile de ne pas remarquer son absence béante de toutes nos vies.

Ici. Pas tellement.

Le sujet de Xander allait être abordé dans nos conversations. Nous allions rire et nous souvenir. Nous allions trinquer pour lui, bien sûr. C'était inévitable… et il le méritait. Je ne voulais pas que l'on oublie Xander. Mais il serait ici, comme un fantôme dans chaque regard compatissant, pesant sur chaque sourire triste, chaque souvenir… même les souvenirs heureux que les gens répétaient pour essayer de se faire rire.

Et mon Dieu, je n'étais pas prêt.

Kirill revint : oui, le restaurant était réservé pour nous, et il y avait beaucoup de visages connus.

— Viens, Ty.

Il indiqua le bar de la tête et il leva la main pour donner une pichenette à sa gorge avec le majeur, un geste russe signifiant que l'alcool n'allait pas tarder.

Les grands esprits… Je le suivis jusqu'au bar. Il fallait que je m'assomme avec l'alcool pour survivre à la soirée. Ou peut-être me fallait-il profiter d'un peu de sexe tapageur avec une participante volontaire et jolie ? En fonction de la façon dont cette soirée merdique allait progresser, j'allais devoir me réconforter par tous les moyens possibles.

Les lumières étaient tamisées, mais toutes les surfaces brillaient en réfléchissant les néons argentés et rouges du nickel brossé qui couvrait le bar, les tables, les chaises. C'était le décor futuriste – et assez ringard – de l'un des nombreux endroits au thème spatial de Houston : The Gantry.

Une musique bruyante au rythme percutant de la *dance* nous parvenait d'un groupe dans l'autre salle. Les odeurs de bière, de bœuf au barbecue et de bacon assaillirent mes sens.

Lorsque nous nous approchâmes tous les quatre de la zone du bar, tous les yeux de l'endroit se focalisèrent sur nous. Kirill partit sur le côté pour saluer quelques-uns de nos compatriotes. Et il utilisa son talent bien connu pour se procurer de la vodka quand il en avait envie. Les Russes et leurs talents spéciaux.

Je reçus des 'oh' et des 'ah' au sujet de Keely qui vint se placer à mes côtés et s'accrocha langoureusement à mon bras. Les gens parlèrent de son dernier film, dirent à quel point elle était belle en personne, à quel point j'avais de la chance. Il était certain que Keely allait être harcelée pour son autographe. J'étais content que ce soit elle et pas moi, pour une fois.

— Ty ! appela une voix familière derrière moi.

Je me tournai et je me trouvai face à face avec mon ancien commandant, Thor Mickelson, de ma première mission sur la station.

Je lui serrai vigoureusement la main et son sourire s'élargit. Il me proposa une bouteille de bière. Je lui présentai Keely et il adopta sa technique maladroite de geek qui flirte, pour laquelle nous nous étions si souvent moqués de lui. Thor avait tendance à ne plus pouvoir parler quand il y avait de jolies filles, ce qui était amusant, car il n'avait aucun problème pour les attirer avec son look nordique grand et blond.

Kirill apparut de l'autre côté et je lui donnai un coup de coude.

— Savais-tu qu'il y aurait autant de monde ? lui demandai-je en russe.

Les autres astronautes allaient sans doute nous comprendre plus ou moins, mais en dehors de Kirill, j'étais celui qui parlait le mieux le russe de tout l'équipage.

— Aucune idée, répondit Kirill. Je ne savais même pas que tu avais autant d'amis à la NASA.

— Je t'emmerde, répondis-je.

On éclata de rire. Il poussa un verre devant moi et demanda au barman de le remplir de vodka.

J'inspirai en tremblant, mon corps devenant douloureux de tension. Lorsque le verre apparut, je m'y accrochai comme si c'était une bouée de secours. Il suffisait que je le serre un peu plus fort et mes articulations auraient blanchi.

— Commandant Ty, c'est un honneur, dit le jeune barman lorsqu'il me reconnut. Le premier verre est offert, monsieur.

Je lui fis un sourire pincé.

— Merci.

Je me tournai vers Kirill et je fis tinter mon verre contre le sien.

— *Poyekhali !*

Les Russes avaient des milliers de façons de trinquer en fonction de l'occasion. Mais ce soir-là, je choisis les mots célèbres du premier homme dans l'espace, Yuri Gagarin, juste avant qu'il soit lancé en orbite. *Et c'est parti !*

Kirill et moi bûmes à l'unisson avant de frapper nos verres sur le comptoir. Cependant, je sentis quelqu'un me toucher l'épaule avant que je puisse obtenir un deuxième verre. Je m'attendais à ce que ce soit Keely, alors je me tournai pour lui demander ce qu'elle voulait boire.

À la place, la femme qui se tenait là était bien plus petite. Avec de longs cheveux bruns qui brillaient sur ses épaules comme un rideau étincelant. Mes entrailles se glacèrent. *Karen.*

Oh, merde.

— Ty, dit-elle avec un sourire tremblant sur les lèvres, ses grands yeux de biche écarquillés.

C'était une femme très belle. Et comme d'habitude, je savais exactement ce que Xander avait aimé chez elle.

Elle s'était coupé les cheveux et elle semblait bien plus mince que la dernière fois que je l'avais vue, au mémorial six mois plus tôt. L'éclat espiègle habituel dans ses yeux – indiquant un humour mordant comme j'en avais rarement vu – avait disparu. Maintenant, ils ne reflétaient que la tristesse. Voir cela fut comme un coup de poing dans le ventre.

Je déglutis bruyamment et pour cacher ma surprise, je la pris doucement dans mes bras et je l'embrassai sur la joue comme autrefois. Comme si je n'avais pas laissé ses e-mails et ses textos sans réponse au cours des six derniers mois.

— Salut, Bisounours.

Ce surnom était une de mes plaisanteries de l'époque de l'université. Elle l'avait toujours détesté et je ne savais pas pourquoi il était brusquement sorti de ma bouche à ce moment particulier.

Peut-être avais-je envie de l'offenser afin que nous n'ayons pas la confrontation que je pensais voir arriver. Mon cœur était si serré que j'avais du mal à respirer. Elle fit un pas en arrière et elle leva les yeux vers moi, la douleur dans ses yeux sombres me poignardant comme deux dagues.

— Tu nous as manqués, dit-elle simplement. Ils ont bien Internet et des téléphones en Californie, n'est-ce pas ?

J'eus l'impression que les choses autour de nous bougeaient au ralenti : les couleurs devenaient floues, les bruits s'estompaient dans le silence. Tous les regards s'étaient tournés vers nous. J'aurais pu jurer me sentir dans un aquarium au point de faire pousser des ouïes et de commencer à respirer sous l'eau. J'aurais bien aimé les nageoires afin de pouvoir m'éloigner. Et Dieu sait que j'avais de plus en plus de mal à respirer à mesure que le temps passait.

Je m'éclaircis la gorge.

— J'étais très occupé. Kirill te le dira : nous avons travaillé comme des *sobaki*.

Je levai la main vers le barman.

— Que veux-tu boire, Karen ?

Elle regarda mon verre à nouveau rempli d'un œil torve, puis elle leva les yeux vers moi d'une façon qui me donnait toujours l'impression d'être un élève que l'on grondait.

— Je n'ai pas soif.

— Hé !

Une autre main atterrit sur mon épaule, une masse de cheveux blonds apparaissant soudain. Qui que ce soit, j'étais sur le point de l'embrasser pour m'avoir sauvé de cette situation gênante. Je tournai brusquement la tête vers le ou la nouvelle venue.

Gray. La baby-sitter. Eh bien, elle avait dit qu'elle allait me soutenir. Et cette fois, elle le prouvait. Le soulagement m'enveloppa comme une vague océanique puissante. Elle briserait la tension de ce moment. Elle avait un talent pour cela.

Sa main serra mon épaule d'un geste inhabituel.

— Tout va bien ici ?

J'écarquillai les yeux et elle jeta un regard appuyé vers Karen. Je fis donc ce qui était attendu et je les présentais.

— Gray Barrett, voici ma bonne amie Karen Freed. Karen, Gray est ma, euh…

— Responsable personnelle, intervint Gray rapidement – trop rapidement.

Elle avait déjà passé du temps à y réfléchir. Si je ne me sentais pas si mal et si désireux de quitter ce rassemblement, l'ironie de la chose me ferait rire.

Karen regarda Gray, mais elle ne sourit pas.

— Ravie de te rencontrer, Gray.

Puis elle se tourna vers moi.

— Ty…

— Vous savez, interrompit encore Gray. Je parie que vous aimeriez vous donner des nouvelles en privé. Il y a une petite pièce à l'arrière avec seulement quelques tables. C'est une section qu'ils ont fermée pour la nuit. Vous aurez un peu d'intimité là-bas.

Je regardai Gray avec de grands yeux. Jeter Karen et moi ensemble dans une pièce alors que j'essayais de l'éviter ? Ce n'était pas ça, me soutenir.

J'ouvris la bouche pour protester lorsque Karen intervint en acceptant l'invitation de Gray avec enthousiasme.

— Oui. Pouvons-nous faire cela, s'il te plaît, Ty ?

Je serrai la mâchoire avant de la détendre.

— Bien sûr. Allons-y.

Je poussai le deuxième verre vers Kirill.

— Appelle-moi dans quinze minutes, lui dis-je en russe. Si je ne réponds pas, fais encore sonner.

Il hocha à peine la tête et ne me regarda même pas.

— Et peux-tu offrir à boire à Keely de ma part ?

Cette fois, il me regarda.

— Avec grand plaisir.

Je me retournai vers Gray.

— Montre-nous le chemin, chère *responsable personnelle*.

Nos regards se croisèrent et j'ajoutai un peu de noirceur pour qu'elle comprenne ce que je pensais de son intervention. *Je m'occuperai de toi plus tard, petite Miss Je-me-mêle-de-tout.*

Elle arracha son regard au mien et elle nous devança vers l'arrière du restaurant. Karen, les yeux fixés sur le dos de Gray, ne sembla pas voir les gens qui essayaient de la saluer et d'attirer son attention. Bon sang, elle était furieuse contre moi. Je me frottai la mâchoire en regrettant de ne pas avoir bu ce deuxième verre avant de quitter le bar.

Je ne voulais pas faire ça. Pas ici. Pas maintenant. Pour être honnête, je ne voyais aucun moment ou endroit optimal. Mais quel choix me restait-il ? Ma responsable personnelle était intervenue, bien sûr, mais aurais-je pu ignorer la veuve de Xander en personne, même si j'en avais vraiment envie ?

Je poussai un long soupir. Peu importe ce que je voulais.

Une des choses que j'avais apprises au cours de mes années dans une structure militaire très disciplinée, c'était de prendre les choses comme elles arrivaient. De les accepter et de ne pas les éviter. *S'adapter. Improviser. Surmonter.* C'était une des nombreuses devises que nous utilisions dans les équipes.

Cette réunion n'avait que trop tardé.

J'avais dû tuer des gens à bout portant… parfois de mes propres mains. J'avais dû affronter le vide froid de l'espace en n'étant protégé que par les minces couches d'un véhicule ou d'une combinaison. Mais maintenant, une femme menue qui faisait à peine plus d'un mètre cinquante me faisait trembler dans mes bottes. C'était ridicule, vraiment.

Je tirai la chaise en métal pour elle et elle s'y assit prudemment. Je pris place en face d'elle à une table maintenant vide : Gray attendit un instant.

— Puis-je aller vous chercher quoi que ce soit ?

Lorsque nous secouâmes la tête, elle disparut.

Karen sortit son téléphone et commença à parcourir des photos. Elle s'arrêta et elle m'en montra quelques-unes.

— La fête d'anniversaire d'AJ. Nous espérions que tu nous appelles.

Elle leva le téléphone pour me montrer une photo et j'y jetai un coup d'œil, incapable de la regarder longtemps. AJ dans toute sa gloire édentée adorable, qui souriait à la caméra devant un gâteau avec six bougies allumées. J'eus la nausée et l'impression que mes yeux commençaient à suer.

Il me manquait… tellement.

Je toussai dans ma main.

— A-t-il vu le cadeau ? J'espère qu'il l'a aimé. Je parie qu'il est trop fort sur ce nouveau vélo de grand garçon.

Elle ne répondit pas, me reprenant le téléphone afin de chercher une autre photo.

— Son premier jour d'école, cette année.

Celle-ci, je pus à peine la regarder.

Au lieu de sourire, il paraissait très sérieux et ses yeux noisette – les yeux de *Xander* – me regardaient depuis le visage innocent d'un enfant. Il était bien coiffé et il portait un uniforme scolaire parfaitement repassé, avec une boîte à goûter *Avengers*. La boule dans ma gorge grandit de façon exponentielle. Je m'agitai sur ma chaise.

Karen posa le téléphone sur la table et il s'éteignit, heureusement.

— L'année dernière, à la maternelle, il avait été si triste parce que son père ne pouvait pas être là. Tu te souviens ? Et tu le remplaçais toujours quand Xander devait travailler. Quand je lui ai dit que vous alliez tous les deux être dans l'espace en même temps, je crois que cela lui a brisé le cœur. Car 'Oncle Ty' ne pouvait pas remplacer son père.

Je me frottai l'arête du nez avec le pouce et l'index, terriblement honteux. Coupable. Quoi que l'on choisisse, je le ressentais. On pouvait faire tourner la Roue de la Torture et, quel que soit l'endroit où elle s'arrêtait, c'était ce que je ressentais.

Que Dieu me pardonne.

— Karen… commençai-je d'une voix tremblante, ne sachant pas vraiment où j'allais en venir.

Elle se pencha en avant, posant les bras sur la table, les paumes levées sous forme de supplique.

— Nous avons besoin de toi, Ty. AJ, moi. Tu n'as pas été présent pour nous.

J'avais promis de veiller sur sa femme et son enfant.

Je clignai des paupières.

— J'ai, j'ai fait de mon mieux. J'ai envoyé...

Elle secoua la tête et elle fit un mouvement brusque du plat de la main.

— Peux-tu vraiment dire ça ? Que tu as fait de ton *mieux* ? Et je me moque de ton argent. L'argent de la culpabilité.

J'inspirai brusquement, je m'adossai à ma chaise et je l'observai. Elle avait donc retiré les gants très vite. Karen n'était pas du genre à retenir ses vérités franches alors, je n'aurais pas dû être surpris, mais bon sang, c'était plus douloureux que prévu.

— Que se passe-t-il dans ta tête ? Tu es en train de détruire ta vie et d'oublier les gens qui se soucient de toi – que tu aimes. Sauf si tu ne nous as jamais appréciés. Tu as perdu ton meilleur ami, je comprends. Mais tu n'étais pas obligé de perdre toute sa famille – qui était comme *ta* famille – sauf si tu choisissais activement de le faire. Et pourtant, c'est le choix que tu fais sans cesse.

Je serrai si fort la mâchoire que j'en eus mal à la tête. *Putain. Ne craque pas, Tyler.* Je ne pouvais pas craquer. Je ne pouvais pas me défouler sur la veuve de Xander, malgré les coups bas, malgré la façon dont elle m'énervait. Je luttai pour respirer, étonné du fait que ma poitrine était encore plus oppressée qu'avant.

— Je me soucie d'AJ et de toi. Je vous aime tous les deux. Et j'ai promis à Xander... je lui ai promis de veiller sur vous.

Elle me regarda brusquement.

— Pour l'amour du ciel, arrête de te tourmenter avec cette obligation. Quoique Xander t'ait demandé quelques minutes avant de mourir, c'était injuste de sa part.

J'avalai une énorme boule dans ma gorge. Comment pouvions-nous parler de choses justes ? Si la vie était juste, Xander serait ici maintenant, assis à cette table à ma place.

Je serrai le poing.

— Je suis sérieux avec cette promesse, Karen. Tu ne peux pas me donner la 'permission' de laisser tomber.

Elle rougit et ses traits se durcirent.

— Nous n'avons pas besoin d'argent ou de cadeaux que tu envoies depuis des milliers de kilomètres. Nous avons besoin de ta présence dans nos vies. Tu ne peux pas t'occuper de nous. Tu peux à peine t'occuper de toi-même. Tu bois. Tu baises. Tu deviens violent et tu frappes les gens. L'accident de moto et la chambre d'hôtel saccagée...

Je me frottai le front, plus honteux que je ne l'avais été de toute l'année passée par mon comportement irresponsable. Le héros qui n'avait même pas pu être héroïque pour le fils de son meilleur ami décédé.

La douleur s'épanouit au fond de ma tête.

— Je... je ne suis pas bien en ce moment.

Elle poussa un soupir d'exaspération.

— Hé ben, tu m'étonnes. Tu as été viré de la NASA. Il y a un procès d'une espèce de taré de la Terre plate qui parle à tous les médias qui veulent bien l'accueillir. La situation n'est pas obligée d'être ainsi. Reviens vivre ici et restes-y. Nous pouvons tous guérir ensemble.

J'enfouis mon visage dans mes mains, posant les coudes sur la table pour soutenir ma tête.

— Ty.

Elle tendit la main et elle la posa sur mon avant-bras.

Je m'écartai et je laissai tomber mes bras.

— Je ne le peux pas. Je n'ai pas d'avenir ici, Karen. Tu le sais aussi bien que moi.

Elle fronça les sourcils.

— Les ponts brûlés peuvent toujours être réparés et reconstruits. L'incident avec un crétin qui te harcèle ou même tes écarts de conduite de l'année passée sont tous dus à ton chagrin. Le monde entier nous a regardés faire notre deuil... très publiquement. Il est temps pour nous de reprendre nos vies en main et de ne plus vivre pour le public. Et la NASA te pardonnera.

Évidemment, elle croyait comme tous les autres, comme la NASA voulait le faire croire à tout le monde, que j'avais été renvoyé parce que j'avais donné un coup de poing à un abruti quand j'étais ivre.

Si seulement elle savait...

Elle n'avait aucune idée de la véritable raison pour laquelle la NASA m'avait renvoyé. Personne ne le savait. C'était le fardeau que je devais porter seul.

Je secouai la tête, incapable de rejeter ses idées par des mots. C'était trop douloureux de lui parler, de parler de sa perte. De savoir que finalement, j'étais la cause de tout cela.

— Kar...

Elle frappa la table de sa main.

— Ne secoue pas la tête. C'est possible. Bon sang, arrête avec ce fardeau de culpabilité que tu insistes à porter. Xander est mort en faisant ce qu'il aimait. Ce n'était pas de ta faute. Arrête d'agir de cette façon.

Son visage était écarlate, sa respiration avait accéléré. Même si j'en avais très envie, je ne détournai pas le regard. Je lui devais bien ça, je lui devais d'écouter ce qu'elle disait.

Elle parlait en ignorant la vérité, et elle était une veuve qui faisait son deuil.

Je devais trouver un moyen de surmonter ceci et d'être présent pour elle. Mes sentiments n'étaient pas importants par rapport aux siens. Mais comment pouvais-je faire semblant alors qu'à l'intérieur, j'avais sincèrement l'impression de tomber en miettes ?

Elle secoua la tête, luttant maintenant pour ne pas pleurer.

— Je veux que tu reviennes dans nos vies, Ty. Reviens-nous.

J'hésitai en essayant de choisir mes mots avec sagesse. Plus de promesses que je ne pouvais pas garder. Je brisais déjà celles que j'avais faites à son mari mourant.

— J'essaierai de faire de mon mieux. Je vais voir ce que je peux faire.

Elle me regarda comme si je lui avais parlé en russe.

— C'est tout ce que tu as à dire alors que je viens de déverser tout ce que j'avais sur le cœur et que je t'ai supplié ?

Elle me jeta un regard noir et elle se leva, me surprenant.

Je me penchai en arrière et je regardai ses yeux accusateurs, avalant une autre boule dans ma gorge. Elle jeta une carte sur la table entre nous.

— Fais-toi aider, Ty. Tu en as besoin.

Elle tourna les talons et elle partit dans le couloir vers l'avant du restaurant, essuyant ses joues du dos de la main. Dès l'instant où elle disparut, j'enfouis mon visage entre mes mains. *Putain. Putain. Putain.*

Cela s'était passé à peu près aussi bien que je l'avais pensé – *remarquablement* bien, étant donné les circonstances. Je me demandais ce que Xander dirait s'il était là en ce moment, assis à l'endroit où se trouvait sa veuve, à me regarder avec des yeux accusateurs.

Pourquoi es-tu en vie alors que je ne le suis pas? Alors que j'avais bien plus de raisons de vivre que toi?

Je retournai la carte que Karen avait jetée sur la table avant de partir. C'était la photo d'école d'AJ. Il souriait, mais avec des yeux tristes. Les yeux de son père.

Mon estomac tomba dans les talons et je ne pus tolérer le vide une seconde de plus. J'avais besoin d'alcool pour engourdir la douleur. *Immédiatement.*

J'embrassai la photo avant de la ranger dans mon portefeuille, puis je revins dans le restaurant. Sans chercher ma fausse petite amie ou les anciens amis compatissants, je me dirigeai tout droit vers le bar, en sachant que la foule se formerait bientôt autour de moi.

C'était toujours ce qu'il se passait.

CHAPITRE QUATORZE
GRAY

CE COTE DU RESTAURANT ETAIT PEUT-ETRE REMPLI DE personnel de la NASA, mais les toilettes pour femmes étaient désertes et je profitai du calme de cet endroit pour rassembler mes esprits. Je me lavai lentement les mains après avoir été aux toilettes. Cela faisait dix minutes que j'avais conduit Ryan et Karen Freed dans le coin tranquille à l'arrière afin qu'ils puissent discuter.

L'ayant reconnue dès l'instant où elle était entrée, j'avais été témoin de son approche immédiate de Ryan. J'avais pris sur moi de faciliter quelque chose entre eux qui ne serait pas aussi publiquement gênant. Et un coup d'œil au visage de Ryan lorsqu'il s'était tourné et qu'il l'avait vue avait suffi à m'indiquer que mon intuition était correcte.

Oui, il avait très clairement montré qu'il était furieux contre moi avec ses regards noirs et le reste de son langage corporel. Je m'occuperais de cela le moment venu. Mais j'aimais penser que je l'avais aidé à éviter un incident embarrassant et peut-être – *peut-être* – s'en rendait-il compte.

Enfin, on pouvait toujours rêver, n'est-ce pas ?

Je l'avais observé de près pendant qu'il buvait au bar avec Kirill. Lorsque Karen s'était approchée de lui, je l'avais instantanément reconnue d'après la pléthore d'interviews et le documentaire que j'avais regardé au sujet de l'accident. Elle avait fréquemment été interviewée.

L'attitude normalement stoïque de Ryan s'était immédiatement mise à irradier un stress intense. J'avais donc bondi en action.

Après m'être séché les mains, je sortis mon téléphone afin de voir s'il avait répondu à mon texto. Ma bulle verte était la dernière de notre conversation. *Est-ce que ça va ?*

Je ne pouvais même pas savoir s'il l'avait vu. Il était sûrement encore loin dans sa conversation. Je rangeai mon téléphone dans ma poche lorsque quelqu'un d'autre entra en trombe par la porte et se dirigea tout droit vers la cabine des toilettes la plus éloignée de la rangée.

Karen Freed. Eh bien, cela n'avait pas pris longtemps. En fait, moins de quinze minutes. Il y avait des larmes évidentes sur son visage et ses joues étaient couvertes de mascara. Elle s'enferma immédiatement dans la cabine et elle laissa échapper des sanglots étouffés, comme si elle pleurait dans ses mains.

Je restai figée sur place pendant un moment, me regardant dans le miroir en me demandant quoi faire. Je pouvais la laisser seule et aller voir Ryan.

Ou bien je pouvais faire ce pour quoi j'avais étudié et au moins proposer un peu d'aide. Un petit peu de réconfort, peut-être, quand je le pouvais. Et même si je m'inquiétais que leur rencontre se soit manifestement mal terminée, je savais que je ne pouvais pas simplement sortir d'ici pour aller chercher Ryan.

Mon regard se posa sur la boîte de mouchoirs du comptoir en marbre de la salle de bains. Je l'attrapai et je marchai jusqu'à sa cabine.

— Euh… Hé. J'ai des mouchoirs… tu n'es pas obligée d'utiliser ce PQ pourri.

Je glissai la boîte sous sa porte et il y eut une longue hésitation avant qu'elle le ramasse. Au bout d'un moment – et après qu'elle se soit mouchée –, elle me remercia doucement.

— Est-ce que tu… Y a-t-il quoi que ce soit que je puisse faire pour t'aider ? Besoin de quelque chose ?

Une autre longue pause.

— Non.

— D'accord.

Je m'éclaircis la gorge avant de reculer lentement, ne sachant pas comment procéder.

— Est-ce que, euh, Ryan est retourné au bar après votre… discussion ?

Il y eut une pause marquée.

— Merci pour ça, d'ailleurs. Il n'aurait sans doute pas quitté le bar pour me parler si tu ne l'avais pas suggéré.

Sa voix semblait plus forte, comme si elle ne pleurait plus.

— Je t'en prie, n'en parlons plus.

Et parce que cela devenait bizarre de lui parler à travers la porte, je m'écartai.

— Je vais voir si je peux trouver où il est allé.

Je me tournai pour partir, mais je m'arrêtai lorsque j'entendis le verrou se défaire. Elle ouvrit la porte de la cabine et elle me regarda.

Je fronçai les sourcils, regrettant de ne pas avoir de poche pour y fourrer mes mains.

— Es-tu certaine que je ne peux rien faire pour t'aider ?

Elle avança vers la poubelle et elle jeta un tas de mouchoirs utilisés, avant de reposer la boîte sur le comptoir.

— En réalité, il y a bien quelque chose.

J'attendis.

— Peux-tu garder un œil sur lui ?

L'ironie qu'elle me demande cela me fit presque rire... presque. Ne m'étais-je pas présentée à elle comme étant la responsable personnelle de Ty ? D'après l'expression sur son visage, il avait adoré celle-là.

Je hochai la tête.

— Absolument.

— Il est...

Elle secoua la tête.

— Nous étions bons amis avant. Des amis proches. Je ne sais pas du tout ce qu'il lui arrive dernièrement. Je regarde la télé et je lis ces choses horribles dans la presse à scandale, comme tout le monde.

Sa voix s'étrangla et elle attrapa de nouveaux mouchoirs.

Au lieu d'intervenir ou de protester, je hochai la tête. Ce n'était pas du tout une séance de psychothérapie, mais j'avais appris bien longtemps auparavant que si une personne voulait parler, le mieux que l'on pouvait faire, c'était d'écouter.

— Il a endossé beaucoup de responsabilités pour ce qui est arrivé, tu sais ? C'est juste que... je m'inquiète pour lui.

Je m'approchai lentement d'elle.

— Je travaille avec le commandant Tyler maintenant. Il est en train de se reprendre. Je sais que cela ne se voit pas pour l'instant, mais nous en sommes encore au début. Il est très motivé à l'idée de repartir dans l'espace. Il fera tout ce qu'il faut.

Je souris.

— Mais si tu le souhaites, nous pourrions rester en contact. Je vais te donner mon numéro de téléphone. Tu peux m'envoyer un texto ou m'appeler quand tu as envie de savoir comment il va. Il me faudra respecter sa vie privée, bien sûr, mais je serais ravie de te rassurer si tu en as besoin.

Je levai mon téléphone et elle y composa son propre numéro pour que nous puissions échanger nos coordonnées. Elle partit ensuite se placer devant le miroir afin d'arranger son visage.

— Merci. Je ne sais pas ce que nous ferions si nous le perdions, lui aussi.

Elle se tamponna les yeux avec un mouchoir.

— Je veux dire, il ne vient plus nous voir, mais je m'inquiète. Nous étions comme une famille.

Elle ouvrit le robinet pour asperger son visage, puis elle le tamponna encore avec une serviette en papier.

— Il n'a jamais été ainsi : les fêtes, les femmes, les bagarres. Et tout cet alcool.

Elle fronça les sourcils avant d'ajouter :

— Toutes les choses que je vois dans les journaux à sensation.

— Une grande partie était exagérée.

J'envisageai d'en dire plus, mais c'était compliqué de respecter la vie privée… et je ne voulais pas lui mentir.

Ne lui avais-je pas dit en face que sa vie était un fiasco ?

Je posai une main sur l'épaule de Karen.

— Et toi ? As-tu l'aide dont vous avez besoin ?

Elle me regarda d'un air méfiant.

— J'ai beaucoup de soutien. Beaucoup d'attention. Et je me trouve ici dans mon réseau de soutien. Je ne suis jamais partie. Ma famille est ici. La famille de Xander est ici. La NASA a été incroyable avec nous. Et tous nos amis. Je…

Elle déglutit et ses yeux se remplirent de larmes.

— Je suis certaine que Ty finira par se reprendre et que tu le verras aussi souvent qu'avant. Il faut du temps.

Elle se tamponne les yeux.

— Je suis égoïste. Je le veux maintenant. Je le veux pour mon fils. C'est comme si j'avais perdu à la fois mon mari *et* Ty.

Je hochai la tête.

— Laisse-lui un peu de temps.

Lorsque je reculai, elle me prit la main.

— Merci, Gray. Merci.

De retour au restaurant, contre tout bon sens et contre mes propres goûts, je me plaçai au coin du bar, à l'endroit où il formait un coude en forme de L. C'était le point de vue parfait pour observer le héros astronaute qui était déjà bien engagé sur la voie de l'ivresse.

Il n'avait toujours pas répondu à mon texto, mais je lui en envoyai un autre. *S'il te plaît, fais attention à ce que tu fais, sinon je lâche Keely sur toi et je te fais virer du bar.*

Une minute plus tard, il sortit son téléphone de la poche de sa chemise, y jeta un coup d'œil et puis leva la tête avant de parcourir la salle du regard comme s'il me cherchait. Lorsque nos regards se croisèrent, une partie de sa bouche remonta avant qu'il range de façon très délibérée son téléphone sans même daigner répondre à mon message. Pas même l'émoticône du majeur levé, à laquelle je m'attendais presque.

Je parcourus la pièce pour découvrir où était passée Keely. Kirill et elle brillaient par leur absence et je commençai à la soupçonner d'avoir déjà foncé sur lui comme elle l'avait promis.

Ryan continua de boire, entouré d'une dizaine d'amis qui l'encourageaient. Pendant qu'il avalait des shots de vodka, je tentais de formuler un plan. Cela impliquerait sans doute des muscles russes si j'arrivais à localiser Kirill. Il allait falloir le traîner hors d'ici très bientôt, et je devais élaborer une stratégie pour son retrait.

Quelqu'un se laissa tomber sur le siège à côté de moi et se pencha vers moi.

— Salut, cria-t-il afin que je puisse l'entendre malgré le brouhaha de la salle.

— Salut.

Il ressemblait à un type ordinaire au début de la quarantaine, en forme, avec un visage que je reconnaissais vaguement, comme si je l'avais déjà vu sur le site Internet de la NASA. Sans doute un autre astronaute.

— Je m'appelle Strom Bogart.

Il me tendit la main. J'hésitai et je la serrai. Je reconnus ce nom, il s'agissait d'un des trente-neuf astronautes actifs de la NASA.

Il sourit et je m'appuyai contre le dossier de ma chaise. Était-il en train de me draguer ? Je n'avais pas beaucoup d'expérience dans le domaine, car j'étais rarement dans des situations où des inconnus – ou n'importe qui, en réalité – flirtaient avec moi. Mais s'il essayait de me draguer, son approche me semblait assez maladroite et coincée.

D'un autre côté, qui étais-je pour juger de la maladresse des autres ?

— Je m'appelle Gray.

Je n'ajoutai pas mon nom de famille, rougissant en me souvenant de l'accusation de Ryan. *Tu oublies ton nom de famille afin que les gens ne comprennent pas immédiatement qui est ton père ?* Je jetai un coup d'œil à l'homme de la soirée. Il buvait maintenant une bière – reprenant sans doute son souffle entre d'autres shots de vodka – et il me regardait parler avec son ancien collègue. Un groupe de femmes s'était maintenant rassemblé autour de lui.

— Je ne t'ai encore jamais vue ici, dit Strom. Mais je suis moi-même récemment revenu de Russie. Star City. Je me suis entraîné dans l'équipe de remplacement de l'ISS.

— Ah, tu es astronaute, dis-je en affirmant ce que je savais déjà.

Qu'allais-je dire d'autre ? Ce n'est pas comme s'il m'avait posé des questions profondes et intéressantes, ni même essayé de me charmer. Sa seule approche était apparemment basée sur le fait qu'il était astronaute. En effet, cela avait peut-être un certain attrait.

J'imaginais qu'il avait rarement à faire autre chose dans le bar moyen. Depuis le début du programme avec le Mercury 7, les astronautes étaient célèbres pour être des coureurs de jupons… même ceux qui avaient une famille.

Je ramassai mon téléphone et j'envoyai un texto rapide à Kirill. *Tu es par là ? Ty devient un peu turbulent* . Avec un peu de chance, il comprenait ce que signifiait 'turbulent'. Il parlait bien la langue, mais ce n'était pas un mot courant. Je me mordis la lèvre. J'aurais peut-être dû utiliser un mot plus facile ?

Strom Bogart captura ma main qui tenait le téléphone dans la sienne.

— Que bois-tu, Gray ? Laisse-moi te l'offrir.

— Euh…

Je retirai ostensiblement ma main de son emprise. Puis je jetai un coup d'œil à mon téléphone. Pas de réponse.

— Ils ont toutes sortes de cocktails amusants ici. Roses… comme ta jolie robe. Que dirais-tu d'un cosmo ?

Je clignai des paupières. Si je laissais ce type m'acheter un verre, j'allais rester coincée ici bien plus longtemps que je ne le voulais. Je descendis du tabouret.

— Je crois que je vais…

— Elle n'a pas soif, dit Ryan d'une voix traînante de l'autre côté.

Je tournai brusquement la tête. Il était apparu comme un ninja discret. Un héros astronaute ninja. Waouh, ce type avait tous les talents.

— C'est bon de te voir, Ty !

Strom se leva et tendit la main.

— Garde ta main, Bogart.

Strom laissa tomber son bras et ils échangèrent un regard rempli d'animosité. Si ces deux-là avaient un passé compliqué, je me demandai pourquoi Strom était présent ce soir-là alors qu'il s'agissait clairement d'une fête en l'honneur de Ryan.

Ryan se tint à mes côtés, les épaules raides, le poing serré. Et il n'était évidemment pas sobre. Ryan surplombait l'homme plus petit qui ne semblait pas vouloir laisser tomber.

À la place, Strom se tourna vers moi.

— Je disais donc. Quelque chose de rose ?

Il se tourna vers le barman.

— Un cosmo pour la dame, je vous prie. Et une pression pour moi.

— Ta femme sait que tu es ici à acheter des boissons à d'autres femmes ? demanda Ryan.

Comment avait-il fait pour se saouler autant dans la demi-heure qui avait suivi ma discussion avec Karen Freed dans la salle de bains ?

Strom jeta un regard de dégoût à Ryan.

— Ne fais pas le con. Tu sais que j'ai divorcé. Ou peut-être ne le sais-tu pas, puisque tu as été trop occupé à vivre dans ton petit monde.

— Tout le monde s'en fout, répondit Ryan.

Le barman avait placé le martini devant moi et Ryan le poussa vers Bogart.

— Elle ne va pas boire ta putain de boisson rose.

Lorsqu'il retira la main, il serra le poing et les veines de ses bras gonflèrent. *Oh oh.* Je posai ma main autour de son poignet.

— Ryan.

— Bon sang, Tyler. Calme-toi. N'es-tu pas venu ici avec cette actrice ? Qui est celle-ci ? Ta sœur ? Ou peut-être la troisième de ton ménage ?

Je m'écartai de mon tabouret au moment où Ryan bondit en avant et attrapa la chemise de Strom.

Mais j'étais là, entre eux. Je levai la tête et je vis le visage furieux de Ryan. Nous n'avions pas besoin d'un autre incident violent pour les journaux à scandale.

— Ryan. Arrête.

Il m'ignora, serrant la main autour de la chemise de l'autre homme. Strom leva la main et repoussa Ryan à l'épaule.

— Casse-toi, putain. Laisse la femme décider si elle préfère traîner avec un véritable astronaute ou un has-been qui ne partira plus jamais dans l'espace.

Je posai les mains sur les pectoraux solides de Ryan lorsque ses traits s'assombrirent. De l'autre côté du bar, tout le monde se figea pour observer la scène. Mais personne ne proposa son aide. Ils auraient tout aussi bien pu manger du pop-corn en regardant.

Je poussai Ryan avec autant de force que je le pus. Cela ne fit pas grand-chose.

— Ryan ! Je ne vais pas m'écarter et il te faudra me traverser si tu veux le toucher.

Il me regarda, enfin.

— Bouge, Gray.

Je secouai férocement la tête.

— Non. Si tu veux t'en prendre à lui, il faudra passer par moi aussi.

Il ouvrit la bouche pour répondre avec virulence lorsque j'ajoutai :

— Ou bien… je peux te ramener à l'hôtel.

Il hésita, mais il ne bougea pas. Strom parvint finalement à libérer sa chemise de l'emprise de Ryan pendant que ce dernier le fixait dans les yeux. Il recula.

— Tu as perdu la tête, Tyler, marmonna-t-il en disparaissant avec un geste de mépris.

L'ai-je imaginé, ou bien certains des spectateurs de l'autre côté du bar ont-ils échangé de l'argent ? Merde, ont-ils parié sur l'issue de l'incident ? Lorsque les gens commencèrent à sortir leurs téléphones pour prendre des photos et filmer, je lui fis doucement tourner le dos.

Il était toujours raide et solide comme un mur de briques. Il fallait que je réfléchisse vite. Peut-être que jouer à la demoiselle en détresse allait nous aider.

— Ryan ? Ça, euh, c'était très stressant pour moi. Pouvons-nous… peux-tu me ramener à l'hôtel ?

Il se tourna pour me regarder en fronçant les sourcils, comme s'il ne comprenait pas. Il était clairement cuit. Je parcourus à nouveau le bar à la recherche de Kirill et je ne trouvai personne. En posant la main sur l'épais biceps de Ryan, je le guidai vers la sortie.

— Peux-tu s'il te plaît me ramener à l'hôtel ? J'ai besoin de ton aide.

Il cligna des paupières.

— Oui.

— Allons-y. Viens. Tu m'aides jusqu'à la voiture ?

Dès que nous fûmes hors de vue du bar, je nous conduisis vers la porte d'entrée.

— Gray… souffla-t-il.

Je jetai un coup d'œil par les portes vitrées qui menaient au parking. Des gens traînaient dehors… l'un d'entre eux avait un énorme appareil photo autour du cou.

— Journalistes, bafouilla-t-il. C'est Jack.

D'un hochement de tête, il indiqua l'homme à côté du photographe.

— Il me suit partout ici à Houston. Quelqu'un a dû lui dire que j'étais en ville.

— Merde, nous ne pouvons pas sortir par là. Reste là.

Je lui fis signe de ne pas bouger en tapotant le mur. Puis j'envoyai un texto au chauffeur afin qu'il nous rejoigne à l'arrière.

Malgré la récente altercation avec Strom Bogart, il me regardait avec un sourire affectueux.

— Tu es vraiment mignonne quand tu es autoritaire.

J'appelai l'hôtesse d'accueil en lui demandant s'il existait une façon discrète de sortir à l'arrière tout en évitant le bar.

Après avoir jeté un long regard appréciateur à Ryan, elle hocha la tête et elle nous conduisit vers la cuisine. Je passai un bras autour de lui pour l'empêcher de partir tout seul ou de rester, au cas où il décidait vouloir s'amuser un peu. Il avait toujours son sourire béat.

Bien sûr, les employés des cuisines, sous les lumières vives, appelèrent Ryan.

— Commandant Ty ! Hé Ty, comment ça va ?

Nous contournâmes des bols en métal brillant et de grandes grilles à roulettes jusqu'à un espace de stockage étroit, puis une allée où nous attendait le SUV.

Dieu merci.

— Allez, viens. Allons-y, murmurai-je en tendant le bras pour ouvrir la porte, mais il repoussa ma main.

— Laisse-moi faire.

Il batailla avec la poignée, mais j'attendis patiemment. Tant qu'il pensait m'aider, il était beaucoup plus malléable et bien moins résistant à l'idée de rentrer.

Je sautai à l'arrière de la voiture et je lui tendis la main.

— Viens.

Il secoua la tête.

— Non. Je dois rester et boire un peu plus.

Oh *non.*

— Ryan, j'ai besoin de ton aide. Je suis bouleversée.

Cela sortit de ma bouche par pur désespoir.

— Ne m'oblige pas à rentrer à l'hôtel toute seule.

Il cligna des paupières, hésita, mais il finit miraculeusement par monter dans la voiture et s'asseoir à côté de moi. Je demandai au chauffeur de nous conduire à l'hôtel. Lorsque je voulus m'appuyer contre le dossier, Ryan posa un bras autour de mes épaules et observa mon visage.

— Est-ce que ça va ? Je vais tuer cet enfoiré de mes propres mains s'il t'a touchée.

— Ça va, merci. Il ne m'a pas touché.

— Seulement parce qu'il n'en a pas eu le temps. Ce connard est un pervers insistant avec les femmes.

— Alors, merci d'avoir veillé sur moi. Et de me raccompagner jusqu'à l'hôtel.

Et pour ponctuer mes paroles au cas où il ne les croirait pas, je posai la tête sur son épaule.

Il était tendu… aussi raide et dur que ce mur en briques auquel je l'avais comparé plus tôt. Il tourna la tête et il huma l'odeur de mes cheveux. Son corps se détendit contre le mien et il se laissa retomber contre son dossier tout en marmonnant :

— *Hmm, des fraises.*

J'essayai de toutes mes forces de ne pas penser aux frissons qui parcoururent mon dos, mon bras, tous les endroits où son corps était appuyé contre le mien.

Et mon Dieu, je ne voulais *vraiment* pas qu'il vomisse sur moi.

Heureusement, il n'y avait pas de journalistes nous attendant sur le parking à quelques kilomètres de là. Nous nous dirigeâmes vers sa chambre, qui était à l'autre bout du couloir de la mienne, assez loin de l'ascenseur. J'allais m'assurer qu'il soit en sécurité dans sa chambre avant de partir pour le laisser cuver.

En tout cas, c'était le plan.

— J'ai besoin de boire autre chose. Est-ce que cet hôtel possède un bar ? murmura-t-il lorsque nous sortîmes de l'ascenseur.

— Tu as assez bu, Ryan. Tu vas être malade comme un chien, demain.

Il haussa les épaules.

— Je n'ai jamais la gueule de bois. C'est mon super pouvoir. De forts gènes ukrainiens.

Je pinçai les lèvres.

— Je ne crois pas que cela fonctionne ainsi. *Et* ce n'est pas le meilleur super pouvoir que l'on peut avoir.

— Il est très bien si tu veux boire.

Il farfouilla avec la carte magnétique de sa chambre, l'agitant à l'envers contre le lecteur. Je tendis la main.

— Veux-tu que je le fasse ?

Il s'écarta de moi.

— Je crois que je vais descendre au bar.

— Il est fermé, mentis-je en lui prenant la carte et en ouvrant sa porte.

— Allez, viens. Allons nous asseoir et discuter dans ta chambre.

Cela sembla l'apaiser. Nous entrâmes dans la chambre, qui ressemblait à une version plus petite de la suite de Keely. Mais contrairement à sa chambre, celle-ci était immaculée. Le service de chambre était passé pour la soirée, laissant même un chocolat entouré de papier aluminium sur le dessus-de-lit blanc. En dehors de cela, il n'y avait aucun effet personnel. La chambre n'avait pas été touchée.

Avant que je me rende compte de ce qu'il faisait, Ryan déboutonna sa chemise et la retira. *Mince alors !*

Oh... un maillot de corps. Un maillot de corps blanc. Heureusement qu'il était encore recouvert. Je détournai les yeux avec peine lorsque j'aperçus la façon dont les manches de son tee-shirt moulaient ses biceps, comment le reste s'étirait sur son physique très bien développé.

Regarde ailleurs, Gray. Il n'est pas pour toi. Pas pour toi.

Bon sang, ce que je détestais la voix de la raison dans ma tête à ce moment-là, car j'avais très envie de voir. Il était plus beau que je ne pouvais l'exprimer.

— Tu aimes le chocolat ? demanda-t-il en attrapant le bonbon sur le lit et en semblant plus sobre qu'il ne l'avait été.

— Qui n'aime pas ça ?

Il haussa les épaules en posant le chocolat sur la table de nuit.

— Moi.

Je ricanai.

— Tu vas me dire que tu préfères la crème glacée lyophilisée pour astronautes ?

Il rit en s'asseyant sur le lit.

— Ça n'existe pas. Nous ne mangeons pas ces merdes. Et non, nous ne buvons pas non plus du Tang.

Je souris. Je savais tout cela, mais c'était quelque chose de léger pour dissiper la tension.

— Il y a le minibar quelque part ici, n'est-ce pas ? Ils ont au moins ces minuscules bouteilles de vodka bon marché.

Ses yeux bleus parcoururent la pièce, mais il ne bougea pas.

— Euh. Je crois que le café te ferait plus de bien. Et si tu mangeais quelque chose ?

Je marchai vers la commode et j'attrapai le menu.

— Je peux commander quelque chose au room-service. As-tu mangé avant de boire tout ça ?

Il se massa le front avec le pouce et l'index, décrivant de petits cercles justes au-dessus de ses yeux.

— On ne mange jamais après avoir trinqué pour la première fois. C'est l'usage.

— On dirait une bonne façon de se saouler.

— C'est l'idée.

Je posai le menu, remarquant que ses épaules étaient légèrement affaissées. Je vins prudemment m'asseoir au bord du lit, à côté de lui.

— Tu as été particulièrement motivé pour te saouler ce soir.

Il haussa les épaules sans me regarder.

— Encore plus après la discussion avec Karen Freed.

Là, j'eus toute son attention. Il se tourna et il me fixa en fronçant les sourcils.

— C'est de ta faute.

J'agitai les mains, lissant un léger pli du couvre-lit.

— Tu veux dire que tu l'aurais ignorée et que tu lui aurais tourné le dos ? La seule chose que j'ai faite, c'est de vous offrir un peu d'intimité loin des regards curieux.

Il me jeta un regard noir, mais sans me contredire. Ce fut tout. Aucun mot, pas de changement d'expression de son visage, rien. Son regard fit danser mes organes internes.

— Il est manifeste que tu souffres après ta discussion avec elle. C'est sûrement pour cela que tu cherches de l'alcool.

Il ferma brièvement les yeux avant de les ouvrir à nouveau.

Puis, sans prévenir, il avança le visage vers moi, l'odeur de vodka imprégnant tout ce qui m'entourait.

— Tu es en train de violer mes règles, dit-il d'un ton légèrement traînant. J'ai spécifiquement dit que tu ne devais pas tenir de discours de psy.

Son visage n'était qu'à quelques centimètres du mien et il ne recula pas après avoir dit ce qu'il voulait. J'écartai ma tête, mais je m'arrêtai en rencontrant une barrière inattendue : sa main. Il la posa autour de ma nuque, m'empêchant de m'éloigner. Son visage magnifique était plus près que jamais. Ses yeux bleus, si bleus, avaient commencé à me jeter un sort.

En moins de dix secondes, mes entrailles passèrent du mode dansant au mode fondu, ma gorge se serrant tellement que je ne pus pas déglutir. Sous l'odeur de vodka, je percevais des traces de coquillages et de sel, un léger souffle de sauge de son après-rasage. La pièce autour de nous se mit à tourner avant de s'arrêter brusquement.

Je fermai les paupières.

— Je… je faisais juste la conversation, dis-je faiblement, même si n'importe quel idiot aurait pu entendre le mensonge sur mes lèvres, le tremblement de ma voix.

Il y eut un changement de poids sur le lit. Pourquoi m'étais-je assise ici au lieu de la chaise près de là ? Pourquoi m'étais-je approchée de lui de cette façon ? Et maintenant, pourquoi le laissai-je s'approcher encore, afin que nos visages ne se trouvent plus qu'à deux centimètres ? Son souffle chaud caressa ma bouche et ma respiration s'arrêta, comme si je voulais qu'il respire pour nous deux. Il était si près maintenant que je pouvais sentir la chaleur de son corps sur ma peau.

Si proche que je ne pus même pas trouver de réponse. Il m'avait prise sur le fait.

— Je suis prêt à pardonner cette violation de nos règles, si…

J'ouvris les yeux. Mon Dieu, ses yeux bleus regardaient au fond des miens.

— Si ?

— Je vais répondre à tes questions, Gray. Mais j'obtiendrai quelque chose en retour pour chacune d'entre elles.

Des nuages et du brouillard et… je l'entendis à peine par-dessus les battements irréguliers de mon cœur. Clic, clic, cliquetis, clic.

Il l'entendit également, et le coin de sa bouche sexy remonta pour former un sourire entendu. Cela confirmait ce qu'il me faisait sans même me toucher en dehors du maintien de ma tête. Juste sa proximité. Juste ses paroles.

Il savait. Et ce qu'il savait lui plut tellement qu'il eut un sourire très satisfait en annonçant :

— Pour chaque réponse que je te donne, j'ai droit à un baiser.

Mon Dieu. *Oh mon Dieu.* Je savais que je ne devais pas être aussi faible. *Mais je l'étais.*

Mes paupières tombèrent à moitié, alourdies par leur propre poids. J'étais trop épuisée pour lutter contre la tension entre nous, trop excitée pour intégrer le côté déplacé des choses. Pour la millième fois, je dus me rappeler qu'il n'était pas mon patient. Et que je n'étais pas sa thérapeute.

Il valait mieux, car il embrassait comme un dieu. Et le pincement de mes lèvres m'indiquait que je voulais plus de ce qu'il m'avait donné la semaine dernière.

À l'encontre les voix dans ma tête qui me hurlaient de dire *non.* De mettre fin à tout cela. À la place, je hochai très légèrement la tête.

— Dis oui, Gray.

J'ouvris brusquement les yeux et mon regard se verrouilla sur le sien. Il ne cligna pas des paupières, ne détourna pas le regard. Ses yeux étaient focalisés sur les miens.

Un battement, deux. *Clic, clic.* Puis je soufflai :

— Oui.

Mais lorsque son visage s'approcha, je tournai la tête sur le côté, lui échappant de justesse.

— Mais d'abord les réponses.

Encore son souffle chaud contre mon visage. Un soupir. Puis sa main tomba de mon cou.

— Très bien. Oui, je me suis volontairement saoulé à cause de ma discussion avec Karen.

— Pourquoi ?

Il fronça les sourcils.

— C'est une autre question. Et je veux ce baiser *maintenant*.

Bon sang. J'étais si près de lui faire dire la vérité. Si près de…

Sa main retourna à l'arrière de ma tête, me tirant vers lui, et sa bouche plongea sur la mienne, fermement, mais avec hésitation. Il laissa ses lèvres chaudes traîner sur les miennes, mais il n'ouvrit pas la bouche et n'essaya pas d'ouvrir la mienne. Mes lèvres irradièrent cependant sous la pression des siennes, et j'eus l'impression que ma colonne vertébrale perdait toute solidité, se liquéfiant lentement à mesure qu'un désir brûlant filait de mes lèvres jusqu'au centre de mon corps.

J'eus honte de la vitesse de ma respiration lorsqu'il s'écarta après ce simple baiser… rien d'aussi passionné que celui que nous avions partagé la semaine précédente. Mais c'était parce que je le soupçonnais de savoir qu'il y en aurait d'autres.

Il savait que ma curiosité intellectuelle voyait ceci comme une occasion rare d'apprendre ce qui le motivait. Et mon attirance incontestable pour lui… ce n'était pas un mal, non plus.

Il scrutait encore une fois mon visage. D'après la manière dont mes joues brûlaient, j'étais certaine qu'il avait remarqué mon rugissement.

— Ta question suivante ? Et je préfère t'avertir, ça ne sera pas donné. Plus il me coûte de répondre à tes questions, plus elles te coûteront… en baisers.

Je déglutis, essayant vainement d'humidifier ma gorge sèche. Puis je hochai légèrement la tête.

— D'accord, alors dis-moi…

Ma voix faiblit et j'inspirai profondément, essayant de calmer mon tournis.

— Dis-moi pourquoi le fait de parler avec Karen t'a contrarié au point que tu devais boire pour t'engourdir ?

— Parce que je suis un héros et qu'il est mort, dit-il d'une voix aussi inanimée et sèche que la poussière de la Lune.

— Parce que tu as *survécu*…

Il détourna les yeux.

— Oui. J'ai survécu à la seule sortie extravéhiculaire qui a fini par la mort d'un astronaute ou d'un cosmonaute. La seule et unique fois.

Il resta enfermé dans sa bulle pendant un long moment. Il secoua la tête.

— Xander est le héros. Je suis un raté. L'homme qui a échoué à sauver la vie de son meilleur ami. Et pourtant, ils veulent tous me traiter en héros. Me demander des interviews, des autographes.

— Et parler avec Karen te l'a rappelé.

Il grimaça.

— Pas besoin de rappel. Je le sais. J'y pense chaque jour.

J'eus le cœur serré en songeant à l'ironie de son dilemme et comment une telle chose pouvait le perturber. *L'échec n'est pas une option*, disait-on. *Travaille sur le problème.* Et pourtant, personne ne lui avait donné l'occasion de le faire.

Il avait reçu l'ordre de retourner au sas afin que la NASA ne perde pas deux astronautes au lieu d'un seul.

Je chassai une soudaine pointe de douleur empathique pour lui, mais je fis de mon mieux pour ne pas montrer la pitié sur mon visage. À la place, je posai la main sur son bras très solide.

— Je suis désolée.

Le bras sous ma main se raidit, et il se repoussa du lit.

— Je reviens.

Il partit à la salle de bains et il ferma la porte. Lorsqu'il ressortit une minute plus tard, il se lava les mains et il éclaboussa son visage avant de se sécher avec une serviette blanche de l'hôtel.

Je l'observai de la tête aux pieds. Il semblait de plus en plus sobre à chaque minute qui passait, mais il était encore sous l'effet d'une sorte d'énergie agitée. Lorsqu'il émergea, ses yeux se tournèrent vers le frigo de l'autre côté de la pièce, là où se trouvait le minibar. Je devais partir. Je *savais* que je devais partir.

Mais si je partais maintenant, j'étais certaine qu'il recommencerait à boire et empirerait les choses. Et comment pouvais-je abandonner cette conversation alors qu'il s'ouvrait enfin à moi ?

Je remontai les lunettes sur mon nez.

— Et si on commandait quelque chose au room service ?

Son regard se porta brusquement sur moi.

— Je n'ai pas faim.

Puis il s'approcha du lit et il reprit sa place à côté de moi.

— Mais je crois bien que nous avons encore des choses à régler.

Il se tourna vers moi et il leva les mains pour retirer mes lunettes avec douceur, avant de les poser sur la table de nuit, à côté du chocolat. Je clignai des paupières. Comme je n'avais pas un gros défaut aux yeux, je pouvais avoir assez bien sans elles. Malgré tout, il fallait toujours que mes yeux s'adaptent quand je les retirais.

Puis lentement, très lentement, il monta la main jusqu'à mon menton, inclinant mon visage afin qu'il puisse m'observer de plus près. Il me regarda d'un œil à l'autre, et je déglutis, retenant ma respiration de telle façon que cela me faisait presque mal à la poitrine.

— Tu as de magnifiques yeux verts.

J'aurais pu parier qu'il disait ça à toutes les filles.

Et cette pensée me força à fermer mes paupières de découragement. Son pouce longea mon menton jusqu'à ce que je les rouvre et que je voie sa bouche qui ne se trouvait qu'à quelques centimètres de la mienne... encore une fois.

— Gray.

— Quoi ?

Sa bouche descendit vers la mienne, et juste avant, il chuchota :

— Ne panique pas.

Cette fois fut aussi douce et excitante que la première fois que nous nous étions embrassés dans son salon, la semaine précédente. Bien sûr, il avait un goût de vodka, mais aussi de quelque chose de frais et savonneux... sans doute son après-rasage. Le froid et la chaleur se mêlèrent dans mes entrailles, brouillant tous mes sentiments et mes sensations.

Mais contrairement à la dernière fois, ce baiser avait quelque chose de plus. Comme une touche de... désespoir ? Je fus empalée sur une pointe de désir incandescent qui me consuma jusqu'aux tréfonds de mon être.

Sa main libre enveloppa ma taille et il m'attira contre lui. Et lorsque sa langue entra dans ma bouche, elle me posséda. C'était le seul mot que je pouvais utiliser pour le décrire. Il déchaîna cette langue comme un explorateur intrépide, plongeant dans un nouveau territoire. Plantant ses bottes dans le sol et revendiquant son droit sans équivoque.

Je déglutis, me raidissant à cette pensée, et il dut le percevoir comme une hésitation, car il me serra plus fort. Il ajouta la main qui tenait mon visage dans le mélange, la posant autour de mes épaules, appuyant nos torses l'un contre l'autre.

C'était différent de tous mes éléments de comparaison, comme d'être appuyée contre un mur solide et chaud. Un mur qui avait aussi une odeur très sexy.

Sa lèvre inférieure s'aligna sur la mienne, scellant ma bouche à la sienne. Nous respirions vite, maintenant. Et les choses dégénéraient plus rapidement que j'aurais pu l'imaginer. Je cherchai à reprendre mon souffle contre sa bouche, mon cœur battait dans ma perte. J'étais perdue sur une planète inconnue, sans savoir où j'allais.

Je faisais simplement confiance à Ryan pour nous y guider, et pourtant...

Si je continuais, je tirais profit de son ivresse.

Car il n'aurait sans doute jamais instauré ce petit jeu s'il était sobre. Pas avec moi, en tout cas. Qui sait. Quand il se réveillerait le matin, il maudirait peut-être l'aveuglement de l'ivresse.

À cette pensée, je m'écartai de lui. Nos têtes se séparèrent lentement, tellement lentement. Je regardai d'abord son nez, puis sa frange de cils sombres. En nous écartant graduellement, lui et moi, son beau visage devint plus net. Ses yeux bleus, bleus, diaboliquement bleus.

Cet homme représentait le vice et le danger les plus purs. Et il le savait. Et il l'avait su dès l'instant où il avait proposé ce baiser. Il se moquait de moi.

Sauf si... sauf si Keely avait raison au sujet de son intérêt pour moi. Mais les probabilités étaient très réduites. Il était bien plus probable qu'il me voie comme une partenaire facile pour se distraire de sa douleur. Cela devait être la seule explication pour qu'il essaie activement de me séduire.

Mais comment expliquer que je sois une proie aussi facile de cette séduction ?

Une proie facile, vraiment. Je me tournai vers lui, car c'était inévitable d'après la façon dont ses yeux me transperçaient. Nos regards se croisèrent et bien que je ne puisse voir aucune moquerie, aucun calcul, je savais que c'était pourtant le cas.

Il inclina la tête comme pour m'étudier sous un angle différent.

— Tu sais ce qui est le plus sexy chez toi ?

J'essayai de cacher ma surprise. C'était comme s'il avait lu dans mes pensées. Je ricanai bêtement.

— C'est vraiment le dernier mot qu'il faudrait utiliser pour me décrire. Il n'y a vraiment rien de sexy chez moi…

Il m'interrompit en secouant vivement la tête.

— Tu as tort. Tu as tellement tort et c'est ça qui est le plus sexy chez toi. Que tu ne saches pas à quel point tu es sexy. Tu es là et tu espères que les gens ne te remarqueront pas.

Il tendit la main et il enroula une mèche de mes cheveux autour de son doigt.

— Mais je te remarque, Gray. Tu es la première personne que je cherche dans une pièce.

Je ris comme si je l'avais enfin percé à jour. Mais en réalité, je ne voulais pas me demander pourquoi ses paroles me réchauffaient le cœur.

— C'est la preuve que tu es vraiment soûl.

Il bougea comme s'il s'approchait pour un autre baiser, envahissant mon espace.

— Tu ne peux pas faire ça. Tu ne peux pas dicter ce que je trouve irrésistiblement attirant ou pas. Tu devrais le savoir, tout particulièrement toi, Mademoiselle la psy.

Je reculai et je me léchai les lèvres, mais je ne répondis pas, détournant le regard. Son doigt vint se poser sous mon menton afin de rediriger mon regard.

— Cela te fait peur, n'est-ce pas ? Que l'on te remarque. On est plus en *sécurité* quand on est invisible.

Il dit le mot comme s'il avait laissé un drôle de goût dans sa bouche.

Je déglutis.

— Peut-être.

— Et les questions... tu aimes poser ces questions, car personne ne te les pose à ton sujet. Quand c'est toi qui poses les questions, tu restes en sécurité. Protégée.

Je clignai des paupières en réfléchissant à cela. Je n'y avais jamais pensé de cette façon, mais il n'avait peut-être pas tort. Je fronçai les sourcils... j'allais devoir m'évaluer très prochainement.

Son visage s'approcha.

— Est-ce que ça te fait peur ? Quand je te dis que je te vois... que je pense que tu es sexy et remarquable ?

Nos regards se verrouillèrent et j'ouvris la bouche, mais ma gorge serrée m'empêcha de parler, m'empêcha même de *respirer*. Et le cliquetis. Ce cliquetis interminable. Le silence était tel qu'il n'était dérangé que par ma seule respiration et les battements de mon cœur.

Ryan inclina la tête en s'approchant, laissant tomber ses paupières. Il allait encore m'embrasser.

Je reculai à la dernière seconde, mais il me fallut une quantité de volonté ridicule.

— N'ai-je pas droit à une question et une réponse d'abord ?

Il serra la mâchoire – presque d'irritation – comme s'il avait espéré que j'oublie ce petit jeu. Mais je ne le pouvais pas. Oui, j'aimais ses baisers, et c'était un bon moyen pour qu'il ne pense plus à l'alcool. Mais le pousser à s'ouvrir avait trop de valeur pour moi. Et je n'allais pas abandonner alors que cette porte rarement ouverte ne s'était pas encore refermée.

Il se rassit et il passa une main dans ses cheveux.

— D'accord.

Une sorte d'impatience était captive de sa voix. Il voulait me faire plaisir. Jusqu'à… jusqu'à la prochaine fois.

Le baiser suivant allait être coûteux. Je vis la tension s'accumuler dans ses yeux. Ils étaient comme des miroirs, comme une armure qui ne réfléchissait que mes propres perceptions. Je scrutai ses yeux avec profondeur, piégée comme dans un puits gravitationnel.

— Est-ce que l'admiration de ton héroïsme te fait te détester toi-même ?

Il cligna des paupières, son regard fuyant sur le côté comme pour réfléchir à mes paroles. Il lui fallut deux secondes. Puis :

— Non.

Ses mains, toutes les deux, se posèrent sur mes cheveux, ma tête fut guidée vers la sienne.

— Attends…

Mais il n'attendit pas. Il fut plus insistant à obtenir ce qu'il voulait. Et apparemment, ce qu'il voulait se trouvait tout au fond de ma bouche, car il y entra avec insistance, persistance. Totale confiance.

Sa bouche s'accrocha à la mienne et il inspira profondément par le nez, une main emmêlée dans mes cheveux et l'autre posée sur mon dos. Mais je ne sus pas s'il me tenait contre lui ou s'il se tenait à moi.

Peu importe. Le ton de ce baiser devint quelque chose de plus cru. De plus désespéré. De plus affamé.

Je le repoussai et sa bouche quitta la mienne. Je ne pus m'empêcher de fixer le mouvement de son torse, car il était clairement aussi excité que moi.

— Tout ça et je n'obtiens qu'un *non* ? finis-je par dire après avoir attendu que ma propre respiration se calme suffisamment pour ne pas me faire honte.

Ses yeux bleus étaient froids et enflammés à la fois. De la glace incandescente. Comme si la seule chose qu'ils me laissaient voir, c'était à quel point il me désirait, à quel point il voulait un autre baiser.

— Qu'y a-t-il de plus à dire ? J'ai des cicatrices. On ne vit pas aussi longtemps que moi – avec mon mode de vie – sans cicatrices.

Je hochai la tête.

— Des cicatrices physiques, oui, c'est vrai. Mais aussi émotionnelles. Celles que tu ne veux pas accepter.

Il inclina lentement la tête vers moi et il recourba sa bouche d'un air séducteur. Puis il leva un doigt et le pointa au milieu de ma poitrine.

— Ce n'est pas moi qui cache mes cicatrices.

Je frissonnai lorsque sa main s'approcha du premier bouton de mon chemisier. Il le défit, puis il me regarda attentivement comme s'il attendait que je l'arrête.

À la place, frissonnant intérieurement, je hochai la tête, lui donnant la permission de continuer. Il voulait prouver son argument en utilisant ma cicatrice ? Très bien. Qu'il le fasse.

Il ne connaissait pas mon intention de retourner la situation d'une façon qu'il ne voyait pas arriver.

Une fois que mon chemisier fut déboutonné, ma cicatrice était en vue sous le décolleté de la robe longue de Keely. Un trait rouge vif dans la peau pâle de ma poitrine.

— Connais-tu la parabole de *Kintsugi* ? demandai-je.

Il jeta un regard prudent à mon visage avant de s'étirer sur le lit, en posant sa tête sur sa main. Il me regarda lorsque je ne bougeai pas.

— Non. On dirait un mot japonais.

Je hochai la tête.

— C'est le cas. C'est…

Il tapota le lit devant lui comme s'il m'invitait à m'allonger à côté de lui pour parler. N'hésitant qu'une seule seconde, je conclus que ce serait plus agréable pour cette discussion. Il y avait une raison pour laquelle la plupart des bureaux de psychologues étaient ornés du divan omniprésent.

Je lui fis face à un peu moins de soixante centimètres, imitant son langage corporel en posant ma tête sur mon bras.

— Bref, cette parabole parle de la technique *maki-e* en art japonais. Des céramiques brisées ou des morceaux de porcelaine sont réparés en remplissant les fissures de poudre d'or pur mélangée à de la laque. Au lieu d'essayer de cacher les fissures, cet art les glorifie comme faisant partie de l'histoire et de la richesse de l'objet.

Il leva un sourcil.

— Ah. Intéressant. Tu penses que je cache mes fêlures ?

Je savais qu'il le faisait, mais malgré ma franchise audacieuse précédente, je me retins de le dire directement. Je choisis un chemin plus indirect à la place.

— Je crois que ta profession a encouragé ce genre de comportement.

Son visage fut curieusement impassible lorsqu'il répondit :

— Pourquoi ne vis-tu pas selon cette philosophie, alors ? demanda-t-il en tendant un long doigt épais pour caresser doucement ma cicatrice à l'endroit où elle sortait de mon décolleté jusqu'à ma clavicule.

Ce simple contact léger causa un éclair de désir brûlant en moi. Mes tétons se serrèrent, formant de petites bosses douloureuses.

— Pourquoi ne penses-tu pas que ceci te rend plus belle ?

J'inclinai la tête vers lui en acceptant ses paroles.

— Je n'ai jamais prétendu être parfaite, Ryan. Après tout, nous vivons dans un monde qui juge les femmes pour leur perfection physique… ou leurs imperfections.

Je haussai une épaule.

— Nous avons tous nos problèmes.

Il fronça les sourcils en me scrutant.

— Certains d'entre nous ont plus de problèmes que d'autres.

Je ne le quittai jamais des yeux… même si j'aurais pu être plus à l'aise en le faisant.

— Certains d'entre nous ont traversé plus d'épreuves que les autres.

— Mais ça, cela indique que tu es une combattante. Une survivante. Que ton cœur se trouve au bon endroit.

Ses doigts s'attardèrent à nouveau près de la cicatrice, plus aussi précis cette fois. Ses articulations frôlèrent le côté de mon sein et je retins mon souffle. L'étincelle dans ses yeux m'indiqua qu'il l'avait fait exprès. Son sourire suffisant en était la preuve.

Et ces mots… *tu es une combattante, une* survivante. Ce même éclat d'admiration dans ses yeux. Et quand il avait parlé de son amie à Francisco, c'était de moi qu'il parlait. Il avait dit que traverser cela prouvait que j'étais forte… que j'étais une combattante. Et maintenant, lorsqu'il le dit, je me rendis compte qu'il était sérieux. Et il était tellement plus que tout ce joli packaging contre lequel j'avais essayé de me prémunir. *Tellement plus.*

Je me mordis la lèvre inférieure en réfléchissant et il passa le pouce dessus en souriant.

— Cette lèvre est bien trop délicieuse pour que tu la mordes de cette façon.

Je déglutis et il inclina la tête, comme pour me regarder autrement.

— As-tu d'autres questions pour moi ? Je suis surpris que tu aies abandonné si facilement.

Je ris.

— Je n'ai pas abandonné. J'ai une tonne d'autres questions pour toi.

Et je n'allais pas le lui dire en face, mais je mourrais d'envie d'avoir le prochain baiser. Je commençais à me convaincre, comme une personne faisant un régime qui essayait de justifier ce magnifique dessert qui le tentait.

Au lieu de *Si je mange ceci, je ferai un peu plus de sport aujourd'hui,* c'était : *juste un petit baiser. Cela fait tant de bien. Il s'ouvre à toi.* Et ainsi de suite, justifiant les calories, la théorie du 'dernier coup', et tous les autres cauchemars des gens accros.

Mais je n'étais pas en danger de devenir accro à ses baisers, n'est-ce pas ?

Non. Certainement pas.

J'étais forte, comme de l'acier. J'étais de la glace. *De la glace solide.* J'étais des molécules d'eau compactées et sans aucune vibration. J'étais dure et froide et... et... Je détournai les yeux de son regard pénétrant. *Oh, oui, commandant Tyler, vous êtes une substance dangereuse et vous pourriez me faire développer une addiction.*

— Je n'aurais jamais cru dire ça, mais je vous en prie, posez vos questions, Dr Gray.

Je clignai des paupières, soudain timide. Les choses devenaient sérieuses et j'avais intérêt à ce que la question en vaille la peine. *Qu'elle en vaille la peine.* Je faillis me moquer de moi-même. C'était comme si je faisais un énorme sacrifice en me faisant embrasser par un magnifique héros intense qui était désiré par des milliers de femmes.

D'un autre côté, la porte était ouverte et son offre avait une date d'expiration très claire.

— Pourquoi t'es-tu fâché à ce point quand le type au bar a dit que tu ne volerais plus jamais ? Particulièrement alors que nous savons tous les deux que c'est faux ?

Il détourna le regard et il roula sur le dos, fixant le plafond pendant un moment. Puis il rentra lentement ses lèvres dans sa bouche, comme pour les humidifier.

— Parce qu'il est au courant de la promesse. Elle a été dite sur le système de communication... soi-disant en privé, mais j'ai des raisons de croire que cela a fuité depuis, au moins à l'intérieur de la NASA.

Je faillis demander *Quelle promesse ?* Mais c'était une autre question, et il ne manquerait pas de me le faire remarquer. Je perdrais alors cette chance de poursuivre la conversation. Je fis donc ce que faisait toute bonne thérapeute et je hochai la tête avec un bruit conciliant qui montrait que j'écoutais avec beaucoup d'intérêt – ce qui était le cas. Je l'incitai à continuer par un bon gros appât.

— Il te provoquait donc.

Ryan continua à fixer le plafond.

— Bogart connaissait l'importance de cette menace. Xander m'a fait promettre de repartir dans l'espace. De ne pas laisser cet accident m'en empêcher, peu importe les conséquences.

Je ruminai cela pendant un moment. Waouh, c'était vraiment mettre un poids sur les épaules de Ryan pendant une période affreuse pour tous les deux. Mais l'objectif de Xander était peut-être de donner un but à la vie de Ryan afin qu'il ne passe pas son temps à s'en vouloir.

— Dans ce cas, est-ce que tu voles pour les bonnes raisons ? Parce que tu le veux et pas parce que c'est ce que Xander voulait ?

Il se releva en approchant son visage du mien.

— C'est une autre question. Et je n'ai jamais eu mon paiement pour la question précédente.

Ma respiration resta coincée dans ma gorge. Ryan posa une main déterminée sur mon épaule et il me poussa, me forçant à m'allonger sur le dos. Le monde entier fit un looping lorsqu'il se pencha au-dessus de moi, un désir manifeste dans les yeux. Sa tête descendit lentement vers moi et j'ouvris la bouche, prête à l'accepter lorsque…

Lorsqu'il changea de direction et que sa bouche atterrit sur mon torse, traçant la forme de ma cicatrice avec ses baisers. Des traces érotiques de sa bouche le long de mon sternum, de ma clavicule, avant de remonter son visage au-dessus du mien.

— Tu sens si bon.

Clic. Clic. Clique. Clic. Clic. Ma prothèse de valve était une traîtresse, révélant très clairement l'effet qu'il avait sur moi. Bien sûr, le fait que je parvienne à peine à respirer n'arrangeait rien.

Personne ne m'avait encore touché ainsi. *Jamais.* Et il semblait en profiter… sans même le savoir.

Je ne me faisais pas d'illusions, je savais que je ne passais pas pour quelqu'un d'expérimenté. Pour quelqu'un comme Ryan, qui avait été avec des tonnes de femmes, j'étais certaine que mon absence de talent dans le domaine était évidente. Mais cela n'avait pas semblé le dissuader. Bien au contraire… la flamme dans ses yeux sembla brûler plus vivement qu'avant. Peut-être même suffisamment pour y faire fondre le bleu glacial.

— Veux-tu voler pour toi-même, ou bien est-ce seulement parce que tu l'as promis à Xander ? demandai-je en reformulant ma question.

Ses sourcils bruns tremblèrent, mais les coins de sa bouche remontèrent.

— Aah… cette question-là. C'est une question très profonde et indiscrète, Dr Gray. Je pense exiger d'être payé avant de répondre. Es-tu prête à en payer le prix ?

Je ne pus m'en empêcher. Je ne pouvais plus respirer. Tout ce que je pouvais faire, c'était le regarder dans les yeux et hocher la tête sans parler, incapable d'imaginer où il irait ensuite, mais tout à fait prête à l'y suivre. Bien trop prête à l'y suivre.

Ma raison criait au fond de mon esprit, me disait qu'il ne fallait pas aller plus loin. Mais il ne détacha pas son regard de mon visage lorsque sa main se posa sur la bretelle de ma robe et qu'il la glissa lentement de mon épaule, exposant mon sein droit.

Je parvins tout juste à réprimer un gémissement lorsque sa tête sombre plongea pour envelopper mon téton avec ses lèvres. Ma bouche s'ouvrit et je cambrai le dos vers lui lorsqu'il me toucha, sa langue brûlante faisant des cercles, sa bouche se refermant en suçant. Du feu, du plaisir et de la tension contenus dans ce contact.

Mon esprit – même cette voix tout au fond – se vida et je ne sentis plus que la bouche de Ryan sur moi, sa main se refermant sur l'autre sein toujours couvert. Lorsque je laissai échapper un gémissement involontaire, j'entendis un grognement profond et guttural du fond de sa gorge. Mon corps et mon esprit furent consumés par son contact.

Un feu incandescent s'étala dans ma poitrine, jusqu'au plus profond de moi, entre mes jambes. Je frissonnai sous lui, en proie au délire et ivre de désir.

J'avais *besoin* de plus. J'avais besoin de lui. *Partout*. Il déplaça son poids sur moi, et nos bouches furent à nouveau ensemble, mon corps gigotant sous lui, aussi peu sous mon contrôle que mes propres pensées et mon désir l'étaient à ce moment.

Maintenant il chuchotait, la bouche appuyée contre mon oreille pendant qu'il se poussait contre moi.

— Gray, j'ai terriblement envie de te baiser maintenant. J'ai besoin de toi.

Je fermai les yeux, mes pensées tourbillonnant dans ma tête. Sachant que je ne le pouvais pas. Que je ne le devais pas.

Mais mon Dieu, que j'en avais envie !

CHAPITRE QUINZE
RYAN

ELLE ETAIT EXQUISE, LE GOUT ET LA SENSATION DE SON corps mince contre le mien m'enivraient plus vite que l'alcool pénétrant mon sang. Je passai un genou entre les siens, les ouvrant. Ma main fut immédiatement attirée par le bord de la robe… qui arrivait jusqu'à ses chevilles, mais en tirant un peu je la fis remonter au-dessus de ses genoux. Je caressai sa cuisse douce et elle inspira entre ses dents.

Il était évident qu'elle ne recevait pas assez de ceci – en tout cas, dernièrement. Cela devait faire longtemps que le dernier homme dans sa vie l'avait touchée. Mais elle en profitait maintenant. Avec enthousiasme. Et cela rendait les choses encore plus excitantes pour moi. Mon érection était douloureuse, serrée dans mon pantalon.

Je n'allais donc pas poursuivre le projet de boire de la vodka et de me ridiculiser au bar. Ceci allait être bien plus amusant. Et si j'étais honnête avec moi-même, j'avais désespérément envie d'enlever la culotte de Gray depuis que je l'avais embrassée dans mon salon la semaine avant.

Ses soupirs adorables, la façon dont elle bougeait contre moi. Il devenait très difficile de me retenir. Ma main remonta sous sa robe, le long de sa cuisse. Je pris soin de le faire lentement, afin qu'elle puisse m'arrêter si elle le voulait. Mais j'allais être anéanti si elle interrompait les choses maintenant.

Mes lèvres se posèrent dans son cou, ma main et ma bouche travaillaient de façon synchronisée, comme dans une manœuvre d'entraînement compliquée, pour piloter un T-38 Talon.

Il fallait que je fasse très attention. Car ceci était différent. Ce n'était pas comme les autres fois. Elle n'était pas comme les autres.

Ses soupirs tentants lorsque ses doigts traînèrent dans mes cheveux, se serrant pour tirer dessus. La légère douleur ne faisait que m'enflammer davantage. Sa respiration saccadée. Une de mes mains était appuyée dans son dos et un tremblement traversa son corps sous le coton mince de sa robe.

L'excitation monta, mon corps se durcissant encore en réaction à cette nouvelle poussée de désir. Mais je résistai à l'envie de la bousculer comme mon corps le souhaitait.

— J'ai besoin d'être en toi, murmurai-je dans sa bouche en appuyant mon érection contre sa jambe.

Et apparemment, ce fut mon erreur. Je le sentis dès qu'elle se raidit, ses mains descendant de mes cheveux pour pousser contre mon torse. Dans un dernier effort, je remontai ma main sur sa cuisse, la déposant sur le monticule brûlant recouvert par sa culotte. Mais je ne plongeai pas dessous, lui laissant le temps.

Elle frissonna encore, et je sentis le tremblement me parcourir également. Je fermai les yeux pour savourer la sensation, mais avant que je puisse bouger ma main ou faire autre chose, elle détourna la tête de la mienne et elle me repoussa.

— Il faut que ça s'arrête, Ryan.

Merde.

Elle respirait vite et je ne pus m'empêcher de remarquer à quel point elle était belle quand elle rougissait. Je m'écartai, laissant les mains exactement où elles étaient. Peut-être changerait-elle d'avis ? *Ouais, t'as qu'à le croire crétin.*

Avec des mouvements maladroits, elle descendit les mains et verrouilla ses doigts minces autour de mon poignet avant de retirer ma main de sa culotte. Bon sang. Si près et pourtant si loin. J'avais mal à la queue. Elle était calme, mais très ferme, ne me laissant aucun doute. Je reculai, retirant mon autre bras de sous elle. Elle allait sans doute dire que c'était une erreur et que cela ne devait jamais avoir lieu entre nous. Je n'avais pas la moindre intention de le reconnaître.

Cela faisait longtemps que les choses n'avaient pas semblé aussi parfaites avec une femme. Comme si je me souciais moins de prendre du plaisir et plus de lui en donner. Bien sûr, je faisais toujours en sorte qu'une femme ait du plaisir au lit avec moi, mais là, c'était différent.

Car ce n'était pas seulement pour lui donner du plaisir.

J'espérais peut-être qu'une partie de sa bonté, de sa tendresse, déteindraient sur moi pendant quelque temps, comme la poussière de fée de Clochette. Comme des paillettes d'espoir.

De l'espoir. C'était quelque chose que je n'avais pas ressenti depuis longtemps.

Gray s'assit lentement et remonta sa robe pour se couvrir, puis elle se tint entièrement à ce plan en reboutonnant son chemisier. Je la regardai en clignant des paupières, essayant de chasser les pensées érotiques qui me passaient par la tête.

Ses cheveux, plus ébouriffés que jamais, son visage, tout rouge. Ses yeux, brillants de désir. Elle n'était pas simplement mignonne. Elle était carrément superbe... à couper le souffle.

Et je la désirais sans l'ombre d'un doute.

Je suppose que j'étais censé réagir, mais je ne savais pas du tout quelle était la question, alors je m'assis. En passant la main dans les cheveux, j'essayai d'oublier la sensation de ses doigts sur ma tête, caressant mon cuir chevelu, faisant courir des frissons dans tout mon corps.

J'espérais bêtement qu'elle ne mettait pas vraiment un frein à la situation. Peut-être voulait-elle parler de contraception ou exprimer son consentement ou une éventuelle complication médicale à cause de ses différents problèmes de santé, ou autre chose encore ? *Ouais, continue de rêver, imbécile.*

— Pourquoi fais-tu ceci ? finit-elle par demander en secouant la tête, ses cheveux indisciplinés dépassant sur les côtés, me donnant terriblement envie de passer les doigts dans cette masse de boucles.

Je déglutis, la gorge serrée, mon pouls battant de désir.

Oui, on aurait dit qu'elle mettait un frein officiel.

— Eh bien, je croyais que c'était évident. J'ai aussi pensé que c'est ce que tu voulais.

Elle détourna la tête et elle attrapa ses lunettes sur la table de nuit avant de les replacer sûr son nez. J'aurais aimé regarder ailleurs, mais je fus complètement incapable de ne pas suivre tous ses mouvements des yeux. Je l'observai comme un tigre affamé dans les buissons, observant sa proie.

Et elle me regardait également. Avec la même intensité.

Puis elle secoua la tête, écarquillant ses yeux verts innocents, ses sourcils sombres s'élevant au-dessus de ses lunettes. Elle sembla triste ou déçue. Déçue ? Par moi ?

Bienvenue au club, Gray, voulus-je dire en réponse, mais je gardai la bouche fermée. Je me forçai à détourner le regard et je poussai un long soupir en forçant mon corps stupide à se calmer. Une pensée sombre au fond de ma tête me disait que j'aurais dû draguer une de ces femmes au bar à la place.

Je me serais peut-être amusé. Mais ce n'était pas ce que je voulais. Ce dont j'avais besoin.

Ce dont j'avais besoin se trouvait devant moi, croisant les bras sur sa poitrine loin d'être voluptueuse. Elle m'étudiait et elle me regardait un peu comme un personnage de bande dessinée avec une ampoule éclairée au-dessus de la tête.

— Pourquoi fais-tu ceci ? répéta-t-elle.

Je me retournai vers elle, l'observant à mon tour.

— Je te veux.

Elle leva un sourcil.

— Ah bon ? *Vraiment?*

J'en avais assez des petits jeux à la con.

— N'est-ce pas évident ? Maintenant, tu es ridicule avec les 'Il est impossible que tu me trouves sexy'. Je te pensais plus intelligente que ça.

Elle pinça les lèvres et elle se raidit.

— Ce n'est pas la raison de ma question, mais merci.

— Quelle est alors la raison de ta question ?

— C'est parce qu'il est évident que tu utilises le sexe pour atténuer ta douleur.

Je reculai en écarquillant les yeux, prêt à nier son affirmation. Mais au fond de moi, une voix me criait que j'étais hypocrite. Elle avait raison. Je venais de me reprocher de ne pas avoir trouvé une femme qui soit prête pour le sexe. Je serrai la mâchoire en lui jetant un regard noir.

Elle baissa les yeux et elle rougit presque involontairement en se mordant la lèvre inférieure. Ma respiration devint saccadée lorsque je regardai cette bouche, la façon dont elle mordit sa lèvre, la façon dont ses tétons étaient clairement pointus sous le coton fin de sa robe. Le goût de ce téton sombre et rose dans ma bouche, le gémissement au fond de sa gorge, la cambrure de son dos.

Bon sang. Je fermai les yeux et je frottai le nœud de tension en haut de ma colonne.

— Je ne vais pas être celle qui te soulage de ta démangeaison, Ryan.

Je levai les yeux au ciel.

— Mince, quand tu le présentes de cette façon, ça donne tellement envie.

Mes épaules s'affaissèrent et je fus soudain épuisé. L'adrénaline de l'anticipation du sexe s'évaporait rapidement de mon corps et tout ce que je voulais, c'était maintenant de sentir l'eau chaude de la douche sur mes muscles endoloris. M'allonger sur un lit moelleux et dormir pendant des heures dans une chambre silencieuse.

Mais je ne voulais pas être seul, plus particulièrement, je ne voulais pas qu'elle parte.

Si elle restait ici avec moi, j'aurais peut-être le courage de dormir toute la nuit, pour une fois.

— Je, euh, je vais aller me doucher.

Je me levai du lit, faisant un pas vers la salle de bains. En réaction, elle se leva et elle fit un pas vers moi.

— Ryan.

Je m'arrêtai, mais je ne me tournai pas vers elle.

— Quoi ?

— Je ne voulais pas… es-tu fâché ? Je ne voulais pas te fâcher.

— Fâché ? Non. Frustré ? Oui.

— Mais comprends-tu pourquoi tu as envie de ceci ? C'est ton instinct en réaction à ce que tu ressens après toute cette journée. D'abord, l'envie de t'enivrer, puis de te jeter sur le sexe. Tu essaies d'engourdir ta douleur.

Je refermai les yeux.

— Je ne ressens rien. Je suis engourdi.

— Ce n'est pas vrai. Tu ne te laisses pas accéder à ces sentiments. C'est comme une enfant qui se brûle contre le poêle. La fois suivante, quand elle ressent la chaleur, elle s'écarte… parfois de beaucoup. Tu viens de te trouver dans une pièce avec tes amis les plus proches de la décennie passée… tous tes amis, sauf un. Et sa veuve…

— J'en ai tout à fait conscience. Et oui, je n'ai pas adoré ça, mais bon sang, si je peux grimper au sommet d'une putain de montagne sans dormir et avec très peu de nourriture et d'eau, alors…

— Non ! dit-elle d'une voix rauque en s'approchant soudain de moi. Non, tu ne peux pas comparer ces choses-là. Affronter des épreuves physiques n'a aucun effet sur ta façon de gérer une telle situation. Particulièrement alors que tu insistes pour porter ce fardeau sur tes épaules.

Je courbai le dos avant même de comprendre spécifiquement ce qu'elle disait. Ma gorge se serra. Je me tournai vers elle et je pus les voir… des larmes s'accumulant au fond de ses grands yeux, un tremblement de sa lèvre inférieure.

Des larmes pour moi.

Je la regardai, stupéfait, alors qu'une minuscule larme s'échappa du coin de son œil et traça un chemin silencieux le long de sa joue. Sans même y réfléchir, je tendis le doigt et je traçai ce chemin sur sa peau lumineuse.

Elle renifla bruyamment et elle imita mon geste en posant une main sur ma joue. Je fermai les yeux, me concentrant sur chaque centimètre carré de cette peau au contact de la mienne, sa paume chaude se posant autour de ma mâchoire, de ma joue.

— En ce cas, nous avons tous les deux un problème. Effectivement, je devrais admettre que j'utilise le sexe pour atténuer ma douleur. Toi, tu devrais admettre que tu es une femme attirante que les hommes désirent.

J'étudiai son visage, sa réaction. Ses yeux étaient écarquillés et elle déglutit avant de baisser le regard.

— Marché conclu ? demandai-je en insistant.

Un léger rire s'échappa de ses lèvres… une expulsion rapide de son air, ressemblant un peu à sa respiration haletante qui m'avait enflammé quand je l'avais embrassée. Ce souvenir déclencha une nouvelle étincelle en moi, jusqu'au fond de mes entrailles.

— Marché conclu, acquiesça-t-elle doucement.

On ne me repoussait jamais. Mais je devais admettre que c'était incroyablement excitant. Il fallait que je sois repoussé plus souvent. Par elle.

— Est-ce que ça ira maintenant, si je retourne dans ma chambre ?

Je tendis la main et je capturai son poignet pour l'empêcher de partir lorsqu'elle fit un pas en arrière.

— S'il te plaît, ne pars pas.

Son visage s'assombrit.

— Il ne se passera rien entre nous, j'ai cru…

Je secouai la tête.

— Oui, je sais. Tu as été très claire, mais…

Merde. C'était difficile de poser la question, de la prononcer alors que chaque mot était une nouvelle preuve de ma faiblesse. Répondre à ses questions avait déjà été assez difficile.

C'était presque impossible d'admettre que j'avais besoin de l'aide de qui que ce soit, que j'avais besoin de son aide. Que plus que tout, je voulais m'allonger sur ce lit et dormir sans être dérangé jusqu'au matin.

— Tu veux que je reste afin que nous puissions parler ?

Mon Dieu, non. Je soupirai.

— Non. Je… je veux dormir. Je suis épuisé.

Elle fronça les sourcils.

— Mais tu veux que je reste pendant que tu dors ?

Je serrai son poignet avec plus de force.

— S'il te plaît.

Bon sang, c'était stupide. Pourquoi voulais-je qu'elle reste là, et pourquoi la suppliais-je ? Si elle restait, elle risquait encore plus de découvrir mon secret pathétique.

— Tu veux que je reste ici jusqu'à ce que tu t'endormes ? demanda-t-elle en écarquillant les yeux comme une enfant.

Je secouai la tête, presque avec lassitude.

— Tu veux que je parte ?

Je secouai encore la tête. Elle fronça les sourcils, puis elle regarda le lit et moi.

— Tu veux que je dorme ici ?

Je refermai les yeux, la douleur grandissant dans ma poitrine. J'avais presque l'impression de risquer d'éclater en sanglots si je pouvais un jour laisser sortir cette émotion. À la place, c'était un nœud d'agonie qui se tordait en moi. Malgré tout, je savais que je préférais me couper un bras et l'abandonner au bord de la route plutôt que de demander de l'aide.

— Il ne se passera rien, dis-je. Je préfère ne pas rester seul. Ma voix s'estompa.

Elle plissa le front et elle refit un pas en avant avec son beau geste, touchant mon visage avec sa main délicate.

— Je vais rester. Mais personne ne doit le savoir.

Bien sûr que non. J'étais censé avoir une liaison très publique avec la gentille Keely qui était sans doute en train de baiser avec son coup d'un soir russe. Je les avais vus quitter le bar par-derrière juste après ma conversation avec Karen. Si je connaissais bien Kirill, j'étais certain que Keely allait être une femme comblée le lendemain.

Je lui enviais son absence de dégâts psychologiques.

Je regardai au fond de ses yeux verts immaculés en poussant un long soupir, et je me sentis brisé. *Peux-tu me réparer, Gray Barrett ? Tu as dit que ce n'était pas ton travail. Que c'était le mien. Mais pourquoi aimerais-je tant que tu le puisses ?*

Son air troublé s'effaça et elle sembla passer en mode de résolution de problèmes.

— Je vais aller dans ma chambre pour me brosser les dents et enfiler un jogging. Mais je reviens. Pourquoi n'irais-tu pas te doucher ?

Je me dirigeai vers la table de nuit, j'attrapai la carte de la porte et je la lui tendis. Elle me remercia et elle marcha vers la sortie avant de se retourner.

— Tu, euh, tu ne dors pas tout nu, n'est-ce pas ?

Je ricanai… je ne pus pas m'en empêcher.

— Un problème avec ça ?

Elle leva les sourcils puis elle me jeta un regard noir. Je ris.

— Ne t'inquiète pas. Je serai habillé.

Elle pinça les lèvres comme pour réprimer un sourire et elle partit. Je gloussai intérieurement en attrapant un short et un tee-shirt dans ma valise, et je me rendis dans la salle de bains.

Lorsque j'eus terminé, elle était de retour dans ma chambre, assise sur le lit, vêtue d'un jogging gris et d'un tee-shirt de la NASA avec le logo rond classique – que les initiés appelaient affectueusement la 'boulette' – et d'épaisses chaussettes roses. Elle avait également retiré ses lunettes.

Mon corps n'avait pas oublié les promesses des baisers et son goût, et même maintenant, je me rappelais à quel point ses seins étaient délicieux sous le tissu fin qui les collait. *Alléchants, à vrai dire.* Je baissai les yeux en remarquant la façon dont son pantalon moulait ses longues cuisses.

La pression familière sous ma ceinture promettait de me faire honte très bientôt si je ne me glissais pas sous les couvertures.

— Quel côté aimes-tu ? demanda-t-elle en jetant un coup d'œil vers le lit, avant de pointer le doigt vers le livre et le réveil posés dessus. Je suppose que c'est celui-ci, puisque tes affaires se trouvent de ce côté.

— Ça m'est égal, dis-je en haussant les épaules.

Et c'était vrai, je laissais généralement mes partenaires sexuelles décider de tout cela.

Elle retira les pieds du sol et elle s'étira avant de rouler de l'autre côté du lit. Je la regardai, observant ce sourire réservé sur son beau visage, la façon dont elle rougissait dans la lumière tamisée.

— Je suppose que tu ne fais pas ça souvent, de simplement dormir avec un type.

Elle fronça les sourcils en hésitant, puis elle tapota mon côté du lit. Je soulevai les couvertures et je me glissai dessous. C'était un lit king size, il y avait donc des kilomètres d'espace entre nous.

L'idée de fermer les yeux et de les rouvrir dans l'obscurité me glaçait le sang. En général, même quand une femme était présente, je gardais la pièce illuminée, même si ce n'était que légèrement. Aucune des femmes ne faisait en général de remarque là-dessus. Quand nous allions enfin dormir, elles étaient trop épuisées pour se plaindre de la lumière.

Mais ceci était différent. Non seulement je n'avais pas eu l'occasion de l'épuiser de la façon la plus agréable possible, mais elle était également maligne comme un singe et elle voyait tout. Pour la dixième fois, je m'interrogeai sur ma santé mentale lorsque je lui avais demandé de rester ici avec moi.

Une fois que je fus installée, elle se tourna vers moi et nous nous regardâmes d'un air embarrassé. Puis elle sourit. Je tournai la tête et je fixai le plafond, avant de finir par fermer les yeux.

— Bonne nuit.

— Bonne nuit, répondit-elle d'une petite voix hésitante. Vas-tu… vas-tu éteindre la lumière ?

Je ne dis rien, essayant d'ignorer la façon dont mon cœur tambourinait dans ma gorge. Je le sentais qui m'empêchait de respirer, qui retirait ma détermination. Je pris conscience d'une légère peur, et mes pensées se portèrent sur cette noirceur pure à l'autre bout, la planète sombre qui s'étirait à des kilomètres sous moi pendant que j'essayais de reprendre mon souffle dans ma combinaison percée.

Gray s'assit lentement comme si elle avait perçu mon malaise, alors que j'avais tout fait pour le cacher. J'étais un putain d'expert pour le cacher. Elle se souvenait sans doute de l'incident quelques jours auparavant, lorsque j'avais presque perdu les pédales quand elle avait éteint la lumière de la cuisine par habitude.

Je gardai les yeux rivés sur le plafond. Je me concentrai fortement sur le ralentissement de mon pouls, inspirant longuement et profondément avant de souffler de façon mesurée. Je tournai la tête vers elle lorsqu'elle s'assit, puis qu'elle s'approcha de moi en regardant mon visage.

— Ça va ? Tu transpires.

— Je vais bien.

Elle hésita, puis elle hocha la tête.

— La lumière reste donc allumée ?

Elle avait parlé d'une voix douce et interrogative. Bien sûr, elle allait comprendre.

— Oui. Et je ne veux répondre à aucune question à ce sujet. Je veux seulement dormir.

Elle cligna des paupières et elle hocha la tête.

— D'accord.

Alors que je pouvais lire un millier de questions dans ses yeux, elle hésita malgré tout. Gray n'avait jamais été hésitante à poser les questions auxquelles elle voulait des réponses, mais je l'avais déjà empêchée de prendre ce chemin.

Cependant, au lieu de retourner de son côté du lit, elle s'allongea juste à côté de moi. Dans le silence, je pouvais entendre le cliquetis de la valve de son cœur. Il était beaucoup plus lent et plus mesuré qu'il ne l'avait été quand je l'avais excitée.

Je fermai les yeux. Mon Dieu, j'avais envie de l'exciter encore. Je voulais m'enfouir dans sa chaleur et oublier que chaque fois que je fermais les yeux pour dormir, tout ce que je voyais, c'était le noir le plus noir, le vide le plus vide.

Je me rendis compte que je retenais ma respiration lorsque je sentis le serrement de mon torse. Je serrai les poings. Mes entrailles étaient froides comme la glace.

Froides comme l'espace. J'étais une silhouette solitaire qui luttait pour sa propre vie et pour celle de son meilleur ami dans l'obscurité de l'espace.

Sa tête se releva.

— Respire, Ryan. Arrête de retenir ta respiration. Tu vas seulement empirer la situation.

Je l'observai, la tête appuyée contre l'oreiller à côté de moi. Nous nous regardâmes dans les yeux. Elle savait. D'une façon ou d'une autre, elle savait. Elle me regarda sans cligner des yeux, puis elle tendit la main afin de caresser encore mon visage, sa main douce frottant bruyamment les poils naissants de ma barbe.

— Ne laisse pas ton esprit s'égarer. Pense seulement à ta respiration.

Je déglutis, remarquant que le son de sa voix n'était pas malvenu. Il me calmait.

Je laissai échapper le souffle que j'avais retenu et il explosa hors de mon torse.

— Je vais bien, répétai-je après avoir désespérément avalé plus d'air.

Même moi, j'entendais le mensonge dans ma voix.

Elle se tourna vers moi, se collant plus près, et elle posa doucement la main sur ma poitrine, comme si elle essayait de voir si je respirais encore.

— Ferme les yeux, Ryan.

Chaque fois que je fermais les yeux, je devais lutter pour ne pas voir ce que je voyais toujours dans l'obscurité : les panneaux sombres de l'installation solaire de l'ISS devant un arrière-plan d'étoiles. Le son paniqué dans mon oreille venant des questions frénétiques de Xander, les réponses tout aussi agitées de Capcom. Les alarmes m'avertissant du trou dans ma propre combinaison.

— *Xander, utilise ton SAFER, disait Noah dans le système de communication.*

— *Je ne peux pas manœuvrer... tout est gelé...*

J'eus encore le souffle coupé, me demandant comment j'allais revenir au sas avant que ma combinaison perde toute la pression.

Le temps passait. Allions-nous survivre ?

— Ryan, tu es ici à Houston dans une chambre d'hôtel avec moi. Tu es en sécurité.

J'avais peut-être dit quelque chose à voix haute, ou bien elle avait simplement décelé ma terreur. Elle posa une pression supplémentaire sur mon torse, appuyant sa tête contre moi.

— Concentre-toi sur le bruit de ma voix et sur la pression de ma tête sur ton torse... Cela peut t'aider.

Elle bougea la tête et le parfum de ses cheveux emplit mes narines. Elle avait une odeur féminine et forte. La menthe, les fraises, le sel de la sueur à cause de l'excitation que mes mains et ma bouche avaient causée dans son corps souple. Elle sentait la route de campagne au printemps, les nuages de pluie et l'anticipation.

Je tournai la tête, enfouissant mon nez dans ses cheveux, sentant une poussée d'autre chose... le réconfort, le manque. J'inspirai profondément, sentant le picotement de sa présence s'étaler dans mon torse, mes épaules, le long de mes jambes jusqu'à mes orteils.

Chaque molécule de mon corps était consciente d'elle. Prête pour elle. Tendue vers elle. Je ne bougeai pas les bras, mais je m'imaginai toucher encore sa peau douce. Putain, j'aurais donné n'importe quoi pour placer mes hanches entre ses cuisses ouvertes, la sentir sous moi.

Elle tendit la main vers la mienne et elle entrelaça nos doigts en les serrant.

— Je suis ici avec toi. Tu es en sécurité, répétait-elle encore et encore.

Chez moi.

Je l'attirai plus près et la douleur vide en moi s'intensifia. Et puis elle fit quelque chose qui me surprit : elle se lova contre moi, levant une jambe pour entourer une des miennes.

Je voulus encore l'embrasser. *Vouloir,* c'était un mot faible pour ce que je vivais.

Brûler d'envie. Désirer. *Avoir besoin de.*

Bon sang. Commençai-je à avoir besoin d'elle ? C'était une expérience étrange pour moi. Je n'avais encore jamais eu besoin de qui que ce soit.

Mais à mesure que mon pouls ralentissait et que mes nerfs se calmaient, je me concentrais sur le son de sa respiration régulière, et le tic-tac de ses battements de cœur, jusqu'à ce qu'il soit clair qu'elle dormait. Je fermai les yeux et je laissai paisiblement l'obscurité me prendre.

CHAPITRE SEIZE
GRAY

J E ME REVEILLAI DANS UN MELI-MELO DE DRAPS ET DE membres, avec les bras très solides de Ryan autour de moi. Et je dus admettre qu'il était très difficile de m'extirper de cet endroit chaleureux et sécurisant. Ce sentiment de sécurité, de calme entre ses bras rendait presque impossible le fait d'envisager de quitter ce lit.

Mais l'idée d'être vue en sortant de sa chambre suffisait à me pousser à quitter ses bras très musclés. Sans faire de bruit, je retournai dans ma chambre alors que le ciel commençait tout juste à s'éclaircir. Je vis avec soulagement que le couloir était vide, et qu'il n'y avait donc personne pour confondre mon trajet de deux cents mètres avec un retour après une nuit de sexe.

Mais cela aurait très bien pu être le cas. Je ne pus m'empêcher de songer à la nuit précédente et à la façon dont j'avais laissé Ryan m'embrasser et me toucher et me faire me sentir si... J'avais permis tout cela au nom de réponses à mes questions. Des questions importantes, il est vrai. Mais à quel prix ? Celui de mon intégrité ?

L'hôtel proposait le petit-déjeuner dans le salon. Je fus la première, mais d'autres arrivèrent bientôt. Et même si j'essayai de ne pas le faire, je parcourais tout le temps la pièce du regard à la recherche de Ryan. Mais il n'était pas encore arrivé. À côté de la machine à café, Keely attrapa mon bras.

— Comment vas-tu, Gray ? As-tu passé une bonne soirée ?

Je souris en me demandant comment éviter sa question tout en remplissant ma tasse. L'arôme riche du café fraîchement préparé me frappa le nez. L'odeur du café suffisait à me réveiller et m'activer quand j'étais à moitié endormie. Ce matin, avec mes pensées et mes sentiments confus, j'appréciais particulièrement la magie du kawa.

— La robe était adorable. Merci de me l'avoir prêtée.

Elle sourit, mais heureusement elle n'insista pas pour avoir des détails au sujet de la veille. Je ne pus m'empêcher de remarquer à quel point elle était bien apprêtée, même à cette heure de la matinée : maquillage complet, brushing parfait avec de nouvelles boucles. De plus, elle avait déjà signé quelques autographes pour les employés. Son rouge à lèvres était de couleur taupe crème et parfaitement appliqué sur ses belles lèvres pleines. Je me sentais comme une pâquerette fanée à côté d'elle.

— Je crois qu'elle a aussi plu à notre Starman. Il n'a pas arrêté de te regarder toute la soirée.

Je lui fis signe de se taire en regardant autour de moi pour m'assurer que personne ne l'avait entendue… particulièrement Ryan lui-même. Mais il n'était toujours pas arrivé et je me demandais si je devais lui envoyer un message pour le réveiller. D'après la difficulté qu'il avait eue à s'endormir, il avait sans doute besoin de sommeil supplémentaire.

Je m'éclaircis la gorge et je cherchai à changer de sujet.

— Es-tu, euh, es-tu rentrée sans problème hier soir ? J'ai renvoyé le chauffeur te chercher.

Elle sourit encore.

— Je suis partie tôt avec le Russe et nous avons pris un Uber. Nous nous sommes amusés de notre côté.

Elle écarquilla les yeux avant de poursuivre.

— Oh, mon Dieu, le talent de cet homme. Il a un savoir-faire hallucinant.

Je clignai des paupières.

— Mais personne ne vous a vus ensemble, n'est-ce pas ?

Elle rit.

— Je suis une experte quand je veux éviter les paparazzi.

— Heureusement, dis-je en touillant mon café. Je suis contente que tu te sois amusée.

Elle jeta un coup d'œil par-dessus mon épaule avant de me regarder.

— Je crois que Ty et toi vous devriez vous amuser de cette façon, aussi.

Elle agita ses sourcils fins. Elle ne lâchait pas l'affaire.

Je lui jetai un regard noir.

— Je t'en prie, ne me dis pas qu'il est juste derrière moi. *S'il te plaît.*

Elle jeta encore un coup d'œil par-dessus mon épaule et elle salua de la main.

— Pas juste derrière toi. Il ne sait pas que nous parlons de son besoin de baiser, mais je suis certaine qu'il serait content de l'entendre.

J'écarquillai les yeux et je lui demandai de se taire, ce qui ne fit que l'amuser davantage.

Malgré tout, son discours sur le fait de baiser et de 's'amuser' ne me laissait pas indifférente. J'avais déjà des brûlures à force de rougir et aussi à cause du souvenir du contact et des baisers de cet homme exquis dans sa chambre d'hôtel la nuit dernière.

— Hop ! dit-elle après avoir bu une gorgée de café. Le voilà.

— Ne me… je tendis la main pour attraper la sienne, mais elle se glissa hors de ma portée. … laisse pas toute seule.

Keely se tourna et me salua par-dessus son épaule. L'instant suivant, je sentis une présence à mes côtés.

— Bonjour, marmonna-t-il, sa voix du matin plus rauque et deux octaves plus grave que d'habitude.

Il s'éclaircit bruyamment la gorge en me jetant un regard en coin.

— Comment est le café ?

Je n'avais même pas encore bu une gorgée du mien.

— Il sent très bon.

Je me dépêchai d'attraper un sachet de sucre et de verser du lait dans ma tasse. Il se prit un mug et le remplit jusqu'au bord, brûlant et bien noir.

Il porta la tasse fumante à ses lèvres, but une gorgée et haussa les épaules.

— Ça passe.

J'étais encore en train de touiller le mien. Je bus quelques gorgées et je le regardai par-dessus la tasse. Nos regards se croisèrent et semblèrent rebondir l'un contre l'autre. J'arrêtai de respirer. C'était affreusement gênant.

Serait-ce ainsi maintenant parce que je savais à quel point ses mains étaient agréables sur mon corps et que lui savait de quelle couleur étaient mes tétons ?

Mon visage brûla encore plus. *Question stupide, Gray.*

Je fus sauvée lorsque mon téléphone reçut une alerte et je le sortis de ma poche arrière. Il s'agissait d'un message vocal de mon père, reçu maintenant parce que le réglage 'ne pas déranger' était arrivé à sa fin.

— Il faut que je prenne cet appel.

Je n'étais pas obligée, mais j'étais sauvée par le gong.

Je passai dans le couloir à côté de la salle du petit-déjeuner afin d'écouter le message. Ce n'était pas urgent. Il voulait bavarder, cherchant sans doute à obtenir des nouvelles sur le voyage à Houston. Comme toujours, mon père avait perdu la notion du temps et il ne s'était pas rendu compte que nous n'étions même pas encore rentrés. Et il voulait que je le rejoigne pour déjeuner ou dîner au cours de la semaine. Il me donna plusieurs possibilités et il me demanda d'envoyer un message à son assistante pour qu'elle me mette sur son calendrier. Papa avait toujours pris soin de me voir régulièrement.

Nous partîmes pour l'aéroport juste après le petit-déjeuner. Pendant le court trajet, je répondis à quelques textos de Pari.

Eh bien, tu as dû être distraite, car je t'ai envoyé quatre fois des textos sans réponse, dit-elle en indiquant que j'avais manqué ses messages précédents. Je remontai la conversation et je lus ses remarques sarcastiques au sujet du Texas. Elle envoyait également un lien vers un article et des photos sur TMZ au sujet du rendez-vous à dîner de Ryan et Keely à West Hollywood. Ensuite, quand je ne lui répondis pas, elle envoya : *Houston, nous avons un problème. Le téléphone de Gray est cassé sans possibilité de le réparer. Soit le téléphone, soit ses pouces.*

Je lui envoyai une réponse rapide. *Je te dois un appel téléphonique et un déjeuner. Je te tiens au courant. Nous sommes sur le point de décoller. Bientôt rentrée! Notre emploi du temps a été très tendu depuis que nous sommes ici.*

Sa réponse me parvint en moins de deux minutes, juste avant que je monte les marches jusqu'à l'avion. *Si ton emploi du temps est à moitié aussi tendu que le cul de Ty, alors je comprends tout à fait. D'ailleurs, toute photo clandestine de ce cul serait très appréciée.*

Je ris. *Je ne vais faire ça ni pour toi ni pour personne d'autre !* Puis je regardai ma réponse avant d'appuyer sur le bouton 'envoyer'. Il était cependant possible que j'aie envie de le faire pour moi. Je me souvins subitement de la sensation de me réveiller à côté de lui ce matin. Ses bras autour de ma taille, sa respiration brûlante dans ma nuque. Son corps dur appuyé contre le mien et... oui, pas difficile de deviner quelle autre partie était particulièrement dure, étant donné que c'était tôt le matin et qu'il était très viril.

J'avais eu une bonne idée en fuyant avant que quelqu'un puisse me surprendre, mais surtout avant qu'il se réveille. Avant que je sois tentée de le laisser faire des choses qu'il voulait sûrement faire. Et que je voulais sûrement qu'il fasse.

Ou peut-être maudissait-il sa mauvaise vue causée par l'alcool. Comment savoir ?

Quoi qu'il en soit, environ après une heure de vol, la plupart des autres s'étaient endormis... Keely s'était étirée sur une banquette et Kirill dormait en face d'elle. Sharon avait des écouteurs sur les oreilles, la tête appuyée contre la cloison sous un angle inconfortable, ronflant la bouche ouverte. Je terminais de lire un article dans un magazine sur la science comportementale lorsqu'il se laissa tomber à côté de moi.

— Salut, dit-il doucement en jetant un coup d'œil à notre contingent endormi.

— Salut, dis-je en suivant son regard. C'est incroyable de voir que tout le monde est épuisé, sauf nous.

Il me jeta un regard appuyé.

— Oui, je crois qu'il y a eu beaucoup d'activité dans d'autres parties de l'hôtel, la nuit dernière.

Je lui jetai un coup d'œil discret avant de baisser la tête et de feindre un intérêt très marqué pour l'article sur mes genoux.

— Oui, dommage qu'il y ait ma règle interdisant de faire la fête. Je suis sûre que tu as dû t'ennuyer comme un rat mort.

Je grinçai des dents. Bon, il valait mieux tout de suite aborder le sujet qui fâche, n'est-ce pas ?

Il fronça les sourcils d'incompréhension.

— De quoi parles-tu donc ?

Sa voix était teintée d'amusement bourru.

— Hier soir n'a pas du tout été ennuyeux. Et en fait...

Je le regardai en levant les sourcils, mais je n'osai pas prononcer un mot. Je retins ma respiration. *En fait... quoi ? En fait, je veux passer plus de temps avec toi. En fait... tu m'intrigues beaucoup, Gray, et je veux mieux te connaître. En fait...*

— En fait, j'ai eu la meilleure nuit de sommeil depuis des lustres.

Je lâchai ma respiration avec un bruit de ballon qui se dégonflait. *Wahh wahh waaaaaaah.* Le son des trombones tristes.

Ce n'était pas la réponse dont j'avais rêvé. Je fronçai les sourcils et sa bouche sexy esquissa un sourire. Il se moquait de moi, cet homme exaspérant.

— Oui, à ce sujet, dis-je en ajustant mes lunettes afin d'afficher un regard féroce.

Ce fut tout ce que je pus faire pour m'empêcher de rire.

— Tu me dois encore une réponse à la dernière question. J'ai, euh, payé en avance, si tu te souviens bien.

— Je m'en souviens.

Son regard descendit vers ma poitrine l'instant d'une fraction de seconde seulement. L'évocation de sa bouche sur ma poitrine suffit à me réchauffer. Sa bouche chaude traçant la longueur de ma cicatrice exposée, ses lèvres entourant mon téton, suçant. Bon sang. Je me sentis brûler et le désir menaça de me faire partir en fumée. Je m'agitai sur mon siège et son sourire devint suffisant.

Suffisant. Qu'il aille se faire voir.

Il savait ce qu'il me faisait. C'était certain. Était-ce un jeu ? Et avais-je la force de l'arrêter, si c'était le cas ?

— Évidemment, ceci n'est pas l'endroit d'y répondre correctement. Particulièrement maintenant que je suis sobre. Que dirais-tu de dîner ensemble ce soir, pour une fois ?

Cela m'étonna et j'inclinai la tête en essayant de voir à quoi il jouait tout en me demandant pourquoi j'avais cru retourner à la situation où il se baladait dans la maison en m'ignorant.

— Nous ne pouvons pas sortir manger quelque part. Tu es censé sortir avec Keely.

— Nous nous ferons livrer. Peut-être pourrons-nous regarder un film ou autre chose après.

Ou autre chose. Il avait étrangement insisté là-dessus, comme s'il sous-entendait que reprendre les mêmes activités que la veille ne le dérangeait pas du tout. Que faire ? J'allais sans doute devoir aborder ce sujet également. C'était un problème dont je pouvais parler au dîner.

Je me mordis l'intérieur de la joue et je le testai en proposant deux des suggestions les plus ridicules que je pus trouver.

— Que dirais-tu d'*Armageddon* ou de *Gravity* ?

Il rit.

— Ce sont les pires films sur les astronautes. Ils ont merdé presque sur chaque détail.

Je ne dis rien, mais j'étais contente de m'en être sortie sans lui répondre. Je baissai le regard, je fermai le magazine sur mes genoux et je le posai sur le côté.

— Ne me dis pas que tu vas passer à autre chose maintenant.

— Hein ?

Je lui jetai un regard interrogateur.

— La seule façon pour toi d'obtenir la réponse à ta question, c'est de dîner avec moi.

Je clignai des paupières.

— Qu'est-ce qui te fait penser que je suis libre ce soir ?

J'étais libre, bien sûr, comme la plupart du temps. Et j'étais déjà chez lui.

— Je pourrais, euh, avoir du travail ou devoir lire pour les études ou…

Je fis l'erreur de lever les yeux et de voir son regard intense. Ma gorge se serra et j'eus du mal à respirer. Ses yeux bleus et froids m'empalaient, m'empêchaient de regarder ailleurs. Je clignai des paupières.

— Je… je ne sais pas si c'est très sage.

Les coins de sa bouche montèrent presque imperceptiblement.

— La sagesse n'a rien à voir avec ça.

J'avalai la boule de peur, ou d'anticipation, ou de ce qui pouvait bien gêner mes capacités cognitives. Puis je hochai la tête.

— Dis oui, Gray.

Sa voix avait un ton étrange… presque comme un désespoir.

Je soupirai en cédant à sa volonté… et à la mienne. Une montée de chaleur emplit ma poitrine et je souris.

— Oui, Gray.

En début d'après-midi, la voiture nous conduisit directement chez lui. Et, même si nous avions ce rendez-vous à dîner prédéterminé, nous passâmes l'après-midi chacun de notre côté. Moi, à ma petite table dans le cagibi pas loin de son bureau, et lui au travail sur les dernières pages de la biographie avec son assistant.

J'avais du travail à rattraper, particulièrement sur mes études de suivi. J'avais travaillé en tant qu'assistante pour une équipe qui observait des volontaires ayant accepté de vivre dans un petit habitat dans le désert pendant des mois afin de simuler une mission sur Mars. Ils étaient surveillés de près par une équipe psychologique et ils recevaient régulièrement des questionnaires sur leur bien-être émotionnel. Je travaillais à compiler les données du dernier questionnaire pour le chef de notre équipe.

Mais tôt dans l'après-midi, je fis une pause pour attraper une bouteille d'eau et une pomme au frigo. Je ne m'étais pas rendu compte que Ryan avait fait une pause aussi, jusqu'à ce que j'entende quelqu'un faire les cent pas dans le salon près de là, terminant un appel téléphonique.

Lorsque je compris que j'écoutais sa conversation sans le vouloir, je me tournai pour partir… jusqu'à ce que j'entende le nom du destinataire de son appel suivant.

— Salut, Suz. Oui, je viens de revenir de Houston ce matin et… oui, je vais très bien, merci.

Il se racla la gorge.

— Je sais que nous étions censés nous voir pour nous entraîner plus tard cet après-midi, mais je… ah oui, tu as vu ça ? Waouh, sur TMZ ? Ha.

Il gloussa.

— Je suppose que je suis célèbre.

Il y eut une autre longue pause au cours de laquelle il écouta, et je restai figée sur place. Si je bougeais maintenant, il m'entendrait sans doute. Je l'entendais toujours faire les cent pas. Je n'avais même pas croqué ma pomme, de peur qu'elle craque trop bruyamment et qu'elle dénonce ma position. Oui, moi avec le battement de cœur au cliquetis bruyant, j'essayais d'être une ninja discrète en écoutant en secret Ryan et son entraîneuse-et-plus-si-affinités.

— Keely et moi ? Eh bien, c'est compliqué. Mais bien sûr toi et moi... nous ne pouvons plus nous voir professionnellement. Et mon emploi du temps est très rempli jusqu'au lancement de ce programme.

Une autre longue pause et je restai figée sur place, fascinée, regrettant de ne pas pouvoir entendre l'autre côté de la conversation. J'étais à la fois soulagée qu'il la laisse partir et révoltée qu'il le fasse de façon si insensible. Je supposais qu'il existait des manières pires de le faire. Par texto ou par post-it. Pigeon voyageur ? Tag sur un mur ?

— Je crois que tu es très douée, mais pour des raisons évidentes...

Une autre pause.

— Tu es fabuleuse, Suz. Merci. Oui, bien sûr. On reste en contact. Envoie-moi des textos quand tu veux.

Envoie-moi des textos quand tu veux. Argh. Beurk. Il était dégoûtant. Les hommes étaient dégoûtants. Il aurait tout aussi bien pu dire : *Envoie-moi des textos quand je ne la fréquenterai plus afin que nous puissions recommencer à baiser.* Baah.

Cependant, avant que je puisse bouger, il passa le coin, ayant terminé son appel, et il me surprit au milieu de mon opération d'espionnage pas très discrète : une pomme verte intacte dans une main et une bouteille d'eau fraîche dans l'autre. Et mes yeux aussi écarquillés que ceux d'une gamine prise la main dans la boîte à gâteaux.

Pour faire illusion – puisqu'il était trop tard pour fuir –, je mordis un gros morceau de ma pomme et je commençai à mâcher.

Ryan fronça les sourcils, se demandant sans doute ce que j'avais pu entendre. Il décida apparemment que j'avais tout entendu, car il leva le téléphone avant de le ranger dans sa poche.

— On dirait qu'il me faut une nouvelle coach sportive. Tu sais, ton *règlement* et tout ça.

J'agitai les sourcils et lorsque j'eus avalé ma bouchée de pomme, je répondis :

— Peut-être pourras-tu réussir à ne pas mettre la prochaine dans ton lit. Ou encore mieux, engage un homme.

Il pinça les lèvres et son regard se durcit : ça ne l'amusait pas. Je m'en moquais. J'aurais sûrement dû être ravie de ne plus risquer de le surprendre baisant une fille. Mais pour une raison que j'ignorais, je ne l'étais pas.

Peut-être était-ce la façon nonchalante dont il l'avait jetée ? *J'espère qu'il dormira sur la béquille, car je n'ai pas l'intention de remplacer sa coach sportive.*

Et c'était ce qui me retournait le plus l'estomac : la possibilité qu'il eût prévu cela pour moi, à cause de la nuit précédente.

Arg, j'étais tellement stupide. *Bien sûr*, c'était ce qu'il pensait. Toute cette histoire de dîner était liée à cela. Il allait continuer ce qu'il avait commencé la nuit précédente et essayer de me faire entrer dans son lit.

Alors là, carrément pas.

La facilité avec laquelle il avait congédié Suzanne me prouvait par-dessus tout quel type d'homme il était. Il ne prendrait jamais une relation romantique au sérieux. Tout n'était que sexe pour lui.

Et ce genre d'homme n'était pas pour moi.

Il serra la mâchoire.

— Je tiens à préciser que ce n'est pas une habitude.

— Ce n'est pas ce que j'ai vu dans la presse à scandale.

Il leva les yeux au ciel.

— Si tu crois tout ce que tu vois dans les médias, alors tu n'es pas aussi intelligente que je le pense.

Bon, il n'avait pas tort. Il s'approcha du comptoir, posant la main sur sa surface. Je mordis une nouvelle fois dans ma pomme en me demandant comment conclure cette conversation afin de pouvoir retourner dans ma chambre et être invisible.

— Je ne dis pas que je suis un moine, mais quand même. Cette chose avec Suz n'a pas duré longtemps. C'était juste deux fois. Ce n'est pas comme si…

Je levai une main pour l'interrompre.

— Je n'ai pas besoin de tous les détails de ta vie sexuelle. Ta façon de baiser puis jeter est assez révélatrice.

En fait, il ne me devait rien. Nous avions seulement partagé quelques baisers passionnés et une discussion à cœur ouvert. Et il avait été ivre.

Il se redressa, croisant les bras sur sa poitrine.

— As-tu terminé de te convaincre que je suis le dernier homme sur terre avec lequel tu finirais ta vie ?

— Aucun danger que tu finisses la tienne avec qui que ce soit, n'est-ce pas ?

— Peut-être que la bonne n'est pas encore venue.

Je clignai des paupières.

— N'est-ce pas ce qu'espèrent toutes les femmes ? Être la bonne ?

Il s'approcha de moi et il s'arrêta tout près.

— Je ne sais pas, Gray. Est-ce le cas ?

Je ne sus pas quoi répondre. Mon visage brûlait. Je mordis encore dans ma pomme, mais avant de pouvoir baisser la main pendant que je mâchais, Ryan tendit le bras et attrapa mon poignet en le piégeant avec ses grands doigts. Il porta ma main à sa bouche et il plongea les dents dans cette pomme, ne me quittant jamais des yeux.

Lorsqu'il s'écarta, il mâchait en souriant. Je déglutis, consciente de sa proximité et – même s'il m'irritait – de cette attirance omniprésente qui ne partait jamais.

Je me raidis, essayant de reprendre un peu le contrôle.

— Je ne vais pas dîner avec toi ce soir.

— Si, dit-il, impassible.

— Je crois que je vais aller chercher un burger In-N-Out. Peut-être un milk-shake. M'enfermer dans ma chambre.

— Non, tu vas manger de la pizza avec moi sur la terrasse.

Je fronçai les sourcils. La pizza me faisait envie. Mais grr.

Je reculai, mais il continuait à tenir mon poignet et il serra plus fort, alors je ne luttai pas contre son emprise.

Je levai le menton et je le regardai au fond des yeux, feignant une assurance que je ne ressentais pas complètement.

— Je ne remplacerai pas cette coach sportive dans ton lit, Ryan.

Il ne sembla pas du tout surpris par ma déclaration, et ne sembla pas non plus outré. À la place, il secoua la tête.

— Je ne vais pas te demander de le faire, Gray.

J'inspirai encore une fois profondément et je sortis d'un seul coup la question qui me rongeait depuis son appel.

— L'as-tu renvoyée parce que tu pensais que je... que toi et moi... ?

— Non. J'avais plusieurs raisons d'y mettre fin. Ta règle en fait partie. L'histoire avec Keely en est une autre.

J'inspirai avant de souffler, me demandant bizarrement pourquoi cette nouvelle ne me réconfortait pas.

— Bien... d'accord.

Sa prise sur mon poignet se détendit légèrement.

— D'accord, répéta-t-il en examinant mon visage.

— Alors pourquoi cette histoire de dîner ensemble ?

Il sourit.

— Tu es coincée ici, tu te souviens ? Nous ferions aussi bien de nous entendre. Ne t'inquiète pas, je ne compromettrai pas ta vertu ou quoi que ce soit.

Si seulement tu savais. J'avais peur qu'il compromette mon cœur. Mais j'avais le pouvoir de dire non, de m'éloigner. J'avais le pouvoir de garder mes distances tout en essayant quand même de l'aider, n'est-ce pas ?

C'était une décision à prendre. Je la pris sur-le-champ.

— Très bien, je vais manger de la pizza avec toi à trois conditions. Tu réponds sincèrement et exhaustivement à ma question, comme tu l'as promis. Et pas d'alcool. Et pas de baiser.

S'il avait une opinion concernant ces conditions, il ne la montra pas. À la place, il hocha la tête, sourit encore et quitta la cuisine pour retourner à son bureau et...

L'entendis-je siffler dans le couloir ?

Des heures plus tard, nous étions assis au bord de la piscine, toutes les lumières allumées, et l'eau réfléchissait une lueur tremblotante sur nos visages. J'avais une canette de Dr Pepper dans la main et Ryan terminait sa troisième bouteille d'eau. Il ne buvait jamais de soda, dit-il, lorsque je lui proposai une canette sur les six qui accompagnaient la pizza.

Entre nous se trouvait un carton ouvert taché de gras avec une des meilleures pizzas de style new-yorkais que j'avais pu manger... une croûte moelleuse et des tonnes de fromage, exactement comme je l'aimais. Pepperoni de son côté, olives noires et champignons du mien.

J'avais enlevé mes chaussures et je laissais pendre un pied dans l'eau, faisant de temps en temps de petites éclaboussures pendant que nous parlions. Le froid de notre conversation de l'après-midi avait rapidement fondu avec la nourriture devant nous.

— La première fois, j'ai emmené des tee-shirts, des pièces et d'autres choses à collectionner pour des amis et des associations caritatives qui me l'avaient demandé. Ce n'est pas si facile, car les Russes ne nous autorisent qu'un kilo d'affaires personnelles et la capsule n'est pas très spacieuse.

Je mangeai mon dernier morceau de croûte de pizza en le regardant avec fascination. Quand il parlait de son travail, son visage s'animait, ses gestes devenaient plus théâtraux, plus impliqués. Pas besoin d'être un génie – ou même un psychologue – pour se rendre compte à quel point cela lui plaisait.

— Une des choses que mes amis et instructeurs aimaient le plus, c'est quand j'emmenais une photo d'eux et que je me prenais en photo avec la leur en orbite. Ensuite, je leur rendais cette photo en rentrant à la maison. La deuxième fois, j'ai surtout fait ça. J'ai pris une tonne de photos.

— Tu te sers très bien d'un appareil photo, d'après celles que tu as accrochées au mur à l'intérieur.

Il prit la dernière bouchée de sa troisième part de pizza, puis il mâcha et avala avant de répondre.

— J'ai suivi des cours de photo numérique. Les autres astronautes se sont moqués de moi, mais c'est parce qu'ils étaient affreusement jaloux : je n'avais pas besoin d'apprendre le russe, car je le parlais déjà. Je veux dire, il fallait que j'apprenne à le lire et l'écrire, mais j'avais appris à le parler quand j'étais petit. Ma mère et moi nous vivions avec mes grands-parents quand mon père devait partir pour son travail. Et plus tard, après le divorce. Ils parlaient tous russe à la maison.

Je fronçai les sourcils.

— Alors les autres astronautes étaient fâchés parce que tu parlais déjà la langue ?

Il leva les yeux au ciel.

— Ils se plaignaient *constamment* de devoir apprendre le russe. On peut apprendre n'importe quelle capacité à un astronaute, nous devons être capables de tout. Nous apprenons à exécuter des procédures médicales mineures, de gros travaux de réparation, comment faire des expériences scientifiques complexes. Mais apprendre la langue, c'est la chose qui pose souvent une colle, même pour les astronautes qui sont brillants.

Je le regardai.

— Apprends-moi à dire quelque chose en russe.

— *Ya ochen krasivaya.*

Je le répétai plusieurs fois, et il corrigea ma prononciation. Lorsque j'y parvins, je continuai à le répéter afin de m'en souvenir.

— Qu'est-ce que cela signifie ?

Il sourit, mais il ne répondit pas. Je lui jetai un regard suspicieux.

— Tu m'as appris à dire un gros mot, n'est-ce pas ?

Il secoua la tête en riant.

— Non. Je te jure que ce n'est pas ça.

Je le répétai encore plusieurs fois. Et il répondit :

— *Da, ochen verno.* C'est vrai.

Je lui jetai un regard méfiant.

— Tu ne vas pas me dire ce que ça signifie.

Il sourit d'un air rusé.

— Non.

— Dans ce cas, si tu répondais à ma question d'hier soir ?

Il posa sa dernière croûte – après avoir mangé quatre énormes morceaux – et essuya les miettes de ses doigts.

— D'accord. Je suppose que j'ai évité la question assez longtemps.

Il marqua une pause, inspirant profondément comme pour rassembler ses esprits.

— Tu m'as demandé si je voulais repartir dans l'espace pour mes propres raisons ou parce que je l'avais promis à Xander.

Je hochai la tête et comme nous avions apparemment fini de grignoter la pizza, je fermai la boîte et je m'appuyai en arrière sur mes mains pour le laisser continuer.

Son regard se perdit au-dessus de la piscine et il changea de position, apparemment agité.

— Il y avait une raison pour laquelle je ne t'ai pas répondu hier soir… enfin, plusieurs raisons.

Il rit, mais c'était plutôt un rire intérieur.

— La réponse est… elle est compliquée.

Des encouragements de thérapeute. Je dus me souvenir de limiter mes réponses à des choses du style 'j'écoute' et ne pas l'assaillir de questions plus intrusives qui pouvaient obscurcir le problème ou le faire dérailler. Je fis donc un 'mm-mm' neutre.

— Xander, Karen et moi sommes amis depuis notre première année à l'académie.

— Karen fait aussi partie de la Navy ?

— Avant, oui. Elle est partie il y a cinq ans lorsqu'AJ – son fils avec Xander – est né.

Je hochai la tête, lui faisant signe de continuer.

— Dès le début, l'objectif de Xander était de partir à la NASA. Depuis qu'il était tout petit. Il a donc commencé en tant que pilote dans la Navy.

— Quel était ton objectif à l'époque ?

J'avais remarqué qu'il répondait toujours à cette question en parlant de Xander au lieu de lui-même, alors je fis ce que je pouvais pour le rediriger tout en restant à l'écoute.

Il me regarda dans les yeux.

— Je voulais être un SEAL. Comme mon père.

Je me souvenais que son père avait été tué au combat quand Ryan avait quinze ans. Et de cette photo d'eux. Peut-être idéalisait-il son père de la même façon qu'il le faisait avec Xander.

Il y avait peut-être quelque chose à creuser.

Ryan bougea encore, puis il tendit le bras et il tira vers lui quelques coussins moelleux résistants à l'eau posés sur une chaise longue près de là. Il m'en tendit un et il posa l'autre à côté de lui sur le sol avant de s'y appuyer. Je le remerciai. Le sol devenait dur, mais la conversation était fascinante.

— Alors, dis-moi comment tu es passé de SEAL à astronaute. Il rit.

— Je ne suis même pas le premier homme-grenouille à faire ça, crois-le ou non.

Il regarda encore la piscine scintillante. J'observai son visage et il sembla s'en rendre compte, car ses traits restèrent impassibles. Il inspira enfin profondément.

— Xander et moi nous avons bu un soir, et il m'a défié de poser ma candidature en même temps que lui pour la classe d'astronautes suivante.

Je clignai des paupières.

— Tu es devenu astronaute à cause d'un défi ?

Il ricana.

— Oui, ça paraît assez ridicule.

Il haussa les épaules avant de poursuivre.

— En réalité, une fois que j'ai rempli les papiers et que j'ai traversé les épreuves des entretiens, je me suis attaché à l'idée de travailler pour la NASA. Puis j'ai été choisi et pas lui, mais il était surexcité pour moi. Il était le meilleur de moi – le meilleur de nous tous.

Sa voix s'estompa.

Je clignai des paupières. Cette fois, Ryan ne fut pas aussi doué pour cacher ses sentiments : sa mâchoire bougea et se serra, un air tourmenté passa dans ses yeux. La culpabilité pure. Il arracha son regard au mien comme s'il savait que je pouvais y lire ses émotions. Il devait encore répondre à ma question et je me demandais s'il allait vraiment le faire ou si j'avais le cœur à insister.

Je déglutis en parvenant à peine à imaginer ce qu'il devait traverser. La souffrance qu'il devait subir. Et pourtant, il ne demandait jamais d'aide. Et j'avais l'impression qu'il ne s'autoriserait jamais à ne plus ressentir cette douleur.

Il allait continuer à se punir.

Ryan. J'eus envie de le dire. Je voulais qu'il me confie tout afin qu'il puisse se sentir mieux, se libérer.

Mais j'aurais tout aussi bien pu demander au soleil de se lever à l'ouest au lieu de l'est.

Chapitre Dix-sept
Ryan

MADEMOISELLE GRAY BARRETT PENSAIT SAVOIR exactement ce qu'elle faisait. Elle pensait que j'étais à la merci de ses talents supérieurs en psychologie. Qu'elle me tirait les vers du nez comme un charmeur de serpents fait sortir son serpent du panier. En m'amadouant, en me cajolant... en m'intriguant.

Elle était maintenant assise avec les bras autour des tibias et le menton posé sur ses genoux. Elle me regardait par-dessus le bord de ses lunettes. Elle était mignonne, adorable même avec ses petits gestes... comme le fait d'ajuster constamment ses lunettes sur son nez ou de mâchouiller sa lèvre supérieure avec ses dents du bas quand elle se concentrait.

Je ne pus m'empêcher de remarquer ces petites choses maintenant et je me demandais comment j'avais pu la trouver insignifiante avant. Elle était loin d'être insignifiante. Subtile, oui. Mais c'était parce qu'elle essayait de se cacher, de rester protégée et en sécurité.

Elle me regardait avec la tête inclinée sur le côté.

— Est-ce le bon moment de faire remarquer que tu n'as toujours pas répondu à ma question ?

Je contrôlai l'expression de mon visage. Était-ce le bon moment de faire remarquer à quel point j'aurais aimé lui retirer ses vêtements et faire ce que nous avions commencé la veille ?

Je chassai très vite cette idée de ma tête, avant qu'elle puisse s'installer. Car à cause de notre conversation dans la cuisine cet après-midi, je ne pouvais pas envisager de lui proposer cela. Mais bon sang, j'en avais très envie.

— Alors, pourquoi je veux voler ?

Elle hocha la tête.

— Oui. Est-ce pour tenir ta promesse à Xander ?

— Oui et…

Je haussai les épaules.

— Parce que j'aime voler, particulièrement depuis que j'ai obtenu mes ailes dorées.

Les astronautes n'obtenaient ce badge qu'après leur premier vol – techniquement à une hauteur de cent kilomètres ou plus, ce qui est considéré comme un vol dans l'espace. Jusque là, ils portent des ailes en argent. Comme Xander était mort au cours de sa première mission, il n'avait pas eu ses ailes dorées assez longtemps pour pouvoir les porter. À la place, elles avaient été présentées à Karen lors de son service commémoratif.

Gray me scrutait de sa façon étrange. Une façon qui vous faisait savoir qu'elle ne ratait absolument rien. Je n'avais pas été aussi prudent que je le devais près d'elle, et pour être franc, cela m'était égal. La barrière de prudence habituelle que je gardais entre moi et tous les autres s'était détendue et je ne savais pas très bien pourquoi. Mais pour une fois, je ne restai pas bloqué dessus.

Elle pensait pouvoir m'aider. Elle pensait pouvoir me réparer. Elle avait tort, mais ce n'était pas désagréable de la regarder essayer.

En outre, je me sentais seul ici, parfois.

— Mais qu'est-ce que tu veux pour *toi* ?

— Que veux-tu dire ?

Je me penchai en arrière, posant les mains sur la terrasse derrière moi afin de me soutenir.

— Eh bien...

Elle croisa ses longues jambes et elle m'imita en reculant ses mains.

— Tu es devenu un SEAL pour honorer ton père, n'est-ce pas ?

Je hochai la tête.

— Et tu es devenu un astronaute plus ou moins après un défi. Tu as rejoint le XPAC afin de pouvoir repartir dans l'espace pour Xander.

J'écarquillai les yeux.

Elle se redressa, posant ses avant-bras sur ses jambes croisées.

— Mais que veux-tu pour toi ? Quel est ton rêve ?

Je laissai tomber mon regard et je poussai la boîte de pizza sur le côté avec mon pied afin de pouvoir avoir la place de m'étirer. Je toussai. J'évitai son regard pendant que je ruminais ses paroles. *Que voulais-je vraiment ?*

Pour une raison ou pour une autre, AJ me passa par la tête. Je me souvins de l'avoir tenu quand il était bébé, de le poser sur mes épaules quand je me promenais dans la foire pour voir les animaux. Ses grands yeux émerveillés lorsqu'il regardait le monde autour de lui.

Mais penser à AJ faisait mal. Beaucoup. Comme un coup de poignard dans ma poitrine.

Je serais peut-être un jour papa, mais probablement pas. Ce n'était pas juste que Xander ne puisse pas être présent afin d'être un père pour son propre fils. Et je savais déjà que j'étais trop brisé pour être autre chose qu'un mari merdique. Je serrai la mâchoire. Oui, peut-être qu'avoir ma propre famille était un rêve, mais les rêves étaient des choses auxquelles on pensait et puis que l'on oubliait en avançant dans la vie. Les rêves n'étaient que de la brume et des contes de fées.

Gray agita une main devant mon visage pour obtenir mon attention.

— Waouh, dit-elle lorsque je levai la tête. Tu étais à des milliers de kilomètres d'ici quand je t'ai posé cette question.

Son regard était pénétrant, observateur. Parfois, elle clignait à peine des yeux, c'était un peu effrayant.

— Puis-je te poser une autre question ?

Elle changea de position.

Je ne pus m'empêcher de penser à ce que j'avais reçu en échange de chacune de ces questions la nuit précédente. Mes yeux tombèrent sur sa poitrine, me souvenant de la chaleur que nous avions générée. Le goût, la sensation de son téton pointu dans ma bouche. La façon dont elle bougeait et soupirait quand je la touchais. Un désir renouvelé crépita en moi. Je voulais qu'elle revienne dans mes bras, son corps appuyé contre le mien.

Pourtant, étant donné les circonstances, ce serait une erreur de proposer encore une telle chose. Mais j'en avais envie. J'en avais vraiment envie.

J'esquissai un sourire.

— Cette question-ci est offerte par la maison.

Nous échangeâmes un long regard entendu. Ses yeux verts eurent une étincelle de soif, comme si elle avait traversé le désert du Mojave et que j'étais un verre de limonade glacée. Tout mon corps se raidit en réponse. S'il n'y avait pas eu cette conversation dans la cuisine, je me serais déjà jeté sur elle.

Mais elle avait été sérieusement ennuyée par ce qu'il s'était passé avec Suzanne, et j'étais maintenant fâché contre moi-même d'avoir fait attendre Gray pendant mes galipettes avec Suz. Gray m'avait maintenant catalogué comme un type d'homme que je n'étais pas nécessairement. Du moins, pas jusqu'à récemment.

Je serrai la mâchoire et je continuai à la regarder, mais je ne bougeai pas. *Petite, je ne crois pas me fatiguer de toi aussi facilement que des autres.*

Je déglutis. Bon sang, que j'en avais envie ! Et elle aussi. Mais je n'allais pas tenter le coup maintenant. Cela aurait tout fait foirer.

Il y avait une véritable attirance entre nous… comme une orbite dont on ne pouvait s'échapper. La *gravité*. Lorsqu'un corps approchait un autre corps dans l'espace, il risquait d'être attrapé dans son orbite… piégé dans le champ gravitationnel du corps le plus grand. S'il ne voyageait pas assez vite pour s'éloigner, il était capturé pour toujours, sauf cataclysme éventuel.

Je me demandais si j'allais assez vite pour éviter cette attraction vers elle. Tout chez elle me fascinait suffisamment pour vouloir ralentir, remarquer et noter tout, percevoir chaque seconde. Cette collection de petits moments entre nous était comme de minuscules preuves de ce magnétisme, de cette force potentielle.

Cela paraissait dangereux.

Et excitant.

Elle se lécha les lèvres avant de parler et putain, ce fut comme un éclair tombant tout droit dans mon entrejambe lorsque je me souvins du goût de ses lèvres, de leur sensation sous les miennes.

Je détournai le regard, au-dessus de la piscine, et j'essayai de penser à autre chose, attendant qu'elle pose sa question. Si c'était une question difficile, je trouverais un moyen de la contourner.

— Je voulais en savoir plus sur… sur tes habitudes de sommeil.

Un rire explosa de ma poitrine avant même que je puisse avoir une autre réaction. Cette question était si clinique. Et indiscrète. Et personnelle.

Et s'il y avait la moindre occasion de faire jouer sa curiosité en ma faveur, j'allais faire tout ce que je pouvais pour en profiter.

— Je suis tout ouïe, Mademoiselle Barrett.

— Hier soir, tu as semblé… enfin, tu étais un peu perturbé avant que nous dormions. Je voulais savoir si cela arrivait tous les soirs.

Bon. Même si la question m'irritait, elle contenait aussi un certain espoir. Si je m'en sortais bien, cela pourrait fonctionner en ma faveur.

— Que voulais-tu savoir d'autre ?

Elle fronça les sourcils avant que son front redevienne lisse.

— Ta façon de gérer la situation. Je suppose que le fait de boire et de coucher avec des femmes doit être lié à tes habitudes de sommeil. Et… et le fait de garder les lumières ?

Bordel de merde. Comment faisait-elle ça ? Était-elle psychologue ou télépathe ? Ou peut-être était-elle secrètement une Vulcaine ?

Décontenancé, je jouai la montre en utilisant une de ses techniques sur elle.

— Mmm.

Elle me regarda en clignant des paupières. Puis elle cligna encore des yeux.

— Ce n'est pas une réponse.

Je hochai les épaules, me remettant suffisamment de mon étonnement pour utiliser l'idée qui venait de me passer par la tête.

— Je n'ai jamais dit que je répondrais. Seulement que tu pouvais poser la question.

Elle leva les yeux au ciel, détourna le regard de dégoût, et je ris. Je ne l'avais encore jamais vue lever les yeux au ciel. Je m'étais même demandé si ce geste souvent très approprié – et parfois nécessaire – faisait partie de son répertoire. Mais elle montrait si rarement ses émotions. Peut-être était-elle bien une Vulcaine après tout.

— Si tu es curieuse au sujet de mes habitudes nocturnes, il existe une façon très simple de découvrir tout ce que tu veux savoir.

Elle leva un sourcil au-dessus de ses lunettes. Elle avait un air adorable, comme une petite chouette inquisitrice. Comme un des hiboux qui apportaient les lettres dans Harry Potter.

— Est-ce que j'ose te demander laquelle ? Et oseras-tu me répondre ?

Et voilà. Il était temps pour ma nouvelle proposition. Je quittai ma position décontractée et je me penchai légèrement en avant.

— L'observation directe. Tu veux tout savoir ? Dors avec moi.

Sa mâchoire tomba et elle passa par onze teintes différentes de rouge et de rose. *Oh, tu en as très envie, bébé, n'est-ce pas ?*

Un afflux similaire de sang dans mes veines se produisit lorsque je vis sa réaction. *Bon sang.* Moi aussi, j'en avais très envie.

Mais il ne s'agissait pas de baiser. Même si j'espérais que cela finisse par arriver.

— Dormir, pas coucher, clarifiai-je.

Elle pinça les lèvres qui devinrent presque blanches, même si la couleur de ses joues et de son cou ne s'était pas estompée.

— Comme la nuit dernière, tu veux dire ? Après… après le… tu sais. Tu veux juste dormir.

— Oui.

— Toute la nuit ?

Je hochai la tête.

Elle s'assit et elle ramassa des miettes de pizza imaginaires sur la terrasse.

— Euh, où ?

— Dans mon lit.

Elle déglutit visiblement.

— Et pourquoi proposes-tu cela ? En quoi est-ce que cela t'aide ?

Elle leva les yeux et ils me transpercèrent à nouveau.

Ah. Je ne m'étais pas attendu à cette question, et je n'allais certainement pas lui donner la réponse comme ça.

— Tu obtiens des informations en m'observant, et je n'ai alors pas à répondre à tes questions. On m'a forcé, par mon travail, à travailler comme un scientifique… du moins en ce qui concerne l'application de certaines tâches, même s'il ne s'agit pas de formulation d'hypothèses ou de conclusions. Mais je sais comment cela fonctionne. Je peux te donner du temps d'observation sans interruption.

— Et tu gagneras quoi ?

Bon sang. Cette fille était bien trop intelligente. Et persévérante.

Je haussai les épaules.

— Eh bien, j'aurais une bonne nuit de sommeil sans avoir à m'épuiser d'abord par du sexe torride.

Voilà. Elle n'avait qu'à ruminer *ça*.

— Et combien de temps durerait cette période d'observation ?

Aussi longtemps que possible. Cette pensée était apparue automatiquement dans mon esprit. Mais je haussai les épaules pour feindre la nonchalance.

— Je ne sais pas. Autant qu'il t'en faut pour rassembler tes données. De toute façon, nous dormons déjà sous le même toit.

La seule idée de sa présence dans mon lit ce soir-là me soulageait. Je me sentais déjà me détendre. Dormir comme j'avais dormi la nuit précédente, pendant plusieurs nuits…

S'il te plaît, dis oui.

Elle ne bougea pas. Pas même pour cligner des yeux. Elle me fixait juste bizarrement comme cela lui arrivait souvent. Parfois, cela me faisait me crisper intérieurement. Mais ce soir-là, je fis de mon mieux pour répondre à ce regard, pour la crisper, elle. J'aurais adoré la faire se crisper d'autres façons. Mais ce soir, ce n'était pas le sujet.

Je m'étais réveillé ce matin, les bras vides, l'odeur de ses cheveux sur mon oreiller, sans cet épuisement omniprésent qui me rongeait et qui accompagnait dernièrement toutes mes matinées, mes après-midi et mes soirées. À ce moment-là, je m'étais fixé pour objectif de la faire entrer dans mon lit, par tous les moyens à ma disposition… la séduction ou la persuasion, si nécessaire.

Et avec sa question sur mes habitudes de sommeil, elle m'avait donné le moyen le plus facile.

— D'accord, dit-elle en hochant la tête d'un air décidé. Je propose une semaine.

Je ne crois pas. Je pense que tu auras besoin de plus.

Je sais que j'aurai besoin de toi plus longtemps.

Je me contentai de hocher la tête, le visage impassible.

— Très bien. L'observation commence ce soir, alors ?

Elle hésita, cherchant peut-être une façon de repousser le moment. Je n'allais pas la laisser faire. J'allais obtenir ce que je voulais, que je traverse l'enfer ou le traumatisme... quelle que soit la raison qui me tue en premier.

J'avais besoin de dormir pour réussir à l'entraînement du test de vol. Je me traînais déjà tous les jours, et j'avais peur de faire des erreurs stupides. Et ces erreurs pouvaient conduire à me faire retirer de la liste de vol. Ce qui ne devait pas – ne pouvait pas – arriver.

Cette même question me revint en tête. *Tu voles pour Xander, mais que veux-tu faire pour toi?*

Pas le temps d'y réfléchir. Peu importe. Ce qui importait, c'était de tenir une promesse au meilleur ami que je n'avais pas pu sauver. Ce qui importait plus que tout, c'était ce vol.

Je me repoussai du sol, puis je me penchai pour ramasser le carton de la pizza. Elle me regarda en écarquillant les yeux pendant un moment, réfléchissant toujours. *Que vas-tu encore*

inventer, petite rusée?Je suis prêt .

Je tendis une main sans un mot et elle la saisit. Je la tirai sur ses pieds, remarquant qu'elle ne pesait presque rien. Puis nous entrâmes et je rangeais le carton au frigo.

— Un film ?

Elle hocha la tête, toujours perdue dans ses pensées.

Quelques heures plus tard, on finit par regarder une comédie romantique inepte – meilleur qu'un film d'astronautes – avec

Sandra Bullock. Je me sentais enfin comme si j'allais pouvoir m'endormir dans de bonnes circonstances.

Il ne semblait pas qu'un orgasme explosif ou trois soient inscrits dans mon avenir proche. Ainsi, avec un peu de chance, les bonnes circonstances étaient d'avoir Mademoiselle Angharad Grace Barrett dans mon lit, juste pour dormir.

Comme c'était arrivé la nuit précédente, elle se changea et se prépara pendant que je me douchais. Lorsque je ressortis en short et en tee-shirt, elle était assise du côté opposé de mon lit avec une liseuse numérique dans les mains. Elle portait un tee-shirt et le même délicieux pantalon de yoga. Et les chaussettes épaisses.

Je faillis me moquer d'elle parce qu'elle dormait avec tant de vêtements. C'était l'été en Californie du Sud. Il ne faisait pas moins de vingt degrés en soirée. En outre, l'air conditionné de ma maison était réglé de façon stable sur vingt degrés.

Mais apparemment, elle aimait malgré tout se couvrir. Peut-être n'était-elle pas du genre à se coller.

Mon lit, comme celui de la veille, était un king size. J'hésitai avant de m'allonger, ressentant cette même montée d'angoisse chaque fois que j'étais proche de fermer les yeux pour dormir.

Comme d'habitude, j'avais laissé toutes les lumières dans la chambre : depuis la salle de bains au lustre et jusqu'à la lampe de mon côté du lit. Je ne pris pas la peine de lui demander si les lumières la gênaient. De toute façon, je n'avais pas l'intention de les éteindre.

Elle posa sa liseuse et me regarda un instant. Je levai les sourcils.

— Tu es prête ? As-tu besoin de quelque chose ?

Elle secoua la tête d'un air solennel en m'observant.

— Je suis prête.

Mes lèvres remontèrent en un sourire involontaire.

— D'accord.

J'inspirai profondément et je m'assis sur le lit, remarquant la même accélération de mes battements de cœur que d'habitude, la même peur froide qui se formait au fond de ma gorge. J'étais bien trop conscient de son observation, et alors que j'aurais dû être nerveux à l'idée de me dévoiler ainsi, ce n'était pas le cas. J'étais soulagé qu'elle soit présente. Et ce n'était pas seulement parce qu'il s'agissait de n'importe quelle femme dans mon lit. C'était parce que c'était *elle*.

Parce que je savais qu'elle se souciait de moi et pour une raison que j'ignorais, c'était important. Je ne le comprenais toujours pas complètement. Et au point où j'en étais, je voulais être capable de fermer les yeux pendant un moment et d'être en paix, au lieu de revivre infiniment mon cauchemar.

J'avalai une boule dans ma gorge et je me couchai maladroitement, tirant les couvertures sur moi. Elle était encore assise, mais elle se tourna lentement pour poser ses lunettes sur la table de chevet à côté d'elle.

J'hésitai, comme d'habitude, ne voulant pas fermer les yeux. Pour une raison étrange, allongé ici dans le calme de la nuit – particulièrement quand j'étais seul –, je n'arrivais pas à m'y résoudre. Je fixais le plafond pendant des heures sous les lumières brillantes. Et parfois, je ne les fermais jamais.

D'autres fois, j'étais obligé de me lever et de boire de la vodka jusqu'à ce que j'en tombe, afin de faire taire ces pensées horribles, ces souvenirs. Ou il me fallait avoir une femme avec moi pour me distraire jusqu'à ce que je sois trop épuisé pour réfléchir.

J'essayai de suivre les conseils de Gray de la veille : je me concentrai sur ma respiration et j'empêchai mon esprit de vagabonder. Mais je fus submergé et à moitié paralysé, retenant ma respiration. Tout cela à la simple pensée de fermer les yeux.

— Ryan, souffle.

Sa voix douce résonna à côté de mon oreille. Je me tournai vers elle, son visage ne se trouvant qu'à quelques centimètres du mien. Elle avait calé un oreiller sous sa tête.

— Cela ne te fera pas de bien de retenir ta respiration. Tu ne feras que te sentir plus anxieux.

Je clignai des paupières et je fis ce qu'elle dit. Nous passâmes de longues minutes ainsi, n'écoutant rien d'autre que le bruit de ma respiration et le cliquetis des battements de son cœur. Puis, pour briser le silence, je me remis à parler.

— Tu dois trouver que c'est étrange pour moi de dormir à côté d'une femme sans qu'il y ait de sexe.

Elle agita les sourcils.

— Je suis sûre que certaines femmes parviennent à te résister. Et j'espère que ce n'était pas une proposition.

Je résistai à la tentation de dévisager la longueur de son corps. *Et si c'était le cas ?*

Je me tournai pour regarder le plafond.

— Non, je faisais juste la conversation, répondis-je d'une voix haletante.

— C'est étrange pour moi, car je n'ai encore jamais eu quelqu'un d'autre au lit avec moi – en dehors de la nuit passée, bien sûr.

J'étudiai le plafond en intégrant cela.

— Tu n'as jamais…

Ma voix se tut. Comment était-il possible de poser ce genre de question sans être maladroit ?

— Je n'ai encore jamais dormi avec qui que ce soit dans un lit jusqu'à la nuit précédente. Et je n'ai encore jamais eu de sexe.

J'étais stupéfait. Gray avait tendance à se cacher. Elle jouait la sécurité, mais comment était-ce possible ? Tout de même, des hommes avaient dû s'intéresser à elle avant. Elle avait dû en fréquenter.

Et j'avais eu l'occasion de comprendre qu'elle était attirée par les hommes... ou en tout cas, par moi.

Je fronçai les sourcils en me tournant vers elle. L'incrédulité de ma voix fut évidente.

— Et tu as vingt-cinq ans ? Comment est-ce possible ?

Elle haussa les épaules, mais son expression ne changea pas.

— C'est simplement que je ne me concentre pas là-dessus. J'ai été très malade pendant la majorité de mon adolescence. J'ai fait beaucoup de séjours à l'hôpital. Je n'ai jamais eu vraiment le temps de sortir avec qui que ce soit dans ces circonstances.

Je clignai des paupières, la regardant pendant qu'elle avait les yeux perdus au loin, dans le passé. Elle sourit.

— Cependant, j'ai eu un petit ami spécial, qui était aussi un patient en cardiologie : il avait eu une greffe de cœur et de poumons. Nous nous sommes embrassés une fois quand j'avais quinze ans, mais c'est à peu près tout. Quand j'ai eu mon dernier remplacement de valve...

J'inspirai brusquement, surpris.

— Combien en as-tu eu ?

— Deux opérations pour la paroi du cœur et des réparations de la valve quand j'étais petite. Un remplacement du tissu de la valve quand j'avais treize ans qui a fini par ne pas marcher. Et puis la prothèse finale à seize ans. Comme je l'ai dit, beaucoup d'opérations, beaucoup de séjours à l'hôpital.

Waouh, c'était une guerrière.

— Et jamais le temps de vivre comme une enfant typique en bonne santé, dis-je.

Pas étonnant qu'elle reste en sécurité. Je le lui avais reproché comme si c'était quelque chose de négatif, ce qui était parfois le cas. Jouer la sécurité pouvait vous empêcher d'avancer de bien des façons. Mais jouer la sécurité vous protégeait également du danger et de l'obscurité.

— Après le dernier remplacement, j'ai presque immédiatement retrouvé la santé. Et c'était si étrange de passer tout d'un coup de cette enfant chroniquement malade qui était si limitée dans ce qu'elle pouvait faire à une jeune femme en bonne santé. D'être insérée si brutalement dans une vie normale. De devoir aller à l'école, à la fac, tout ça. Il m'a fallu beaucoup de temps pour m'habituer à être une jeune adulte, et je n'avais pas le temps ni le désir de sortir avec des hommes. J'étais trop occupée à rattraper des choses. Je me suis toujours dit que j'aurais le temps pour cela plus tard.

Nos adolescences avaient été très différentes, mais tout aussi traumatisantes. Ma vie avait changé le jour où les membres de l'équipe de mon père étaient venus m'annoncer en pleurant sur le seuil de la porte qu'il ne rentrerait pas à la maison. Quant à elle, elle avait dû lutter pour sa vie sur un lit d'hôpital.

Apparemment, nous avions tous les deux été forcés à grandir bien trop vite.

— Où est ta mère ? lâchai-je.

Elle leva les yeux vers moi et commença à tripoter le bord du drap.

— Elle vit au Royaume-Uni. Mes parents se sont séparés également, mais ils ne l'ont fait que lorsque j'ai été remise. Ils auraient sans doute dû se séparer longtemps avant.

Je ris.

— Je connais ce sentiment.

— Et ta mère ?

— Elle vit à Boston avec son deuxième mari. Lui et moi, nous ne nous entendons pas du tout. Je ne crois pas qu'il la traite bien, et elle ne m'invite pas très souvent, histoire de maintenir la paix. Mais je vois mes grands-parents pendant les vacances. Ils vivent en Floride.

Je tendis la main et je couvris sa main agitée avec la mienne. Elle croisa mon regard, mais elle ne réagit pas plus, et ne retira pas non plus sa main.

Avec un tout petit sourire, elle décala sa tête afin de la poser sur mon épaule. Je n'eus plus conscience que de… *fraises.*

— Il y a beaucoup de façons de se réveiller, mais la seule façon d'en avoir l'expérience, c'est de s'endormir d'abord, murmura-t-elle.

Je fronçai les sourcils.

— C'est de qui ?

Une longue pause.

— Je viens de l'inventer.

Je songeai à cela, sentant mon corps se détendre davantage. Je descendis sa tête de mon épaule sur mon torse, en me souvenant comment elle l'avait posée là la nuit dernière. Elle se tourna sur le côté et elle se colla à moi afin de se reposer au creux de mon bras.

Je fixai le plafond blanc de ma chambre, mais sa seule présence contre moi avait fait baisser mon pouls, ma respiration.

L'atmosphère autour de nous me parut différente : sûre. Comme si nous habitions dans notre propre petit monde. Juste nous deux.

Je tournai la tête et j'enfouis mon nez dans ses cheveux doux. Son odeur me réchauffait partout… et pas seulement parce que je la désirais. C'était un réconfort et une force. La force de quelqu'un d'autre dont je pouvais dépendre, pour une fois.

Nous restâmes allongés de cette façon, éveillés et en silence, sous toutes les lumières vives de la pièce. Et finalement, sans aucune lutte, mes paupières tombèrent et je dormis d'un sommeil de plomb.

Chapitre Dix-huit
Gray

La semaine suivante, je passai chaque nuit chez Ryan et chaque jour au travail. Il était là aussi, soit à s'entraîner dans le simulateur, soit dans le bureau des astronautes avec les autres, à travailler sur des plans et de la paperasse. Ou bien en visioconférence avec des fabricants de différents systèmes employés par la nouvelle capsule Phoenix de Xventure, qui les conduirait dans l'espace.

Pendant que nous étions au travail, nous agissions de façon distante, professionnelle. Aucun observateur n'aurait pu deviner que nous connaissions les positions de sommeil préférées l'un de l'autre. Ryan aimait dormir sur le dos la plupart du temps. Moi, je dormais sur le côté, me tournant de temps en temps sur le ventre. Nous hochions la tête lorsque nous nous croisions dans les couloirs, ne mangions jamais le déjeuner à la même table et nous évitions même de parler aux autres des activités que nous faisions ensemble. C'était notre petit secret.

Ce qui était bien, car le public commençait à s'accrocher à la romance naissante entre lui et 'la fiancée de l'Amérique' Keely Dawson. Pour de faux amants, ils faisaient un carton.

Au travail, Pari et moi marchions jusqu'à la cafétéria pour le déjeuner lorsque Victoria passa un coin du couloir et s'approcha de nous à l'autre bout.

Sans aucun avertissement, Pari tourna brusquement, me poussant par la porte ouverte la plus proche, sans doute afin d'éviter Victoria.

— Qu'est-ce que...

— Chut !

Elle ferma la porte derrière elle.

Nous nous trouvions dans une petite salle de réunion avec des équations de physique griffonnées partout sur le tableau blanc, des blocs-notes, des cahiers et des stylos éparpillés sur la table, et des ordures partout. L'endroit sentait comme si une douzaine d'étudiants avaient passé des nuits entières à y travailler toute la semaine dernière. J'agitai la main devant mon nez.

— Bon sang, ça pue ici.

Pari leva les yeux au ciel.

— Et c'est reparti.

— C'est ainsi que vit l'élite des ingénieurs aérospatiaux ? Parce que... non, merci.

Je ne pus m'en empêcher. Je commençai à ramasser des emballages de fast-food et à les jeter dans la poubelle presque pleine afin de me retenir de vomir.

— Cette équipe avait une date limite très serrée, alors lâche-leur la grappe.

— J'espère qu'ils ont pris un bain en rentrant chez eux. Beurk. Est-ce que tu m'as entraînée ici pour éviter Victoria ? Que se passe-t-il entre vous deux ?

Elle se figea et cligna des paupières, puis elle s'éclaircit la gorge.

— Je, euh, il fallait que je te parle. C'est quelque chose qui ne passerait sans doute pas très bien dans la salle de déjeuner. Commérages et potins, ce genre de choses.

Je levai un sourcil. Je me dis qu'elle finirait bien par m'expliquer ce qu'il se passait entre Victoria et elle… inutile d'insister.

Elle s'appuya contre la porte et elle croisa les bras.

— Que sais-tu des relations des quatre astronautes ?

Je fronçai les sourcils.

— D'après ce que je sais, ils sont tous célibataires et ils en profitent.

Je ressentis un pincement au cœur en pensant à Ryan et à la vie de séducteur qu'il reprendrait dès qu'il ne serait plus obligé de faire bonne figure avec Keely. Je grinçai des dents en me forçant à penser à autre chose.

Elle poussa un soupir et elle fit passer ses cheveux bruns derrière son oreille.

— Ce n'est pas ce que je voulais dire. Je parle de leur relation entre eux.

J'hésitai.

— Eh bien, ils semblent être bons amis. Ils ont tous travaillé ensemble dans le passé… dans certains cas, pendant des années. Soit à la NASA, soit en Russie.

Je me mordis la lèvre et je la fixai.

— Pourquoi ?

Elle leva ses sourcils sombres.

— Oh la la, j'étais ici très tôt ce matin parce que j'avais besoin de préparer des trucs avant le rush matinal. Et il se trouve que je suis passée dans la salle de repos pour prendre un soda…

Je hochai la tête.

— Et alors ?

— J'ai entendu crier de l'autre côté du bureau des astronautes et la porte était entrouverte, alors j'ai tendu l'oreille pour écouter et j'ai peut-être jeté quelques coups d'œil à l'intérieur.

— Comme c'est peu surprenant de ta part.

Elle écarquilla les yeux.

— Tu veux entendre ça, ou bien tu préfères faire d'autres commentaires sarcastiques ?

Je tendis une main apaisante.

— D'accord, très bien. Pourquoi criaient-ils ?

— Noah et Ty criaient l'un contre l'autre.

Je clignai des paupières.

— Vraiment ?

Elle hocha la tête.

— Ils n'étaient pas assez proches pour jouer aux durs comme le font les hommes… tu sais, quand ils vont s'empoigner. Ce n'était pas comme ça. Mais ils n'étaient pas du tout contents. S'il est d'une humeur merdique ce soir, tu sauras pourquoi.

J'ajustai mes lunettes en absorbant l'information.

— De quoi parlaient-ils ?

Elle secoua la tête.

— Il y avait un rapport avec la préparation pour le lancement. Je ne sais pas trop, c'était tellement hors contexte. Mais Ty disait à Noah d'arrêter de supposer qu'il était un raté. Et Noah a dit à Ty qu'il ne lui avait jamais donné de raison de supposer le contraire.

Je reculai la tête.

— Waouh, c'est dur.

Pari acquiesça.

— J'ai remarqué que ces deux-là ne s'aiment pas beaucoup.

Je réfléchis à cela pendant un moment. En général, je remarquais très vite ce genre de choses, mais je me rendis compte que je ne les avais que rarement vus ensemble, alors qu'ils travaillaient côte à côte tous les jours.

— Alors, bien sûr, j'ai décidé de venir chercher les détails chez toi. Pourquoi Ty et Noah ne s'aiment-ils pas ?

Je fronçai les sourcils.

— Aucune idée. Ces deux-là ont beaucoup travaillé ensemble. En fait…

Quelque chose me titilla, et je marquai une pause en clignant des paupières.

— Quoi ? Allez, je n'ai pas toute la journée. Je suis morte de faim.

— J'ai lu toute la transcription de l'accident. Noah était le CAPCOM au sol durant la sortie extravéhiculaire.

Elle plissa le front.

— C'est étrange : il est venu travailler ici, lui aussi ?

Je haussai les épaules.

— Je ne connais pas les motivations de Noah. Il n'a pas été viré de la NASA comme Ty. Peut-être s'est-il dit que ses perspectives de vol seraient meilleures ?

— Ah, d'accord.

Son regard se dirigea vers la vitre de la porte afin de jeter un coup d'œil au couloir, ce qui me rappela ma question.

— Vas-tu maintenant me dire pourquoi tu évites Victoria ?

Le regard de Pari se reporta sur moi.

— Oui, promis. Mais pas maintenant.

Et sur ce, elle ouvrit la porte et elle disparut, me laissant toute seule dans cette pièce dégoûtante. Comme j'en avais assez de respirer à travers la bouche pour éviter l'odeur, je sortis après elle et je la suivis jusqu'à la salle du déjeuner.

Ce soir-là, il n'y avait rien de manifestement différent dans l'humeur de Ty pour indiquer que l'affrontement entre Noah et lui avait été inhabituel. Et j'évitai de lui poser des questions, même si j'en avais très envie.

Je me souvins de ma promesse à Karen Freed, et comme cela faisait une semaine depuis notre retour de Houston, je lui envoyai un texto rapide.

Salut, c'est Gray. Juste un petit message pour te faire savoir que tout va bien ici avec Ty. J'espère que tout va bien pour toi aussi.

Peu de temps après, je reçus une courte réponse. *Merci. J'espère qu'il aura bientôt envie de me le dire lui-même.*

J'hésitai, puis je composai une réponse rapide. *Je ne promets rien, mais je vais voir ce que je peux faire !*

Et elle répondit également à ce message. *Tu es un ange. Merci.*

***

Le vendredi de cette semaine fut une journée très chargée. Je quittai le travail assez tôt pour pouvoir déjeuner comme promis avec mon père dans un restaurant bio près de là.

Il aurait aimé faire une promenade avant, mais il faisait affreusement chaud depuis plusieurs jours, alors nous cherchâmes refuge au restaurant. Dans l'air conditionné, nous regardâmes par la fenêtre l'étang rempli de canards du parc adjacent.

— La nourriture prout-prout ne me plaît pas beaucoup, mais la vue est très belle, dit-il. Cependant, je n'aurais jamais choisi cet endroit. Bien trop cher.

Il examina le menu avec un rictus et je luttai pour ne pas glousser.

— Merci de jouer le jeu.

— Est-ce que tu arrives à gérer ton astronaute play-boy? J'ai lu les journaux. Il y apparaît de temps en temps avec cette jolie petite actrice.

Je hochai la tête.

— Il se comporte bien, papa, ne t'inquiète pas. C'est... c'est quelqu'un de bien. Essaie de ne pas le juger d'après les erreurs de son passé.

Il me jeta un coup d'œil avant de revenir au menu.

— Ah. Toute cette histoire de XPAC est une affaire risquée. J'ai prévenu Tolan avant qu'il commence. Il s'en sortait très bien avec les fusées. Les lancements pour réapprovisionner la station spatiale, tout le travail des gouvernements et des satellites. Et il a bien réussi – il a suivi mes conseils en restant dans le privé, mais...

Il secoua la tête.

— Cette histoire d'astronautes. Je ne sais pas trop.

Je serrai le poing sur la table, mes ongles s'enfonçant dans ma paume, mais je ne lui montrai pas mon agitation. Il ne pouvait pas retirer le tapis sous nos pieds maintenant, n'est-ce pas? Je faisais tout ce sur quoi nous nous étions mis d'accord.

— Papa, ça se passe très bien. C'est le rêve de Tolan. C'est *mon* rêve. Il y a un tel avenir pour la race humaine dans l'exploration spatiale. Veux-tu laisser le choix à la NASA et son 'nous y arriverons peut-être dans les années 2030' ou bien veux-tu faire partie du futur maintenant?

Mon père n'eut jamais l'occasion de répondre, car la personne qui se dirigeait vers une table près de là tourna brusquement vers nous à la place.

— Conrad ? Il me semblait bien avoir entendu ta voix. Et ta magnifique fille ! Comment vas-tu, Gray ?

Nous nous levâmes tous les deux pour saluer Aaron Thiessen, à la tête de Thiessen International, une entreprise d'investissement. Comme Tolan, Aaron avait autrefois été guidé par le légendaire Conrad Barrett. Papa se leva avec enthousiasme et serra la main de son ancien acolyte. Puis Aaron me sourit et il se pencha pour m'embrasser sur la joue.

— Je t'en prie, assieds-toi avec nous, dis-je en indiquant le siège vide à côté de moi.

Il sourit, déboutonna la veste de son costard et accepta.

— Je dois rencontrer du monde tout à l'heure, mais ils ont un peu de retard, on vient de m'envoyer un message comme quoi ils étaient coincés dans les embouteillages.

— C'est bon de te revoir. Comment va ta sœur ?

Je ne la connaissais que superficiellement, surtout parce qu'elle avait fréquenté le même petit lycée d'élite pour filles, Scripps. Sheridan était plus âgée que moi, et nous fréquentions des cercles très différents. J'avais évité la pléthore de mondaines et les futures politiciennes. Et il n'y avait pas beaucoup d'autres intellos introverties dans le lot.

— Elle a fini à Stanford et elle va passer son doctorat. D'ailleurs, félicitations pour le tien. Papa doit être fier.

Il sourit à mon père qui acquiesça.

— Je n'ai pas pu m'empêcher d'entendre ce que tu disais à Conrad au sujet de 'faire partie du futur maintenant' ?

Je souris.

— Oui, je félicitais mon père pour son investissement malin dans le nouveau corps privé d'astronautes de Xventure. Ils vont changer l'avenir des voyages spatiaux – de notre planète, en réalité, si on va jusqu'au bout.

Tant qu'à faire, j'avais intérêt à mettre au courant tous les milliardaires que je connaissais, n'est-ce pas ? Quelques dollars de plus pour le programme ne pouvaient pas faire de mal.

Aaron avait un peu plus de trente ans et grâce à l'aide de papa, il était maintenant milliardaire lui-même. De temps en temps, il avait été connu pour prendre le contre-pied des conseils de papa. Mais je n'allais pas non plus me gêner pour mettre un peu de pression de groupe sur mon père. Je sentais qu'il devenait agité au sujet de l'investissement XPAC, alors, pourquoi ne pas le vendre à Aaron ? De cette façon, papa semblerait ridicule en changeant d'avis.

Quand j'y étais obligée, je ne voyais aucun problème à être sournoise.

Il n'y avait pas moyen que je retourne travailler pour une entreprise de ressources humaines alors que je pouvais travailler avec des astronautes et m'impliquer dans l'avenir des voyages spatiaux.

— La NASA prévoit éventuellement de se rendre sur Mars dans les années 2030, mais la NASA n'a pas transporté ses propres astronautes dans l'espace depuis qu'ils ont retiré leur navette en 2011. À la place, ils montent dans des fusées russes.

Je marquai à peine une pause pour reprendre ma respiration avant de persévérer.

— XVenture battra la NASA pour aller sur Mars. Ils le feront dans la décennie qui vient. Et ils ont les plans et quelques-uns des meilleurs talents du monde entier pour le faire. Ils ont construit une entreprise de fusées à partir de rien. Maintenant, ce sont les fournisseurs principaux – même pour la NASA – du transport en orbite basse de la Terre et au-delà.

De son côté, Aaron n'aurait pas pu agir de façon plus positive si je l'avais payé. Heureusement. Il était fasciné. Il posait des questions aussi vite que je pouvais y répondre. Dix minutes plus tard, il fallut lui tapoter sur l'épaule pour l'avertir que son groupe était arrivé pour le déjeuner.

Il se leva en disant :

— Gray, je veux te parler un peu plus de cela très vite, d'accord ?

Bien joué, Aaron !

Je lui fis un grand sourire.

— Dis-moi quand tu veux passer voir nos bâtiments et je te ferai faire un tour.

Il se tourna vers mon père.

— Conrad, j'étais ravi de te revoir. Il faudrait que nous nous organisions un repas bientôt.

Aaron partit et papa me jeta un regard perçant. Je levai les sourcils.

— Quoi ?

Il sourit alors.

— Rien. Je suppose que je ne devrais pas être surpris quand je vois que tu as hérité de quelques-uns de mes traits de caractère les plus ennuyeux.

Je ricanai.

— Comme l'entêtement borné ?

Il fronça les sourcils.

— J'allais appeler ça une détermination de fer, mais ça marche aussi.

On rit tous les deux.

Plus tard, lorsque nous sortîmes du parking et que nous fûmes hors de portée de voix, papa suggéra :

— Tu sais ce qui pourrait être amusant ? Et si tu sortais avec Aaron ? C'est un bon gars et je crois qu'il t'aime bien. De plus, je ne te vois jamais sortir avec personne.

Je levai un sourcil et je lui jetai un regard en coin.

— Vraiment, papa ? Des conseils amoureux de ta part ? Je croyais que tu ne donnais que des conseils sur les portefeuilles d'actions et les stratégies de retraite.

Il haussa les épaules d'un air penaud.

— Tu es ma fille. Je m'inquiète.

Je passai le bras autour de son dos et je posai la tête sur son épaule.

— Je vais bien. Je suis heureuse.

Il pinça les lèvres.

— C'est tout ce que je veux… que tu sois heureuse.

— Je le suis. Il est possible d'être heureuse sans un homme, dis-je doucement, même si j'essayai de ne pas me demander pourquoi je visualisais sans cesse Ryan et à quel point cela avait été agréable de dormir dans ses bras au cours de la semaine passée.

Je m'étais sentie en sécurité.

Quelques minutes plus tard, je serrai mon père dans les bras et je l'embrassai avant que nous partions chacun de notre côté.

La journée ne faisait que se réchauffer. Je quittai le restaurant de Los Angeles et je parcourus les cinquante kilomètres jusqu'à North Tustin et la maison de Ryan. En roulant dans les embouteillages de l'après-midi, je me maudis de ne toujours pas avoir pris le temps de faire réparer l'air conditionné de ma voiture. Ce fut un long trajet pénible et plein de sueur. Sérieusement, il n'y avait que dans les univers parallèles où le temps passait plus lentement qu'il était logique de mettre une heure et demie pour parcourir cinquante kilomètres.

Mais c'était Los Angeles. Un univers parallèle à lui tout seul, et dans une canicule. Je baissai la vitre de ma voiture dénuée de contrôle de la température et cela ne changea rien, mais j'espérais futilement être soulagée par une brise égarée.

Je finis enfin par atteindre la maison de Ryan pendant la partie la plus chaude de l'après-midi. Même si je m'étais attaché les cheveux en queue de cheval, ils avaient volé dans tous les sens et j'étais une épave toute frisée. Mon visage était cramoisi à cause de la chaleur et mon tee-shirt était trempé de sueur. Le petit ventilateur que j'avais utilisé n'avait servi à rien. Aujourd'hui, il avait seulement réussi à me déshydrater.

Lorsque j'entrai dans la maison de Ryan, son regard me suffit : j'étais trempée de sueur et toute ébouriffée.

— Tu vas bien ? Que s'est-il passé ?

Je levai les mains en ajustant le sac sur mon épaule.

— C'est cette météo qui est arrivée. Mon air conditionné est toujours cassé.

Sans un mot, il prit mon sac de mon épaule et il le porta jusqu'à ma chambre.

— Tu as besoin d'eau. Et il faut que l'on fasse réparer cet air conditionné. Keely vient passer un peu de temps ici. Nous devons prendre des photos ou je ne sais quoi. Et elle veut aller nager.

— Oui, elle m'a envoyé un message, alors j'ai pris mon maillot de bain et d'autres vêtements. Ils sont encore dans la voiture.

Il partit vite me chercher un verre d'eau glacée du frigo. Je le bus aussi vite que je le pus, puis je lui tendis le verre pour en avoir plus. Il le remplit et me le rendit.

— J'ai besoin des clés de ta voiture, dit-il en tendant la main.

— Le garage ne le prendra pas maintenant. Je dois appeler et prendre rendez-vous, puis demander à quelqu'un de me suivre là-bas ou m'arranger pour avoir une voiture de location pour la journée. C'est vraiment pénible, et je n'arrête pas de repousser le moment.

Il leva les yeux au ciel.

— Je ne veux pas dire qu'il faut l'emmener au garage. Je vais réparer ça. C'est un compresseur standard. Je peux le faire les yeux fermés.

J'écarquillai les yeux.

— Euh, quoi ?

— Que penses-tu que nous devons faire là-haut ? dit-il en montrant le ciel. Réparer la foutue circulation d'air et les systèmes de maintien en vie était une des priorités sur la station. Plus de la moitié des choses que nous faisons là-bas sont dédiées à la maintenance de véhicules. Comment veux-tu que les agences spatiales puissent garder la station en état de marche pendant plus de vingt ans, si nous ne la réparons pas constamment ?

— Alors ma voiture possède le même système de circulation d'air que l'ISS ? demandai-je, toujours incrédule.

— Pas exactement le même, mais assez proche. Alors, les clés ?

Je les lui donnai et il tourna les talons et sortit. Il gara la voiture devant son garage et il ouvrit le capot. Il était rentré chercher des outils dans la maison, lorsque Kirill et Keely arrivèrent dans sa mini décapotable – le toit ouvert, bien sûr.

Seul un masochiste aurait conduit avec le toit fermé par une journée comme celle-là.

— Salut, appela Keely en sortant de la voiture, superbe dans sa mini-jupe et ses talons hauts. Que se passe-t-il ici ? demanda-t-elle en indiquant le capot relevé de ma voiture.

— Des réparations, dis-je. Mon air conditionné ne marche plus et il en a assez que je repousse le moment de le faire réparer.

— Bonjour, Gray.

Kirill hocha la tête à sa façon étrangement formelle.

— Je vais voir si Ty a besoin d'aide.

— Comment est-ce que ça, euh... se passe ? demanda doucement Keely.

Elle jeta un regard appuyé vers le garage, puis vers moi.

— Avec lui ?

Eh bien, je m'en sortais très bien pour le faire s'endormir chaque nuit. Tous les matins, il se réveillait bien reposé. Pendant ce temps, je passais des heures éveillée dans ses bras en essayant de ne pas imaginer à quel point ce serait merveilleux s'il m'attirait contre lui et qu'il me touchait de façon très inappropriée, mais...

Je ne dis rien de tout cela.

— Tout va très bien. Il est très sage.

Les sourcils parfaitement dessinés de Keely montèrent sur son front lisse.

— Mais nous ne voulons pas qu'il soit sage, Gray. C'est l'objectif. Nous voulons qu'il joue *L'astronaute et la Martienne Solitaire*, version X.

Je lui fis signe de se taire lorsque les deux hommes sortirent du garage en bavardant en russe. Ryan portait une grosse boîte à outils et Kirill avait enroulé les manches de sa chemise jusqu'en haut. Apparemment, Kirill se moquait de lui parce qu'il n'avait pas utilisé les mots corrects en russe pour désigner les outils, et Ryan dit des choses qui auraient sans doute été écrites en symboles si elles avaient été traduites en sous-titres.

Keely et moi trouvâmes vite un endroit ombrageux : quelques rochers décoratifs en face de l'allée où ils allaient travailler. Presque comme sur commande, Ryan retira sa chemise et essuya son visage en sueur avec.

— Maintenant, c'est intéressant, murmura Keely. Espérons que le Russe suive l'exemple. Tu ne croirais pas le corps qu'il y a sous toute cette formalité d'Europe de l'Est. Il est *tellement* beau, Gray.

Kirill était effectivement bel homme : grand, blond, très musclé et avec une structure osseuse parfaite. Mais Ryan... Ryan. Je n'arrivais pas à arracher mes yeux de la façon dont les muscles de son dos ondulaient quand il travaillait, particulièrement lorsque la sueur faisait briller sa peau au soleil.

Oh la la.

Je dormais précisément avec cette quantité de perfection masculine sous la main chaque nuit.

Et il ne me touchait pas.

Et bien que – comme je le lui avais dit – j'avais passé des années sans subvenir à ces besoins très naturels, c'était comme si mon corps venait récemment de s'éveiller. Mon côté romantique aurait préféré comparer cet éveil à celui de la Belle au bois dormant. Mais pour la faim dévorante que je vivais maintenant l'analogie fonctionnait bien mieux avec Smaug, le dragon de la Montagne Solitaire. Mourant d'envie de souffler du feu. Mourant d'envie de rugir. Mourant d'envie de dévorer la chair d'un homme roussi...

Je me secouai afin de sortir de ma rêverie.

— Merci, tu as besoin d'une injection de type canon, tout de suite.

Malgré mes propres pensées cochonnes, mon visage émit plus de chaleur que le soleil de l'après-midi, si c'était possible.

— Tu as apporté un maillot de bain, n'est-ce pas ?

Je hochai la tête. J'en avais apporté un. *À contrecœur.*

— Tu t'es épilée dans tous les bons endroits ?

Je grimaçai.

— *Épilée ?* Non. Rasée ? Oui.

Elle cligna des paupières.

— Une pièce ou bikini ?

— Une pièce.

— Ce n'est pas bon. Bikini. J'en ai apporté quatre. Un des quatre t'ira, j'en suis certaine.

— Mais…

— Pas de mais. Tu as un beau corps. Montre-le.

Par réflexe, je regardai ma poitrine et elle posa une main sur la mienne.

— Arrête de t'inquiéter pour ta cicatrice. Elle n'est pas si terrible.

Je lui jetai un coup d'œil, me souvenant soudain qu'elle avait vu la cicatrice lorsque j'avais emprunté sa robe à Houston.

— Nous allons nager après ça. Ty et moi devons faire quelques selfies bêtes pour que je puisse les poster sur les réseaux sociaux au cours des semaines qui viennent. Il nous faudra quelques changements de vêtements et de paysage. Après ça, nous irons tous nager, dîner et puis, qui sait ?

Je levai les sourcils. À la façon dont elle matait le cul de Kirill, elle savait très bien.

Nous regardâmes alors les hommes travailler une demi-heure environ, pendant que Keely me parlait du nouveau film dans lequel elle allait travailler en automne. Je n'arrivais pas à regarder autre chose que le corps parfait de Ryan : ses épaules solides, ses bras sculptés, les creux dans son dos au-dessus de la taille de son jean.

Je ne savais pas si je devais applaudir ou huer quand ils déclarèrent avoir fini. Ryan avait démarré la voiture et elle était devenue agréable et réfrigérée à l'intérieur.

— Nous avons eu de la chance. Tu n'as pas eu besoin de remplacer des pièces.

— Merci. J'ai effectivement eu de la chance.

De bien des façons. J'essayai de ne pas faire glisser mes yeux sur son torse nu et tous ces abdos délicieux. En plus de tout le reste, il savait recoudre des blessures et réparer tout ce qui était mécanique. Et il avait de ces yeux...

Je clignai des paupières. *Attention*, m'avertis-je, au cas où je pense qu'il était l'homme parfait. Je me forçai à me souvenir qu'il avait des problèmes et un passé compliqué. Mais depuis que j'avais commencé à passer du temps avec lui, il semblait aller mieux. Cela ne faisait pas très longtemps, c'était pourtant prometteur.

J'espérais que cela dure.

Plus tard, Ryan prit une douche, se rendit présentable pour les selfies de Keely et ils se collèrent pour de jolies poses autour des pots de fleurs dans le jardin, puis au salon. Et enfin, près de la piscine.

Les bikinis de Keely n'étaient pas aussi ridicules que je l'avais imaginé. Cependant, l'un d'entre eux n'était tenu que par des ficelles, alors je lui rendis rapidement. Il y en avait un qui m'allait raisonnablement bien. Il était rayé en différentes teintes de bleu. Un peu serré au niveau des fesses et vraiment un peu lâche au niveau des bonnets. Mais ça passait.

Je sortis et je sautai dans la piscine aussi vite que je le pus, contre les protestations de Keely. Les hommes étaient allés chercher à boire et donc, ils n'avaient pas pu voir nos corps… et mon absence de bronzage manifeste.

Quelques minutes plus tard, les garçons arrivèrent avec une glacière pleine de boissons. Ryan m'offrit galamment un Dr Pepper sans même me poser la question. Je le remerciai, je l'ouvris et je bus une gorgée. Il glissa dans l'eau sans se prendre à boire, mais pas avant que je remarque à quel point il était magnifique dans son short de bain.

Les garçons plongèrent immédiatement. Ryan fit quelques longueurs, puis il se dirigea droit vers moi. J'étais restée assise sur le bord du côté profond, à le regarder. Il essora l'eau de ses cheveux et sourit quand son regard croisa le mien. Keely et Kirill étaient assis du côté peu profond, bavardant et riant à voix basse.

Bien sûr, Ryan faisait du surplace. Il était si naturel dans l'eau. C'était comme s'il était né dedans. Je ne manquai pas de remarquer comment il baissa les yeux pour regarder mon maillot de bain, et je luttai contre une envie soudaine de me couvrir. Sa bouche esquissa un sourire appréciateur et il leva la tête pour me regarder encore dans les yeux.

Je me sentis brûlée partout alors qu'il faisait frais dans l'eau.

— Tu as quitté le travail très tôt aujourd'hui, dit-il. Je t'ai vue te rendre au parking après le déjeuner.

— Je pars toujours tôt, comparé à toi.

Il hocha la tête, plongea dans l'eau, se repoussa du fond et puis remonta à la surface avec un grand sourire.

— On fait la course ?

Je ris.

— Même pas si tu nages avec un seul bras et sans utiliser tes jambes.

Il ricana.

— Pas bête. Alors, où es-tu allée cet après-midi ? Tu n'es manifestement pas allée faire réparer ton air conditionné.

Je me mordis la lèvre pour m'empêcher de sourire, amusée par sa curiosité. Peut-être même un peu flattée.

— J'avais un rendez-vous.

Cela sembla le surprendre. Il écarquilla les yeux et il hésita en nageant sur place. Son visage était indéchiffrable lorsqu'il demanda :

— Un rendez-vous ? Qui est ce veinard ?

Je souris et je l'éclaboussai.

— Un vieux que j'ai connu toute ma vie.

Il rit et il m'éclaboussa à son tour.

— Tu vois souvent ton père ?

Je hochai la tête en me souvenant de certaines des choses qu'il avait dites au sujet de Conrad Barrett quand Ryan ne savait pas encore que c'était mon père. Cela ne m'avait pas gêné à l'époque. On ne pouvait pas arriver au niveau de mon père sans se faire des ennemis.

— Nous sommes proches. Je n'ai pas de frères et sœurs et ma mère vit loin. Mon père est toujours là pour moi.

Il hocha la tête d'un air sombre. Après cette déclaration, je l'imaginais mal répéter les choses qu'il m'avait dites avant. Étant donné que papa avait été si affreux avec lui pendant la réunion plusieurs semaines auparavant, je dus admirer sa retenue.

— Est-il toujours content de son investissement dans le XPAC ?

Je haussai les épaules, choisissant de ne pas entrer dans les détails de sa dérobade aujourd'hui au déjeuner. Inutile d'alarmer qui que ce soit alors que ce n'était sans doute rien.

— Il est très prudent avec ses investissements. Pour lui, ce n'est pas vraiment une histoire d'argent. L'important est de gagner. Il adore l'excitation de l'achat et ça ne sera jamais lié à son patrimoine ou à ce qu'il peut se permettre de perdre. Il n'aime pas perdre. Du tout.

Ryan hocha la tête.

— Je connais le genre.

— Tu *es* le genre, répondis-je en riant.

Il rit également et – le voilà – ce regard hagard au fond de ses yeux bleus et profonds. Quelque chose que j'avais dit avait évoqué chez lui ses blessures intérieures.

Il était du genre à toujours gagner. Sauf quand il perdait. Et quand il perdait, il perdait beaucoup.

Chaque fois qu'il faisait cette tête, je voulais me jeter dans ses bras, le serrer contre moi, appuyer ma joue contre son torse et lui dire que tout irait bien. Qu'il pouvait guérir. Qu'il y avait de l'espoir.

Mais lui dire cela ne signifiait rien. Un homme comme Ryan avait besoin de preuves, d'actes, pas de paroles.

Nous restâmes dans la piscine et nous finîmes par rejoindre les autres du côté peu profond. On resta à bavarder tous ensemble pendant que le ciel devenait doré, puis lavande, et que les premières étoiles apparurent, à peine visibles ici à cause de la pollution lumineuse.

Kirill indiqua des éléments du ciel d'été, identifiant Vénus et Mars, qui s'étaient levés à côté de la Lune.

— Peut-on voir la station spatiale depuis la terre ? demanda Keely.

— Oui. C'est le deuxième objet le plus brillant du ciel nocturne, répondit Kirill.

Elle fronça les sourcils.

— Quel est le plus brillant ?

— La Lune, dit immédiatement Kirill.

Keely rit.

— Oh ! Pff. Parfois, j'aimerais être blonde pour justifier ma bêtise, dit-elle d'un air espiègle.

Kirill lui sourit.

— Tu n'es pas bête, et j'adore tes cheveux roux.

— La blonde ici est légèrement offensée, dis-je en levant la main.

— Et certainement pas bête, acquiesça Ryan.

Peu de temps après, nous décidâmes que nous avions faim. Ryan se repoussa hors de la piscine et j'appréciai tous les muscles ruisselants dans son dos quand ils ondulaient et se tendaient pour rendre cette action possible. Puis il se pencha au-dessus de la piscine en me tendant un bras solide.

Je levai la main et il me sortit de l'eau d'un seul bras, comme si je ne pesais rien.

On commanda de la nourriture à emporter au fantastique restaurant chinois gourmet qui livrait. Et puis on mangea à table, côté piscine.

Maintenant que la lumière avait changé, Ryan et Keely commencèrent à prendre d'autres photos. Pendant ce temps, Kirill et moi nous occupâmes du rangement.

Dans la cuisine, après avoir chargé le lave-vaisselle, Kirill replaça un sac dans la poubelle et discuta avec moi.

— Comment se passe ton travail, Gray ? Bien ?

— Oui. Entre XVenture et le fait de traîner ici, c'est presque comme si j'avais deux emplois.

Il sembla réfléchir à cela et il eut l'air de vouloir me demander quelque chose, mais il resta silencieux.

— Oh, j'allais oublier. *Ya ochen krasivaya.*

Il leva les sourcils de surprise.

— Euh… *ya soglasen.*

Je ne comprenais pas cela non plus.

— Qu'est-ce que j'ai dit ?

Il souriait presque jusqu'aux oreilles.

— Tu m'as dit 'je suis très belle' et j'ai dit que j'étais d'accord.

Je clignai des paupières.

— Euh… oh.

Puis je rougis brutalement.

— Waouh, j'ai l'air crâneuse en russe.

Il sourit.

— C'est Ty qui t'a appris ça ?

— Je croyais qu'il m'apprenait un gros mot.

Kirill hocha la tête en riant.

— Ça aussi, il en connaît beaucoup. Si tu l'as écouté aujourd'hui pendant qu'il réparait ta voiture, tu les as entendus.

Les deux autres arrivèrent dans la cuisine à ce moment précis. Keely frissonnait sous sa serviette et elle se jeta dans les bras de Kirill.

— Il fait si froid ici !

Je me tournai pour regarder Ryan. Je ne pus m'empêcher de repenser à la nuit où il m'avait appris cette phrase quand nous étions assis près de la piscine avec notre pizza. La façon dont il avait choisi cette phrase dès que je lui avais demandé de m'apprendre quelque chose en russe. La façon dont il avait souri intérieurement et secoué la tête comme un garçon timide quand je lui avais demandé ce qu'il voulait dire. Mais lorsque je l'avais répété, il m'avait dit *'Da, ochen verno. C'est vrai.'*

Tellement sérieusement.

Il m'avait sérieusement dit qu'il pensait que j'étais très belle et il l'avait réaffirmé quand je l'avais dit.

Est-ce que cela signifiait… pensait-il vraiment que j'étais belle ? Et comment était-ce possible ? Je jetai un coup d'œil à Keely, gracieuse et belle même maintenant, avec les cheveux humides et sans maquillage. Il n'avait jamais montré le moindre intérêt romantique pour elle.

Pendant que Ryan mettait une tablette dans le lave-vaisselle, je rangeai les restes au frigo et je jetai les cartons vides. À ce moment-là, Keely et Kirill avaient disparu dans l'autre pièce.

— J'ai découvert ce que ça signifie, dis-je.

— Quoi donc ? demanda-t-il en se redressant et en se tournant vers moi.

— *Ya ochen krasivaya.* Kirill m'a dit ce que cela signifiait.

Sans être gêné cette fois, Ryan se contenta de sourire. Et puis moi, ma grande bouche et ma part sceptique nous fîmes tout foirer et j'effaçai le sourire de son visage quand je me mis à rire.

— Toi alors, tu sais vraiment comment dire n'importe quoi, même en russe.

Le sourire devint un air renfrogné et vexé en moins d'une fraction de seconde.

— Ce n'était pas des conneries.

J'écarquillai les yeux.

— Oh.

Il se raidit en fronçant les sourcils et un regard mauvais transforma son visage avant qu'il se détourne, essuyant le comptoir humide par de petits gestes agités.

Je posai la main sur son bras.

— Je suis désolée.

Il se redressa et il me regarda.

— Ne recommence jamais ça.

Je clignai des yeux en entendant sa voix sérieuse… presque fâchée.

— Recommencer quoi ?

— Me dire que je mens parce que je dis que tu es belle. Tu ne crois pas mon avis ? Je t'emmerde.

Il crocheta alors mes avant-bras avec ses mains et il m'attira vers lui. Son baiser atterrit durement sur ma bouche sans me laisser l'occasion de prendre ma respiration. Avec une de ses manœuvres préférées, il posa la main contre l'arrière de ma tête et il la maintint contre la sienne.

Une seconde plus tard, sa langue fut dans ma bouche et je fondis contre lui pendant qu'une alchimie sournoise travaillait en moi, éveillant des choses… des sentiments, des sensations, des pensées vertigineuses. Ses lèvres bougeaient sur les miennes avec certitude et possessivité. Lorsqu'il s'écarta, nous respirions bruyamment tous les deux.

— Ce baiser a-t-il menti ? demanda-t-il avec la bouche à quelques centimètres de la mienne.

Je secouai la tête. Ma réponse vocale était coincée dans ma gorge. Je ne pouvais pas parler, car le souffle, les sensations me submergeaient. Cela faisait des jours que j'avais voulu qu'il m'embrasse encore et pourtant, c'est moi qui lui avais demandé de ne plus m'embrasser.

Car… car je savais exactement ce que cela me ferait. Ceci.

Mon Dieu.

Le monde tourbillonna autour de nous pendant un instant avant de se rétablir. Malgré tout, j'eus besoin de me retenir au comptoir de la cuisine. Je déglutis bruyamment et à ce moment-là, Kirill et Keely entrèrent dans la cuisine en se tenant par la main.

— Nous, euh, nous allons partir maintenant. Nous allons vous laisser tranquilles pour la nuit, dit Keely en me jetant des regards appuyés.

Je détournai la tête, faisant semblant de ne pas le remarquer.

Mais Kirill observait Ty et il ne dit rien pendant un long moment avant de se tourner vers moi.

— Bonne nuit, Gray. À plus tard, Ty.

Ils sortirent par la porte de derrière pour attraper leurs sacs sur la terrasse avant de partir. Et nous restâmes à nous regarder, un peu mal à l'aise dans la cuisine. S'ils nous avaient vus, combien de temps nous avaient-ils vus nous embrasser ?

Ty ne dit rien au sujet du regard de Kirill et cela me rappela la conversation que j'avais eue avec Pari quelques jours plus tôt, au sujet des astronautes et de leurs relations. Il y avait quelque chose de bizarre entre Ty et Noah, et j'avais oublié de poser la question à Kirill.

De toute façon, je ne pensais pas que le Russe discret aurait pu me dire quoi que ce soit d'utile.

— Nous devrions enlever nos maillots de bain mouillés, finit-il par dire.

— Bonne idée, je suis épuisée.

J'avais très envie de rincer l'eau salée de la piscine de mes cheveux et de ma peau. Je me rendis à la salle de bains de la chambre d'amis dans laquelle je n'avais pas dormi depuis presque deux semaines.

Après une douche chaude et relaxante qui ne fit que m'endormir encore plus, j'attrapai son peignoir sur le crochet du mur. Je l'avais emprunté, car je n'arrêtais pas d'oublier le mien. Il faisait au moins deux tailles de trop pour moi. La ceinture devait faire deux fois le tour de ma taille pour que je puisse l'attacher. Je retournai à ma chambre d'un pas lourd pour y chercher mon pyjama. À la place, je finis par me rouler en boule sur le lit et par somnoler.

Il me trouva là quelques instants plus tard.

— Hé.

Il s'assit sur le lit.

— Ça va ? Je t'attendais et tu n'es jamais venue. Préfères-tu dormir ici cette nuit ?

Je le regardai en clignant des yeux et je secouai la tête.

— J'étais très fatiguée.

— Viens, je t'aide.

Il se pencha et il me souleva du lit, me porta tout le long du couloir, d'un bout à l'autre de la maison jusqu'à sa chambre. Et je profitai grandement du voyage. Il était vêtu pour aller se coucher, mais j'appuyai ma joue contre le tee-shirt qui couvrait ce mur solide de muscles, ses bras forts me tenant contre son torse large.

Ce fut divin et mon cœur cliquetait d'excitation.

Lorsque nous arrivâmes dans sa chambre, je n'avais plus envie de dormir.

Il me posa de mon côté du lit et je levai les yeux vers lui.

— Je n'ai pas attrapé mon pyjama.

— Tu n'as qu'à dormir avec ça.

Je réfléchis un moment.

— Je ne peux pas dormir maintenant.

— Pourquoi pas ?

— Parce que nous allons travailler sur quelque chose ce soir.

Il s'assit à côté de moi sur le lit, me regardant avec de grands yeux.

— Nous allons faire *quoi* ?

Je clignai des yeux, soudain alerte, le cœur battant vite. Merde. Avais-je laissé entendre que les moments où nous partagions le même lit étaient des séances de thérapie ? Parce que ce n'était pas le cas. Vraiment pas.

— Je pensais que nous pourrions peut-être essayer d'éteindre les lumières.

Il recula un peu.

— Non.

— Je serai toujours là. Juste à côté de toi.

Il secoua légèrement la tête, son regard étrange et distant revenant dans ses yeux. Comment appelait-on ce visage hagard, perdu dans le vide, des traumatisés ?

— Et si nous essayions juste pendant cinq minutes ? Puis on rallume les lumières.

Il cligna des yeux, mais il ne bougea pas.

Je m'assis lentement.

— Juste cinq, Ryan. Tu peux le faire, n'est-ce pas ?

Son regard tomba sur la couverture du lit. Mais il n'eut pas de protestations.

Je me glissai du lit et je commençai par éteindre les lumières supplémentaires : celle dans le couloir de la salle de bains, le plafonnier, et enfin, je m'assis à sa place habituelle sur le lit avant de tendre lentement le bras pour poser la main sur l'interrupteur.

— Je peux faire un décompte avant d'éteindre. Afin que tu puisses te préparer…

Je m'interrompis lorsqu'il bondit en avant, serrant la main sur mon poignet.

— Tu ne veux pas essayer ? demandai-je d'une voix douce.

Sa pomme d'Adam bougea lorsqu'il déglutit.

— Si tu veux faire ça, j'ai besoin d'une distraction.

— D'accord… veux-tu de la musique ? Ou un podcast ? Qu'aimerais-tu comme distraction ?

— *Toi*, répondit-il immédiatement, le regard fixé sur le col du peignoir en tissu éponge qui s'était ouvert au-dessus de mon décolleté.

Maintenant, ce fut moi qui déglutis bruyamment.

— Que-que veux-tu…

— Si tu éteins cette lumière, alors je peux te toucher. T'embrasser. Où je veux. Tout le temps que ça reste éteint.

Je reconnus cette tactique de négociation caractéristique. Comme la nuit à Houston où j'avais échangé des questions avec des baisers. Mais ce soir, la faim dans ses yeux disait qu'il en voulait plus.

Et je ne pouvais pas m'en empêcher. Moi aussi, j'en voulais davantage.

Tellement plus.

Cela faisait plus d'une semaine maintenant que mon corps me disait *qu'il était temps*.

Ce n'était pas comme si j'avais eu beaucoup d'opportunités avant, mais malgré tout, j'avais l'impression que c'était le bon moment. Donc, le cœur battant jusque dans ma gorge, je hochai la tête sans un mot et j'appuyai sur l'interrupteur.

Il inspira si bruyamment que ce fut la seule chose que j'entendis avant qu'il m'attrape et me tire contre lui. Avec ses lèvres, il traça la ligne de mon cou depuis la clavicule jusqu'au menton, puis il enfouit son visage dans mes cheveux.

— Des fraises.

Sa voix était un grognement et son corps était raide, tendu. Était-ce à cause de son excitation ou de la peur déclenchée par l'obscurité ? Au moins, il parlait, c'était bon signe.

— Est-ce que ça va ?

— Je n'ai pas besoin d'ouvrir les yeux pour ça, Gray.

Et ce que je sentis alors, ce fut un coup ferme sur la ceinture de mon peignoir. Oh, euh. Oui, je ne m'étais pas attendue à ce qu'il me déshabille – en tout cas, pas si vite.

Il défit le nœud en quelques secondes, déposant des baisers dans mon cou puis sur ma poitrine. Des mains fermes et insistantes me repoussèrent à plat contre le matelas. C'était si bon que je parvenais à peine à respirer. Les seuls bruits étaient les soupirs venant de ma bouche, la respiration forte de ses réponses occasionnelles, et le cliquetis persistant de mon cœur.

Et cette fois, ça m'était égal que mon cœur me dénonce comme un agent double. Ses mains chaudes sur ma peau fraîche étaient *si agréables*. Et sa bouche…

Oh mon Dieu, sa bouche. Il avait un téton entre ses lèvres, sa main roulant l'autre entre le pouce et l'index. Je sursautai à ce contact et il réagit par un grognement profond.

J'appelai son nom en suppliant d'une voix rauque. Cela sembla déclencher quelque chose, car il commença les mots cochons.

— Je veux entrer en toi, Gray. Je veux savoir comment c'est de te sentir sous moi quand je suis en toi. Je veux t'entendre dire mon nom quand je te baise. J'arrive à peine à penser à autre chose. Tout le temps. Le bruit que tu feras en jouissant.

Je passai les doigts dans ses cheveux lorsque sa tête descendit sur mon ventre. Cela faisait-il cinq minutes ? J'avais l'impression que c'était une heure… une année… un mois. Et en même temps, quelques secondes. Je pouvais allumer et arrêter tout. Mais le voulais-je vraiment ?

— Acceptes-tu de me laisser faire ? demanda-t-il d'une voix rauque. Je veux te faire jouir.

Oui. *Oh oui.*

— S'il te plaît, soufflai-je en réponse.

Heureusement, il n'eut besoin de rien de plus, car ce qu'il me faisait – chaque contact, chaque baiser – chassait mes mots, chassait mes pensées jusqu'à ce que tout mon être, mon existence, tourne autour de lui. Lui. *Lui.*

Lorsqu'il écarta mes jambes avec ses épaules larges, la petite fraction de pensées rationnelles restantes fut éparpillée dans le vent. Mon existence devint sa respiration chaude baignant mes cuisses pendant que sa tête bougeait lentement, si lentement vers sa cible.

Exister devint la sensation de ses mains sur mes cuisses, mes genoux, les écartant encore. Toute la réalité se résumait à ses lèvres douces qui exploraient la jonction de mes cuisses, sondant plus loin, se dirigeant vers le centre des sensations, du plaisir.

Les pensées, la respiration, la conscience devinrent une série de battements, de pulsations, à chaque mouvement de sa bouche sur la boule de nerfs sensible. Le contact de sa langue sur mon clitoris. Comment sa bouche se déplaçait sur lui, les vibrations lorsque les grognements les plus profonds de son grand torse se réverbéraient à travers ses lèvres, me traversant.

N'oubliai-je pas de respirer ? Je n'en avais aucune idée. Je ne pouvais sentir que lui. Sa bouche sur moi. Ses lèvres qui suçaient autour de moi. Mes hanches bougèrent sous lui de leur propre chef, complètement hors de mon contrôle. J'avançai les hanches vers lui, en voulant encore plus, tout en ressentant un plaisir si intense qu'il en était presque douloureux.

Sa bouche. Sa *bouche*. Cette bouche talentueuse et divine. Et cette langue.

Mes yeux roulèrent dans mes orbites lorsque ma colonne s'enroula, la poitrine en avant. Je criai sans savoir ce que je disais.

Je ne voulais pas qu'il s'arrête. Je crois que c'est ce que je lui disais. Encore et encore. Mais j'avais l'impression que cette voix venait d'ailleurs et j'étais entièrement enveloppée dans mon propre monde, à des années-lumière de là. *Ne t'arrête pas. Oh, mon Dieu, Ryan. N'arrête pas. C'est. Si. Bon.*

La tension augmenta, comme des moteurs qui se lançaient avant le décollage d'une fusée... jusqu'à mon décompte. Ma respiration se synchronisa avec les mouvements de sa bouche. Dans l'obscurité, la pièce tourna sur elle-même. Les mains de Ryan me tenaient fermement par les hanches, mais sa bouche ne s'arrêtait pas.

Bien sûr, il savait exactement ce qu'il faisait. Il suçait et léchait sans relâche jusqu'à... jusqu'à ce que le décompte atteigne zéro, la tension maximale. Mes jambes, mes bras, mes dents, tout se serra, se comprima et puis...

Avec un tremblement convulsif, je laissai mon corps partir dans une explosion d'extase et de bonheur. Mes muscles pulsaient d'une chaleur et d'un plaisir si intenses que je ne pouvais que gémir et soupirer et respirer bruyamment.

Oh mon Dieu.

Comment. Que. Où… ?

Mon corps continuait à se convulser, les points de plaisir palpitant encore jusqu'à un vide de béatitude. Je fus enveloppée de nuages de plaisir. Je le remarquai à peine lorsque Ryan se redressa sur le lit et plongea tout droit sur l'interrupteur.

Je fermai les yeux dans la lumière subite et je savais qu'il me regardait. J'étais allongée sur le lit avec la robe de chambre grande ouverte, mon corps nu en pleine vue.

Après ce qui venait de se passer entre nous, ce serait assez bête de me couvrir maintenant. Malgré tout, pendant que ses yeux parcouraient mon corps, je sentis ma peau se réchauffer timidement. Lorsque j'ouvris entièrement les yeux, ce fut pour regarder son dos quand il partit dans la salle de bains, ouvrit le robinet et aspergea son visage au-dessus du lavabo.

Je clignai des paupières, essayant toujours de m'habituer à la lumière, puis je m'assis lentement.

— Que fais-tu ?

— J'essaie de respirer et de me calmer une minute. Sinon, pas moyen que je ne te touche pas ce soir.

Je souris.

— C'est un peu tard pour ne pas me toucher. Mais si… si je ne pouvais pas m'empêcher de te toucher ?

Ryan se figea en se séchant le visage. Puis, il retira lentement la serviette pour me regarder. Son expression était complètement impassible, mais il me regardait avec des yeux de braise. Je ne pus résister à l'envie de baisser le regard le long de son corps, depuis ses épaules raides jusqu'au tee-shirt fin qui moulait son torse solide, jusqu'à son short... et la bosse très visible de son excitation.

Je me souvins de ses mots brûlants. *Je veux entrer en toi, Gray. Je veux t'entendre dire mon nom quand je te baise... Le bruit que tu feras en jouissant.*

Moi aussi, je le voulais. Tellement. Même s'il m'avait entièrement satisfaite, un nouveau feu s'embrasa dans mon corps. Je voulais le sentir.

Je m'éclaircis la gorge et j'ouvris les cuisses.

— Je te veux en moi, chuchotai-je brusquement.

Ses paupières tombèrent à moitié sur ses beaux yeux bleus, et une couleur profonde s'étala sur sa peau. Il serra le poing et il marcha vers moi. Je vis sa pomme d'Adam bouger lorsqu'il déglutit. Je me poussai sur le côté afin qu'il puisse s'asseoir sur le lit près de moi.

Après une brève hésitation, il s'assit lentement en face de moi. Mais ses traits étaient encore fermés, très sceptiques. Je me penchai en avant et j'inclinai mon visage vers le plafond, ma bouche atterrissant pour un baiser sur ses lèvres. Ce fut lent et prudent. Et pourtant, il se retenait tellement que j'avais l'impression qu'il pouvait exploser.

Contrairement aux autres fois que nous nous étions embrassés, il ne chercha pas à tenir ma tête contre la sienne. À la place, il reçut le baiser, ouvrant la bouche pour moi, mais ne se penchant jamais vers moi. Comme s'il voulait être entièrement sûr que j'étais à l'initiative de ceci. Que c'était ce que *je* voulais.

Et c'était le cas. Tellement le cas.

Ma main atterrit sur sa joue rugueuse lorsque je m'enfonçai plus loin dans ce baiser, tenant son visage immobile afin de pouvoir l'approfondir. Tout était silencieux. Tout était immobile.

Sauf le cliquetis omniprésent de ma poitrine.

Puis, quelque chose changea très subtilement. Il expira et dans ce souffle, il prononça une supplique simple contre mes lèvres.

— *Gray...*

Je ne savais pas si c'était afin que j'arrête ou que je continue.

Quelque chose dans ce chuchotement calme fit couler le sang dans mes veines, comme s'il ne coulait pas avant, comme si je n'avais pas été éveillée ou *en vie* avant cet instant. Mon corps se pencha contre le sien et il le sentit également, cet instant, car son bras se verrouilla autour de ma taille et il referma la distance entre nous jusqu'à ce que nos torses se touchent.

Ma main serra son tee-shirt juste après, tirant avec insistance afin d'indiquer que je voulais qu'il le retire. Je voulais qu'il retire tout. Je voulais sentir sa peau contre la mienne. Je le voulais si terriblement, et je le voulais *maintenant*.

Je répondis à sa supplique par la mienne.

— *Ryan.*

En moins d'une seconde, il retira son tee-shirt et le jeta sur le sol. Je couvris alors son torse avec les mains et il se pencha pour d'autres baisers, que je lui rendis avec enthousiasme. Sur ses lèvres, sur son visage, le long de son cou, en haut de son torse. Il était solide comme un roc. Comme un mur enveloppé dans de la chair masculine.

Sous mes doigts, je perçus chaque pli des muscles solides, chaque veine visible sous sa peau. Les poils sur ses bras, sur son torse. Tout était si masculin, si beau. J'explorai tout avec mes mains et ma bouche et il savoura chaque instant, les yeux fermés, sa respiration sifflant entre ses dents, ses mains se mêlant doucement à mes cheveux.

Je laissai alors tomber le peignoir, un geste facile puisqu'il était ouvert de toute façon. Mais Ryan empêcha ses mains de se balader. Elles restèrent sur mes hanches pendant que je l'explorais, nos bouches se rencontrant de temps en temps pour un baiser torride.

Aucun de nous ne laissa à l'autre le moindre doute sur nos intentions ou nos désirs. Mais nous ne communiquions pas par des mots. De petits contacts, des soupirs, des caresses avec nos lèvres sur la peau salée et en sueur.

Il inspira brusquement lorsque ma main atterrit sur la bosse de son short. Je caressai sa longueur avec mes doigts, observant son visage lorsqu'il se raidit.

— Tu me rends dingue, dit-il en prononçant enfin les premiers mots entre nous depuis presque une demi-heure.

Je souris, je ris.

— C'est embêtant. Une psychothérapeute est censée faire le contraire, non ?

Il ouvrit les yeux et il me regarda en serrant les bras.

— Tu peux me rendre dingue quand tu veux. De cette façon, en tout cas.

Et pour la première fois depuis qu'il était revenu au lit, il initia un contact en me poussant doucement sur le dos. La lampe nous éblouissait, mais je m'en moquais. Et je n'allais pas insister pour qu'il l'éteigne maintenant.

En vérité, j'étais bien trop excitée pour me sentir gênée par mon corps sous toute cette lumière. Il était toujours assis, à me regarder, et il tendit la main afin de caresser mon bras tendrement.

— Es-tu sûre, Gray ?

J'esquissai un sourire. Le fait qu'il cherche à se rassurer sur mon consentement était sûrement la chose la plus sexy qu'il ait faite jusque là… et c'était une liste difficile à surpasser.

Je voyais pourquoi il voulait s'en assurer. Il m'avait déjà fait une remarque sur ma tendance à jouer la sécurité. Et maintenant, j'oubliai toute prudence.

C'était excitant. Et les battements de mon cœur cliquetant étaient d'accord. En souriant, je répondis :

— J'en suis vraiment foutrement certaine.

Il se leva et il retira son short et ses sous-vêtements d'un seul geste habile et...

Pour la première fois, je pus apprécier sa beauté dans toute sa gloire virile. *Waouh*. Il était... époustouflant. Comme s'il avait été sculpté dans le marbre par Michel-Ange lui-même. Comme la statue de *David* que j'avais vue sur une photo postée sur son mur par ma mère après son voyage en Italie.

Il y avait cependant une différence. Une très grosse différence, en réalité. Contrairement à *David*, Ryan était clairement excité. Et cette caractéristique supplémentaire et difficile à rater le rendait encore plus dangereusement beau.

Mon pouls tripla de vitesse et tous les êtres vivants de la pièce en eurent conscience. Il n'arrêta de me regarder que pour avancer vers la table de nuit et ouvrir le tiroir du haut, dont il sortit un préservatif emballé qu'il posa sur la table.

Ensuite, il revint vers le lit, attendis que je me décale pour lui laisser la place et s'allongea à côté de moi, m'attirant contre lui dans un baiser passionné.

Je frissonnai contre lui à cause du mélange d'excitation et de nervosité retenues. Il m'embrassa profondément, plongeant sa langue dans ma bouche pendant qu'il passait ses doigts dans mes cheveux depuis les tempes jusqu'à l'arrière de ma tête.

Je sentis également un léger tremblement chez lui, sous mes propres doigts. Et cela me stupéfia. Tremblait-il d'excitation ? Ça ne pouvait pas être la nervosité. Quelles raisons avait-il d'être nerveux ? Il avait fait cela… eh bien, plus de fois que ce que j'étais prête à envisager, j'en étais sûre.

Cependant, pour un pro expérimenté dans son genre, il prenait son temps, faisant courir ses mains sur tout mon corps : mon ventre, mes hanches, mes cuisses. Jusqu'à ce que sa main reste posée à la jonction de mes jambes, à l'endroit précis où sa bouche avait éveillé une extase incroyable peu de temps auparavant. Ses doigts glissèrent dans le pli de mon sexe, me séparant doucement, se frayant un chemin à l'intérieur.

Il m'embrassa, m'embrassa, me faisant encore tourner la tête de désir pendant que ses doigts glissaient contre mon clitoris, me frottant parfois là, y entrant de temps en temps… mais toujours lentement, méthodiquement.

Il baissa alors la tête pour poser sa bouche autour de mon téton et en l'accompagnant des mouvements de ses mains, il me fit monter vers d'autres sommets.

— Tu aimes ça, bébé.

Ce n'était pas une question, mais une affirmation. Il le dit comme s'il était très fier de lui parce qu'il me faisait me sentir aussi bien. Je retins ma respiration lorsque ses doigts s'enfoncèrent plus loin et il leva la bouche pour reporter son attention sur l'autre téton.

— Ne te retiens pas. Fais-moi savoir tout ce que tu ressens. Ce que tu aimes. Ce que tu n'aimes pas.

Je haletai tellement que je n'étais pas sûre de pouvoir me faire bien comprendre, mais j'essayai :

— J'aime tout ce que tu fais en ce moment.

— Mmm. Tant mieux. Parce que j'adore ton goût. Te sentir. Tu es une femme très sexy, Gray, et tu n'as pas intérêt à me dire encore le contraire.

Puis sa bouche reprit ses légères succions et je ne réfléchis plus avec des mots pendant les quelques minutes suivantes.

Je ne pensais plus qu'en termes de sensations lorsque ma colonne s'enroula à nouveau sur elle-même et que je criai son nom en ayant le deuxième orgasme.

Bon sang de bonsoir.

— Waouh, j'adore quand tu dis mon nom. Particulièrement de cette façon, dans un souffle de satisfaction.

— Mmm, murmurai-je en roulant la tête contre son épaule musclée afin d'y déposer un baiser. Tu me gâtes.

Il fit passer mes cheveux derrière mon oreille.

— Oh, j'aime te gâter. Beaucoup.

Je souris et je posai la main sur sa joue, me tournant pour voir son regard de braise.

— Mais je veux utiliser cette capote.

Il sourit.

— Moi aussi.

Et sans un autre mot, il se tourna vers la table de nuit et il attrapa le sachet qu'il ouvrit. Il enfila le préservatif pendant que je caressais son dos et son cou du dos de la main. Quand il fut prêt, il se redressa en jetant l'emballage sur le sol à côté de son short, puis il roula près de moi, de sorte qu'une partie de son corps se trouve au-dessus de moi.

Sa bouche chercha mon cou et je fermai les yeux. Comment était-il possible que je ressente encore plus de désir alors qu'il venait de me faire jouir… deux fois ?

Mais c'était le cas. Et lorsque sa bouche retrouva la mienne, nos langues s'entremêlant, il se déplaça sur moi, s'installant doucement entre mes jambes écartées.

Son érection dure poussa contre mon sexe et il sembla hésiter avant que je lève mes hanches vers lui, accrochant mes mains autour de ses énormes épaules.

— Je veux te sentir en moi, Ryan.

Avec un grognement, il s'avança en moi – peut-être avec plus de force qu'il ne l'avait prévu, car il recula légèrement dès l'instant où je grimaçai. J'avais essayé de me forcer à ne pas grimacer. Comme c'était ma première fois, je savais que ce serait sûrement douloureux. Je m'y étais préparée.

Mais malheureusement, je grimaçai quand même. Je levai encore les hanches vers lui en disant :

— Vas-y. Ça va.

Il poussa plus loin et je retins ma respiration sans bouger. C'était étrange. C'était douloureux et agréable en même temps. Bizarre et naturel en même temps. Tout et rien de ce que je m'étais imaginé en même temps.

Ryan continua après une autre minute de pause. Il fit un mouvement fluide de ses hanches et je me rendis compte qu'il y en avait encore plus à faire entrer.

Quand il s'arrêta de bouger, il poussa un soupir tremblant et il me regarda dans les yeux. Je souris et après une hésitation très brève, il me rendit le sourire avant de se pencher pour m'embrasser.

Il bougea encore et tout changea.

Chapitre Dix-neuf
Ryan

Toute cette nuit etait de nature surrealiste – et je dis cela de façon positive. Je n'aurais jamais au grand jamais pu croire que cela se terminerait ainsi, avec le corps de cette femme si belle et si incroyable appuyé contre le mien, ouvert à moi.

Je fermai les yeux, savourant chaque instant, et je posai ma bouche sur la sienne, même si j'étais réticent à étouffer ses soupirs mélodieux, chacun faisant vibrer une nouvelle corde sensible de désir au fond de moi. Je fis glisser mes mains le long de son corps, sur cette peau douce et crémeuse.

En bougeant à nouveau mes hanches, encore un peu plus près de mon propre orgasme, je fis attention à rester lent, doux, à lui laisser le temps. Une part de moi n'en avait pas envie.

Et une autre part de moi était rongée par l'impression étrange que je ne devais pas être là. Que je ne le méritais pas, que je ne *la* méritais pas. Que j'étais un voyageur indigne dans un territoire pur et sacré.

C'était vrai. Je ne méritais pas ceci. Je le sus lorsque je la regardai dans ses yeux verts comme des pierres précieuses, aussi ouverts à moi que l'était son corps, et aussi vulnérables que son cœur. *Gray Barrett, que fais-tu ? Et comment le fais-tu aussi vite ?*

Je me laissai encore une fois sombrer dans sa chaleur, l'étroitesse effrayante de son corps me rappelant son inexpérience. Ma bouche atterrit sur sa tempe. Ses mains serraient mes épaules, elle avait les yeux fermés et nous bougeâmes l'un contre l'autre, consumé l'un par l'autre, ne sentant que la connexion de nos corps, la respiration de l'autre sur le visage, les endroits où nos mains fusionnaient.

Je perdis rapidement le contrôle lorsqu'elle commença à bouger ses hanches en rythme avec les miennes, comme une danse intime souvent pratiquée que nous connaissions depuis toujours sans nous en rendre compte. Cette danse n'était que la nôtre : celle de Gray et moi.

J'enfouis mon visage dans son cou qui sentait bon et j'accélérai le rythme en écoutant attentivement le moindre changement de sa respiration, redoutant la tension dans son corps. À la place, j'entendis des encouragements.

— *Oui... c'est bon.*

Putain, cette femme me faisait halluciner. Elle n'était pas l'iceberg flottant sur l'eau dont la majeure partie est cachée. Elle était le glacier et moi la montagne, elle gravait de nouveaux schémas dans mon âme, laissant sa marque indélébile.

Attention, m'avertis-je. Celle-ci pourrait faire mal. Très mal.

D'un autre côté, j'avais le pouvoir immense de la blesser aussi. Tout comme en ce moment même mon corps lui faisait mal. Je savais qu'elle était stoïque, mais je voyais qu'elle souffrait lorsque je bougeais d'une certaine façon. C'était temporaire, oui. Mais je lui faisais mal.

Et j'avais le potentiel de la blesser bien plus que cela.

Je me promis immédiatement et au plus profond de moi-même de ne jamais le faire.

Je fermai les yeux, ressentant les indices familiers de mon corps, sachant où ils me conduisaient. Elle avait les mains sur mon dos maintenant, posées autour de mes omoplates, et elle respira fort dans mon oreille lorsque j'accélérai, fonçant vers l'orgasme, mon corps se raidissant dans cette randonnée agréable vers le sommet.

Elle cambra le dos sous moi, souffla mon nom, et cela me suffit. Je me perdis en elle. Chaque muscle de mon corps se tendit, ma respiration s'arrêta lorsque je fus pris dans l'orgasme, submergeant la conscience de tout le reste, me contractant encore et encore. Je me vidai en elle comme une cascade dans un étang immaculé de la forêt.

En sueur et à bout de souffle, je me laissai tomber sur elle avant de rouler rapidement sur le côté, même s'il m'avait fallu toute ma volonté pour m'écarter d'elle. C'était trop. Trop puissant, ces sensations, ces sentiments.

Je disparus aussi vite que possible dans la salle de bains pour me débarrasser du préservatif, puis je retournai au lit. Elle s'était glissée sous la couverture, alors je la rejoignis dessous.

Je fus submergé par un bonheur puissant. Avant qu'elle puisse bouger ou dire quoi que ce soit, je tendis les bras et je la tirai contre moi afin qu'elle s'allonge sur mon torse. Parce que l'idée d'être éloigné de quelques centimètres d'elle était devenue intolérable.

J'avais besoin de son corps contre le mien, de sa peau sur ma peau, de sa respiration se mêlant à la mienne, sa sueur et la mienne... toute la nuit. Et je ne voulais rien d'autre au monde.

Elle posa sa joue douce sur mon torse et je fermai lentement les paupières. J'aurais pu rester allongé de cette façon pendant des jours et avoir tout ce que je voulais dans mes bras. À ce moment-là, je me sentis enveloppé par le contentement le plus réconfortant qui soit. Mes doigts trouvèrent sa nuque douce, les mèches soyeuses de ses cheveux courts. *Elle était précieuse.* Et peut-être, juste peut-être, pouvais-je la mériter. Un jour.

— Eh bien, ce n'était certainement pas ainsi que je m'attendais à ce que se passe la soirée, dit-elle doucement après que nous soyons restés longtemps à nous caresser.

Ma main caressait la peau douce de son dos, la sienne parcourait mon torse et mon ventre.

— Je ne peux pas du tout dire que j'en suis mécontent, dis-je avec un sourire.

Elle leva la tête et elle me retourna le sourire.

— Moi non plus.

Je l'embrassai sur la mâchoire, dans le cou, distrait par son goût salé. Et mes envies, si récemment satisfaites, s'éveillèrent à nouveau.

— Hmm, dit-elle en courbant la nuque vers moi. Attention, commandant Tyler, sinon il va y avoir un encore.

Je souris d'un air diabolique contre son cou.

— Oh, tu peux parier dessus. Il y aura un deuxième round.

J'étais prêt maintenant, mais cela aurait été trop rapide pour elle. Je m'arrêtai en lui caressant le dos et je la serrai contre moi à la place. J'arrêtai de l'embrasser et j'essayai de penser à autre chose que de rouler sur le côté et de recommencer. Mais bon sang, j'en avais vraiment envie.

Étonnamment, j'appréciais presque autant ceci.

— Mmm, c'est agréable, dit-elle d'une voix traînante et paresseuse, traçant une sorte de schéma sur mon ventre. Mais tu n'es pas chatouilleux.

— Non. Même de cette façon-là, je suis un enfoiré insensible.

Sa main s'arrêta et elle se tourna pour me regarder.

— Qui a dit que tu étais insensible ?

Je haussai les épaules.

— J'ai perdu le compte.

Elle leva ses sourcils sombres.

— Des partenaires ?

J'hésitai, ne voulant pas parler d'autres partenaires sexuelles. Pour une raison ou pour une autre, j'avais l'impression que cela risquait de rendre trivial ce que nous avions là. Ceci était tellement différent... et d'une manière que je ne voulais même pas analyser. Le mélange de sentiments qui cherchait à prendre le dessus dans ma poitrine, par exemple.

— Je ne fais pas de câlins après le sexe, jamais.

— Tu veux dire, comme ce que tu es en train de faire maintenant ?

— Ceci est une anomalie, précisai-je en ravalant une pointe d'émotion.

— Alors tu as eu des amantes...

— ... des partenaires sexuelles... corrigeai-je.

— Qui t'ont accusé d'être insensible parce que tu ne faisais pas de câlins après ?

— Oui, ou parce que je ne les rappelais pas.

Elle ricana.

— Ça signifie que tu ne vas pas me rappeler ?

Je repoussai ses cheveux de son visage, pas vraiment parce qu'ils étaient dans ses yeux, mais plutôt parce que j'adorais toucher ses cheveux.

— Étant donné le fait que nous nous faisons un câlin à ce moment précis – et que tu vis ici –, j'en doute.

— Ton corps se rebelle-t-il en ce moment ? Hurle-t-il de protestation à cause des câlins ?

Je caressai sa joue avec mon pouce, le long des crêtes irrésistibles au-dessus de sa lèvre. Elle ferma la bouche et elle embrassa le bout de mon pouce. En toute franchise, mon corps profitait bien de tout ceci. Même si j'avais très envie de la baiser encore – et dès que possible – je voulais aussi ceci. *Mais qu'est-ce que c'était ?*

— Non.

Je donnai la réponse la plus simple. Celle qui ne lui offrait pas l'occasion de creuser plus loin, comme elle le faisait généralement.

— Oh mon Dieu. Ce n'est pas une sorte de… câlin de pitié, n'est-ce pas ?

Elle leva la tête en écarquillant les yeux.

— Tu ne fais pas ça parce que c'était ma première fois et que tu penses que j'ai besoin de réconfort ?

Je souris à cause de sa peur sincère.

— En ce moment, je ne ressens pas la moindre trace de pitié. La pitié est très loin de mes pensées.

— Bien, dit-elle en faisant toujours courir ses doigts sur ma peau.

Je fermai les yeux, savourant ce contact. C'était comme la pluie et l'air frais sur mon visage lorsqu'ils avaient ouvert la capsule Soyouz dans les steppes Kazakh après l'atterrissage de l'ISS. C'était ma première mission de presque six mois sur la station. Rien n'avait été plus doux que cette première inspiration d'air frais après six mois d'enfermement dans une boîte de conserve avec de l'air recyclé, même si le retour à la gravité normale avait été douloureux.

Elle incarnait cette même respiration sous forme humaine. Sa peau fraîche et douce était appuyée contre la mienne. L'odeur de fraises et le sel de sa transpiration. Je me sentis partir. J'étais presque au pays des rêves lucides quand elle bougea légèrement à côté de moi. Je rouvris les yeux.

— Je suppose donc que j'avais bien fait d'éteindre cette lumière, finalement.

Elle laissa planer son affirmation.

Je la connaissais suffisamment bien maintenant pour savoir que ce n'était pas dit à la légère. Malgré tout, la moindre indication qu'elle puisse éteindre la lumière et ramener l'obscurité suffit à me raidir involontairement.

Elle le sentit et elle leva la tête afin de regarder mon visage. Ce qu'elle y vit l'inquiéta suffisamment pour froncer les sourcils.

— Qu'est-ce qui te terrifie ? Que vois-tu dans l'obscurité ?

Je fixai le plafond en ignorant son regard insistant. Je voulais rejeter cette question. Cependant, quelque chose me poussait à répondre… peut-être était-ce la sensation presque tangible de ses yeux sur mon visage ? Les murs autour de mon âme se ramollirent et je poussai un long soupir. J'étais las jusqu'aux os. Je ne pouvais plus lutter. Je fermai les paupières.

— Du côté éloigné de la planète, quand il fait nuit, il fait très sombre. Pendant le jour, la Terre est cette boule bleue et blanche brillante qui obscurcit tout le reste, de sorte que l'on ne peut même pas voir une étoile dans le ciel quand on regarde l'espace. Pendant la nuit, on voit des lumières délimitant les villes, mais la noirceur de l'espace, la station sombre au-dessus. C'est…

Je frissonnai involontairement.

Elle posa un long baiser sur mon torse, serrant ses bras autour de moi, me rassurant sur sa présence. Je commençai à caresser ses cheveux, mais je ne la regardai toujours pas.

— C'est la dernière chose qu'il a vue… Xander. Il l'a même dit. Il a dit qu'il ne pouvait pas imaginer une vue plus spectaculaire pour mourir.

Elle resta silencieuse une minute, souhaitant peut-être que je continue. Mais je n'en avais aucune envie.

— Mais que vois-tu, toi… dans l'obscurité ?

Je secouai la tête en essayant de chasser l'image qui montait dans ma tête : un corps ayant suffoqué dans sa propre combinaison, flottant en orbite, un satellite en forme d'homme. Attendant, attendant simplement le déclin de l'orbite et l'immolation inévitable dans l'atmosphère. Une crémation instantanée.

Les yeux vides de Xander. La bouche sans voix de Xander, peut-être ouverte. Le silence et l'obscurité. Sa combinaison spatiale transformée en cercueil. Je frissonnai encore.

Elle caressa mon torse avec la main.

— Tu peux me le dire si tu en as envie. Cela pourrait te faire du bien.

Je clignai des paupières. Lui dire ? Me décharger de la vérité que j'étais le seul à connaître ? J'avalai une boule monstrueuse dans ma gorge.

Elle se redressa sur un coude et elle se pencha vers moi pour embrasser mon visage, puis elle caressa doucement ma joue.

— Il n'y a aucun jugement de ma part. Du tout.

Je poussai un soupir, sentant la pression monter dans mon torse, sous ma peau. Cette même colère… de la colère contre

Xander, oui, mais surtout de la fureur contre moi-même. Je secouai la tête.

— Je lui ai dit de ne pas le faire. Bon sang. Il était si entêté.

La caresse rythmée de ses doigts ralentit un peu avant de reprendre. Lorsque je ne dis rien d'autre, elle demanda :

— Que lui as-tu dit de ne pas faire ?

Étais-je en train de retenir ma respiration ? Pourquoi avais-je le cœur si serré ? Je me forçai à relâcher mon souffle. *Le relâcher.* Chaque respiration était douloureuse, suffocante. Je n'avais jamais révélé ceci à un autre être vivant et pourtant... ça voulait sortir.

Je pouvais cacher la vérité à tous les autres. Mais elle ?

— Sais-tu comment les choses se sont passées au cours de l'accident ? demandai-je.

— J'ai lu les transcriptions publiques. J'ai regardé le documentaire et j'ai lu quelques autres articles. Vous étiez sortis pour réparer une fuite mineure et inattendue d'ammoniac.

Je hochai la tête.

— Mais lorsqu'un jet d'ammoniac pressurisé nous a renvoyés contre la poutre, ma combinaison s'est percée. Xander a paniqué, mais il n'a pas pu me rejoindre parce que sa sangle était emmêlée.

Le dernier reste d'air s'échappa de mes poumons à cet aveu, et mon cœur accéléra comme si j'étais en train de faire du sport.

Je ne lui avais rien dit qui ne soit pas sur le rapport très officiel de l'accident. J'inspirai une grosse bouffée d'air, reconnaissant envers elle pour son silence pendant que je sortais tout cela.

— Il a demandé la permission de se détacher. J'ai dit absolument pas. CAPCOM lui a dit non aussi. La fuite de ma combinaison était lente, et j'avais le temps de faire le travail. Je suis donc allé jusqu'à la valve pour couper l'ammoniac.

Voilà la partie difficile. La pièce tourbillonna un instant lorsque ma pression sanguine monta brusquement à la simple idée de verbaliser ceci. Où était le soulagement que j'étais censé ressentir ? À la place, j'avais mal partout. Comme une blessure purulente qui devait être creusée et drainée.

— Il pouvait voir la fuite de ma combinaison, le gaz qui s'échappait. Et fermer la valve était un travail pour deux personnes.

De l'air, plus d'air.

Elle remarqua ma respiration qui s'accélérait et elle leva la tête de mon torse, comme si cela pouvait m'aider à reprendre mon souffle. Aucune chance.

— Sans m'avertir, il s'est trouvé à côté de moi, alors que je savais qu'il ne pouvait pas avoir démêlé sa sangle aussi vite.

Était-ce ma voix qui semblait si étranglée ?

— Houston voulait savoir ce qu'il se passait et je ne pouvais rien dire. Je ne pouvais pas faire de reproches à Xander dans les micros, sinon ils auraient su. En ce qui les concernait, il avait démêlé sa sangle. Mais j'avais la confirmation visuelle du contraire.

J'avalai de l'air comme si c'était ma dernière inspiration. À côté de moi, elle appuya son corps doux contre le mien. Je la serrai plus fort, mais tout ce que je savais, tout ce que je voyais...

— *Je m'approche de toi, maintenant, Ty, me parvient la voix de Xander dans les micros.*

— *Oh, tu t'es démêlé ? Excellent. Rejoins la fête. Nous aurons terminé très vite.*

Il ne répond pas et ça ne m'inquiète pas jusqu'à ce qu'il se trouve dans mon champ de vision. Sa tête casquée apparaît au-dessous lorsqu'il s'accroche à la poutre en face de moi. Je peux confirmer visuellement qu'il va bien. Et il est clair qu'il n'est plus attaché à la station.

Et bien sûr, si je fais un commentaire à ce sujet dans le micro, il aura d'énormes problèmes. Nos regards se croisent, j'écarquille les yeux et je secoue vigoureusement la tête. Il ne réagit pas.

Je fermai les yeux. *Que Dieu me pardonne.* Et pourtant, je ne croyais pas en Dieu. Et je savais qu'il était inutile de faire appel à une puissance supérieure. J'aurais dû leur dire. Si j'avais parlé, Xander serait peut-être encore avec nous.

Putain, Xander, pourquoi as-tu fait ça ?

— Il avait toutes les raisons de vivre.

Cela se déversait de moi maintenant, comme si je ne contrôlais plus rien. Comme si la petite sorcière dans mes bras m'avait jeté un sort pour extraire la vérité afin qu'une malédiction ne puisse plus endommager mon âme. Mais je savais que c'était impossible. Ce péché était le mien. Le mien pour *toujours.*

— Il a foutu sa vie en l'air pour me sauver.

Elle murmura contre ma peau. Cela me réconfortait, comme une prière.

— Je parierais n'importe quoi sur le fait qu'il ne voyait pas les choses de cette façon.

Mes yeux brûlaient et je clignai des paupières, regardant le plafond sans le voir.

— Il n'avait aucun droit de prendre cette décision. Aucun droit, putain. Il avait une femme. Un enfant. Je n'avais personne. Bon sang, dis-je d'une voix rauque, les larmes menaçant de couler de mes yeux. Il fallait que tu joues au héros, putain, grognai-je d'une voix creuse.

Je levai les mains et je me frottai les yeux à travers mes paupières fermées, priant qu'elle ne remarque pas la larme qui s'était échappée du coin de l'œil avant que je parvienne à me reprendre. Elle ne dit rien pendant un long moment, elle se contenta de me tenir, de poser sa joue sur mon épaule.

Mon pouls agité se calma. Lorsque ma respiration prit le même chemin, elle recommença à parler.

— Tu as le droit d'être fâché contre lui.

J'eus l'impression d'avaler des clous. Ils percèrent mon œsophage, mon estomac. Je me sentais terriblement mal d'être fâché contre lui. Je grinçai des dents.

— Tu ne peux pas comprendre, finis-je par dire.

— Tu as tout à fait raison. Je ne le peux pas.

— Je ne peux pas les regarder... Karen et AJ. Je ne peux pas leur parler. Je... en sachant ce que je sais. Qu'il a échangé sa vie contre la mienne.

— A-t-il vraiment fait ça ? Savait-il qu'il le faisait ? Il a vu que ta combinaison fuyait. Il a vu que tu avais besoin d'aide. Il s'est détaché pour te rejoindre plus vite parce que tu étais en danger, parce qu'il s'inquiétait pour toi. Tu aurais fait la même chose pour lui.

— J'avais moins de choses à perdre.

Cela resta à planer dans les airs entre nous. Elle n'avait rien à répondre à cela, car c'était la vérité.

— Qu'est-il arrivé ensuite ? Je veux dire... je sais ce qui est arrivé en théorie. Mais à un moment donné, les choses ont encore mal tourné. Je sais que quand vous êtes arrivés à la vanne, elle était gelée.

Je posai la main sur mon front.

— Cela faisait plus d'une décennie qu'elle n'avait pas été touchée. Nous avons essayé de la décoincer, mais elle n'a pas voulu bouger. Je me suis préparé à mettre tout mon poids et… quand elle a cédé, elle a *vraiment* cédé. La torsion nous a déséquilibrés. J'ai été tiré en arrière à cause de ma sangle, mais Xander est tombé contre les panneaux solaires. Le courant a court-circuité sa combinaison.

Je me sentis soudain épuisé. J'étais affaibli par l'aveu de ce secret, mais j'étais toujours en colère.

— J'ai dit à CAPCOM que j'allais à sa poursuite, mais ils ne l'ont pas voulu. Ils ont coupé nos communications l'un avec l'autre et je n'ai pas pu voir où il avait rebondi.

— Mais ta combinaison fuyait. Tu n'aurais pas pu l'atteindre à temps pour revenir au sas. Et puis vous seriez morts tous les deux.

Elle avait raison, bien sûr. Je savais tout cela. Mais cela ne changeait rien à ce que je ressentais et je ne pouvais toujours pas regarder Karen et AJ dans les yeux en sachant que j'avais gardé ce secret.

Après une autre longue pause, elle s'éclaircit la gorge.

— C'est donc la véritable raison pour laquelle la NASA t'a viré ? Parce que tu ne voulais pas avouer que Xander s'était détaché ?

J'écarquillai les yeux de surprise, impressionné par la vitesse avec laquelle elle était parvenue à cette conclusion.

— Ils ont leurs soupçons, et ils ont fait tout ce qu'ils pouvaient pour me pousser à l'admettre. Je ne l'ai pas fait. Ils ont inventé une connerie pour me virer et ils ont rejeté la faute sur ma bagarre avec le platiste. C'est évidemment un secret qui ne doit pas sortir au grand jour.

Elle hocha la tête et elle me regarda.

— Et tu ne diras pas à la NASA ce qui est réellement arrivé, car dans ce cas ils feront porter le chapeau de l'accident à Xander uniquement.

— Je ne veux pas que cela discrédite son souvenir. Xander a reçu la médaille d'honneur spatial du Congrès. C'est la récompense la plus élevée qu'un astronaute peut recevoir.

Elle hocha la tête.

— Toi aussi, tu l'as reçue.

Je haussai les épaules, mais je ne dis rien. Naturellement, elle ne laissa pas passer la chose.

— La tienne n'est pas moins valable, Ryan. Cette récompense est réservée à des prouesses importantes, mais aussi au courage lors d'une urgence dans l'espace – et à la prévention d'un désastre spatial majeur. Tu as fait ça. Même si les choses n'ont pas tourné de la façon dont tu voulais. Xander t'a sauvé. Tu as sauvé quatre autres astronautes et toute la station. Accepter des félicitations pour cela ne signifie pas que tu oublies le sacrifice de Xander. Toi aussi, tu t'es sacrifié. Xander est un héros. Mais toi aussi. Tu n'es pas moindre parce que tu as vécu. C'est juste arrivé. Et tu ne peux pas contrôler ce qui est arrivé. En revanche, tu peux arrêter de te tourmenter sur les conséquences.

Ma main caressait son dos délicat pendant qu'elle parlait. J'absorbais chaque mot, je les imbibais comme si c'était de l'eau et que j'étais désespérément assoiffé. Mon bras se raidit et je la tirai contre moi.

Croyais-je ce qu'elle était en train de me dire ? Pas nécessairement. Mais j'appréciais ce qu'elle essayait de faire. Et même si cette mise à nu de mon âme avait été très douloureuse, cela faisait aussi du bien. C'était si bon de laisser quelqu'un s'approcher. Je détendis tous mes muscles et je fermai les yeux… j'étais exposé, vulnérable. Pourtant avec elle, je me sentais en sécurité.

Elle passa encore une fois sa main sur ma joue et je tournai la tête pour la regarder dans les yeux.

— Dis-moi à quoi tu penses, finit-elle par dire.

Je me roulai sur le côté pour lui faire face, la main posée sur sa hanche, l'attirant contre moi.

— Je pense au bon goût de tes lèvres.

Je me penchai et je l'embrassai profondément, conscient du fait que la température extérieure de notre peau se réchauffait rapidement. Elle ouvrit immédiatement ses lèvres aux miennes, comme si c'était la chose la plus naturelle au monde.

— Et à quel point j'ai envie de continuer à les goûter… ainsi que chaque centimètre de toi.

Elle se pencha en arrière lorsque je voulus m'approcher une deuxième fois et nos regards se croisèrent.

— Tu utilises le sexe pour éviter ce sujet, n'est-ce pas ?

Je levai un sourcil et cette douleur continuait à me ronger sous la surface. Je voulais oublier. Je voulais encore une fois me perdre en elle.

— Peut-être. As-tu des objections ?

Ma bouche plongea autour d'un de ses tétons roses pointus. Elle poussa un soupir en se cambrant vers moi. Je suçai plus fort et ses hanches sursautèrent. Elle poussa un long gémissement qui enflamma mes veines.

— On dirait que tu es d'accord avec cette technique d'évasion.

Elle respira bruyamment en réponse. Je poussai ses épaules afin qu'elle s'allonge à plat sous moi. Nous nous regardâmes dans les yeux et elle déglutit.

— J'ai besoin de toi, grognai-je entre mes dents en la regardant.

Elle se lécha les lèvres en levant ses yeux verts merveilleux.

Ma bouche descendit pour dévorer son cou et elle gigota sous moi. Le *paradis*. Lentement, très lentement, la douleur, l'âpreté de m'être mis à nu s'estompaient, disparaissant lorsque je m'immergeai en elle. Comme un baume réparateur. Je la fis rouler sur le côté, le dos vers moi et je m'allongeai derrière elle. Elle murmura quelque chose d'inintelligible lorsque j'appuyai mon érection contre ses fesses rondes et fermes. Ma bouche enveloppa le lobe de son oreille.

— Je veux encore entrer en toi, Gray. *Maintenant.*

Elle gémit contre moi, mais elle hocha la tête et elle fournit enfin un 'oui' haletant. Cela me fit chercher un autre préservatif, me couvrant sans effort avant de m'appuyer contre elle par-derrière, un bras autour de sa taille, la tenant contre moi pendant que j'entrais à nouveau en elle.

Comme avant, c'était serré. Et je fus lent. Heureusement, elle ne grimaça pas cette fois. En fait, elle resta complètement immobile, appuyant ses épaules fines contre mon torse. Encore une fois, sa chaleur m'enveloppa, et je fermai les yeux en poussant un juron involontaire.

Putain. C'était si bon. Je bougeai la main vers son clitoris.

— Je veux que tu jouisses quand je suis en toi. Je veux que tu le sentes quand tu es autour de moi.

Elle gémit bruyamment lorsque ma main se déplaça sur elle, caressant sa chaleur, son humidité. Je bougeai en elle pendant que mes caresses accéléraient. Son corps menu ondulait contre le mien, réagissant à mes mouvements.

Bon sang, c'était hallucinant, cela m'attirait dans un puits gravitationnel dont je ne pouvais pas m'échapper… notre propre horizon des événements. Le temps ralentit et je devins conscient uniquement de ses mouvements contre mon corps, de ses réponses vocales à mon contact. L'odeur de son excitation, sa peau en sueur collée à la mienne. *Mon Dieu.* Elle était en train de me détruire.

Je devins très conscient de la tension qui montait dans son corps. Elle s'était raidie contre moi, les yeux fermés, la tête rejetée en arrière contre mon épaule, chaque caresse recevant une forte réponse vocale. Comme une longue conversation intime. Ma main bougeait, mon membre s'enfonçait doucement en elle et elle gémissait et se tortillait contre moi, appuyant ses fesses rebondies contre mon entrejambe, me faisant perdre la tête.

Je m'immobilisai lorsqu'elle se mit à jouir, serrant les muscles, agrippant férocement. Cela chassa l'air de mes poumons et je ne pus plus bouger jusqu'à ce que son orgasme s'estompe et qu'elle repose une fois de plus mollement contre moi. J'abaissai la bouche pour sucer son cou et je recommençai mon mouvement, plus insistant, plus urgent qu'avant.

La tension dans mon bassin, mes jambes, mon torse, tout se serra et je ne pus plus penser jusqu'à me mettre à jouir à mon tour… des spasmes incontrôlables devenant des vagues de plaisir lorsque je m'immobilisai, enfoncé aussi loin que possible. Putain. Putain. *Putain.*

C'était si bon.

De longues minutes plus tard, pendant que je planais dans mon bien-être, le lit bougea lorsqu'elle sortit et je roulai sur le dos, hébété, sachant que je devais sans doute la suivre. Je parvins à retirer le préservatif et à m'en débarrasser. À un moment donné, je me lavai avant de revenir en chancelant vers le lit, l'attirant contre moi et tombant dans un sommeil reposant et sans rêve. Une forme de sommeil que je n'avais pas eue depuis des mois. Peut-être même un an.

Chapitre Vingt
GRAY

JE NE SAIS PAS TROP OU LES JOURNEES DISPARAISSAIENT. ELLES passaient en flottant dans un brouillard délicieux, mais délirant. Je sais que j'ai travaillé. Je sais que j'accomplissais des choses… je travaillais également pour l'équipe de Mars Analog et je compilais des études pour d'autres collègues. Je sais que j'ai maintenu ma vie sociale relativement modeste quand c'était possible.

Mais bon sang, tout était fait à travers un filtre à la couleur de Ryan. Je voyais tout comme si je le regardais à travers lui. Si c'était une couleur, c'était certainement une des couleurs chaudes et agréables, peut-être une teinte jaune dorée. Cela rendait le monde plus plaisant, les couleurs plus vives, les choses éclatantes encore plus éclatantes. Les expériences plus saisissantes. Les goûts plus intenses.

Et c'était stupéfiant de voir à quel point je pensais à lui tous les jours. Et pas seulement quand j'étais au lit avec lui à faire toutes sortes de nouveaux plis dans ses draps. Pas seulement quand je le voyais travailler et que nous devions lutter pour ne pas nous regarder en souriant comme des idiots et nous vanter de notre étonnant petit secret.

Je pensais surtout à lui quand il n'était pas avec moi. Quand j'essayais de me concentrer sur mon travail ou d'écrire des rapports. Quand j'étais en réunion avec l'équipe de psychologie, essayant de trouver de nouveaux programmes d'entraînement et des protocoles pour l'équipe d'astronautes.

J'ai même pensé à lui quand, chose rare, j'ai réussi à m'éclipser un samedi pour avoir un déjeuner longtemps repoussé avec Pari sur la terrasse d'un restaurant végan choisi par elle, près de là où nous travaillions à Seal Beach.

Elle choisit un bol de ragoût de lentilles avec un gros morceau de pain brun. De mon côté, je mangeai un burrito avec une salade.

— Il était temps que tu passes un moment avec moi.

Elle fit la moue entre deux bouchées de la mixture marron odorante.

— Je commençais à croire que mon déodorant ne marchait peut-être plus.

Je levai les yeux au ciel.

— Je suis désolée. J'ai vraiment été très occupée.

— Avec ton travail de baby-sitter… oui, je sais. Comment va l'astrosexy, d'ailleurs ?

Je souris, *astro-beau-gosse,* en effet. J'enfonçai vite le burrito dans ma bouche pour cacher ma peau rougissante. Elle le vit tout de suite.

— Qu'est-ce qu'il y a ?

Je lui jetai un regard innocent, les yeux grands ouverts. J'allais commencer à tout lâcher d'un moment à l'autre. Je n'allais pas être capable de tenir longtemps. Pourtant, je n'avais pas encore décidé ce que je pouvais ou devais lui dire. Je lui faisais implicitement confiance, mais je ne savais pas à qui je pouvais me confier à ce sujet.

Si je ne le disais pas à *quelqu'un*, je risquais la combustion spontanée. Le filtre coloré par Ryan voyait même cela comme étant ridiculement positif. Waouh. D'une certaine façon, il était mieux que des psychotropes.

— Avoue. Maintenant. Tu en pinces pour lui ? Ou y a-t-il autre chose ?

Elle scruta mon visage pendant que je mâchais lentement. En général, j'étais très douée pour cacher mes émotions. Avec mes parents, j'étais devenue très tôt une experte dans le domaine, mais là, c'était dur. Très dur.

Je ne m'étais encore jamais sentie de cette façon : comme si j'avais un millier de bulles de champagne dans ma poitrine qui n'arrêtaient pas de pétiller et de glouglouter. C'était extrêmement dur à cacher.

Elle écarquilla les yeux et elle frappa la table à côté de son assiette, faisant tinter les couverts et sursauter le couple assis près de là. Elle se tourna ensuite vers eux en marmonnant des excuses d'un air gêné.

Puis elle se retourna vers moi, me faisant des gestes frénétiques avec les doigts.

— Crache le morceau. Maintenant.

Je lui fis un faux regard noir.

— Pourquoi dois-je parler de mes affaires quand c'est toi qui te promènes avec tous tes secrets ?

Elle me jeta un regard exaspéré.

— Quels secrets ? Je n'ai pas de secrets.

— Victoria ? dis-je en levant les sourcils.

Elle déchira un morceau de pain et elle s'appuya au dossier de sa chaise en le rongeant d'un air pensif tout en m'observant.

— Touché.

Je pris une bouchée de salade, satisfaite de l'avoir rendue muette. Oui, c'était étrange qu'une presque-psychologue soit contente de faire taire son amie au lieu de lui faire parler d'un sujet qui l'ennuyait manifestement.

Une myriade d'émotions passa dans ses yeux sombres, l'indécision, la curiosité, le doute et même un peu de peur. Elle posa le morceau de pain restant sur la table à côté de son assiette et elle se pencha en avant.

— Très bien, je te dirai ce qu'il se passe si tu me parles de Ty et toi.

— Une double révélation ?

Devais-je jouer à son jeu ? Je posai le menton dans ma main et j'inclinai la tête.

— C'est une idée intéressante.

— Tu es partante ?

— Toi, d'abord, dis-je lentement en lui jetant un regard par en dessous.

Je savais que je ne pouvais pas faire confiance à Pari. Elle allait me soutirer tous les détails puis me jeter une ou deux informations en retour, c'était un échange inégal.

Elle grimaça.

— Ce n'est pas juste. Tu as tous tes talents de psychologue pour me soutirer le reste.

Je levai un sourcil.

— Pas vrai. Et puis tu adores te vanter d'être immunisée contre mon 'vaudou psychologique'.

Elle fronça les sourcils d'un air suspicieux.

— Très bien. Il y a environ quatre mois, j'ai eu un coup d'un soir.

Je fronçai les sourcils en attendant qu'elle continue, la regardant tout droit dans ses yeux sombres. Nos regards se croisèrent et je fis le lien qu'elle espérait que je fasse, sans doute pour qu'elle n'ait pas besoin de le dire.

— Quoi ? Toi… et Victoria ?

Elle cligna des paupières et elle détourna le regard, un air peiné passant brièvement sur son visage.

Je poussai un long soupir et je me frottai l'arête du nez. Je ne savais pas du tout ce que je m'attendais à ce qu'elle avoue, mais ce n'était pas ça. C'était étrange, car alors que Pari avait toujours été ouverte avec moi sur sa vie sexuelle, ce n'était pas le cas de Victoria. Je me mordis la lèvre inférieure en sachant que moralement, je devais agir avec prudence.

— Alors l'une ou l'autre d'entre vous espérait plus, je suppose ? Pas juste un coup d'un soir ?

Et connaissant Pari, je savais déjà laquelle des deux.

Elle haussa les épaules et elle secoua vigoureusement la tête.

— Je ne voulais pas la blesser. Je croyais qu'elle voulait s'amuser. Je…

Elle poussa un soupir avant d'inspirer.

— Je levai la main.

— D'accord, pas de détails. Pas besoin de détails.

Elle leva les sourcils.

— Tu es sûre ? Parce que je vais carrément te demander des détails sur ton histoire.

Je levai les sourcils à mon tour.

— Tu devrais lui parler.

Elle haussa ses épaules couvertes d'un coupe-vent kaki de style militaire.

— Qu'est-ce que je pourrais bien lui dire ? 'Merci pour le sexe fabuleux. Désolée de t'avoir fait de la peine parce que tu t'attendais à plus'.

Je croisai les bras et j'inclinai la tête vers elle.

— Pourquoi ne pourrait-il pas y avoir plus ?

Elle cligna des paupières et elle me fixa comme une biche paralysée par les phares d'une voiture. Ma question l'avait clairement prise par surprise.

— Eh bien, nous, euh… Déjà, nous travaillons ensemble.

— Pas ensemble. Vous passez souvent des jours ou des semaines sans vous croiser. Alors, elle ne te plaît pas ?

Elle recula, l'air presque outré.

— Euh, non. Tu l'as *vue* ? Elle est trop belle. Tout chez elle est…

Elle secoua la tête, perdue dans ses pensées.

— Trop bien pour toi ?

Elle fixa un point entre nous, puis elle cligna des yeux comme si elle sortait d'une transe.

— Oui, dit-elle en se raclant la gorge. Que puis-je bien lui offrir ?

— Si tu lui demandais, je parie qu'elle aurait des réponses très valables et réfléchies.

Elle déglutit visiblement, comme si elle était terrifiée à cette idée. Pourtant, elle ne dit rien. Le silence traîna entre nous, rempli seulement par les bruits des gens qui mangeaient autour de nous.

— Peut-être devrais-tu juste travailler sur l'idée de le faire. Imagine-toi avoir cette conversation. Rassemble ton courage, parce que tu sais quoi ? Tu la mérites effectivement. Toi aussi, tu es intelligente et belle. Même si tu as eu plus que ta part de sarcasme.

Elle se mit soudain à rire.

— Et voilà. Tu es encore une fois en train de me psychologiser.

Je ricanai en attrapant mon verre d'eau et en le portant à mes lèvres.

— Ce n'est pas un verbe, Pari.

— Pour toi, si.

Je soupirai et elle attendit à peine une seconde avant de me relancer.

— Bon, c'est ton tour. Crache le morceau sur Ty et toi.

Je serrai la mâchoire puis je la détendis en sachant que c'était juste que je 'crache le morceau' à mon tour. Mais je devais faire attention. Pari travaillait également avec Ryan. Et beaucoup de ces détails ne m'appartenaient pas. Je regardai autour de moi pour voir si personne ne nous écoutait.

— Tout d'abord, n'utilisons pas son nom ici, d'accord ?

Pari écarquilla les yeux et elle hocha la tête. Comme j'avais considérablement baissé la voix, elle se pencha en avant, posant le menton sur ses mains.

— D'accord, bon. Nous nous… fréquentons.

— Qu'est-ce que ça veut dire ? Vous ne pouvez pas vraiment sortir ensemble.

Je hochai la tête. Nous ne pouvions pas vraiment sortir en public. Il était reconnu à peu près partout où il se rendait.

Elle leva les sourcils.

— Est-ce que vous… ?

Elle fit un geste avec les mains.

Je m'essuyai la bouche avec ma serviette.

— Cône de silence, Pari ?

Elle me regarda comme si j'étais idiote.

— *Bien sûr.*

— Alors… oui, finis-je par admettre.

Ses yeux étaient immenses, comme s'ils avaient été dessinés pour des animés japonais.

Je levai les yeux au ciel.

— Ne me regarde pas comme ça.

Elle cligna des paupières, puis elle chuchota vivement :

— Oh si, je vais te regarder comme ça. Tu as perdu ta virginité avec une icône de l'Amérique. C'est merveilleux. Comment était-ce ?

Je devins écarlate.

— Pari…

— Bon, j'imagine qu'avec tout le sport en chambre qu'il fait, il est très doué…

Puis elle s'interrompit.

— Oh merde, pardon. Je ne voulais pas laisser entendre que…

— Que je suis juste une autre passade ?

Elle se mordit la lèvre et elle me regarda.

Je fis un geste de la main et je picorai ma salade.

— Ne t'inquiète pas. Je comprends.

— Tiens, tiens, tiens. Notre petite Gray a grandi. C'est merveilleux.

Elle sourit avant d'ajouter :

— Mais tu n'es pas en train de… tu ne tombes pas amoureuse de lui, n'est-ce pas ?

Je la regardai.

— Quoi, tu veux dire que parce que c'est mon premier, il faut que je tombe follement amoureuse de lui ? Non.

Je ne savais absolument pas ce que signifiait vraiment le fait 'd'être amoureux' et j'avais déjà reconnu qu'une grande part de mes symptômes – y compris le filtre coloré par Ryan – auraient été attribués à l'exaltation par la plupart des professionnels dans mon domaine.

J'étais joyeusement fascinée par lui, et je n'avais pas peur de l'admettre… sauf à moi-même.

Pari se mordit la lèvre et elle fit un geste inhabituel en tendant la main pour toucher mon poignet.

— Fais attention, d'accord ? S'il te plaît. Protège ton cœur.

Je souris et je me pointais du doigt.

— C'est moi. Protéger mon cœur est ma spécialité.

J'étais douée pour jouer la sécurité, comme Ryan aimait à me le dire.

Jouer la sécurité, c'était admettre qu'il ne s'agissait que d'un béguin, rien de plus. Rien de plus qu'une passade agréable pendant que nous travaillions vers un but commun.

Jouer la sécurité, c'était garder ma tête sur les épaules et m'en rappeler, même si je devais le chanter tous les jours comme un mantra.

Et en ce qui concernait l'homme lui-même, je ne le vis pas avant ce soir-là. Il était parti s'entraîner à la salle de sport, puis il était sorti avec ses potes. J'espérais qu'il choisirait de ne pas boire. Il s'en sortait si bien dernièrement. La veille, j'avais eu l'occasion de jeter un coup d'œil au niveau des bouteilles de son bar. D'après les bouteilles, il n'avait pas bu une goutte depuis son retour de Houston.

Que les bonnes choses continuent.

Lorsqu'il rentra à la maison après le dîner, il me trouva assise à la table de sa cuisine, l'ordinateur portable ouvert pendant que je finissais un e-mail pour les membres de mon équipe.

Sans un mot, il vint se placer derrière moi et il posa sa bouche sur cet endroit : l'endroit dont il savait qu'il faisait instantanément accélérer mon cœur. Juste en bas de mon cou, là où il rejoignait mon épaule.

J'inclinai la tête sur le côté en étirant le cou pour lui, et il fit ce que j'attendais.

— As-tu passé une bonne journée ? demandai-je.

Ses mains firent le tour et se posèrent sur mes seins, les massant jusqu'à en faire des points désespérés de désir. Nous avions couché ensemble ce matin-là, mais il agissait comme si cela faisait des semaines qu'il ne m'avait pas touché.

Je tournai la tête et j'inspirai profondément en ressentant ce picotement agréable que j'avais toujours lorsque je sentais son odeur. Mais surtout, il ne sentait pas l'alcool.

— Je vais tout te raconter de ma journée, dit-il d'une voix rauque avec les lèvres sur le lobe de mon oreille. *Après.*

Et il me souleva de ma chaise et me porta jusqu'à sa chambre comme un homme des cavernes.

Normalement, je n'étais pas attirée par le genre homme de Neandertal, mais cela m'excita. Beaucoup.

Il nous posa lentement sur le lit, comme s'il revenait à la gravité après un moment d'apesanteur. Lorsque nous touchâmes le lit, nos bouches se verrouillèrent ensemble.

Nos corps rejoignirent bientôt la même danse merveilleuse. Et comme toujours, il me laissa en sueur, à bout de souffle et tellement satisfaite.

Ensuite, nous allâmes nous doucher ensemble et d'un seul coup, je pensai à Karen. Je ne lui avais pas envoyé de nouvelles de lui cette semaine.

— Tu sais ce qui serait super ? demandai-je en lui savonnant le dos.

— Encore du sexe quand nous serons sortis de la douche ? rétorqua-t-il immédiatement.

Je ris.

— En dehors de ça.

— Il n'y a rien qui s'en approche.

— Je pensais à un truc. Tu pourrais envoyer un texto à Karen. Une photo pour AJ, par exemple ?

Silence.

Bon, au moins il ne s'était pas raidi sous mes mains quand j'avais abordé le sujet.

— Je pensais juste, tu sais, à quelque chose de simple. Elle demande de tes nouvelles.

Il se tourna pour rincer son dos et il me regarda longuement sans répondre.

Je haussai les épaules.

— Je ne vais pas insister. Penses-y, d'accord ? Commence peut-être par quelque chose de facile.

Son regard m'indiqua que tout cela n'avait rien de facile pour lui. Je me penchai en avant, je jetai mes bras autour de son cou et je l'embrassai.

— À toi de décider ce que tu es prêt à faire. Je lançais juste l'idée.

Il m'embrassa à son tour, puis il attrapa mes fesses et me colla contre lui, approfondissant le baiser. On parvint à sortir de la douche sans coucher ensemble, mais pendant quelques minutes, ce fut limite.

Pendant que nous nous séchions, il regardait dans le vide, l'air pensif. Puis il leva la tête et il dit :

— Je vais lui envoyer une photo que j'ai prise des potes au travail l'autre jour.

Je hochai la tête. Pas de photo de lui, mais des autres astronautes qu'AJ connaissait sûrement très bien.

Petit à petit. Bien. Je souris, mais je décidai de ne pas en faire toute une histoire.

— Très bonne idée.

Nous nous endormîmes peu de temps après et je ne pus m'empêcher de penser à quel point j'aimais voir la vie à travers mon filtre Ryan. Béguin ou pas, je pouvais en profiter pendant un moment.

Peut-être même un long moment.

CHAPITRE VINGT-ET-UN
RYAN

Nous passâmes les semaines suivantes dans un brouillard excitant et exhaustif de travail, d'heures de sexe et de longues discussions. Au travail, nous étions tout à fait professionnels et nous nous croisions très rarement. J'étais trop occupé à me préparer pour la première série de simulations de vol et elle terminait des projets qu'elle me décrivait en détail au lit entre quelques séances de sexe torride.

Nous étions comme des adolescents qui découvraient les orgasmes pour la toute première fois. Et c'était addictif.

— Je vais devoir commencer à faire des questionnaires mensuels avec les astronautes, me dit-elle un après-midi.

Nous étions à peine parvenus à la porte de la maison après le travail avant de commencer à nous arracher nos vêtements dans le salon pour y baiser. Plus tard, je me demandai à quel point j'avais faim pendant qu'elle était allongée en face de moi sur le canapé, entortillant paresseusement les poils de mon torse sur ses doigts.

— Est-ce que ce sera bizarre pour toi ? Dois-je demander à quelqu'un d'autre de s'occuper de toi ?

— Je ne veux que toi pour t'occuper de moi, répondis-je en riant.

Sa main s'immobilisa et je me demandai ce que j'avais dit lorsque je rejouai cela dans la tête. Mon estomac se serra instinctivement. Normalement, je faisais attention au langage que j'utilisais en présence des femmes avec lesquelles je couchais… lors des rares occasions où nous avions des conversations. J'essayais toujours méticuleusement de maintenir les choses dans le domaine du décontracté. Je ne voulais pas donner à une femme la moindre raison de penser qu'il pourrait y avoir plus.

Mais c'était difficile avec Gray. Nos vies se superposaient beaucoup et… enfin… pour une raison étrange, je n'arrêtais pas de faire des lapsus par-ci par-là. Comme si ceci pouvait durer.

Peut-être était-ce possible ?

***

Plusieurs jours plus tard, notre groupe de quatre astronautes émergea du simulateur de vol pour la première simulation complète. Nous passâmes un débriefing entier avec les astronautes, Tolan Reeves, notre PDG, et Adam Drake. Adam avait fait beaucoup de travail sur la programmation de la simulation au travers de l'entreprise de réalité virtuelle qu'il avait récemment achetée.

Nous passâmes des heures sur la simulation, à analyser comment elle s'était passée, comment elle pouvait être améliorée, à discuter des variations possibles et des catastrophes imaginaires à tester afin de préparer tout astronaute qui partirait dans une capsule Phoenix.

— Les choses ont l'air de très bien se passer avec ta 'romance', Ty. Je n'écoute normalement pas les potins, mais j'ai fait attention à la façon dont c'était couvert. Bien joué, dit Adam après la réunion lorsque les autres astronautes sortirent. J'étais resté en arrière pour discuter avec lui. En entendant cela, Kirill tourna brusquement la tête et il me jeta un regard accusateur. Cela m'étonna et je pris un air interrogateur lorsqu'il détourna la tête et disparut.

Je fronçai les sourcils, me demandant s'il pensait qu'il y avait vraiment quelque chose entre Keely et moi. Peut-être avait-il perdu son calme habituel avec cette fille et s'était-il attaché à elle ?

Kirill n'était pas du genre expansif alors, comment savoir ce qu'il pensait ? Parfois, je me demandais s'il le savait lui-même.

Je terminai ma discussion avec Adam et Tolan et je partis à la salle de gym pour m'entraîner avant la fin de la journée. Gray avait une réunion avec son professeur conseiller à UCLA ce soir-là et elle n'allait pas rentrer avant des heures, alors j'avais le temps – et l'énergie excessive – pour me défouler.

La salle de gym était spacieuse et elle occupait la majorité des pièces de l'aile ouest du complexe Xventure. C'était réservé à tous les employés, mais à cette heure de la journée, la salle était généralement déserte. J'avais fait cette découverte merveilleuse accidentellement quand j'étais venu ici à la même heure plusieurs semaines auparavant. Cela avait été une excellente façon de gérer la frustration sexuelle qui s'était accumulée quand j'avais traîné avec Gray sans pouvoir la toucher, alors que j'en avais désespérément envie.

Heureusement que ces jours-là étaient terminés.

Tous les autres étaient à la salle lorsque j'arrivai. Apparemment, ils s'étaient dirigés tout droit là-bas après la réunion.

— Tiens, regardez qui voilà. L'homme du moment, appela Noah lorsque j'entrai.

Il sécurisait Hammer qui faisait des développés couchés. Kirill faisait des tractions à la barre, remontant ses bras très vite comme si son short était en feu. Il fixait férocement devant lui et il ne me regarda pas quand j'entrai. Que lui arrivait-il ? Il semblait énervé et il gérait cela avec l'attitude russe glaciale typique. Je le connaissais assez bien pour savoir que quelque chose le contrariait.

Je chassai cela de mon esprit et je fis mon propre entraînement, en me disant qu'il finirait bien par me dire ce qui n'allait pas.

J'avais raison. Je n'eus même pas à attendre très longtemps.

À la douche, les autres décidèrent de taquiner Kirill à cause des marques de griffure dans son dos. On aurait vraiment dit qu'il s'était battu avec un chat de gouttière. Il y eut des sifflements et il sourit d'un air penaud.

— Kirill profite de ma fausse petite-amie, dis-je en riant. Tu as raison. Apparemment, c'est une diablesse au lit ?

Le visage de Kirill s'assombrit.

— Je ne suis pas le seul à profiter en ce moment. N'est-ce pas ?

Ses yeux bleus glaciaux me défièrent et je fronçai les sourcils en détournant le regard. Clairement, il était au courant pour Gray et moi. Soit il avait vu quelque chose, soit c'était Keely, ou – allez savoir – les filles parlaient entre elles. Gray le lui avait peut-être dit.

Apparemment, Kirill n'était pas content. Bon, au moins il ne le cachait plus.

J'attrapai une serviette et je m'essuyai le visage en espérant qu'il ne dirait rien devant les autres. Apparemment, cet espoir était vain. Noah lui demanda directement ce qu'il voulait dire.

Kirill se contenta de m'indiquer d'un coup de menton en disant :

— Pose-lui la question.

Je secouai la tête et je sortis des douches. Qu'ils aillent se faire foutre. Je n'étais pas prêt à en parler. Et je n'allais certainement pas échanger des histoires de vestiaire au sujet de Gray. Pas moyen.

Parce qu'elle était plus importante pour moi que cela. Rien que l'idée me donnait la nausée.

— Kirill a-t-il raison ? demanda Noah. Est-ce que tu broutes des chattes sur le côté ? N'as-tu pas peur que la presse le découvre et prétende que tu 'trompes' Keely ?

Je laissai tomber la serviette et je m'habillai aussi vite que possible. Je n'allais pas en parler.

— C'est pire que ça, dit doucement Kirill et je me tournai, partiellement vêtu, pour lui jeter un regard dur.

— Ne commence pas, lui dis-je en russe.

— Pire ? Comment ça, pire ? demanda Noah.

Kirill secoua la tête, mais il ne lâcha pas mon regard. J'inspirai profondément avant de souffler. Puis je retins mon souffle suivant. Je ne parlai pas pendant que tous les muscles de mon corps se raidissaient.

— Si tu mets en danger tout le programme, ne crois-tu pas que Noah et Hammer ont le droit de le savoir avant de rompre leurs liens avec la NASA ou d'autres employeurs ?

Les sourcils épais de Kirill montèrent au-dessus de ses yeux bleu pâle.

Je croisai les bras et je m'appuyai contre mon casier. Comme je ne portais pas de tee-shirt, le métal froid s'installa contre mes omoplates.

— De quoi parle-t-il, Ty? demanda Hammer de l'endroit où il était assis sur le banc face à son casier.

— Comment ma relation avec Gray pourrait-elle mettre en danger tout le programme? dis-je à Kirill en ignorant la question de Hammer.

— Attends, quoi?

Noah ferma son casier et se tourna vers moi.

— Une relation? Avec Gray Barrett? La fille de Conrad Barrett?

Il y eut un silence assourdissant entre nous quatre pendant que sa question infusait. Leurs regards accusateurs me figèrent sur place alors que des allégations silencieuses rebondissaient sur le sol en béton ciré sous nos pieds.

— Tu baises la fille du milliardaire? demanda Hammer, clairement incrédule. Tu as perdu la boule?

Kirill secoua la tête. Arrachant son regard au mien, il murmura des insultes en russe… des choses que j'avais apprises de mon grand-père quand j'avais cinq ans. Des mots qu'il ne disait normalement pas à voix haute.

— Je ne suis pas simplement en train de la baiser. Non pas que ce soient vos affaires.

— Mais tu la baises. Et ce sont donc nos affaires, putain, se plaignit Hammer. Si son père l'apprend, que crois-tu qu'il se passera? Notre argent disparaîtra.

— Bon sang, Ty, souffla Noah en devenant écarlate. Il faut que tu la gardes un peu dans ton pantalon pour une fois, au lieu de baiser tout ce qui bouge. Tu risques d'anéantir le programme pour une histoire de cul ?

La rage enflamma ma peau, raidissant tous mes muscles, et je me tournai vers lui d'un regard menaçant. Comment osait-il, putain ? Je serrai les poings en signe d'avertissement.

Et puis il reprit sa diatribe merdique et il me poussa à bout.

— Tu profites vraiment de ton étiquette de Héros Américain sans te soucier de ce que cela nous coûte, hein ?

Je sautai par-dessus le banc pour coller Noah contre son casier, tenant mon visage à quelques centimètres du sien.

— J'ai dit que ce n'était pas ça. Est-ce que j'ai bafouillé, crétin ?

— Je t'emmerde, Ty, souffla-t-il en essayant de se dégager du métal froid.

J'attrapai son tee-shirt et je le tordis dans ma main. Je sifflai entre mes dents en secouant la tête vers lui :

— Tu me cherches depuis un an, Noah. Faisons ça maintenant. J'en ai assez des regards en coin et des commentaires tout bas. Réglons ça comme des hommes.

Hammer et Kirill m'attrapèrent par les épaules et me forcèrent à le lâcher. Noah me regardait comme si j'avais perdu l'esprit.

— Allez, criai-je pendant qu'ils me tiraient en arrière. On sait tous que tu penses que je suis responsable de l'accident, alors allons-y, putain !

Je repoussai Kirill, mais Hammer me tira en arrière. Je pouvais en affronter un, mais pas les deux. Pas sans m'amocher.

Et Noah ne mordait pas à l'appât, ce connard. Je serrai la mâchoire. Je lui en voulais. Je voulais me battre. J'en avais assez que l'on tourne autour du pot.

Autrefois, c'était un de mes amis les plus proches.

Mais depuis la mission… depuis que j'étais parti à sa place, tout avait changé. Noah aurait dû être l'astronaute expérimenté pour cette sortie. Mais peu de temps avant le lancement, il avait eu un abcès à la mâchoire qui l'avait empêché de partir.

J'étais son remplaçant et j'avais cru être terriblement chanceux. J'avais eu ma deuxième mission en moins de deux ans – chose qui n'arrivait presque jamais dans des circonstances normales. *Quelle chance* !

J'avais toujours su que Noah pensait fermement que s'il était sorti dans l'espace avec Xander à ma place, les choses ne se seraient pas déroulées de la même façon. Et j'aurais été assis au centre de contrôle à Houston en tant que CAPCOM.

Maintenant, ses paroles confirmaient cela… sans un coup du sort, il aurait sauvé la mise.

Je m'écartai de lui, le cœur battant dans ma poitrine, l'adrénaline au maximum. Noah me regarda en écarquillant les yeux.

— Nous devrions nous calmer maintenant, dit Kirill en serrant mon bras plus fort pendant que Hammer s'approchait de Noah au cas où celui-ci décidait de venir vers moi.

Apparemment, ils avaient conclu que la meilleure solution était de nous séparer autant que possible.

Très bien. Ce n'était pas comme si j'allais m'asseoir et en discuter avec cet enfoiré.

— C'est toi qui as commencé cette embrouille, grognai-je contre Kirill.

Je dégageai mon bras de son emprise et je me rendis à mon casier, y rangeant mes affaires aussi vite que possible.

— Nous sommes inquiets, répondit Kirill. Au sujet de ce programme. De toi. Cette attitude destructrice…

Je me raidis, mais ma fureur m'avait rendu muet. Je fermai la fermeture éclair de mon sac de sport et j'attrapai mes autres affaires, prêt à partir, bien décidé à finir de m'habiller aux toilettes.

— Maintenant que votre intervention est terminée, vous pouvez tous aller vous faire foutre, grognai-je en sortant.

Je fulminai tout le chemin du retour. Leur suggestion que je couchais avec Gray pour le sexe était incroyablement offensante… et j'essayai de ne pas trop réfléchir à la raison qu'il y avait à cela. Le côté logique de mon esprit savait pourquoi ils le pensaient.

Mais ceci n'était pas logique. Elle n'était pas juste un plan cul. Elle était plus. *Tellement plus.*

J'avais terriblement envie de vodka en rentrant à la maison. Et j'avais été sage. Je n'en avais même pas eu envie plus tôt. Bon sang, je faillis me verser un verre. La seule chose qui m'arrêta, c'était l'idée de sa réaction quand elle allait rentrer à la maison et qu'elle le sentirait à mon haleine. À la place, je partis courir dans le canyon. Lorsqu'elle rentra, j'étais véritablement épuisé.

***

Inutile de dire que je ne vis pas beaucoup les autres astronautes en dehors du travail après ça. Nous étions calmes et cordiaux. Nous faisions ce qu'il fallait faire ensemble, et c'était tout.

Plusieurs jours après, j'eus une soirée avec Keely : un dîner de bienfaisance dans un hôtel chic de Beverley Hills. J'arrivai en smoking pour le tapis rouge, les photos et le repas, puis je sortis par une porte de côté et je retournai à la maison, là où j'avais vraiment envie d'être : dans les bras de Gray.

Nous continuâmes tous les jours les simulations de vol. Je les réussis toutes brillamment. On les analysait, on discutait, on les modifiait un peu et puis ils me jetaient de nouvelles variations. Tout se passait très bien.

Et avec Gray, mes nuits étincelaient. Elles étaient brûlantes. Je n'en avais jamais assez d'elle.

Chaque fois que je la revoyais après avoir été séparé, c'était excitant.

Mon cœur accélérait, ma respiration devenait irrégulière. Je ne m'étais encore jamais senti ainsi depuis...

Je clignai des paupières en réfléchissant.

Je ne m'étais encore jamais senti ainsi.

J'étais assis sur son canapé et je la regardais poser des vêtements et des affaires personnelles dans sa valise que j'allais rapporter chez moi afin qu'elle n'ait pas besoin de revenir ici aussi souvent pour prendre ses affaires. Plus tard, son père allait passer la prendre pour leur repas hebdomadaire.

— Tu sais, dit-elle en jetant une autre paire de jeans et le petit tas de tee-shirts dans sa valise. On pourrait argumenter que tu t'en sors si bien maintenant que tu n'as plus autant besoin de 'baby-sitting'. N'est-ce pas ce que tu faisais valoir en mai ? Peut-être pouvons-nous nous voir quotidiennement au travail ?

— Non. Je pose mon veto. J'ai vraiment besoin d'une surveillance rapprochée constante. *Surtout dans ma chambre.*

Mes yeux étaient fixés sur son joli petit cul lorsqu'elle se baissa. Avec n'importe quelle autre femme, je l'aurais soupçonnée d'avoir présenté cet angle volontairement afin de me séduire. Pas Gray. Elle ne fonctionnait pas ainsi.

Tout chez elle indiquait la franchise. C'était peut-être pour cette raison que je lui avais fait confiance aussi vite. Car honnêtement, la vitesse avec laquelle c'était arrivé me surprenait moi-même.

Elle se tourna et elle me fit un sourire en coin avant d'attraper sa tablette et quelques livres qu'elle cala dans sa valise.

— Oui, tu dois continuer à jouir de ma maison... *dans* ma maison, plutôt, dis-je avec le sourire suffisant qui la rendait dingue, selon ses propres dires.

— Je croyais que j'avais une règle à ce sujet ? Pas de sexe pendant que nous sommes sous le même toit ?

Je ris en posant la tête sur le dossier du canapé afin de regarder le plafond.

— Waouh, on a vraiment immédiatement rompu cette règle-là, n'est-ce pas ?

Elle ricana, s'approcha du canapé et se pencha pour m'embrasser sur la bouche.

— De nombreuses fois.

— Plutôt un nombre de fois exponentiel. Du moins, nous prenons cette direction.

Je lui fis un clin d'œil et je touchai ses seins. Ils étaient juste devant moi. Je ne ratais jamais une occasion.

Elle sourit et elle se redressa en retirant poliment ma main de sa poitrine.

— Nous perdons du temps.

Je souris. D'après moi, ce n'était pas une perte de temps. J'avais presque envie d'emballer le reste de son appartement et de tout installer chez moi, si cela signifiait qu'elle resterait avec moi. Nous n'en avions pas encore parlé... du fait que notre arrangement avait une date d'expiration. Il restait encore quelque mois avant le vol de test, et nous étions au milieu de l'été. Mais à l'automne, qu'allions-nous faire ?

Je ne le savais toujours pas. La seule chose que je savais, c'était que je n'étais pas prêt à ce que ceci se termine. Et je ne croyais pas non plus l'être dans deux mois. Bien sûr, il fallait encore définir exactement ce que 'ceci' était.

Je me jurai de faire tout mon possible pour ne pas lui briser le cœur.

Et en sentant ma poitrine se serrer, je me demandai si c'était pour son cœur que je devais être le plus inquiet. Lorsqu'elle s'installa sur le canapé à côté de moi et qu'elle se pencha, son odeur de fraises et de menthe m'enveloppant, je clignai des paupières d'un air songeur.

J'avais involontairement commencé à m'appuyer sur elle. Alors, qu'allais-je faire quand elle ne serait plus là ?

Si, Ryan. Si elle n'était plus là.

Je poussai un soupir. *Merde.*

Bien sûr, elle perçut immédiatement mon changement d'humeur.

— Qu'est-ce qui ne va pas ? Tu veux venir dîner avec nous à ce point ? plaisanta-t-elle. Je sais que tu es le fan numéro un de Conrad Barrett.

Je ris.

— C'est plutôt le contraire. Ce n'est pas moi qui l'ai interrogé pendant la réunion d'investissement.

Elle leva les mains et passa les doigts dans mes cheveux.

— Oh, tu peux supporter quelques aiguillons de mon père. Il aboie plus qu'il ne mord.

Je passai le bras autour de sa taille et je la tirai sur mes genoux et face à moi.

— Je suppose donc qu'il ne serait pas très fan de ceci, n'est-ce pas ?

Elle marqua une pause et ses yeux scrutèrent mon visage pendant qu'elle bougeait afin de se mettre à l'aise sur mes genoux. Son poids ajoutait une pression agréable sous mon jean lorsqu'elle s'installa contre la bosse naissante de mon érection. Ma bite se durcit en réaction et elle eut un petit sourire entendu.

— Je ne lui ai encore rien dit, si c'est ce que tu demandes. Et la raison principale en est que nous ne savons pas ce qu'il y a entre nous.

Je hochai la tête, mais je ne répondis pas plus.

— N'est-ce pas ? demanda-t-elle doucement et je levai la tête pour la regarder dans les yeux.

Ma bouche se contracta lorsque je la regardai, toute jolie et innocente. Elle n'avait encore jamais fait cela avant, et moi non plus, et nous hésitions en tournant autour d'une conversation qui aurait dû être importante. C'était une danse sans élégance où nous nous approchions avant de fuir.

Comme si nous tombions en permanence. Comme la gravité.

La force qui nous attirait de plus en plus près l'un de l'autre nous gardait aussi en orbite l'un de l'autre. Nous nous tournions autour sans jamais nous rapprocher.

Et un objet en orbite autour d'un corps plus grand était dans un état permanent de chute libre. Et ceci… ceci ressemblait à une chute libre.

Je serrai les bras autour de ses hanches. Osais-je lui dire ? Que ceci était comme le début d'autre chose ? C'était si différent de tout ce qui était arrivé avant.

Et osais-je le dire maintenant ? Et osais-je penser qu'elle voulait être dans mon orbite ?

J'étais encore un peu trop paumé pour penser à commencer une telle chose maintenant. C'était trop précieux, trop nouveau, trop éclatant pour moi. Je regardai encore cela depuis l'obscurité.

Je déglutis.

— On s'amuse bien, n'est-ce pas ? dis-je en déviant du sujet.

Un sourire incertain s'étala sur sa bouche, faisant apparaître une fossette au-dessus de son menton.

— Oui, souffla-t-elle.

— Viens là.

Je la rapprochai de moi en posant la main dans son dos, nos bouches se liant en un baiser torride. Elle ouvrit la bouche et sa langue se glissa avec confiance dans la mienne. Si je n'avais pas été entièrement excité auparavant, alors je l'étais certainement maintenant, particulièrement lorsque ses bras passèrent autour de mon cou et que sa poitrine s'appuya contre moi. Ses tétons pointèrent sous son débardeur, me rendant fou en me frottant à travers ma chemise. Une seconde plus tard, je fis passer ma main sous le tissu fin, tripotant le petit bourgeon serré pendant qu'elle soupirait contre ma bouche.

Tout mon sang se précipita vers le sud et elle se mit à détacher les boutons de ma chemise aussi vite qu'elle le pouvait. Je résistai à l'envie presque trop forte de la pousser sur le canapé et de m'enfouir en elle. À la place, je me dis que pendant qu'elle était en haut, je pouvais la laisser piloter le vaisseau. Et même si elle était peut-être encore une novice pour le sexe, elle apprenait vite.

Et bon sang, ce que je me suis amusé à lui montrer les ficelles de la chose. Aussi souvent que possible.

Je restai donc ainsi, en gardant les mains sur ses hanches, et elle déposa des baisers depuis mon cou jusque sur mon torse nu, passant autant de temps à faire attention à mon torse et à mes tétons que j'avais tendance à le faire pour elle.

Et même si c'était très agréable, il me tardait de passer à la suite.

— Allez, sifflai-je. Maintenant, tu me tortures.

Elle gémissait et se frottait sur la bosse de mon jean pendant qu'elle faisait traîner sa bouche brûlante sur mon torse. Putain. C'était une torture. Une douce torture.

Lorsque je voulus retirer son haut, elle repoussa mes mains, me faisant clairement savoir qu'elle était aux commandes. Et puis, sans le moindre avertissement, elle glissa de mes genoux. Peut-être voulait-elle nous emmener dans la chambre au lieu de le faire ici. Je jetai un coup d'œil à l'horloge. Son père n'arrivait que dans quelques heures. Nous avions le temps.

Un temps délicieux et terriblement doux. Du temps rien que pour nous. Cependant, lorsque je voulus me lever du canapé, elle posa une main sur mon épaule et elle s'agenouilla devant moi. Nous nous regardâmes dans les yeux et mon cœur se serra. Je déglutis, respirant trois fois plus vite. Il me suffit de voir la faim dans ses yeux, une faim dévorante pour moi, et mon pouls bondit d'excitation.

Au cours de l'année passée, le sexe avait seulement été quelque chose qu'il fallait faire, une échappatoire rapide qui m'engourdissait. Je veux dire, j'avais été très motivé pour que ce soit fait… et souvent. Mais l'acte en lui-même n'avait jamais été spécial.

Jusqu'à récemment. Jusqu'à Gray.

Elle caressa la bosse dans mon jean avec la main, me serrant à travers le denim épais.

— J'ai réfléchi et je me suis dit que j'avais bien besoin de verge.

Je ris.

— Je suis ravi de t'en donner. Quand tu veux.

Elle sourit en me regardant dans les yeux.

— Je le sais.

Elle tendit le bras et elle défit ma braguette. Je poussai un long soupir et je posai ma main sur la sienne, l'aidant avec la fermeture éclair. Elle attrapa la taille du pantalon et le tira vers le bas, libérant mes hanches du jean.

Elle était maintenant agenouillée, penchée en avant entre mes genoux écartés. Ses intentions étaient claires et moi, eh bien, j'étais tout à fait partant. Je n'arrivai pas à arracher mon regard à sa bouche, anticipant la sensation d'être enveloppé par sa chaleur, sentant sa langue et ses lèvres glisser autour de ma verge. Mes hanches tressaillirent lorsqu'elle sortit mon érection de mon boxer, l'exposant à son regard pendant qu'elle me souriait en se léchant les lèvres.

Putain.

Elle se pencha lentement en avant. Sa respiration brûlante baigna ma peau sensible et je fermai les yeux en savourant l'anticipation. Sa langue sortit et goûta mon gland. Ma respiration s'arrêta lorsque le plaisir me traversa le corps. Puis ses lèvres me touchèrent. Une caresse des plus douces commença tout au bout avant de s'ouvrir pour glisser sur la longueur, me dévorant.

J'ouvris brusquement les yeux et je vis plus de moi disparaître dans sa bouche, l'éclat affamé de ses yeux verts devenant plus intense. Elle était belle. Si belle. C'était une lionne. Et j'étais sa proie bienheureuse. Pour l'instant.

Excité d'être chassé et avalé par elle.

Je tendis la main en faisant passer mes doigts dans ses cheveux doux, l'encourageant à continuer, lui faisant savoir que c'était bon. De temps en temps, je guidais doucement son mouvement quand c'était approprié. Cela ne semblait pas la déranger, à la façon dont la soif de ses yeux s'intensifiait. Elle poussa un gémissement guttural.

Elle était si délicieuse que je fus sur le point de craquer honteusement vite. Une petite main me serra à la base de ma queue, l'autre fit courir ses doigts dans les poils fins près de mon nombril. Je fus enveloppé d'un plaisir pur qui prit le contrôle et m'emmena faire un tour.

Je laissai faire. Qu'elle m'emmène jusqu'au bout.

Je posai une main autour de son sein, mes doigts trouvant rapidement son téton et le caressant pour le faire durcir. Je ne savais pas ce qui m'excitait le plus : la sensation de sa bouche brûlante sur mon érection douloureuse ou les petits gémissements qu'elle faisait du fond de sa gorge.

Quoi qu'il en soit, je parvins à destination, rapidement et sans délai. Je sentis bientôt la montée familière vers l'orgasme. De son côté, elle continuait même si elle devait parfois ralentir et réajuster sa position.

Sa bouche suça, mon plaisir culmina et je sus que c'était inévitable.

— Gray, dis-je d'une voix rauque. Je vais jouir.

Je commençai à me retirer de sa bouche, mais elle secoua la tête et elle s'avança en me prenant plus profondément pendant que je fermai les yeux et que je me raidissais, m'immobilisant lorsque le plus pur plaisir m'enveloppa. Je frissonnai.

Je me laissai retomber contre les coussins, béat de contentement, et elle se leva pour aller à la salle de bains avant de revenir quelques minutes plus tard avec un gant de toilette pour moi. Je passai à mon tour à la salle de bains et je me lavai.

Quand je sortis, il nous restait au moins une heure. Pendant qu'elle refermait son sac, je la soulevai donc et je la jetai par-dessus mon épaule. Elle poussa un cri de surprise. Je la portai jusqu'à sa chambre, je retirai son legging, j'enfouis ma tête entre ses jambes et je lui renvoyai l'ascenseur.

La faire crier devenait rapidement un de mes loisirs préférés.

Elle eut à peine le temps de s'habiller pour son dîner et de me conduire dehors. Même si je savais que j'allais la revoir dans quelques heures, je l'embrassai pendant un moment dans les escaliers avant de bondir vers le parking avec sa valise.

Il nous restait encore des mois ensemble. Et il n'y aurait plus de discussions au sujet des recherches sur le sommeil ou la résolution de mes problèmes. Il n'y avait que du bon sexe – parfois cochon – suivi par un sommeil reposant et bien mérité.

Je la saluai depuis le parking pendant qu'elle souriait en me regardant marcher jusqu'à la voiture.

Je fis tout le trajet du retour avec un grand sourire.

CHAPITRE VINGT-DEUX
GRAY

CE SOIR, C'ETAIT A MON PERE DE CHOISIR LE REPAS ALORS naturellement, ce fut chez Applebee's. Il était connu pour adorer cette chaîne de restaurants peu chers et les médias pensaient que c'était une excentricité presque adorable de le voir utiliser des bons de réduction quand il mangeait là-bas.

Mais ce soir, il fut inhabituellement silencieux, étudiant longuement le menu sans lever la tête. Ce qui était ridicule, parce qu'il commandait toujours le même plat.

Quand le serveur arriva, je commandai une salade César, dont mon père se moqua bien sûr. Il détestait les salades et il évitait également la plupart des légumes cuits. Je plaisantais souvent en disant qu'il avait le palais d'un enfant de deux ans.

— Comment te sens-tu ce soir ? Tu as l'air un peu patraque, dis-je quand il eut réarrangé ses couverts et essuyé chacun de nombreuses fois avec sa serviette.

Il haussa les épaules.

— Ça va.

— Tu ne te sens pas bien ?

— Ça va, Gray. Ne sois pas pénible. J'ai juste eu une longue journée.

Je levai un sourcil en entendant sa réponse acerbe. Ce n'était pas du tout son genre. Peut-être avait-il eu une réunion houleuse auparavant ?

— Tu vérifies toujours ta pression sanguine tous les jours, n'est-ce pas ? Avec l'appareil automatique que je t'ai offert à Noël ?

Maintenant, il eut l'air exaspéré. Je levai donc la main, la paume vers lui. En posant mon menton sur mon autre poing, j'observai le restaurant, remarquant les couples, les petites familles. Je comprenais pourquoi papa aimait venir ici. Quand on était coincé dans des bureaux et dans le monde de la finance et des lèche-bottes, un endroit qui le ramenait à ses racines de classe moyenne devait être agréable.

— Et toi ? demanda-t-il enfin lorsque nos repas arrivèrent.

Je mâchai ma bouchée de salade en le regardant.

— Et moi, quoi ?

— Tu as l'air occupée. Mon assistante m'a dit qu'il lui a fallu des jours pour arriver à te joindre afin de fixer ce rendez-vous.

Je souris.

— Désolée. Mon travail ainsi que tous les jobs sur le côté… les rapports et les études sur lesquels je travaille.

— Et cette histoire de baby-sitting. Comment se passe-t-elle ?

Je hochai la tête.

— Très bien. Il s'en sort vraiment bien. Je n'arrête pas de t'envoyer des liens vers les références dans les médias. J'espère que tu les as regardés. Le public a avalé toute cette romance.

Il ricana avec mépris et entama ses pâtes.

— Je m'inquiète pour tes études, dit-il un peu plus tard, après qu'il fut resté inhabituellement silencieux pendant de longues minutes.

— Il n'y a pas de quoi s'inquiéter. J'ai l'intention de commencer à faire des heures d'internat cet automne...

Il secoua la tête.

— Tu devrais travailler sur tout cela maintenant. Finir tout ça.

Je m'arrêtai au milieu d'une bouchée pour lui jeter un regard exaspéré.

— Eh bien, c'est toi la principale raison pour laquelle je fais ce travail avec le commandant Tyler. Où l'as-tu oublié ?

Je fronçai les sourcils. Que lui arrivait-il ? Était-il en train de faire machine arrière ? Cela lui ressemblait si peu.

— Tout ça a été une perte de temps, aboya-t-il d'un ton irrité.

Je laissai tomber ma fourchette qui frappa mon assiette... bruyamment.

— Pardon ?

Il arrêta de manger et il me fixa, et je devins toute rouge. Maintenant, il m'énervait. Mais allais-je lui dire ?

Non. Carrément pas. Je serrai la mâchoire et je ramassai vite ma fourchette avant de poignarder ma salade, tout en respirant et en comptant mentalement jusqu'à dix.

— Papa, pourquoi n'as-tu alors pas pleinement financé le XPAC ?

Là, ma voix était douce comme la soie. J'étais fière de moi.

Il ne répondit pas pendant un long moment.

— Je veux que tu réussisses, et je veux que tu aimes ce que tu fais. J'ai peur que tu ne puisses pas terminer ce que tu as commencé.

Je secouai la tête.

— La seule façon que cela arrive, c'est si le XPAC n'est pas financé. Dans ce cas-là, je n'aurais pas le travail.

Autant lui mettre un peu de pression supplémentaire afin qu'il évite de laisser tomber.

Un étrange mélange d'émotions passa sur son visage, et il semblait las. Il avait dû passer une mauvaise nuit. Cela lui arrivait parfois. Je me retins de le mentionner, car cela semblait seulement l'irriter encore plus.

On ne traîna pas pour manger ce soir-là, et il ne commanda pas non plus de dessert, ce qui mit fin au repas et m'indiqua qu'il manquait effectivement de repos. Le trajet jusque chez moi se fit en silence. Dans le parking de mon immeuble, je le serrai dans mes bras et je déposai un baiser sur sa joue.

— Repose-toi, papa.

— Je t'aime, Gracie, dit-il d'une voix étrangement monocorde.

J'avais un trajet de quarante-cinq minutes pour rentrer chez Ryan, alors je mis ma playlist de vieilles chansons et j'écoutai Diana Ross et les Supremes chanter qu'il ne fallait pas précipiter l'amour.

Cela me fit encore une fois me demander ce qu'était l'amour et où se trouvait la frontière entre ce que je ressentais et l'amour ou le béguin.

Dans mon domaine, certains avaient publié des essais sur ce sujet, disant que l'amour était définissable par certains comportements caractéristiques. Une focalisation sur ce qui est positif, comme mon filtre de couleur Ryan. Une instabilité émotionnelle qui dépendait lourdement du sujet de nos désirs. Étant donné que mes humeurs étaient très changeantes ces derniers temps, cela semblait s'appliquer. La montée de dopamine comme le flot d'une drogue – j'avais souvent comparé les deux. Une attirance intense, eh oui, il était beaucoup plus beau pour moi maintenant que lorsque je l'avais remarqué pour la première fois. J'appréciais toujours ses caractéristiques physiques sans défauts, mais maintenant que j'en savais plus sur son cœur, son bon cœur sous sa façade de crétin prétentieux, je ne pouvais plus m'en détacher.

Et la liste continuait. Des pensées intrusives, la dépendance émotionnelle, les rêves éveillés sur l'avenir, les sentiments possessifs, le besoin d'union émotionnelle. J'avais *tout*.

Bon sang.

J'étais amoureuse.

Pendant que je serrais le volant et que je sortais de l'autoroute en me dirigeant vers les collines au nord, j'avalai la vague d'excitation, de bonheur et de peur glaciale.

J'étais profondément amoureuse de Ryan Tyler.

Je retins encore mon souffle, essayant de calmer ma respiration. J'entendais le cliquetis par-dessus la musique. Devais-je lui dire ? Et comment devais-je lui dire ? Et si je ne lui disais pas ce soir, alors quand ?

En me donnant l'ordre de me calmer, je tournai dans son quartier, allumant mes phares afin de mieux y voir. Je clignai des paupières et je me forçai à réfléchir calmement.

Je n'avais jamais été du genre à me laisser emporter par mes émotions. Non. J'étais Gray, la fille qui jouait la sécurité. Et j'allais être aussi calme et rationnelle à ce sujet que je l'étais pour tout le reste. Je n'allais pas laisser le fait d'être amoureuse pour la toute première fois me faire perdre la tête.

Non, j'allais laisser les choses se dérouler naturellement en sachant que mon intuition me conduirait à divulguer ce merveilleux secret exactement au bon moment.

Et avec un peu de chance, mon Dieu, comme je l'espérais, il ressentirait la même chose.

Chapitre Vingt-trois
Ryan

Le lendemain matin dans le bureau des astronautes, nous préparâmes notre prochaine séance de simulation en temps réel. Noah, qui était mon remplaçant pour cette mission, m'aidait à revoir le timing et les checklists pour chaque étape depuis la préparation du vol jusqu'à l'atterrissage. Heureusement, nous avions réussi à rester professionnels depuis l'explosion dans les vestiaires quinze jours auparavant.

Avec tout le groupe, nous nous préparions à partir pour Cap Canaveral, en Floride, le mois suivant pour des tests de rampe de lancement et nous devions connaître le timing à la fraction de seconde près.

— Séquence trente-cinq, disait Hammer. À H-20…

La porte s'ouvrit et l'assistant de Tolan passa la tête dans la salle.

— Pardon de vous interrompre. Monsieur Reeves voulait savoir si Ty pouvait le rejoindre de l'autre côté de la rue au restaurant à trois heures pour une réunion informelle avec quelques investisseurs.

Je levai les sourcils. Cela semblait soudain et étrange.

— A-t-il dit qui ?

L'assistant haussa les épaules.

— Il m'a juste dit de vous faire passer le message et de m'assurer que vous seriez là.

Je haussai les épaules.

— D'accord, compris.

Bizarre ou pas, j'allais m'y rendre.

Les autres ne dirent rien et nous retournâmes au travail.

Peu avant trois heures, je quittai le bâtiment et je traversai la rue pour me rendre à notre lieu de prédilection. En arrivant, je vis que Cheryl travaillait aujourd'hui. Elle sembla devenir plus joyeuse en me voyant.

— Je suis là pour voir Tolan, dis-je lorsqu'elle m'accueillit avec un menu.

Elle écarquilla les yeux.

— Très bien, il est dans la salle du fond. Avec un type célèbre. En tout cas, c'est ce que disent les autres à la cuisine. Je ne sais pas du tout qui c'est.

Je levai les sourcils.

— Un type célèbre ?

Elle hocha la tête.

— Bien sûr, tu es célèbre aussi, alors peu importe le vieil homme.

Je fronçai les sourcils. Célèbre ? Vieil homme ? Avec Tolan ? Son assistant avait dit que c'était pour rencontrer des investisseurs. Peut-être un nouveau souhaitant faire partie de l'aventure ? J'y réfléchis pendant qu'elle me conduisait jusqu'à la salle isolée à l'arrière, une salle réservée aux fêtes de travail ou aux gens qui désiraient plus d'intimité.

Malgré tout, ce bar et grill n'était pas très chic et c'était un drôle d'endroit pour rencontrer quelqu'un d'important. Tolan aurait dû lui faire visiter le complexe, lui présenter tout le monde, pas seulement moi.

Lorsque nous entrâmes dans la salle, je compris immédiatement pourquoi Tolan avait choisi de ne pas l'accueillir à XVenture.

Mon estomac tomba dans les talons lorsque Conrad Barrett leva les yeux de sa conversation avec Tolan. Ce n'était pas le type célèbre auquel je m'attendais… même si je ne savais pas du tout à qui je m'attendais. Certainement pas lui.

Je serrai la mâchoire avant de me forcer à me détendre. Je tendis la main pour serrer celle de Barrett. Il la regarda et au lieu de la prendre, il m'indiqua une chaise.

— Asseyez-vous, Tyler. Rejoignez-nous. Veux-tu que je commande des hors-d'œuvre ? As-tu faim ?

Je clignai des paupières en hésitant, puis je retirai ma main. Cela me rappela étrangement cette première journée où j'avais tendu la main à Gray. Elle avait fourré les mains dans ses poches au lieu de faire une poignée de main. Je ne lui avais jamais demandé pourquoi elle avait refusé. L'ironie de la chose ne m'échappa pas.

— Ça va, merci. J'ai eu un gros déjeuner il n'y a pas longtemps.

Il me dévisagea des pieds à la tête. Je m'assis sur une chaise vide en face de Tolan et lui. J'attendis que l'un ou l'autre clarifie la raison de ma présence.

— Une bière, alors ?

Je regardai Cheryl.

— Une eau minérale avec du citron, s'il te plaît.

Barrett commanda un Coca Light et un bol de chips et de la sauce. Tolan, au lieu de commander, se leva.

— Je vais vous laisser discuter tous les deux. Il faut que j'y aille.

Je fronçai les sourcils. Ceci avait clairement été prévu. Ce n'était pas bon signe quant aux intentions de Barrett. Je fronçai les sourcils vers Tolan, puis je regardai Barrett d'un air interrogateur.

— Tolan me fait une faveur. J'avais des questions sur la façon dont se passait le programme, et je voulais l'entendre directement de ta bouche.

Il hocha la tête en direction de Tolan.

— Merci.

Tolan acquiesça, puis il hocha la tête vers moi et il quitta la table. Cheryl revint avec les boissons, les chips et la sauce.

Barrett posa alors une poignée de chips sur son assiette avant d'indiquer le bol.

— Sers-toi.

— Ça va.

Je bus mon verre en me préparant. Ceci n'était pas une réunion normale pour aborder quelques inquiétudes. J'en étais sûr. Ce putain de Conrad Barrett ne prenait pas la peine de s'ennuyer avec de telles banalités. Si je ne l'avais pas découvert d'après son comportement traditionnel en public, je l'avais compris en entendant Gray parler de lui au cours du mois et demi dernier.

Je m'adossai à ma chaise et je le regardai attaquer ses chips et sa sauce avec enthousiasme. Je clignai des paupières en attendant. Il ne semblait pas du tout pressé de commencer. Cela ne fit qu'augmenter mon angoisse.

Il s'agissait de tactiques classiques de rejet : me convoquer à une réunion, puis me faire attendre, l'offre magnanime de nourriture et de boissons – alcooliques, si possible. Oui, Barrett avait un objectif, et si j'étais du genre à parier, j'aurais dit que cet objectif impliquait sa fille.

— Que puis-je faire pour vous, M. Barrett ? Avez-vous des questions ?

— Mmm.

Il leva une main pour me faire attendre pendant qu'il finissait de mâcher ses chips et qu'il les faisait descendre avec une gorgée de coca.

— Ma fille me tuerait si elle était au courant pour le soda. Je ne suis pas censé prendre de caféine.

Je déglutis, mais je ne dis rien. Nous nous regardâmes longuement dans les yeux.

Il était au courant pour Gray et moi. J'en étais certain.

Allait-il avoir les couilles d'aborder le sujet le premier, ou allait-il attendre que je craque et que je l'avoue ? Il jouait avec moi, c'était évident.

Je posai la main sur la table tout en reculant sur ma chaise.

— Vous n'aviez pas de questions au sujet du programme, n'est-ce pas ?

Il leva ses sourcils sombres. Je scrutai son visage. Je ne vis rien de sa fille en lui. Elle devait clairement ressembler à sa mère. Ah non... ses yeux. Ils étaient de la même teinte verte. Rusés. Intelligents. Ils voyaient tout. Exactement comme elle.

Sauf que là où j'avais l'impression qu'elle notait, cataloguait et compatissait, lui, il cherchait des faiblesses pour une raison tout à fait différente. Il n'y avait pas d'empathie chez le vieux Barrett. Non. Il rassemblait des connaissances pour les exploiter. Je connaissais bien son genre.

Tu es le genre. J'entendis alors le commentaire de Gray dans ma tête. Elle avait dit cela une fois, quand nous discutions de son père. Peut-être connaissais-je si bien son genre pour cette raison. *Peut-être.*

Mais comme lui, je n'étais pas du genre à céder, particulièrement quand il y avait quelque chose que je voulais. Quelque chose que je voulais beaucoup.

Et à ce moment-là, je pris une décision. Je voulais Gray. Et j'avais besoin d'elle. Et en ce qui me concernait, elle n'irait nulle part, peu importe à quel point son père allait essayer de me faire fuir.

Une résolution se solidifia en moi et je défiai l'homme du regard. Qu'il craque. Que ce soit lui qui aborde le sujet. Que ce soit lui qui parte dans une position de faiblesse.

Qu'il vienne. Je n'avais pas peur.

Barrett abandonna sa pile de chips après une autre gorgée de soda.

— J'ai bien une question au sujet du programme, commandant Tyler, dit-il en levant un doigt. Juste une. À quel point voulez-vous vraiment repartir dans l'espace ?

Je soutins son regard et je refusai l'appât.

— Je suis très enthousiaste à l'idée de repartir.

Il fit rouler sa langue dans sa joue, comme s'il nettoyait sa bouche.

— Ah bon ? Parce que cela n'y ressemble pas. Vous ne semblez pas très *concentré* sur cet objectif.

Je poussai un soupir.

— De quelle façon ? J'ai collé au plan. Le coup de publicité s'est passé exactement comme prévu. Mon entraînement…

— Et Gray ? Quel est son rôle dans tout cela ?

— Elle a fait partie intégrante de tout le…

— Ce n'est pas de cela que je parle, et vous le savez.

Il fronça les sourcils.

— Je peux supporter beaucoup de choses, commandant Tyler, mais ce que je ne supporte pas, ce sont les mensonges.

Je m'agitai sur ma chaise et je soutins son regard.

— Alors, pourquoi ne pas dire tout de suite la raison de cette convocation ?

Il pinça les lèvres.

— Hier soir, je suis allé chercher ma fille pour l'emmener dîner. Je suis sûr que vous êtes au courant.

Il marqua une pause. Je le fixai, prenant soin de ne pas confirmer ou nier ses soupçons.

— Je conduis toujours moi-même, c'est ce que je préfère, sinon, je suis malade en voiture. Mais il me fallait prendre un appel de Chine avant d'aller la chercher. Je suis donc arrivé chez elle en avance et je suis resté dans la voiture pour prendre l'appel. Je me suis garé en pleine vue de sa porte d'entrée. Vous voyez où je veux en venir ?

Je clignai des paupières. Bon, c'était clair maintenant. Était-ce utile de le nier ? Il l'avait vue me raccompagner dans l'escalier – en pleine vue du parking – et m'embrasser longuement en passant les bras autour de mon cou pendant que je tenais ses fesses. Puis j'étais parti avec sa valise pleine. Oui, il en avait vu suffisamment pour nous incriminer.

— Que voulez-vous, M. Barrett ?

Il pinça les lèvres.

— Que vous restiez loin de ma fille, au cas où ce n'était pas évident.

— Votre fille est une adulte consentante qui peut prendre ses propres décisions.

— Tout comme vous... un homme capable de prendre ses propres décisions dans la vie. Alors, je le demande encore une fois, Tyler. À quel point voulez-vous repartir dans l'espace ?

J'entrelaçai mes doigts devant moi et je les fixai un long moment.

— Vous vous méprenez sur ce qu'il y a entre nous. Ce n'est pas juste...

— Pas comme toutes les autres femmes que vous avez eues dans votre vie, dit-il en décrivant des cercles avec la main. Les unes après les autres... depuis au moins un an ? Chacune étant apparue dans la presse à scandale ? Ce n'est pas ça ? À vous de me dire quel homme dans cet univers voudrait que sa fille fréquente un homme dans votre genre ?

— Gray est capable de...

— Je sais très bien de quoi elle est capable. Je l'ai connue toute sa vie. C'est une battante. Je ne suis pas là pour la protéger. Je sais qu'elle est forte. Mais elle n'est jamais sortie avec personne. Et je ne veux pas qu'elle soit la proie de...

Je secouai la tête.

— Elle n'est pas ma proie. Elle n'est la proie de personne. Gray peut...

Il leva la main et il m'arrêta avec un regard qui montrait qu'aucun mensonge ne serait toléré... de ma part ou de n'importe qui d'autre.

— Elle est jeune. Elle n'a pas d'expérience dans ce domaine. Toi, tu as changé autant de fois de femme que de sous-vêtements. Je ne veux pas qu'elle t'approche. Et, parce que j'en ai assez de tourner autour du pot, je vais t'expliquer la situation. Si tu choisis de continuer sur cette voie peu judicieuse avec ma fille, alors je n'aurai d'autre choix que de retirer mon investissement.

Je serrai mes mains entrelacées. J'avais su ce qui allait arriver. Pourquoi étais-je si surpris ?

— Et en retirant votre investissement, vous risquez de vous aliéner Tolan et même votre propre fille. En retirant votre soutien du programme, vous étouffez également ses propres rêves. Ce programme ne tourne pas uniquement autour de moi.

Conrad Barrett fronça les sourcils d'un air rusé en même temps que son visage rougissait de colère. Il but une autre longue gorgée de son Coca Light et il hocha la tête.

— Exactement, commandant Tyler. Exactement. Ce programme ne tourne pas uniquement autour de vous. C'est quelque chose dont vous devriez vous souvenir lorsque vous prendrez votre décision. Nous sommes-nous bien compris ?

— Et si vous me demandiez quelles sont mes intentions, ou...

Il secoua la tête en riant.

— Je me moque de vos intentions.

Je clignai des paupières.

— Alors vous voulez tout simplement que je... Vous risquez de vous l'aliéner dans tous les cas.

— Il va sans dire qu'elle n'est pas obligée d'être au courant de ce petit rendez-vous. N'ai-je pas raison ? Nous souffrons tous de déceptions dans notre vie. Il vaut mieux que cela arrive maintenant pour elle, au lieu de plus tard.

Je secouai la tête, incrédule, mais il poursuivit avant que je puisse parler.

— Qu'est-ce qui peut bien vous donner l'arrogance de supposer que vous la méritez ? Toute cette merde qu'ils vous ont mise en tête au sujet d'être un héros ? Vous n'êtes pas un héros, Tyler. Votre ami est mort. Vous avez laissé un homme derrière vous. Votre meilleur ami. Qui meurt et se décompose en orbite.

Vous avez déçu la NASA, et ils vous ont viré en disgrâce. Un jour, vous la décevrez également, inévitablement. C'est moi qui ramasserai les morceaux quand vous briserez le joyau précieux de son cœur. Alors, ne le faites pas. Retirez-vous maintenant.

Je restai immobile, aussi hébété que s'il avait donné un coup de pied en plein dans mon diaphragme. En remarquant ma réaction, il se leva et il arrangea la veste de son costume mal ajusté.

— J'ai accordé à cette affaire tout le temps qu'elle mérite. Ne vous levez pas.

Il sortit de la pièce, me laissant assis à le regarder partir. Bouche bée devant sa brusquerie.

Bon.

Putain.

J'enfouis mon front dans mes mains, passant les doigts dans mes cheveux pendant qu'un serveur que je ne connaissais pas venait retirer les assiettes. Cet enfoiré avait jeté un billet de vingt pour payer la note et le serveur le prit en silence sans essayer de me parler.

Il fallait que je réfléchisse. Il fallait que...

Mais, putain. Qui ? Comment ? Où ?

Je retournai au travail alors que presque tout le monde finissait sa journée. Heureusement, les autres n'avaient aucune idée que 'l'investisseur' qui m'avait attendu de l'autre côté de la rue était Barrett, sinon ils m'auraient tous jeté des regards signifiant *on te l'avait bien dit.*

Je fis bonne figure – j'y étais habitué. C'était une des choses que je faisais le mieux. Et je rejoignis Gray à ma voiture. Nos emplois du temps avaient coïncidé, alors nous étions venus ensemble, puisque presque tout le monde savait qu'elle restait chez moi pour sa mission.

Malgré tout, nous avions fait attention à rester discrets, arrivant tôt, nous garant au fond du parking et ne sortant pas ensemble pour nous rendre à la voiture.

Nous étions à la moitié du trajet en voiture lorsqu'elle finit par se tourner vers moi après avoir regardé par la vitre.

— Tu es bien silencieux. Comment s'est passée ta journée ?

Mes collègues astronautes me parlent à peine parce qu'ils ont découvert que nous étions ensemble, et ton enfoiré de père vient de me donner l'ultimatum suprême.

Je gardai les yeux rivés sur la route.

— Bien. La tienne ?

Elle hocha la tête.

— C'était bien. J'ai parlé à Marjorie au sujet de ma réunion avec ma conseillère. Elle va me donner plus de responsabilités afin que je puisse avoir mes heures de pratique. Je serai Dr Barrett en un clin d'œil.

Je me forçai à sourire.

— Merveilleux.

— Pari voulait que je regarde un film avec elle ce soir.

— Bonne idée. De mon côté, une bonne longue marche dans le canyon me ferait du bien.

Elle me regarda.

— Ça ne te dérange pas ?

Je fronçai les sourcils.

— Pourquoi cela me dérangerait-il ? Nous ne sommes pas greffés l'un à l'autre.

Elle ricana.

— Pas en ce moment. Mais avec un peu de chance, nous le serons plus tard.

Mes entrailles se serrèrent. Cette douleur... Je serrai la mâchoire.

Je ne voulais rien de plus. Pourtant tout était en suspens.

Il me fallait de l'espace pour respirer.

— Envoie un texto à Pari. Je crois que je vais traîner avec les potes, mentis-je.

Je parlai calmement, le visage placide. J'aurais trompé environ quatre-vingt-dix-neuf pour cent de la population. Mais pas Gray.

Elle leva la tête de son téléphone.

Je viens de le faire.

Elle m'observa longuement.

— Tu es sûr d'aller bien ?

— Mal à la tête.

Un autre mensonge.

Lorsqu'elle fut partie dîner avec Pari, je fis une longue promenade dans le canyon, prenant soin de revenir dans les rues bien éclairées du quartier longtemps avant le coucher du soleil. Puis je marchai encore quelques heures de plus dans ces rues-là.

Je restai absent pendant une bonne partie de la soirée, à réfléchir, à ressasser cette conversation avec Barrett dans ma tête. À penser à Gray. Ce que c'était d'être avec elle. Son odeur. Le son de sa voix. La façon dont je ne pouvais rien lui cacher. Même quand j'essayais, elle savait qu'il se passait quelque chose.

À penser que je ne voulais jamais rien lui cacher d'autre.

Je lui avais révélé mes secrets les plus profonds.

Pourquoi garder celui-ci ?

Parce que. Parce que...

Je n'avais aucun droit d'endommager sa relation avec son père, même si c'était un enfoiré.

Elle m'avait dit qu'ils étaient proches. Qu'il était son soutien, sa fondation. Je ne pouvais pas lui voler cela, même s'il ne le méritait pas. Je n'avais pas eu de père pendant plus de la moitié de ma vie. J'aurais donné n'importe quoi pour le récupérer. Je ne pouvais pas lui voler le sien.

Car moi, je la méritais encore moins.

En réalité, je ne savais pas du tout où nous allions et je n'avais pas eu de réponse pour elle quand elle m'avait posé la question. Je n'avais rien à lui offrir. J'étais brisé. Nous le savions tous les deux.

Le vieil homme avait raison. Je ne la méritais pas.

Lorsque je retournai à la maison, il était presque minuit.

J'allumai mon téléphone et je vis plusieurs textos dans lesquels elle demandait où j'étais. Puis elle me disait qu'elle ne pouvait plus veiller. Épuisée, elle allait se coucher.

Je me douchai dans la salle de bains de la chambre d'amis et je me faufilai dans ma chambre en sachant qu'elle se trouvait dans ce lit.

Elle avait laissé les lumières pour moi. Elle était roulée en boule, face à mon côté du lit. Une boule se forma dans ma gorge. Je parvenais à peine à respirer.

Oui, c'était logique de mettre fin à ceci, mais…

Mais.

Ces *sentiments*. Que signifiaient-ils ? Était-ce…

Qu'était-ce ? Je secouai la tête.

Je ne pouvais pas arrêter ça maintenant. Pas avant de découvrir ce que c'était.

Je poussai un long soupir et je me glissai sous les couvertures. Une seconde plus tard, je l'enveloppai de mes bras. Elle bougea, murmura quelque chose d'inintelligible et fit rouler sa tête sur mon épaule.

Je tournai mon visage vers elle et je la respirai.

Cette odeur chaude, c'était *elle*. J'eus la chair de poule. Partout. Je fermai les yeux.

Oh non, je n'allais pas laisser tomber, putain.

Pas question.

Le vieux pouvait aller se faire foutre.

L'histoire de Gray et Ryan se termine dans le prochain livre de leur duo, La récompense (Point de non-retour, tome 2).

Au sujet de l'auteure

Brenna Aubrey est une auteure Best sellers USA TODAY d'histoires d'amour contemporaines qui se concentrent sur la culture geek.

Elle a depuis toujours cherché le réconfort dans de bons livres et les longues histoires compliquées qu'elle tisse dans sa tête. Brenna est une fille de la ville mais amoureuse de la nature. Elle se retrouve donc dans des espaces verts dès qu'elle le peut. Elle est aussi une maman, fille geek, voyageuse, francophile, une joueuse de jeux vidéo et une lectrice compulsive.

Elle réside actuellement en Californie avec son mari, deux enfants, et deux adorables chiens golden retriever.

Pour plus d'infos, visitez le site Internet français de Brenna : www.brennaaubrey.fr

www.ingramcontent.com/pod-product-compliance
Lightning Source LLC
Chambersburg PA
CBHW030659190726
48286CB00001B/96